庫

麗しき花実

乙川優三郎

徳間書店

麗しき花実

目次

精華の門

薄い陽射しを拾いながら夕暮れの小道を歩いてゆくと、やがて紅い花弁の鮮やかな花垣がはじまる。いつのまにか疎林も枯れて、根岸の里は山茶花の季節であった。

狭く曲がりくねった道の静けさは俗臭を嫌うのか、歓楽の巷から一足のところにありながら、この里を塵外の小天地にしている。道辺の家々はどれも古く、およそ小さな茅門を構えて、粗末な垣をめぐらしてある。忍ヶ岡を背負い、田園に臨む小高い土地はいつの季節も人の気配に乏しく、わけても冬の道は淋しい。理野は拾い歩きにも馴れて怖いこともなかったが、はるばる東都まで出てきて、上野の山陰に住まうことになろうとは思ってもみなかった。

下の兄が蒔絵の修業のために江戸を目指したのは春のことである。理野は付人として兄の修業に従うことになった。彼女の父は茶器や印籠に加飾する蒔絵師で、すでに長兄が名も技術も継いでいたから、下の兄は別の可能性を求めたらしい。父は敢えて反対しなかった。二男の手によって新しい技法や意匠がもたらされることは、土地につく長兄にとっても有益であったし、小さな工房のよい刺激になるからであった。十分な旅費と自由を与えるかわりに、彼は兄の身辺や戻らない可能性を案じて、

「理野を連れてゆけ」

そう命じた。兄は一度は拒んだものの、結局は金銭という父の保護に屈した。案外、落ち着いてから妹だけを帰すつもりだったかもしれない。好い年をして親掛かりの妹に選択の自由はなかったが、もし訊かれていたら、理野はゆくと答えていただろう。兄のために蒔絵の下絵を描いてもよかったし、どこかで自分を知らない人たちに紛れて暮らしたら、女ひとりの前途も開けるような気がしたからである。いま思うと、父は兄の修業に事寄せて娘を狭小な世間の束縛から解放したのかもしれなかった。

修業の場を多少は伝のある京にするか見知らぬ江戸にするか迷っていた兄を決断させたのは、ある茶会で目にした一合の棗であった。西国の陽の当たらない町にも茶人を気取る人がいて、茗宴がある。父の供をして訪ねた商家の寮に、その棗も客人の供としてきていた。蒔絵師を招いたのは鑑定と推賞のためで、鑑賞会も兼ねた席には古い香合や詠草箱があったが、黒漆地に金高蒔絵で三種の菊花を重ね合わせた棗はすぐに父と兄の目に留まった。それは紹鷗や利休のころに活躍したという塗師の余三を思わせる気高さであった。

二人を魅了したのはその気品だろう。美しい光沢だけでも成り立つ漆器の加飾はむ

ずかしく、華美に走れば漆の味わいを損ねて下品になる。小さな道具にもある美醜を彼らは職人の目で見極めながら、自身の技法や感性と比べていった。するうち父が溜息をつき、兄は思わず唸ったという。父の溜息も敬服か憧憬であったろう。

薄茶点前のときに抹茶を入れる棗は掌に載るほどの大きさである。蓋上から身にかけて描金された菊花は八重と一重と裏菊で、花芯と萼には金の薄板が貼り付けられていた。意匠は古い物から起こしたとしても、目障りな作意が感じられず、すっきりとしている。草庵の侘びから離れた大名茶の棗だが、精巧な道具として完成されているのだった。蓋裏を見ると朱漆の花押が、底裏には黒漆書の銘があって、松平不昧公が「羊」という蒔絵師に造らせたことが分かるが、「羊」とはいったい誰か。兄が思い倦ねていると、

「羊遊斎でしょう」

と父が断定した。江戸の名工の名は遠い西国にも聞こえていたが、その隠し銘を見るのは彼もはじめてであった。ふつう職人は造ったものにいちいち銘を入れないので、よほど求められているのだろう。身近な風景の中に存在しない羊の文字をわざわざ雅号に使う人がほかにいるとも思えない、と父は話した。彼の鑑定は当たって、意地悪な持主が樅材の外箱を見せてくれたのはそのあとである。蓋裏に「羊遊斎に造らせらる」と墨で書かれていた。

「菊でなくてもいい、こういう棗を造れますか」

茶会の亭主に訊かれて、父はよい下絵があれば近い物はできるだろうと答えていた。蒔絵師の中には自ら下絵を描く人もいるが、下絵師と呼ばれる職人を使うのが普通で、秀美(しゅうび)を究(きわ)めるにはそれこそ優れた画家の力がいる。しかし茶道具の制作は茶人の要望しだいであったから、菊より鶴がいいと言われれば従うしかなかった。その意味では美意識の高い人に認められることが、蒔絵師にとってはよいものを造る近道であった。

「理野に話して、いくつか花の下絵を描かせましょう」

兄は父の葛藤(かっとう)を察して、複数の下絵の中から先方に選ばせる方法をすすめた。共通の美意識を持つ顧客を失ってから、父の工房は注文が多いわりに依頼者に恵まれていなかった。といって好きなものを造ってすすめるわけにもゆかない。売れなければ金銀を無駄にするだけでなく、職人の驕(おご)りと取られかねない。兄は父の古典的な技法を嫌いながらも、その執着は認めていたのだろう。

午後遅く帰宅した二人は長兄を交えて羊遊斎の技巧について語り合い、注文の棗(なつめ)をどういう意匠で造るべきかを話し合った。依頼主が斬新な意匠に魅せられたからには古いものは出せない。通いの職人が帰って夕暮れの工房は冷えていたが、話に熱がこもると彼らは時を忘れてしまう。理野が見かねて明かりを灯(とも)しにゆくと、暗い板の間にいる無意味さに気づいて奥の住居へ立ってゆくのであった。

　その夜、男たちの酒の給仕をしながら、長兄に向けて熱心に羊遊斎を語る兄を見たとき、理野はこれで行く先は決まったと思った。彼女は家を出られるなら京でも江戸でもよかったが、遠いほど兄の役に立てるような気がしたし、苦い感傷からも逃れられるように思われた。

「それほど見事なものですか」

　ためしに訊いてみると、兄は一流だと言い、父は薄い笑みを浮かべて黙っていた。

「何が違うのでしょう」

「何もかもさ、ただし塗りでは負けない、棗の合口（あいくち）のよさは親父（おやじ）が上だろう」

　兄は世辞でも誇張でもなく、そう言った。飾らない黒棗なら蒔絵師の出番はなくなり、塗師の勝負になる。そこにはまた別の美がある。だがひたすら侘びを求めた茶の湯は衰え、綺麗寂（きれいさび）からさらに自由な発想をする時代であった。十三歳で塗師に弟子入りし、木地（きじ）を塗ることからはじめた父は美しい加飾を追求する一方で、気持ちは古いものへ回帰している。母が死んでからその傾向が強くなって仕事の上でも老いの淋しさを見つめているのだったが、兄は枯淡のよさを認めながら、華麗で斬新な蒔絵に惹（ひ）かれているようであった。その世界が父のもとにいては遠くなる一方であることを、いつまでもこの家の職人でいることとは別に怖（おそ）れていた。そういう兄を理野は回り道をしながら父を追いかける人として理解していた。

彼女自身は蒔絵を一家の生業（なりわい）として見てきたせいか、美しいものにも職人の苦労や情熱を見てしまう。木地からはじまる工程には幾人もの下職の技が必要であったし、父のように塗りもする蒔絵師はまれであったから、つい華飾の下に隠れているものまで見てしまうのだった。小さな工房の空気を吸って育った彼女は自然に技法を覚えて、下絵も描けば粉蒔（ふんまき）もする。だが、それで女が生きてゆけるということにはならなかった。世間から見れば父親のもとで家業の手伝いをしている女にすぎない。だから茶人に招かれることもなければ蒔絵師として期待されることもなかった。

兄嫁が煮物を運んできて座が明るくなると、男たちは寛（くつろ）いで、こうして父子で飲めるのも幸せのひとつだろうと語り合った。嫁の千代（ちよ）は家事がうまく、きびきびとして見た目も明るい。この家でただひとり漆にかぶれる人でもあった。少し酔ってきた次兄が、姉さん、父さんを頼みますよ、と言うのを聞くと、理野は兄夫婦にすまない気がした。いつまでも弟妹を家に住まわせて、送り出せば父の世話を焼くのも彼らであった。

「その前に棗の意匠を決めないとな」

「兄さん、おれはいつでも発（た）てる、同じことなら早いほうがいいと思う」

「そう焦るな、父さんやおれにも支度がある、それに今度の棗はおまえにも関（かか）わってほしい、肝心の意匠だが、理野はどう思う」
上の兄に訊かれて、彼女は南天か藪柑子はどうかとすすめた。見事な菊花と張り合うよりは控えめな葉と赤い実で棗は十分に冴えるだろうと思った。細部を説明する言葉が完成品の画像となって職人の脳裡に浮かぶのに時はかからない。葉は銀がいいだろうと父が言い、兄が反論するのを、上の兄は優しく笑いながら見ていた。

しかし、それから半月もしないうちに兄と妹は旅立ったのである。出立の朝、三年か五年修業してよい技を身につけたら帰ってこい、と長兄は言った。庭を潰して工房を広くしようという。父は奥で挨拶を交わしたきり、出てこなかった。

二人の兄が最後の話をする間、理野はもう帰らないかもしれない工房を目に焼きつけた。漆に埃は禁物なので、古い家は磨き抜かれて清々としている。小さな工房にも内弟子が二人いて、ひとりはまだ少年だが、ひとりは恐ろしく寡黙な青年であった。早朝の工房で黙々と拭き掃除をしている男を見ると、彼女は声をかけた。

「英次さん、父のことよろしくお願いします」

彼はうなずいたが、瞳の定まらない目をしていた。土地の漆器商の三男で、父について十年近くなる。独り立ちしてもよいころであったが、茶人の相手や商談には向かない。他人の家も居心地がよいとみえて、まだ学ぶことがあるという彼の掃除には心がこもっている。

「ここも広くなるわね、道具を増やすといいわ」

　女の明るさに戸惑うのか彼は黙っていた。薄々彼女の過ちを知っている男に、父が可能性を訊ねたことがある。理野はあとで聞いて、羞恥に染まる思いをした。男は年下であったし、師事する人に逆らえるわけがなかった。あの人、驚いたでしょうと言いながら、彼女は軽率な父を恨んだ。

　兄妹が江戸へ旅立つことを知ってから、英次は父の許しを得て、熱心に弟子に蒔絵を教えはじめた。二人の職人が欠ける工房は忙しくなるだろうから、早く仕込みたいと考えたらしい。蒔絵師にも得手とするものがあって、彼は笄や茶杓といった細物、とりわけ装身具に加飾するのを好んだ。細密な作業が好きで、特に注文がなければ下絵もそういうものを選んだ。父はそんな彼の気性を認めながらも、世間に錠をさして小さな穴蔵で仕事をしていると評した。それは人間のことでもあって、ああいう男は淋しいことを認めないとも言った。理野は彼がいつか弾けて、とんでもないものを生み出すのではないかと半ば期待する目で見ていた。蒔絵師らしく頭の中は常に図案や色彩で埋まっているのに、その半分も言葉が出ないのは表現することに淫して生身の男を生きていないからではないかとさえ思った。

「試みに遊女の笄を造ってみたら」

　彼女は思い切って、いつか言おうと思っていた言葉を口にした。男は目を見開いていた。

「英次さんはどんなものでも自分のために造っているでしょう、ある時期技法にのめり込んで腕を磨くのはいいことだけど、硯も手箱も使う人のためにあるのじゃなくて」

「わたしは誰に頼まれても美しいものを造るだけです、細工をしながら使う人の顔を思い浮かべたことはありません」

「淋しいわね」

彼女はそう思った。漆器商の息子が蒔絵師になっても孤独な精神は変わらない。使う人の喜びよりも技巧を求めて自足している。

「お嬢さんは依頼主の暮らしまで考えますか」

「もちろん考えるわ、求めるものが違うと思うから、職人が狩野流を気取ってもはじまらないし」

「それで遊女ですか」

英次は言い過ぎたと思ったのか、目をそらして繕う言葉を探していた。理野は何か言うかと期待して待ったが、それが彼との別れになった。

兄嫁が呼びにきて彼らは外に出た。まだ人影のない家の前の通りで、兄弟は照れながら手を取り合っていた。親父は頑固だなあ、淋しいのさ、と言い合う顔に離愁は感じられない。父には別の思いがあるのだろう。英次は弔いにでも加わるようにうつむいていた。やがて発つときがきて、理野は兄のあとから歩いていった。窮屈な世間から解放された瞬間にほっとしながら、ふと江戸にも英次のような男がいるのだろうかと思い、何をするか知れない自分をたしなめる気持ちであった。

あわただしい出立から一月後には江戸浅草の旅籠に落ち着いた彼らは、神田にある原羊遊斎の工房を訪ねて入門を申し込む日を繰り返した。広い工房に主の姿はなく、仕手頭の四郎蔵という人が内儀に取り次いでくれたが、多忙らしくなかなか会えない。幾日かしてどうにか会えたのは剃髪した五十年配の大柄な男で、蒔絵師というよりは気難しい和尚のような風貌の人であった。

菊の棗を見て考えさせられ、教えを請うためにきたと正直に話す兄に、羊遊斎は好意的な目を向けていた。口調は案外に柔和で、人手はほしいが弟子はとらない、職人として学ぶ気があるなら考えるが何ができるかと訊ねた。

「得手は高蒔絵で茶道具をよくしますが」

兄は言いかけて、口で説明するより早いと思ったのだろう、持参した下絵帖と茶筅筒を見てもらった。木製の筒は溜塗の地に金高蒔絵で烏瓜が描かれていて、三枚ある葉の一部は金貝と螺鈿であった。下絵帖にもその絵がある。羊遊斎は下絵帖を捲って茶筅筒と見比べると、

「よいものです、明日から来てください」

と即答したが、下絵帖を置くより早く、大事な客を待たせているので失礼すると言って立っていった。入れ替わりにえいという妻女が茶を運んできて、住まいや給金の相談をしたあと改めて工房を案内した。そこは父の工房と違って会所のように広く、静かで、職人の数も桁違いの多さであった。数十人はいるであろう男たちが、恐ろしいほどの手際で印籠や櫛や茶器をこしらえている。明日から兄はそのひとりになるのだった。

彼は内弟子として直接羊遊斎から学びたいと考えていたので、いくらか気を落としていたが、工房を辞して外へ出ると、仕方がないと言った。

「あれだけ人がいては一人では教えきれない」

「金粉を見ましたか、まるで塩でも振るように使っています、あの中にいられるだけでも幸運でしょう」

理野は自分でもどこかおかしいと思う言葉で慰めた。通りには下駄屋や塗師の家が続いて、大量の台木や木地が匂っている。塗師は下駄を塗るとは限るまい。すると次々と造られる漆器や櫛が原工房へ流れてゆくようすが目に浮かんだ。彼女はそこに文字通り金粉の舞うきらびやかな世界を重ね合わせて、この町で兄は必ず飛躍するだろうと思った。その可能性が女の自分にもあるような気がして、何かしら熱い感情が湧くのを覚えた。兄のために下絵を描こう、そう胸の中で呟きながら真新しい日々の予感を愉しんでいた。

次の日から兄が工房へ通いはじめると、理野は浅草の町を散策した。近いうちに旅籠を出てどこかに住まうとしても浅草ではないような気がしたし、そうなってから訪ねられるかどうか分からなかった。彼女はまだ江戸の広さも、道を選べば案外な近さにある町の繋がりも知らなかったが、目につくものが多いせいか迷う気はしなかった。三月下旬の町には陽射しが溢れて、風も快かった。

広小路から雷門をくぐると、中店といって参道の両側に町屋が続いている。人波に揉まれながら覗いてゆくと、仁王門にかけて売っているのは数珠や薬や菓子であり、名物の浅草海苔や茶筅や浮人形の類であった。桜は散り、三社権現の祭礼も終わって落ち着いたという浅草だが、西国の女の目には眩しく映るばかりであった。

参道の途中にある横道には小綺麗な茶屋や料理屋が軒を並べていて、道ゆく人の話では馬道というらしかった。彼女は歩いてみたが、ひとりで店に入る勇気はなかった。ずっと人の影を踏んで生きてきたせいだろうか、つまらないところで世馴れない女が出てしまう。そういう自分が嫌で、彼女は見知らぬ土地へ出てきたはずであった。

参道に戻ると仁王門の右手に五重塔や芝居小屋の幟が見えて、正面には本堂がある。門の手前には二十軒余りの茶店が連なり、参詣客が気軽に休んでいる。あとで寄ってみようと思いながら歩いてゆくと、本堂のまわりには楊枝を売る床店が並んで、どの店も若い女が商っていた。目を引く飾り台には歯磨粉や五倍子粉もあって、女主人たちの歯はどれも白い。彼女は客の男たちが楊枝も見ずに女とのお喋りを愉しんでいるのをおもしろく眺めた。主人と客を入れ替えたら楊枝は売れないだろう。名刹の観音菩薩のそばなので、美しく愛想のよい女たちが楊枝を商う光景は何か不思議な気がした。それにしても、これほど人の集まる寺を彼女はほかに知らない。

「遠くへはゆくなよ」

兄は軽率な妹を案じて言ったが、境内を見て歩くだけでも半日はかかりそうであった。

昼近く錦絵を買って茶店で眺めていると、きれいですね、国貞ですか、と茶汲み女が言った。絵は蛍狩りをする女の図で、理野は描かれた蒔絵櫛を見ていたのだったが、一目で落款を読んだ女に驚かされた。文政の江戸を賑わしているのは物だけでなく、心の豊かさであるように思われた。彼女は錦絵の女に自分を重ねながら、夏の日、蛍を追う女のときめきを思い浮かべた。そういうものがなくては生きているとは言えなかった。

昼下がりの浅草寺は喧騒が和らぎ、心なしか見通しがよくなる。広い奥山を巡って三社権現を見たあと、どうするという当てもなく随身門から隅田川へ出て吾妻橋を見るうち、ふっと絵心が動いた。開放された眺めにほっとし、川の明るさに慰められた。写しておこうと思い、矢立てを取り出してから彼女は紙のないのに気づいた。どうりで兄が、おまえは慎重なくせに注意が足りないと言うわけである。言葉は彼なりの警告でもあろう。

橋脚の多い反橋は背の丸い櫛を連想させて、そのまま挿櫛の表から裏へ架けてもおもしろい構図であった。川の流れもゆったりとして優しい。橋のかわりに朱漆の川面に鳥を遊ばせて、州流しに金を蒔くのもよいかもしれない。国貞の錦絵を見たせいか、挿櫛を飾る意匠が浮かぶと、彼女は髪から櫛を抜いて眺めたが、古さと味気なさに溜息がでた。蒔絵師の娘が髪も飾らないでどうするのかと自分のことながら呆れた。

しばらくして振り返ると広小路の雑踏が目に飛び込んできた。ぽっと出の女の目に江戸は聞きしに勝る賑わいようで、人も町も華やいでいる。そこに身を置くことにまだ馴れていないせいもあったが、このまま紛れてしまうことにもためらいがあって、何か芯を持たなければ呑まれてしまいそうであった。

午後もまだ明るい時刻に兄が帰ってくると、彼女は茶を淹れて、奥山で買った浅草餅とともに供した。

「どうやら迷わなかったらしい」

「歩いたのは浅草寺の境内と川べりだけです、お昼に更級蕎麦というのを食べました」

うまかったか、と顔を寄せた兄は疲れたようすもなく、明るい表情をしていた。

「白くて上品なお蕎麦でしたが、気が張ってしまって、神田のほうはいかがでしたか」

彼は笑って、初日にしてはまあまあだろうと答えた。帰りが早いのは工房の方針で、職人は漆を乾かす室が埋まると仕事を切り上げてしまう。今日は手馴らしに数物の棗に蒔いたが、下絵が洗練されているので戸惑いはなかったと話した。あれだけの人数がいながら、工房はひとつの息をしているとも言った。理野は兄がもう水を得たのを感じた。話題を変えるために錦絵を見せると、

「国貞か、江戸らしいな」

と彼は眺めた。蒔絵師なら女の艶やかな姿に比べて蛍が暗いことに気づくはずであったが、兄はそれ以上の感想を口にしなかった。妹の心に湧いた厄介な思いを感じ取っていたのかもしれない。

異郷での転身を思いつめていた彼女は、新しい蒔絵を学ぶためにも自分の下絵を羊遊斎に見てもらいたいと考えていたが、冷静な兄を見るとなかなか言い出せなかった。兄の修業を優先させなければならなかったし、その兄が妹の変化を望んではいないように思えたからである。けれども彼を支えて身の回りの世話をすることと、魅惑的な

江戸の文化の中に身を置くことは別であった。にぎやかな町に暮らして表面の華やぎに触れるだけでは物足りなかった。

「宿でこうしていてもお役に立てません、わたくしの下絵を使ってもらえないでしょうか」

あるとき思い切って言ってみた。下職でもいい、蒔絵に関わることができたら、兄のためにもなるだろうと考えたが、

「そのうちな」

と彼の返事は冷たかった。

その後も兄の修業は順調にすすんで、工房での役割も決まると、彼らは羊遊斎のすすめで根岸の寮へ越していった。工房の近くに適当な借家が見つからないこともあったが、寮なら家賃もかからないし、賄いの女もいると言われた。そこから神田の工房までは半刻ほどの道のりで浅草も近いというので、根岸という土地を知らない二人は山下の瀟洒な家を思い浮かべた。しかし案内されたところは糞土が臭い、町の活気は絶えて、目に映るのは江戸とも思えない淋しい景色であった。点在する人家も荒ら屋にしか見えない。

道を覚えるために神田からきた彼らは、俗に金杉通りという奥州街道の裏道から逸れて、ひどく幽閑な村里を歩いていた。根岸が武州豊嶋郡金杉村の小字と知ったのは、

そこに足を踏み入れてからである。二股の多い小道を歩いて石稲荷を過ぎると、分かれ道の間に目印になりそうな醤油蔵がある。左は小高い丘を登る坂道で、丘の上は深い樹木に被われていた。中に比丘寺と大塚稲荷があるという。寮は醤油蔵の前を右に折れて最初の横道の奥にあった。粗末な門をくぐると一跨ぎのところが玄関で、すぐに留守番の女が出てきた。四十前だろうか、とても落ち着いた人で客を迎える仕草が美しかった。

「粂次郎さんから聞いております、西国からいらしたのですって」

彼女は羊遊斎のことをそう呼んだ。近しい間柄なのだろう。身嗜みのよい人で、清潔な髪や姿のよさは芸事に生きる人を思わせた。あるいは生きたのか、寮番には見えない。下働きの女を想像していた理野は異質な世界に踏み込んだ気がした。

落ち着いた庭を持つ寮は二百坪もあろうか、案内された二間続きの部屋の障子を開けると、山茶花の垣の内に梅や松の木が眺められた。外には榑縁がまわされ、庇が張り出している。ときおり羊遊斎が泊まる部屋は別にあるので、茶の間からこちらは好きに使ってよい、と女は話した。やはりここは彼女の城なのだろう。歯切れのよい、それでいて優しい印象の人は胡蝶といった。雅号か愛称だろう。三十代に見えたのは彼女の若さで、風情からすると四十代の半ばかもしれなかった。

兄が改めて挨拶する間も、理野は女の居住まいや彼女のうしろにある文台に目をやっていた。古いわりに柱も棚も主人と同じように磨かれていて隙がない。庭へ目を移すと庇は気にならない高さであったが、冬は暗く淋しいだろうと思った。調いすぎた空気は寮というより富人の隠亭を思わせて、何が潜んでいるか分からない気がした。

「賄いの女ですか、粂次郎さんも口が悪いわ」

「先生にからかわれたようです、不馴れなのでよろしくお願いいたします」

「暗くなる前にお隣にご挨拶に伺いましょう、不審に思われてもいけませんから」

やはり寮ですかと訊ねた兄へ、

「まさか、雨華庵ですよ」

女主人は軽い驚きを返した。

庭続きの隣家に暮らしているのは画家の酒井抱一で、播州姫路十五万石の藩主は彼の甥にあたるという。羊遊斎と抱一が昵懇だと聞くと、兄も驚いたが理野は胸が震えた。抱一は画家である前に大名家の人である。そんな人がこの鄙びた村に庵を結んでいようとは思わなかった。七年ほど前に光琳百年忌を営み、「光琳百図」を刊行した男は文政の江戸に丹青という眩い華の雨を降らせていた。その源に二人は来たのである。

あとで分かったことだが、あたりには錚々たる文人が暮らしていた。雨華庵の西側には抱一の弟子で酒井家家臣の鈴木其一が、その南側には国学者で歌人の畠山梅園が住み、石稲荷の近くには儒者の亀田鵬斎や浮世絵師や彫師の江川家などが垣を連ねて、少し歩くと画家の烏山松叟や漢詩人の寺門静軒がいるという具合であった。どうしてか彼らは物侘しい家居を好んだ。

夕暮れ近く、身仕舞いを調えて雨華庵を訪ねると、藍染めの衣に頭巾を著けた美しい人が応対した。色白の、瞳の綺麗な年輩の人で、胡蝶が親しげに来意を告げると、

「主人は留守ですが、お上がりなさい」

と招じる声も美しかった。

玄関の板敷を上がってすぐの茶の間で、彼らは煎茶をいただいた。酒井抱一の住まいとも思えない古い家は傷みがひどく、今にも天井が落ちてきそうな荒れようであった。何かしら饐えた匂いもする。それでいて貧しい感じがしないのは眺めのせいだろう。広くとられた苑池には梅の大木が見え、檜や白膠木とともに山茶花や紫陽花がほどよく配置されていた。片隅に露地らしい茂みと見越しの松が見えるのは囲があるのだろう。茅屋であれ、調和を知る人の住まいであった。

胡蝶に紹介されて兄が名乗ると、

「妙華尼と申します、更山どのが寮に招くからにはよほど気に入られたのでしょう」

その人はいくらかの敬意をこめて、羊遊斎が書状や寄進物によく用いる別号を口にした。原羊次郎という優れた蒔絵師の友人を更山と呼ぶのかもしれず、彼女自身も

小鸞女道士と号す俳人であった。もと吉原の大文字屋の遊女で、抱一上人の愛妾だと理野が知ったのは一月もあとのことで、そういう匂いは少しも感じさせない人であった。正妻と信じて疑わなかった彼女は、剃髪して閑居する女の心境とはどんなものであろうかと眺めていた。人にはそれぞれの生き方があるとはいえ、妙華尼も胡蝶も平凡な女を生きて、そこにいるようには見えなかった。

「八十丸さまもお留守ですか」

「何やら忘れ物をしたとか申して出かけてゆきました、忙しくしたい年頃なのでしょう」

女二人の会話は穏やかに弾んで、どちらが目上とも言えない打ち解けようであった。

「殿方の忘れ物は怪しいものです、むかしそう言ったきり帰ってこない人がおりました」

胡蝶が言い、二人で駐春亭にでもいるのでしょうと妙華尼は笑っていた。養子の八十丸は鶯蒲といって、やはり画家である。生家は寺だと聞くと理野は画才に恵まれた少年を羨ましく思った。

「原流に馴れるまでは苦労でしょうね、東都の蒔絵はいかがですか」

優しく訊ねられて、兄は清新で学ぶことばかりですと答えていた。酒井邸にいることに彼も興奮していた。名もない蒔絵師をもてなす妙華尼の言葉は彼の胸に響いたに違いない。彼女は兄に向けて、そのうち抱一の下絵で硯箱(すずりばこ)を造ってもらえますか、更山どのは忙しいようですから、そう言った。この思いがけない依頼は兄の気持ちを一気に昂揚(こうよう)させた。彼は恐縮しながら好みを訊ねていたが、どう蒔くかは抱一が何を描くかによってほぼ決まるのであった。

その夜、寮の部屋に落ち着くと、兄は江戸での苦労ばかり覚悟していたので、まさかこれほどの幸運が自分を待っていようとは思わなかったと話した。夕暮れの興奮は確かな目標に変わって、いつか抱一の下絵で優雅な硯箱を造る日を信じていた。そのためにも彼は羊遊斎から多くのことを学ばなければならなかったが、すでに工房にある光琳風の下絵を模して自分なりの蒔絵を試してみたいという。下絵に込められた画家の感性を自分のものにしなければ本当に技法を身につけたことにはならないからであった。物寂しい里での思いがけない巡り合わせに、理野は才能や出会いによって変わる人生を思い合わせた。兄はその幸運を手にしたようなのである。

「ここで試作をしよう、工房で言われたことをするだけでは追いつかない」

思いつめると駆け出す兄は、おまえにも光琳風の下絵を描いてほしいと迫った。願ってもない話に彼女は喜んだが、まだ修業をはじめて間もない兄が新作に挑むのは性急ではないかと思った。けれども自分を試したい気持ちは彼女も同じであったから、口からは別の言葉が出ていた。

「先生はお許しくださるでしょうか」

「たぶんな、妙華尼さまからご依頼があれば断りはしないだろう、おまえも忙しくなるぞ」

「尾形流を学びます、新しい華を見つけなければなりませんし」

根岸という里の知的な豊かさを喜びながら、彼らは互いの可能性を語り合った。技術のある兄は原蒔絵の発想を学んで自信を深めたのだろう。

　次の日から彼は寮での自学をはじめた。工房へゆけば複数の制作が待っている。貪欲に学ぼうとする意識は与えられた仕事をこなす下職の域を超えて、みるみる腕を磨いていった。才能の開花はすぐそこに見えていた。しかし神経を尽くす蒔絵の疲れは重たく、やがて反動がきた。

　ある日の午後、寮の庭で下絵にする矢竹を写していたとき、その知らせはきた。胡蝶に呼ばれて茶の間へゆくと、待っていた若い男が兄の急死を告げたのであった。男の慰めの言葉に青ざめながら、理野は騙されているような気がした。風疾と兄の若さは結びつかない。何の前触れもなく工房で倒れた彼は、頭部を框に打ちつけて意識をなくしたという。すぐに医者が呼ばれたものの、生へ引き戻すことは不可能であった。一瞬の発作のあと、工房の誰かに言葉を託す暇もなく、兄は旅立ったのである。妹のもとへ帰ってきたのは彼の道具と使い損ねた情熱だけであった。

突然の不幸から自分を取り戻すまでの数日、理野は茫然として過ごした。異郷でのあまりに唐突な別れであった。弔いは胡蝶と見知らぬ大勢の人の手で、おそろしく手際よく営まれた。喪主にできたのは亡骸に根朱筆を持たせてやることだけであった。務めが終わると、彼女は兄の荷物を片付けながら、もう蒔く人のいない下絵帖を淋しく眺めた。従う人をなくしては女も身の振り方を決めなければならない。

「命は分からないものね、若くして死ぬと残念だと言い、お年寄りが安らかに終われば長生きで幸せだったと言うけど、それだけとは思えないし」

「兄はこれからでした、あと十年もあれば蒔絵師として大成していたでしょう」

「追うものがある人は八十でもあと十年の夢を見るものよ」

胡蝶は彼女らしい言葉で慰めてくれたが、理野には兄が存分に生きて晩年の一日に去ったとは思えなかった。十年後の兄も二十年後も想像できる彼女は、今も景色のどこかに彼が紛れているような気がする。すぐそこの庭の木陰や家の暗がりにいて、夜になると語らうために出てくる、そう思うほうが気が楽であった。父に何と言おう、と思いつめていながら彼女は訃報を書けずにいた。するうち十日が過ぎて、不自然な滞在に気づいた。

「もう少しここにいてもよろしいでしょうか」

「いいわよ、どうせ部屋は空いてるんだし」

と女主人は優しかった。女のあてどなさを分かる女は心の広い人に思われた。

羊遊斎の弟子が寮に訪ねてきたのはそのころである。雨華庵に用事があったらしく、帰りに立ち寄ったようすの男は、あなたが理野さん、と応対した彼女を眺めた。手に兄の羽織と爪盤を持っていた。目を合わせた瞬間、彼女は別れた男が迎えにきたのかと思った。痩せて肩の張った体つきもよく似ている。男は用件を言うのを忘れて立っていたが、あら祐吉さん、と胡蝶の声を聞くと急に表情を和らげた。彼女に言われて自分の家でもないのに奥へ招じながら、理野はある不安にさらされた。

案の定、羊遊斎の使いできたという男は兄の遺品を返すと、すぐに帰郷するようにすすめた。当然だと思いながら、理野は男の顔にある幻影を見てしまうと引き下がれない気がした。このときにこの男がいる偶然にかけてみたいと思った。

「兄の道具はわたくしも使えます、どうか原先生の弟子にしてください」

気がつくと、彼女は男に平伏していた。

あるとき心の奥深く封じ込めて錠をかけたことが、どうしてか予感していたような生々しさで現れることがある。目の前の男に、理野はあるはずのない親しみと恥じらいを覚えた。弟子入りを申し込んだのはその場の成りゆきであったが、口にすると以前から思いつめていたことのように思われた。しかし男は冷たく言い返した。

「先生は女弟子はとらない」

「では下職に雇ってください、下絵も描けます」

「女の蒔絵師か、まず無理だろうな、優しく教えてやる暇はないし、男の中では不都合も多い」

「櫛ならどうですか、女が挿すものですから男の人に負けるとは思えません」

本当かというような目で見つめられると、彼女は下絵帖をとりに立っていった。兄のために描きためたものの中には櫛の意匠もある。隅田川に都鳥を浮かべて揺れを描いたものや、狐の嫁入りを擬人化したものを見せると、男は丁寧に眺めていたが、よいとも悪いとも言わなかった。

「お願いします、もっとよいものを描きます、先生の蒔絵に馴れればきっと描けます」

待ちかねて彼女は言い募った。

「それにしても発想が極端すぎる」

「だから面白いのじゃなくて、ねえ祐吉さん、粂次郎さんに訊くだけ訊いてみたら、わたしから話してもいいけど、それじゃあなたの顔が立たないでしょう」

胡蝶がそばから言葉を添えると、男はしょうことなく心を決めたようであった。渋い顔をしながら、仮にうまく運んだとしても、いまの技量で実景を変形させるのはよくないと言った。理野は気が軽くなったが、男の辛辣な批評には、ふうんと鼻白む気持ちだった。どんな教示も受け容れる柔軟さと、美意識だけは曲げない頑固さ、どちらが欠けても一流の職人とは言えなかった。

胡蝶の口添えのお蔭で、祐吉は羊遊斎にすすめてくれたらしい。数日後に許しが出て、彼女は工房へ通うことになった。兄の急死から半月後のことである。工房には同情と好奇の目が待っていたが、理野にはそれも兄の遺産であるように思われた。その日、祐吉の姿は工房になかった。

「兄が死にました、かわりにわたくしが修業いたします」

彼女は故郷の父に知らせた。同じ女のまま帰れるものではなかったし、帰りたいとも思わなかった。父は説得をあきらめたのだろう、それから半年がゆき、娘は櫛蒔絵師になっていたが、未だに一通の便りもないままであった。

冬の根岸は枯葉が騒がしい。風が立つと時雨のような音を立てて家々の屋根や道を騒がす。兄が逝き、ひとり寮に残ることになった理野は胡蝶のからりとした人柄に慰められた。草庵も山茶花の垣をめぐらせば華やぐように、彼女のお蔭で女ふたりの寮に淋しさはない。雨華庵から流れてくる客や賑わいのせいか、話し相手のいない女の無聊とも無縁であった。

彼女らの住まう根岸の一角は大塚といって、初音の里として知られている。立春から十五、六日目ごろ、梅の咲く少し前が季節なので、理野はまだ聞いていないが、夏の鶯でさえ美しく鳴くのだった。かまびすしい夜の蛙も馴れると風情で、そこに三絃の音が斬り込むと凡常が崩れる。夕食後のひととき、胡蝶はよく三味線を持ち出した。彼女が好んで弾く河東節は優美で渋く、中でも清艶な「八日の月」は理野のお気に入りであった。

「妙華尼さまもお上手よ」

と胡蝶は教えてくれた。剃髪した婦人に三味線は不似合いだが、書に茶の湯に俳諧、そのうえ三絃まで達者と聞くと、女ひとりの間口も広い気がする。自分すら持て余す女に比べ、草庵に暮らして年を重ねても輝く人は教養が違うのだろう。

どうにか死別の哀しみを乗り越えて蒔絵に集中しはじめたころ、新しい下絵を見た胡蝶が、

「あら、花も笑うのね」

と言った。この何気ない、しかし的確な感想に理野は目の覚める思いがした。杜若や朝顔を写した下絵はそれまでと何かが違っていたが、自分でも説明のしようがなかったからである。絵筆ほど気持ちの乗り移るものもないから、少しはましになったかと彼女は思った。

狭い根岸の里には才能がひしめいていて、絡み合い、多彩な色模様を織り出している。はじめ異質に感じた世界も、正体が見えるにつれて輝く一方になった。同化する

にはこちらも輝くしかないし、残された居場所はそこにしかなかった。

大きな樅(もみ)のある丘辺(おかべ)まできて、彼女は太い幹に身を凭(もた)せた。そうしてたまに寄り道をしては張りつめた気持を解(ほぐ)してやる。閉じ込めて人には見せない心細さを吐き出してみる。するうち激しい感情が込み上げてきて、彼女の肩は震えた。いつものように木肌に頬(ほお)を寄せ、ひとりでは抱えきれない樅に腕をまわすと、気のせいか凍えた胸が和らいでゆく。力を込めるほど悲哀は薄れて、いまの自分を信じられる気がする。別れた男、死んだ兄、遠い父のかわりに抱きしめながら、彼女はこれでまたしばらくは持ち堪(こた)えるだろうと思った。


根岸から下谷(したや)を経て神田へ出る道は、浅草を挟んで隅田川の流れに重なる。道のりは今戸橋(いまどばし)から神田川の柳橋(やなぎばし)まで、隅田川の岸辺を歩くのとあまり違わない。ある日そのことに気づいてから、理野は神田を遠いところに思わなくなった。

和泉橋(いずみばし)から神田川を渡ると、原工房のある下駄新道(げたしんみち)まではあと一足である。当初は幽閑な里から繁華な町へ出てくる度に人波と活気に圧倒されたが、もうそれはない。反橋(そりはし)の上から柳原(やなぎわら)の向こうに神田の町並を見るとき、彼女は気を引き立てて蒔絵師に変身する。優れた職人の集まる町へ、背を高くして乗り込む気持ちであった。

原工房の一日は仕手頭（してがしら）の指図ではじまり、その日の手順と制作責任が決められて、終われば日が高くても職人は解放される。工房にいる間は賄い付きで給仕もいるし、材料は使い放題、工賃も高いので、職人は働くことに集中できる。逆に工房が大勢の職人を抱えて厚遇するには高価なものを量産しなければならないが、それも彼らの手にかかると半日仕事であった。

「ばかやろ、早くしな」

　生産の早さに馴れないころ、理野は気短な男に急（せ）き立てられた。蒔絵の制作は分業で、下絵を漆器に転写する置目（おきめ）から仕上げまでの工程に幾人もの下職が関わる。その流れは分かっていたが、ここまで分業が徹底した工房を彼女は見たことがなかった。西国の小さな工房では茶人や富商からの一点物の依頼が多く、彼女の父などは一人でほとんどの工程をやるので、とられる日数を考えると採算が合わないことすらある。しかし、ここでは一枚一千文もする蒔絵櫛だけでも月に百数十枚は造るのだった。蒔（ま）く物によっても職人は分けられていて、工房全体の生産力は計り知れない。

　櫛の下絵と粉蒔（ふんまき）を受け持つ理野は画家の下絵を薄い美濃紙に描き写すだけの日もあれば、神経を張りつめて高価な金粉を蒔く作業に追われる日もある。漆塗りだけでも美しい櫛に洗練された意匠を高蒔絵や薄肉（うすにく）高蒔絵で施すと、櫛は主張する表情を持って華やぐ。もっとも一千文の櫛は裕福な家の女でなければ手が出ないだろう。

「この櫛、幾つくらいの人が挿すのかしら」

よいものを造りながら使う人の顔が見えてこないと、彼女はもやもやして同僚の男に訊ねた。櫛は女の髪を飾るものだし、髪にも齢(よわい)がある。

「そんなことは考えなくていい、櫛はほしい人が手にする、職人はいいものを造るだけさ」

男はそう言ったが、できるなら一人の女のために、その人にふさわしい櫛を造りたかった。

広い工房は作業の音が続くだけで話し声は少ない。物音は背景として消えてゆき、かわりに息苦しい沈黙が気になることもあるが、下絵に専念するときの理野はこの石庭のように張りつめた静けさを好んだ。抱一上人が刊行した光琳百図や工房の下絵帖を参考にしながら、自分なりに櫛の意匠を考えるのは愉しい仕事であった。

しかし彼らが光琳風と呼ぶ簡潔な構図で情趣を醸し出すのはむずかしく、省略するだけでは稚拙な絵に終わってしまう。とことん対象を見つめながら、潔(いさぎよ)くなくては描けない。それらは古い濃密な意匠と違って、空間が広くとられ、その分すっきりとして、蒔絵が得意とする小画面に生気を吹き込むものであった。装飾とはいえ、蒔絵は華美が過ぎると重苦しいだけで触れていたいものにはならない。過剰な装飾を捨てて飽きのこない美しい表情を追求するもの、重厚華麗を目指して金銀を湯水のように費消した伝統様式と対極にあるもの、それが原流かもしれなかった。

　彼女の下絵は大胆だが不完全であった。裏から漆で輪郭線を書き起こし、漆器の表面に置いて意匠を転写する本下絵は、染物の型紙と同じような役目をする。まずい型紙ではどんなに腕のよい染師でもうまく染まらないように、蒔絵も下絵の完成度で表情が決まるのだった。しかも置目をする面は平坦(へいたん)とは限らない。下絵師は漆器の形状と許された画面を見極め、焦点となる華を人工的に生み出す。写実もひとつの手法には違いないが、画家とは違う目がなくては道具の装飾はできない。

　あるとき朋輩(ほうばい)の下絵師に、余白を広くして見る人に想像させるのが今様(いまよう)光琳だろう、あんたは葉でも花でも描きすぎると言われた。そのつもりで描いていたので、理野は虚(きょ)を衝(つ)かれた気がした。

「この葉はいらない、違うか」

「それでは淋しいと思って」

「だから赤い実が生きるんじゃないのか」

　彼女は屈服した。余分な葉はもぎとられて虫食いの葉が残ると、確かに櫨の秋が深くなった。消えた葉の分だけ加飾の手間も省ける。だが何より大切なのは瀟洒(しょうしゃ)な表現であった。これでどうにか見られるものになったな、と男が鼻で笑ったように、少しでも技量が劣れば彼らは容赦なく軽蔑(けいべつ)した。女を意識されたのは初めの数日で、精密な加飾に没頭する職人の目に西国のくたびれた女は映らない。その意味では祐吉が案じたようなことにはならなかったのである。

無駄なものは一切いらない。それは意匠のことであり、この工房の空気でもあった。櫛に限らず、そこで生み出される蒔絵物はすっきりとして、新しく、気がきいている。伝統を破りながら奇異な印象はなく、密かに待ち望んでいたものが現れたときの快い衝撃を与える。望む人が多いために棗や香合も三十、あるいは百という数で造られるが、工房が金銀粉を大量に消費するのはその生産数のためで、ひとつの品に使われる量は意外に少ない。とりわけ櫛や笄といった小間物の数物は大衆を意識して頻繁に意匠を変えるので、金だけの高蒔絵にすることは滅多にない。

「十二ヶ月の草花で十二種の櫛を造っても、ここでは半年しか過ぎない」

そんなことを言ったのは、やはり下絵師の男であった。名工のもとで優品を生むのは職人の張り合いだが、売るために急ぐことには考える余地があった。心では男にうなずきながら、理野の立場では愚痴も言えない。下絵を描くときは光琳の弟子になったつもりで、蒔くときは漆の暗闇に花を降らす気持ちで向かうようにしている。自分の下絵が採用されてひとつの完成をみれば喜びが湧いたし、半端な女も役に立つのを知ると働く甲斐があった。

原蒔絵の主流は光琳風だが、羊遊斎は古い良いものから着想して再生したり、浮世絵を意匠に使うこともある。大名家からの注文も多く、それは彼と選ばれた職人たちの仕事であったから、理野は師の職域に近づいたこともなかった。いつか呼ばれる日がくるのかどうか、今は仲間に認められることが先決であったし、光琳風の認識も不足していた。あるとき青金粉を分配にきた老人が、

「あんたは蒔絵師なのか、それとも下絵師か」

と訊ねた。

「両方ですわ、いまのところ」

彼女は慎重に答えながら、老人がどっちつかずの女を不愉快な目で見ているのを感じた。職人の世界に曖昧な立場が禁物なのは作業に混乱を招きかねないからであった。けれども彼女は彼女で頭の指図に従っているだけであった。

職頭のひとりに金次郎という人がいて、

「いい仕事をしている、気にするな」

と言ってくれた。若いのに耳が遠く、職人たちからツン金さんと呼ばれていたが、目配りのきく人で幾度かさりげなく励ましてくれた。印籠がうまいと聞いているが、理野はまだ彼が印籠に蒔くのを見たことがない。大量の注文を捌くので忙しいのだろう。その日も新しい意匠の櫛に蒔いていると、いつのまにか近くの物陰から彼女の仕事ぶりを見てくれているのだった。

置目をとる本下絵とは別に職人の手許には技法を記した線描画があって、漆上げ高蒔絵で葉と茎は金、花弁は銀、雄蕊は金というように全てが決められている。そのとき理野が蒔いていたのは黒漆地に描かれた百合であった。線描画にある下絵銘は抱一筆で、櫛の表にはうつむいた百合の花と数枚の葉が、裏に花弁の一部と蕾がくるように描かれている。どうしてか花には雌蕊がなく、意匠としては整っているが、気がついて不満に思う人もいるのではないかと彼女は気を回した。大胆に図案化するならともかく、雌蕊ひとつのために写実を捨てる意味が分からなかった。

粉蒔が終わると、櫛はいったん室へ入れて乾かす。風呂ともいう室は上下二段の戸棚形をしていて、内側を湿らせることで漆に水分を吸わせて硬くしてゆく。この室の多さも原工房の異様な光景であった。櫛と櫛の間にはませを置いてほっとしたとき、目の端に飛び込んでくる人がいた。

「ちょっといいかな」

男は囁くように言い、戸惑う彼女を内玄関のある小庭へ誘った。初春の午後のことで、戸外は冷えていたが陽射しが眩しかった。数坪の庭にも可憐な野花が咲きかけているのを見つけて眺めていると、彼は片方の耳のうしろに手を当てながら、

「印籠をやってみないか」

出し抜けにそう言った。

「光栄ですけど、わたしにできるでしょうか、印籠はお武家さまの腰を飾るものですし」

「挿櫛と一対になる印籠、そういうものを欲しがる人がいる、お侍というより男と女だよ」

　理野はうつむいて目を見開きながら、身に覚えのある情念の世界を思い浮かべた。女の髪と男の腰が二人にだけ分かる意匠でつながる。密かに通じ合う男女なら心の休まる意匠がいいし、金銭で逢瀬を繰り返す二人には夢のある意匠がいいだろう。念力で引き寄せ合う二つの魂を思うと、彼女の想像は一気に膨らんだ。

「数物ですか」

「いや、数は少ない、同じものを持つ人が大勢いて、ややこしいことになっても困るからな」

「同じ月を配した落花流水はどうでしょう」

「考え方はそれでいいが、秘め事らしい工夫がいる、たとえば印籠に紫陽花、櫛に蝸牛なら、相手を身につけることになる、男女の意匠としては逆だが、対にすることで別の意味が生まれる」

　おもしろい、と理野は思った。快い興奮の中で道楽蒔絵という言葉が脳裡をかすめたが、創作の魅力の前では重きをなさなかった。

金次郎が周囲を気にしながら、まず思い付く意匠を描いてみてくれないかと話すのを彼女はありがたく聞いていた。いくら職頭でも新参の女に対の印籠と櫛を任せるには勇気がいる。職人の中には反発する人もいるだろう。耳の遠い彼が話すと相手が声を大きくするので、工房で密談はできない。職頭になるだけのことはあって彼は聡明さと慎重さを併せ持っていたが、先覚者の嗅覚で女の意外性に期待しているのかもしれなかった。

「あんたの下絵帖にある狐の嫁入りも使える、少しばかり直して狐の目に青貝を使えば妖しくなるし、印籠にも権門駕籠を持ってくれば道行きを暗示する、相手に何を持ってくるかで印籠と櫛はおもしろくなる」

「ですが、どうしてわたしに」

「勘だよ、あんたには俺たちにはない何かがあるような気がする、口ではうまく言えない」

死んだ兄と同じ年ごろの男に、理野はなぜとなく優れた職人が陥る孤独の淵のようなものを感じた。こういう人は仕事に生きて、家庭も持たずに理想を追い続けるのではないかと思った。

「金次郎さんはひとり暮らしですか」

つい声をひそめると、彼は何だって、と眉を寄せて聞き返した。

「だって何も匂わないから」

「性分さ、今の暮らしを変えたいとは思わない」

男女の秘め事を蒔絵に持ち込みながら、男は恬淡としている。一対の印籠と櫛は単なる表現としての夢らしい。理野には古傷がある。使う男女の顔が見えてくるのは心強いが、別れた男の幻影が忍び寄ってくるのも仕方のないことであった。

「祐吉さんの姿が見えませんね」

彼女は気になっていたことを訊いてみた。

「あの人は棟梁の愛弟子だからな、裕福な家の生まれだし、おれのような手伝いとは身分も違う」

彼は見上げる言い方をした。祐吉は苗字を中山といって、武州葛飾郡寺島村の名主の家に生まれた。葛飾といっても墨東の向島であるから、対岸は江戸浅草である。三男の彼は物心がつくのが早く、いつまでも家にはいられないと悟ると隅田川を渡って羊遊斎に弟子入りした。若いというよりは幼い年齢で、以来蒔絵に専念し、若くして頭角を現した。今は両国の矢の倉に居を構えて、妻子と暮らしている。茶の湯と俳諧を愛す男は物静かで、豊かな知性は蒔絵にも表れる。下職の前に姿を見せないのは羊遊斎の指図で大名家に納める茶道具に掛かりきりだからで、同じ屋根の下にはいるということであった。

　理野は内玄関に目をやりながら、その奥にいるらしい人を思い浮かべた。路地に面した庭には木戸があって、家人や羊遊斎を訪ねる客の通用口であった。祐吉は家族も同然なのだろう。掛かりきりの茶道具とはどんなものであろうかと考え、彼女は兄から聞いていた菊の棗を思い合わせた。工房でも茶道具は造るが、高価な数物には見本があって、その通りに造るだけである。祐吉は羊遊斎の代わりにそういうこともするのだろう。はじめて会ったときも彼は羊遊斎の代理で帰郷をすすめにきた。胡蝶がいなければ厄介な女は寮から追い出されていたに違いない。

「金次郎さんは茶道具はなさらないのですか」

「やらないことはないが、印籠が性にも腕にも合っている、祐吉さんほどの学問はないし、間口を広げるなら煙管(キセル)や重箱がいい」

　蒔絵を印籠からはじめた男は身近な道具に執着し、自分には高尚な遊びは分からないから、とこだわった。茶の湯や諷詠(ふうえい)を遠いものに見ていた。

「一度、印籠を見せてください」

「怖いな、あんたにけなされたら立ち直れない」

　彼は真顔で言い、祐吉の印籠も見事だから先に見せてもらったらいい、とすすめた。理野ははぐらかされて気を落としたが、むろん祐吉の造るものにも興味があって、あの細い手でどんなふうに蒔くのかと思い巡らした。下絵は蒔絵師の手許に残るが、完成した蒔絵物は次々と依頼主に納めてゆくので鑑賞できる時間は短い。道具屋にあるのは進物の注文に備えておく平凡なもので、玄人が見てもはじまらないし、職人が保存するために造ることは考えられなかった。

「じゃあ頼んだよ」

金次郎が言って工房へ帰ってゆくと、彼女は明るい陽射しの中に取り残された。珍しくもない野草に目をあてながら、昨日までとよく似て違う月日がはじまるのかしらと思った。待ちかねた創作への期待と苦い過去の間を魂がたゆたうような気持ちであった。思い切って内玄関から母屋へ上がれば男がいる。別れた男に似ているというだけで語り合えば偶像は崩れてしまうはずだが、今はその存在が気になってならない。優れた蒔絵師たちのそばにいながら、彼らの技術を見られないもどかしさと似ていた。

ふと竹箒（たけぼうき）でもあれば庭を掃きながら待てるのにと思う自分に、彼女は溜息をついた。蒔絵師として願ってもない環境に落ち着き、還（かえ）らない歳月が懐かしいわけでもないのに、また暗い淵を覗こうとする。どうかしているとしか思えなかった。

よく知りもしない人に過去の男を重ねてどうなるだろう、そう思う一方で彼女は祐吉という男に興味を覚えずにいられなかった。あの人は物静かで思慮深いと金次郎は評したが、理野には彼が自信家で神経質な、人に心を覗かれることを嫌う人間に思われた。寮で下絵を見せたときも彼は批判するだけで励ましはしなかった。別れた男もそうであった。妻子がいるというが幸せだろうか。彼女は子を抱くかわりに茶を点てる男と、夫婦の休らいを諦めている女の肌寒い家を想像した。

気がつくと路地に人の気配がして、工房へ戻りかけたときには木戸の開く音がした。穏やかな声に呼びとめられて振り返ると、来客は意外な人であった。

「おいでなさいませ、原先生に御用ですか」

彼女は根岸の隣人を珍しく眺めた。三十前の優しい面立ちの男は鈴木其一という抱一の高弟であった。士分だが、町人の生まれで、抱一のすすめで早世した兄弟子の家を継いだ彼は、どことなく町人のなごりがあって話しやすい。朝が早い理野は夕方に出会うことが多いが、道端でも気軽に挨拶のできる人であった。

歩み寄る間、其一はほほえみながら、少しずつ江戸の人になってゆく女を確かめるように見ていた。工房にいるときの彼女と、根岸の里を歩いている女は違って見えるのかもしれない。理野は化粧もしていなかったが、ここでは職人なので恥ずかしいとも思わなかった。

「いつもと感じが違いますね、陽射しのせいでしょうか」

「お腹が空いて倒れる寸前だからですわ」

彼は声を立てずに笑った。もし彼の目に昨日よりも艶めいて見えるとしたら、それは男のことを考えていたせいだろうと思った。そういうときの彼女は顔色が褪めて、それでなくても薄い肌に妖しい色が差す。暮らしの垢がつきにくいのは守る家庭がないからだし、女としてくたびれていながら苦い過去が顔に出ないのは蒔絵師という別の自分がいるからであった。たぶん女と職人の二つを生きているのだろう。仕事はあとどれくらいで終わるかと訊かれて、半刻ほどでしょうかと彼女は答えた。

「ちょうどよい、そのころにはわたしの用事も終わります、根岸まで送りましょう」

予期しない言葉にためらっていると、来客に気づいた女中が応対に出てきて、其一は母屋の奥へ消えていった。理野はついてゆくわけにもゆかずに、気を変えて櫛の待つ工房へ戻っていった。

午後がすすむと、その日の仕事を終えた職人が帰りはじめて、工房は未熟な若鶏たちの格闘の場と化してゆく。焦りを押し殺して細工と闘う彼らの敵は自分自身であった。

同じ数物を造りながら人より遅いことは、優れた職人の集まる工房では丁寧な仕事をしていることにはならなかった。実際早く終える職人のほうが細工も確かなことが多く、同じ技法にいたずらに時をかけない。理野は昼餉を抜いてどうにか彼らに追いつける早さであったが、仕上がりの質には自信があった。まだ櫛を撥ねられたことはなかったし、金次郎にもいい仕事をしていると言われた。けれども目標は創作であったから、数物によって心から充たされる日はなかった。

衝立の代わりもする室から乾いた櫛だけを取り出すと、彼女は今日の工程を終えるために次の作業にとりかかった。金属粉を蒔いて一旦乾燥させた櫛は、さらに固めるために漆を塗り込む。そのあとまた室に戻して乾かし、仕上げは別の職人の手に委ねるのだった。彼女は兄の道具を使いながら、彼が目指したものを思うと、やはり自ら生み出す仕事をしたいと願った。

人の減った工房で繊細な櫛と格闘するうち、仕手頭の四郎蔵が見回りにきて、彼女の仕事ぶりを見たあと無言のまま去っていった。彼の評価がよいのか悪いのか、理野には分からない。文句を言われないだけましかと思う。彼も羊遊斎を手伝う人で、よい腕を持ちながら自分では蒔かない。そういう人が原工房には幾人かいた。作業を見る彼らの目は誰よりも厳しく、それでいて丁寧に教えることはしなかった。

理野から少し離れたところに、やはり櫛に蒔く男がいる。四郎蔵はそこにも立ち止まって見ていたが、じきに何か言うのが聞こえた。彼女は聞こえないふりをしながら粉固めの手を休めた。

「明日から来なくていい、わけは分かるだろう」

「こんなことで首ですか、まあいいや、ちょうど辞めようかと思ってたところだし、そのかわり今日までの工賃には色を付けてもらいますよ」

男の顔は歪んで、動揺と虚勢が言わせる言葉であった。原工房で認められればどこでも通用するし、食べてゆく心配もいらない。しかし高い技術も生活の余裕もないまま放り出された職人は一念発起して修業に打ち込むか、さもなければ袋物屋にでも雇われて羊遊斎の贋作を造らされるのが落ちであった。彼はどちらにかけるだろうか。四郎蔵が去って茫然としている男に同情しながら、理野はしょうことなく息をひそめていた。

鈴木其一と連れ立って工房を出たのは午後も遅い時刻であった。下駄新道は商いの盛りで売り買いの声が弾んでいる。神田川を越えて根岸へ向かいながら、彼らはときおり足を緩めては短い言葉を交わした。外はまだ明るく、通りには人が出ていたし、並んで歩くのは憚られた。其一もそれらしく振舞っていたから武家と奉公人にしか見えないはずであったが、歩くうちに理野は何となく気後れする自分に気づいた。彼が抱一の弟子だからとか、妻がいるからとかいうことではなく、男といて気分のよいことに戸惑いを覚えた。

「買物につきあってくれませんか」

其一が言い出し、少し回り道して出たのは下谷の池の端である。二人が寄ったのは女たちで賑わう端切屋であった。男はこの秋に嫁ぐ予定の継娘のために半襟を求めようとしていた。妻が身重なのでと言いわけする人にかわって、理野が見立てることになった。奥行のある店の壁には見世棚が続いて、細長い桐箱が蓋を開けたまま隙間なく並んでいる。意匠も色彩も豊富で、たかが半襟とも言えない。柄違いを三十枚と頼まれ、彼女はたちどころに選んだ。不思議とそういう決断は早かった。其一は驚いて彼女の涼しい顔を見ていた。

鈴木蠣潭（れいたん）といった其一の兄弟子が犬毒で逝ったのは六年前の文化十四年のことである。狂犬に噛（か）まれて、それは悲惨な最期だったと胡蝶が教えてくれた。間もなく抱一の取り持ちで蠣潭の姉と結ばれた其一は酒井家の家臣として九人扶持（ぶち）を給（たま）わる武家になったが、出仕するわけではなく、画業を続けながら抱一のために働く人であった。再婚で年上の妻には連れ子がいた。若さを捨てて将来をとったであろう男にも子が生まれようとしている。店を出て不忍池のほとりに立ってから、理野は地味な柄を選びすぎたかと思った。

「むかし江戸が開けはじめたころ、この池の水は下谷村と湯嶋（ゆしま）村の間を抜けて海へ流れていたそうです、あの島には舟で渡っていました」

其一は淡々と話した。池は深く一度も涸（か）れたことがない。見渡し三、四町もあろうか、小島に弁才天がある。水は巣鴨（すがも）の御薬園から出て、駒込（こまごめ）と谷中（やなか）の境を谷戸（やと）川から藍染（あいそめ）川と名を変えて流れてくる。かつては下谷の用水堀で、周囲には茅（かや）や薄（すすき）が生い茂り、道も分からない中で池ばかりよく見えたので、忍ぶことができないという名がつけられた。男のうまい説明を聞きながら、理野は枯蓮（かれはす）で濁る水面（みなも）に見入っていた。水を湛(たた)える景色はそれだけで懐かしく、そういえば国の湖にも小島があったっけ、と遠い日が瞼(まぶた)をかすめた。

　いつも歩いている道の近くに開放された安らぎがあるのを彼女は知らなかった。橋の多い江戸に深い池があるとは思わなかったし、修業にかまけて散策するゆとりもなかった。故郷の湖とは広さも風情も異なるものの、池は幽雅(ゆうが)で、周囲の喧騒(けんそう)を吸い取っている。晩夏には紅白の蓮の花が咲き乱れて、さぞかし華やかだろうと思った。

「蓮が花弁を開くときの音を聞いたことがありますか、わたしはまだないが、人の少ない朝方、期待して向き合うだけでも愉しいものです、花のあと、それこそ蜂巣(はちす)のような花床(かしょう)から実が飛び出すさまは面白いですよ」

　その瞬間を見るために、彼は早朝の池によく出かけるという。色の最も冴える晴天の明け方、瑞々(みずみず)しい荷葉(かよう)と花を脳裡に焼き付けて、絵を描くときの拠(よ)り所にする。蓮の息吹をそのまま写すためであった。蓮に限らず草花は季節がめぐる度に幾度でも観察する。人間の目はそのとき用のないものには鈍感なので、ある日思い込みで描いていたことに気づいて愕然(がくぜん)とするか、遅い発見として喜ぶか、いずれかであった。だから画意もなくごまかした絵は好まない、と言った。池のほとりで女に作画の心得を語る男は心長閑(こころのどか)にみえて友人に恵まれないのかもしれない。夕暮れの近づく池は暗く沈んで、月を呼ぼうとしている。この深い水底(みなそこ)から蓮はどうして蘇(よみがえ)るのだろうと理野は眺めた。

「其一さまはいつもおひとりでお出かけになるのですか」

そう口にしてから、彼女は馴れ馴れしい言葉遣いに気づいて、鈴木さまと言い直した。

「其一でかまいませんよ」

と彼は気さくだった。

「鈴木家を継ぐ前は飯田藤右衛門、その前はただの爲三郎といって、むかしから供を連れて歩くような身分ではありません、父は紫染の職人で、生家の近くには狩野家もありましたから、わたしは子供のころから鮮やかな染色や画家が片手間に描いてくれた下絵を見て育ちました、色の綾が好きなこともありましたが、染師の子として染柄の下絵を描くために絵を学びはじめたのです」

「やはり光琳を学んでおられるのですか」

「今はそうです、しかし十年後は分かりません」

あなたは、と訊かれて理野は返答に困った。西国から出てきて兄を亡くしたことは彼も知っている。故郷へは帰らず、結婚もしないで蒔絵に明け暮れている女に、すらすらと話せることはなかった。黙っていると、江戸の蒔絵はどうですか、と男は話題をかえてくれたが、彼女は浅はかな女を見透かされた気がした。

「ひとことではうまく言えませんが、余分なものを削ぎ落としながら豊かに見える不思議があります、どう蒔くか以前に意匠を絞り込んで、大胆に余白を多くとります、萩なら萩だけという単調さで、逆に鮮やかな印象を与える技法のように思えます」

「それもひとつの光琳風です、どうやらあなたの目は画法をとらえるらしい」

　真顔で言う男を見ると、理野はいつのまにか学んできたことに気づかされた。抱一の高弟に向かって生意気な口をきいた気がして、先輩の話の受け売りだと言ってみたが、彼は薄い笑みを浮かべるだけであった。

「どうです、笹乃雪で豆腐でも食べませんか、蒔絵の話を聞かせてください」

「お豆腐ですか」

　理野は茶店の田楽でも食べるのかと思った。

「根岸の笹乃雪ですよ、担い売りはしない豆腐屋でしてね、ここの餡掛がうまい、京からきた初代がはじめて江戸に伝えた絹漉豆腐は元禄のころから味は変わりません、光琳も京を懐かしんで食べたかもしれない」

「でも胡蝶さんが心配するといけませんから」

　彼女はためらったが、それなら笹乃雪から使いをやりましょう、と其一は気軽に構えていた。根岸という場所にも気が弛んで、隣人と豆腐を食べて悪いこともないし、と思い直したのは彼女にも語り足りない気持ちがあるからであった。光琳や作画の話も聞きたいし、彼とならー対の印籠と櫛の話もできるはずであった。

　薄い夕闇の気配に押されて歩き出すと、いつもひとりで歩く道が短く感じられて、遅い足取りにもかかわらず町のほうが通り過ぎてゆくようであった。理野は男の供らしく胸に半襟の包みを抱えていたが、ときどきそうして彼の奉公人に成りすましたり、水辺で絵の話をしたりして過ごすのも悪くはないような気がした。蒔絵だけが頼りのかさかさした暮らしに、男と語り合うくらいの弾みがあっても罰はあたるまいと思った。男のために辛い思いをしたとはいえ、彼女は男に懲りている自分を好きではなかったし、たった一人の男の面影を世の中のすべての男に重ねているわけでもなかった。若い気鋭の画家の胸には女の想像を超える世界があって、何かしら奇妙で斬新な、それでいて激しく心を揺さぶるものに巡り合えるかもしれなかった。

　夕暮れの根岸は人声が絶えて、葉風の音が淋しく聞こえる。日没前に里へ入ると、其一は道を選びながら音無（おとなし）川のほうへ歩いていった。寮のある大塚とは方角が違っていたが、親しい樅（もみ）の木が見えると理野はほっとした。男といて空腹を思い出すのも、ある種の馴れであろう。やがて出た庚申塚（こうしんづか）のある坂道からは根岸田圃（たんぼ）が見えて、初春の今は鶴が遊んでいる。歩きながら其一が、

「開いているといいが」

　と呟くのを見ると、彼女は急に心許（こころもと）ない気がした。このまま日が暮れたらどうな

るか。温かい食事と語らいのかわりに、虚しい馬鹿げた光景が目に浮かんだ。男も気まずく思うのか、その場を繕うように喋り続けた。

　玉屋忠兵衛という笹乃雪の初代はもともと宮家のお出入りで、元禄年中に公弁法親王が東叡山寛永寺の住持となるために下向したころ、豆腐御用を仰せつかって江戸へ出てきたと言われる。幕命で東下住持となった皇子は輪王寺宮と称し、やがて懐かしい京の豆腐が出来ると、笹の上に積もりし雪のごとき美しさよと讃えて「笹の雪」と名付けた。以来、笹乃雪は上野の宮家へ豆腐を納めているが、商いは小さく、売り切れると店は昼前でも閉めてしまう。ここまできてそんなことを言われると恨めしくなって、理野は坂の下に見えてきた枝折戸のある家に目を凝らした。

　茅葺きの平屋で入口に庇のある店は、音無川に寄り添う王子道と交わる小道の角にあった。坂下に橋があって川を越えると、あたりはもう田園である。軒行灯は出ているものの、店の表戸は閉められていて、人の気配もしない。

　薄暮の中で行灯の褪せた墨書きに気づくと、

「売り切れか、見てきましょう」

　と其一は自分の家のように脇の枝折戸から入っていった。帰りに寄ると告げていたのか、しばらくして内側から戸が開けられると、暖かい明かりの中に微笑む彼がいた。招じられた店内は綺麗に片づけられて、最後の客なのか土間に回した台の隅に総髪の男が顔を伏せていた。孤独な老人のようだが、身に着けているものは悪くなかった。

「ご心配なく、亀田先生です」

其一が紹介したのは文人儒者の亀田鵬斎であったが、挨拶しようにも酔い潰れていてぴくりともしない。帰れそうにないので下男を呼びにやったところだと店主らしい男が話した。お二人分の豆腐はあるのでごゆっくり、とも言った。彼らの朝は早いが、豆腐の仕込みはこれから、晩のうちにするということであった。

小座敷に落ち着いて其一が女中と言葉を交わす間、理野は店の中を見まわした。壁に扁額が掛けられていて、豆富御膳、笹乃雪、玉忠と書かれている。輪王寺宮が祐筆に書かせた書を欅に彫ったものだと教えられると、彼女は川端の小さな店にもある重い由緒をうらやましく思った。扁額は百年を経ても艶やかな木目を保っていた。

「実は帰りに寄るつもりで豆腐を分けておくように頼んでいました、そうでもしないと食べられませんから」

「二人分ですか」

「いや、それは偶然です」

忙しい一日を終えて、気楽な話し相手を得た彼はくつろいでいた。香りのよい酒が出て酌をするうち、理野は平凡な一日が色付いてゆくのを感じた。じきに女中の声がして、藍色の小茶碗に盛った餡掛豆腐が運ばれてきた。どうしてか同じものが一人に二碗ずつある。

「客がすぐにお代わりするので、はじめから二つ出すのがここの遣り方です」

「器がいい色ですね」

と理野は眺めた。塗りだけの茶碗は、水洗いする藍染めの布を思わせてすっきりとしている。蒔絵で出せない色を見ると、却って慰められた。滑らかな豆腐は餡との相性もよかったが、彼女は箸を使う手を恥じらった。手首から先が荒れてしまい、指の節も太くなって、職人の手をしているのだった。男の目がとまらないことを祈った。

「更山どのは理野さんを買っていますね、今日もついでがあって櫛の下絵を届けましたが、見本はあなたに造ってもらうと決めているようでした」

「そうでしょうか、先生は何もおっしゃいませんし、仕手頭にも誉められたことがありません」

「あの男は滅多に人を誉めない、何も言わないのは誉めているのも同じです」

「其一さまはお上手ですね」

言ってから彼女はうつむいた。また口を滑らせたと悔やみながら、嫌な顔もしない男を好もしく思った。彼は苦笑して、今はどんなものに蒔いているのか、下絵の質はどうかと訊ねた。

「百合の挿櫛です、数物ですが、裏に蕾のくる意匠が洒落ています」

「百合はわたしも好きです、孤独なのがいい、あなたも線ではない花を描いてごらんなさい、実物の濃淡や陰影を知れば蒔絵もよくなるはずです」

男は熱心にすすめた。くすんだ色にこそ味わいも深さもあると語りながら、何かしら新しい蒔絵を思い描いているようであった。

酒が入ると其一は饒舌になって、自分の絵のことや蒔絵の可能性について語りはじめた。画家の彼はあらゆるものに美を求めていて、蒔絵もそのひとつのようであった。はじめのうち理野は愉しく聞いていた。彼は羊遊斎と並ぶ蒔絵師の古満寛哉を引き合いに出して、技術も才もあるのに意匠がよくないために損をしていると評した。百年経てば人の好みも変わるように、どこかで伝統を切り離さなければ新しいものは生まれない。それはいつの時代も制作する側の人間の課題で、職人も例外ではないという。近江から出て、京の古代紫を捨て、江戸紫の普及に一生をかけた染師の息子らしい言葉であった。

「蒔絵には夢があります、これからまだ変わるという夢がね、わたしは画家として関わりたいし、古い形式を打ち破る美を見てみたい」

「古いものにもよさはあると思います、光琳から学ぶのもそういうことでしょうし、中には追い越せないものもあります」

「そういうものは黙っていても残ります、しかしそれでいいと思うのは、先人の偉業に打たれ、優れた先輩に私淑しながら何もしないのと同じでしょう」

一度自分の考えている蒔絵を試作してもらえないか、原工房に依頼すると何かと差し障りがあるので根岸で造ってほしい。そう話す男の目は真剣で、期待の大きさを窺わせたが、理野は素直に喜んでよいのかどうか分からなかった。

椿か山茶花で試したいと言う男へ、彼女はその前に挑まなければならない創作があることを話した。一対の印籠と櫛にも夢があるし、今の自分に何ができるか試さなければならない。

「しばらくは対の意匠に掛かりきりになると思います、そのあとでよろしければ考えてみます」

「必要なものはわたしが調達します、むろん工賃も払います」

「兄も寮でやりましたが、それは自分で自分に課した修業で、先生にもお許しをいただいていました、内緒にしても寮には胡蝶さんがいますし」

「そのことなら心配いらない、あの人は告げ口をするようなことはしません」

それはそうだが、理野は不用意に踏み出して職を失うようなことになりはしまいかと怖れた。ひとつの試作のために原工房を去るようなことになったら、それこそ割に合わない。だいたい後になって悔やむことの多い軽率な女であった。けれども慎重な言葉の裏で、彼女は急に巡ってきた二つの好機に胸を膨らませていた。

下絵を提供する雨華庵とそれを蒔絵にする原工房の関係は抱一と羊遊斎の深交が土台で、大名家や豪商の注文を熟すために双方の弟子たちが働いている。其一もその一人で、工房の忙しさを知っていたから、どうなるか知れない試作に祐吉や金次郎を誘うことにはためらいがあるのだろう。

彼の考えている蒔絵がどんなものであれ、今すぐ期待に応える自信がないこともあって、理野は挑戦するにしても月日をかけたいと話した。いずれにしろ一輪の椿か山茶花は写実であろうし、蒔絵も本物の花に近づけることになるらしい。それはそれで興味深いが、蒔絵が道具の装飾であることを考えると、主観で自由に改変する意匠も捨てきれない迷いがあった。

実像を変形させても美しいものは美しく、装飾の世界ではあまり疑問を持たれない。よい例が家紋や着物の型染めで、写実から離れた文様の美がある。装飾と写実のどちらが優れているか、答えられる人がいたら教えてほしいと思う。今日も百合の花を蒔きながら、よい意匠だと思う一方で雌蕊のないことが気になった。形はありのままにするとしても色はどうするのか。湧いてくる張り合いとは逆に、彼女はあてどない表情になった。

「そうむずかしく考えることはない、うまくできなければ遣り直すだけです」

「それだけお金がかかりますわ、これがもし一家の長なら暮らしが立たなくなります」

「知ってますよ、わたしも画工ですから」

　試行錯誤を重ねて制作したものが売れないときの虚しさを、彼も彼女も知っていた。新しいものを目指して心血をそそいだ挙げ句、誰にも認められずに終わることはよくある。残るのは敗北感と暮らしの困窮であったから、大方の職人は無難な道を選んで古いものに寄りかかるのであった。だがそれではつまらない、と其一は言った。職人には伝統を無視できない現実があるが、理野にはどこか常識を突き抜けた雰囲気があって、彼が試してみたいと思うきっかけであった。三十枚の半襟を迷わずに選んだ審美眼にも惹かれたという。

「とにかく金の心配はわたしがします、お互い暮らしに困るようなことにならないようにね」

「御馳走になりながら、お勘定の心配をしてもはじまりませんね、もう少しいただこうかしら」

「御飯も食べなさい、帰りに倒れられては困る」

　理野は苦笑しながら、言葉が嚙み合う喜びを感じた。思いのほか優しく、あれこれ詮索しない男には死んだ兄というような安心感があって、甘えという女の感情を呼び起こされる心地がした。

話の途中で亀田鵬斎の下男が酔い潰れた主を介抱して帰ってゆくと、店は再び閉められ、錠が下ろされた。蒔絵の分かる男といて、いつか蒔くであろう一輪の花容を想像するのは愉しい時間であったが、そろそろ帰らなければならない。焼海苔と御飯が出されて理野はさっと食べ終えたが、其一は喋りながら酒の肴のように摘まんでいた。細長い白い指も、明日を気にしない気儘さも画家のものであった。

「胡蝶さんに知らせるのを忘れました」

「亀田先生といたことにしましょう、下手な言いわけだが嘘ではない」

店の人に見送られて外へ出ると、あたりの木立は黒く見えるばかりで、川沿いの道だけが微かな月明かりに浮かんでいる。借りた提灯を挟むように並んで歩きながら、彼女は未知の世界に踏み出そうとしている自分を快く感じていた。其一がどういう注文を突きつけてきても、ありったけの感性を駆使して応えなければなるまいと思った。

「もうすぐ初音が聞けますね」

「梅が咲くと、根岸も明るくなります」

彼はほほえみ、今日は美醜の分かる人と語り合えて、とてもよい日だったと話した。この次は絵のお話を聞かせてください、と彼女も言った。どうにか工房に居場所を得て、生き残るために蒔絵に没頭するうち、願ってもない豊かな水脈に行き当たったような一日であった。

雲の少ない夜で、気がつくと前方の空に十日余りの月が出ていた。ときおり川が光るのはそのためであった。細い川にも所々に橋がある。二つ目の橋を渡って時雨(しぐれ)の岡を越えると、いつも通る辻の一角に椿屋敷が見えて、通りにまで枝を広げている。満開の季節はまだ先だが、去年の暮れに立春を迎えたせいか、椿はぽつぽつと咲きはじめて闇の中に色づいている。暗い色調の椿を蒔けたらさぞかし妖艶(ようえん)だろうと思い、口にすると、其一も同じようなことを言った。

「鮮やかな赤い花も闇の中では白より暗く見えます、蒔絵にもそういう深さがあっていい」

「夕暮れの湖のような色ですね」

彼女はうっかりして自分の言葉にあわてた。冬の湖は暗く沈んで、水辺には男がいた。夕映えが湖面を染めたあとの重い淋しさが甦(よみがえ)ると、久し振りに男の優しさに触れていながら、愚かな幻影を見ずにいられなかった。いつもこの苦い記憶に嬲(なぶ)られ、うまく逃れたことがなかった。夜でよかったと思いながら、寮までの時の間(ま)、彼女は肩を窄(すぼ)めて燃えつく感情に震えを重ねながら歩いた。

春から夏にかけて陽射しの増してゆく間は手がかじかむこともなく、蒔絵師には凌(しの)

ぎやすい季節であった。暖かく湿るほど漆は速く乾くので、加飾も急がなければならない。工房はこのときとばかりに数物の新作を増やして、理野は櫛の見本造りと対の意匠の考案に掛かりきりになった。

羊遊斎の指図ではじめた見本造りのほうは材料も技法も指定されているので集中するだけであったが、対の印籠と櫛の意匠を決めてゆくのは考えていたよりも苦しい作業であった。秋草と虫、流水に花鳥、伊勢物語と思いつく構図を絵にしてみたが、どれも期待したものにはならなかった。どうしても印籠の意匠が重くなって、細長い櫛の画面との釣り合いがとれないのだった。二つ揃って成り立ち、別れて意味を持つものであるから、形の異なるものを等しく結びつけるむずかしさがあった。彼女は暮しの道具を飾ることにはじめて困難を感じて、絹本や紙本に自由に描ける画家を羨んだが、金次郎に言わせると、

「画家も扇に描けば同じことさ」

ということになった。それにしても印籠は表情が露骨で、合わせる櫛の意匠によっては洒落にもならなかった。

金次郎は自ら印籠に蒔く気でいたが、意匠が決まらなければ地塗りもできない。彼は形の違う印籠と櫛の組合わせを考えていて、根付と組紐を合わせた木地の見本を幾つか用意していた。同じ意匠でも画面と技法を変えれば見違えるという。櫛は利休形

や政子形や深川形、印籠は長門形や当世形や茄子形などで、茄子形の根付は洒落て茄子の蔕であった。紐には江戸打と呼ばれる細い組紐が選ばれ、色はどんな加飾にも合う薄紫と茶と紺であった。待ちくたびれた彼は異なる画面を見せて意匠を引き出そうとしたのかもしれない。

その日も抱一上人の下絵に羊遊斎が指定した技法で櫛の見本造りをしていると、金次郎が覗きにきて意匠の進捗を訊ねた。耳を寄せて、よい返事を期待する顔に理野は尻込みした。

「使う人が分かっていたら、櫛にもお武家さまの家紋を使えますが、無理でしょうね」

「そうはっきりさせてはよくない」

「あれからまた描いてみました、まだ半端ですがご覧になりますか」

酷評されるのを承知で、彼女は彩色した下絵を見てもらった。意匠は紫陽花に蝸牛と蝶の組合わせで、印籠には瑞々しい青紫の花を、櫛には薄紅色の花を描いていた。線描画で意図や技法を説明するかわりに、見た瞬間の印象を聞きたかった。

金次郎は小さな淡彩画に目をやりながら、

「綺麗すぎて秘め事の感じがしないね」

吐息まじりにそう言った。

「やはりよくありませんか」

「花の色で時のずれを出すのはいいが、これを持つ男と女は結ばれない気がする、うちに秘めた執念が見えないせいかな」

的確な言葉はけなされるよりも辛く、理野は投身する男女を思い合わせた。そもそも紫陽花の意匠は金次郎の発想を借りたものであった。

「売れませんね」

「櫛だけなら悪くないが、印籠と対にするには弱いね、花の色分けができなければ面白みもなくなる、蝶と蝸牛の構図を変えてみたらどうかな」

印籠の紫陽花には飛んでくる蝶を、櫛の紫陽花には這(は)ってくる蝸牛を置けば求め合う関係もはっきりするだろうと彼は話した。それぞれが紫陽花に仮託して相手を引き寄せる構図であった。うなずく理野へ彼は下絵を返すと、

「はじめから印籠の大きさに合わせて描くから窮屈な絵になる、襖(ふすま)にでも描くつもりで考えてみることだね、構図を決めて、それから縮写すればいいのだから」

そう言って大きな絵を描くことをすすめた。蒔絵師の家に生まれて蒔絵のために絵を覚えた理野は、本下絵を意識するあまり蒔絵の小画面に操られていることに気づかされた。抱一が光琳の大作を見ながら小さな画紙に写したように、縮小すればよいのであった。下絵師にできないはずがないと思った。

その日、根岸の寮に帰ると、彼女はいつもより大きな白紙に向かった。池の端に寄って不忍池を見てきたせいか、思い浮かぶのは水辺の風景であった。仲春、陽射しのはねる湖に巡ってきた旅立ちの季節が見えると、彼女は湖水を蹴りながら飛び立つ白鳥の群れを描きはじめた。構図は上昇する百羽の群れであり、記憶の断片であった。角度のある群鳥の飛翔は画面から飛び出し、次の紙へと移ってゆく。先頭は番の白鳥で、力強く舞いながら後続の群れを引き連れてゆく。湖面では若鳥たちが見上げ、羽ばたき、やがて意を決して飛び立つ。彼らの勇気と風さえ描けたら背景はいらないと思い、彼女は白鳥を描きまくった。

この素描は同じ命を繰り返し描くことで画面に安定感をもたらす光琳の手法であったが、彼女は見えてくる記憶の群れを追ううち、無意識に描写を重ねていたらしい。日が暮れて手許が暗くなるまで、足りない白鳥を描き続けた。

数日後に印籠と櫛の下絵ができると、上昇する白鳥の群れは三十羽ほどに減って、湖面に見立てた印籠の裏から表へ向けて舞い上がる構図になった。櫛には悠然と風に乗る番の白鳥がいる。出来上がってみると力強い絵柄なのでどうだろうかと考えたが、没頭したあとの溺れかけた頭では判断がつかなかった。それでも気になる細部を確かめると、白鳥の姿には一羽一羽に変化があった。

「櫛はわたしのもの、印籠の意匠は三味線に蒔いてほしいわ、両方ほしいから」

胡蝶の感想に励まされて、次の意匠にとりかかったのは翌日である。絵柄は狐で、櫛のほうはすでに下絵帖にある嫁入りの行列にする。さらに構図を磨いて、金次郎が言っていたように狐の目には青貝を嵌めたい。蒔絵にしたときの妖しい櫛の表情が見えると、印籠の意匠も自然に浮かんできた。彼女が思いついたのは、夜の草庵から遠く見える狐火であった。暗闇に連なる青白い光の正体が櫛を飾る行列で、遠景と近景で男女の位置を表し、二つ揃えば景色もつながる。世間の目を憚りながら嫁いでゆく女を、男も家を捨てて待つ構図であった。

「どうでしょう、これで伝わるかしら」

「獣なのに優雅で哀しいところが薄気味悪くていいわね、どうせならもっと妖しくしたら」

　時間の許す限り工房では紫陽花を描き、帰宅すると狐を描く日が続いた。夜の薄野をゆく権門駕籠を守るのは二十人ほどの供揃いで、どれも頭部と手足が狐である。裃をつけた供侍の狐たちは姿勢よく、小者や陸尺たちは尻端折りして、不自然に曲がった足を露にする。この構図は変えたくない。一方、遠い山陰に狐火の浮かぶ印籠の意匠は意味を持つが、櫛から離すと心許なく、単品として味わいを出すのがむずかしい。近景の櫛に比べて画面が淋しいせいだろう。幾度も描き直すうちに、理野は深い穴蔵へ落ちてゆく気がした。構図としては単純な狐火が思うように妖しくならないからであった。白鳥が記憶の写実なら、狐の意匠は夢の具現かもしれなかった。

いつのまにか夏がきて、気がつくと彼女は夜も描くようになっていた。夜具の中で考えているくらいなら描いているほうがましであったし、よい下絵を描くことで蒔絵師としても成長するはずであった。そう思いながら頰が削げてゆく疲れを覚えた。遅くまで根をつめていると、どこからか兄が囁きかけてくる。おまえも強情だな、と彼は言い、兄さんの妹だもの、と言い返すと、ようやく一日の終わりを感じて床に就くのであった。

蒔絵師として勝負のときを感じながら、理野は意匠の創作にのめり込んでいった。画家の下絵を使うならともかく、自分の意匠を蒔くからには後悔があってはならない。下絵の段階で妥協しようものなら、どう蒔こうと自堕落な蒔絵になることも分かっていた。もっとも厚い壁を感じるほど内側で激しく燃えるものがあって、蒔絵師として生きてゆくしかない女の創作にかける執念は、表面を包むおとなしさとは別のものであった。彼女はそれを後のない境遇からくる焦燥のように感じていたが、羊遊斎や祐吉はもっと高度なところで闘っているに違いないとも思った。

待ち合わせたわけでもなく、不忍池で鈴木其一に会ったのは、狐火の意匠に修整を繰り返してどうにかまとめたころであった。工房からの帰りに池を見るのが癖になって、その日も木陰に休んでいると、ほとりを彼が歩いてきたのだった。

「花はまだ先でしょう、寄り道ですか」

「浮葉がきれいなので」

池の水面は蓮の若葉に被われていた。水に支えられて、丸い柔らかな葉は初夏の陽を養分にしているかに見える。瑞々しい若葉の和らぎを、男も自然に身を寄せて眺めた。

「浮葉の意匠で香合に蒔くとしたら、青金か銀の薄肉でしょうか」

「わたしなら研出にします、水と同じ面にある浮葉に厚さはいりません」

「そう言うと思いました、麦湯でも飲みますか」

理野は素直に誘われながら、すぐ近くに相談できる画家がいるのを忘れていたと思った。蒔絵の技法にも詳しく面倒な説明のいらない男といるのは、工房の人ではないだけに気が楽だった。

ふたりは弁才天社のある中島へ渡って茶屋で休んだ。島の南側に連なる茶屋は池に張り出していて、涼しげな風情とともに酒肴も商っている。座敷からは池畔を漫ろ歩きする人が眺められた。今日は骨董屋に頼まれて宗達の絵を鑑定してきたという男に、彼女は下絵の苦心談を話した。

「意匠はどうにかできましたが、何かが足りません、どこかでよい蒔絵を見られないでしょうか」

「それなら佐久間町の伏見屋を訪ねるといい」

其一は簡単に言い、両替商の伏見屋五郎右衛門の分家で材木問屋を営んでいる森川佳續に会うことをすすめた。豪商の森川は抱一の支援者で、妻女は雨華庵で絵を学んでいる。森川家には羊遊斎のものはもちろん光玉や胡民の佳品もあると聞くと、理野の目の色は変わった。光玉は金次郎の号であったし、胡民は祐吉のことであった。

優れた実作に触れて数物に馴れた目を洗いたいと思うのは、彼女の蒔絵師としての飢えであったが、その機会に祐吉の蒔絵が含まれているのは二重の幸運であった。造ったものを見れば祐吉という人間も分かるような気がしたし、それが想像を超えるものなら挑むことも敬うこともできるのである。

森川夫妻は月に数回は雨華庵に来るそうで、胡蝶とも顔見知りだが、日中神田にいる理野はまだ会ったことがなかった。仮に森川が工房に羊遊斎を訪ねることがあっても、それは抱一との合作や仲介の相談で、彼女が会える機会にはならない。

「急ぐなら紹介状を書きましょうか」

其一の親切な言葉に彼女は甘えた。工房から佐久間町は近いし、先方の都合に合わせて仕事の帰りに訪ねればよかった。豪商の屋敷に蔵されて滅多に姿を見せない原蒔絵の競演を思うと、興奮して礼の言葉も疎かになった。

「今度の意匠は蒔き方によって良くも悪くもなるような気がします、失敗しないためにも良いものから学びたいのです、原先生の蒔絵を見なければ江戸に出てきた意味もありませんし」

「あなたは本当に蒔絵が好きらしい」

「父も兄も蒔絵師の家で、粉筒(ふんづつ)を玩具(おもちゃ)にして育ちましたから」

「だから嫌いになるということもある」

彼が想像したのは、仕事にかまける肉親と職人たちが歳月をかけて丹精な仕事をする工房であった。理野は気恥ずかしくて笑った。仕事ぶりはそうでも、父の工房には長兄と若い内弟子が二人いるきりであった。制作に追われて悲鳴をあげることもないかわり、生活の保障もない。そのくせ米よりも漆と金粉を大切にして、自分たちのことには手間をかけない。工房といっても茅葺(かやぶ)きで、風通しのよい、しかし強風の日は松籟(しょうらい)が恐ろしく聞こえる白屋(はくおく)であった。

「田舎の、小さな、道具屋ですわ」

言葉にするとそういうことになったが、其一は染師の家もそんなものだと言った。仕事場に細長い土間があって、彼の父はいつもそこに立っていた。一年中いつ見てもそうであった。染色は生活の手段であり、父親の人生そのものであった。しかし跡継ぐはずだった息子が画家になり、縁組を重ねて武家になると、驚喜のあとに深いあきらめが残った。理野が死んだ兄のかわりに困難な道を選んで蒔絵の可能性を模索していることに、其一の胸が熱くなるのはそのためである。田舎の水辺の小さな工房は父子の夢でもあった。

「ちょうどこんなところでしょうか、染師は水のあるところに暮らします、流れのよい浅い川があれば言うことはありません、水洗いするときの一反の染物はきれいですよ、無垢(むく)とでも言うのか鮮やかな色ほど水に映えます、わたしは利休茶や古代紫も好きですが、父の染めた江戸紫のように明るく諄(くど)い色も嫌いではありません、いつかそういう色だけの絵を描いてみたいとさえ思います、染師の息子という自分の根源をさらすようなものでしょうか」

其一がさらりと胸のうちを吐露するのを理野はうらやましく思いながら聞いていた。画家という人種はよほど純粋なのか、思ったままを口にする清さを感じた。人並みに悔恨や迷いはあるとしても、絵という絶対の世界が薄めてしまうのかもしれない。本当の迷いは絵の中にあって、前に笹乃雪で話したときにはくすんだ色にこそ深さがあると言いながら、彼の心奥(しんおう)には今も鮮やかな染物の色があって写実と装飾の間を行ったり来たりしているに違いなかった。

「今はどんなものを描いているのですか」

彼女は許されるなら彼の画意の秘密に触れてみたいと思った。

「いろいろです、月次花鳥図(つきなみのかちょうず)も描けば蒔絵の下絵も描きます、そろそろ腰を据えて新作にとりかかりたいのですが、杜若(かきつばた)の屏風(びょうぶ)絵や光琳百図の続編の準備もあって、ぐずぐずしています」

「光琳の花鳥図は工房でもよく印籠の意匠に使います、本物の絵を見たことはありませんが、掌に屏風を持つような愉しみがあります、ひとりで十二個も揃えるのはむずかしいでしょうけど」

「光琳の絵を見たこともない人たちにとって月次花鳥図の印籠は光琳そのものでしょう、原画を知っている人なら、小さな金銀の蒔絵に化けた花鳥図は愛玩の対象でしょうし、蒔絵は美しいものを求める人たちの欲望に応えています、我々が光琳風の絵を求められるのも同じ理屈ですが、画家はそこを越えて変わらなければなりません」

其一は彼女の思いを酌みながら、蒔絵師も古いよいものから学ぶだけでなく、今だからこそできる新しいものに挑戦すべきだと話した。印籠と櫛の下絵に苦しんできた理野は力不足を感じながらも、そうしたいと思った。画家の言葉はよい刺激になって、ともすれば挫(くじ)けそうになる心を鍛えてくれるものであった。そうしていると、もう幾年も語り合ってきたように思われ、彼女は淡々と語り続ける男に心から親しんだ。蓮の池はまだ明るく、長閑(のどか)に光る水面には夏鴨(なつがも)が遊んでいた。

家業の染色を捨てて一流の画家になった男と家業の蒔絵にすがりながら生きている女の心が通うのは、互いにないものを充たし合えるせいかもしれない。其一の装飾に向ける熱意は父親と染色の影響であろうし、理野が画家の絵に惹かれるのは装飾を育(はぐく)む美の源流に触れたいからであった。

　彼は真顔で、あなたと話していると気が休まると言い、理野を苦笑させた。目の前の仕事に追われて喘(あえ)いでいる女にゆとりがあるとしたら、開き直りだろう。明るい将来が見えるわけでもなければ、過去に生きられる年でもない。昼は男のように工房で働き、夜は夜で創作の夢に溺れる。蒔絵に没頭して女の幸福が手に入るはずもないのにと思うが、ほかにしようもなかった。

　茶屋の座敷からは眼下に青い浮葉が見えて、香(かぐわ)しい匂いの溢(あふ)れる花の季節が目に浮かんだ。朝まだき、家を出て、東雲(しののめ)のころ、朝日に映じる開花を見たなら清々とするだろう。それまでに対の印籠と櫛の制作に目処(めど)をつけて心ゆくまで眺めてみたいと思いながら、彼女は自然に口にした。

「一度はきちんと蓮を写して蒔絵にしないといけませんね、きっとここには幾度も来ることになるでしょう」

「是非そうなさい、美しいものを見るほど蒔絵も美しくなる、よろしければ手伝いましょう」

「お忙しいときに上人(しょうにん)さまに叱(しか)られますわ」

　理野は言ったが、花盛りの池を二人で巡るのは愉しいだろうと思った。本当に彼が指導してくれたら、これほどありがたいこともなかった。

「ではせめて買手はわたしが探しておきます、櫛の一点物なら一両で売れるでしょう」

「まさか、世間はそんなに甘くありませんわ」

「じゃあ位置留つきで五百文」

笑いの中で、彼女はいつかこの語らいが懐かしい思い出になるのを感じた。心の和らぐ愉しいときであったが、少しして女中が食事をすすめにきたのを潮に彼らは立ち上がった。根岸の家に着くころには日も西に傾くだろう。

茶屋を出て池の岸辺へ戻りながら、往来の人出を見ると、理野は思い切って訊ねてみた。

「図々しいお願いですが、いつか其一さまの月次花鳥図を見せていただけないでしょうか」

「そのうち家にいらっしゃい、花鳥図なら失敗作がいくらでもあります」

彼は気軽に言い、彼女は目を見開いていた。其一ほどの画家でも失敗するのかと驚きながら、そのことを隠さない男に人間的な幅や深さを感じずにいられなかった。

森川家を訪ねたのは、それから五日ほどあとである。下駄新道の工房からゆくと、佐久間町は神田川の対岸にある。川筋の町には材木商や薪屋が多く、大きな店と店の間にも材木小屋が並んでいる。材木は露地にも積まれたり、立てかけられていて、強い陽射しのせいか噎せ返るような匂いであった。伏見屋はひときわ立派な構えの店で、すぐに分かったものの、ここの主人に会うのかと思うと理野は気後れがした。

伏見屋五郎作ことと森川佳續は豪商伏見屋の分家で、その財力は計り知れない。酒井抱一とはそもそも河東節の仲間だそうだが、財力がなければ二人の縁はなかったに違いない。

店の人に来意を告げると、案内してくれる男がいて、彼女は人の少ない背戸から蔵や材木の並ぶ庭へ通された。広い庭に面した部屋のひとつに女二人の姿が見えて、年配の人が内儀のようであった。理野は商家のきびきびとして勝気な人を想像していたが、縁側に出迎えたのはふくよかでおとなしそうな婦人であった。男が来意を伝えてくれたので、挨拶をして其一の添え状を見せると、

「鈴木さまから伺っております、どうぞお上がりなさい」

と森川夫人は優しかった。招じられた座敷は居室の次の間らしく、漆塗りの簞笥や蒔絵棚がほどよく配置されて、定紋の見える小袖をかけた伏籠には香が焚かれていた。明日出かけるものですから、と夫人がおっとりした口調で言い、理野は裕福な人とはこんなものかと眺めた。

「更山先生のもとで蒔絵の修業をなさっているそうですね、わたくしも絵を習ってい

ますが、さすがに蒔絵まではできません」

「父が蒔絵師なので覚えてしまっただけです、漆を使いますから、お勧めはできません」

汚れの残る手に夫人は目を当てながら、仕事はつらいでしょうねと訊いたりした。それでいて同情する顔でもないのが却って気持ちよかった。

「大塚の寮にお住まいだとか」

「何から何まで原先生のお世話になっています」

「わたくしも根岸にはよく出かけます、一と六のつく日が雨華庵の稽古日ですので、多いときは月に六度も参りますのよ、なかなか上達しませんが下手なりに描くのは愉しいものです」

夫人は雅号を栖霞といって、よく水辺の草花を描く。そう聞くと理野は気持ちが解れて、自分も蓮を描いて蒔絵にしてみるつもりだと話した。初対面の女といて絵を話題にするのははじめてであったが、それも江戸らしいことに思われた。

女中が茶を運んでくると、夫人は用事を言いつけてから、部屋にある蒔絵の手元箪笥や香合を見せてくれた。主人は出かけているが、じきに戻るだろうと話しながら、彼女が披露したのは黒漆塗りの丸い香合であった。一文字の合口には錫の覆輪がはめられ、蓋表には一匹の蛩が金の高蒔絵と螺鈿で描かれている。目にした瞬間から引き寄せられるのは蛍に本物の質感を感じるからで、夜の草むらに光を当てて見ているのかと錯覚する。神経を研ぎ澄ましているであろう蛍には足が一本見当たらないものの、薄い螺鈿が貼られた翅は繊細な光を帯びて生々しく、付描と思われる二本の触角は美しい弧を描いて非の打ちどころがない。

「開けてもよろしいでしょうか」

そう言いながら理野の目は香合に貼り付いていた。下絵で見たなら恐らくどうということもない虫一匹の意匠を、ここまで磨き上げる才能がうらやましかった。蒔くことによって浄化された意匠を見ると、蒔絵は下絵がすべてではないと教えられる気がした。道具の装飾でありながら、自然の美を強調する丹青にも負けない品格を見てしまうと、これこそ職人の技であり、参りました、とひれ伏す気持ちであった。

遠慮なく見るようにとすすめる夫人の声に、彼女は手拭きを取り出して手を伸ばした。蓋を開けると、裏に「一々」と朱漆で松平不昧公の花押が書かれ、底の部分には「伊川法眼」と金蒔絵で記されている。不昧公が法眼の狩野伊川院の下絵を用いて造らせたものらしく、洗練された蒔き方や不昧公との関わりを考えると羊遊斎の仕事に思われたが、

「銘がありませんね」

と彼女は小首をかしげた。よほどの職人でなければ銘は入れないものだが、不昧公

の茶器ならあってもおかしくはないし、それほど古いものとも思えなかった。顔を上げて羊遊斎の名を口にしようとしたとき、夫人がさらりと作者を告げて驚かされた。

「更山先生が見本として手許に残していたものを譲っていただきましたが、造ったのは胡民（こみん）さんだと聞いております」

理野は思わず小さな声をあげた。はじめて訪ねた家でまっさきに祐吉の蒔絵に会えるとは思っていなかったし、そう知ると香合からは別の匂いが立ってきた。彼女は改めて目をあてながら、どうりで無駄がないと思った。暗闇の蛍は自らも茶の湯に親しむ男の蒔絵らしく、静かな透徹した心を代弁しているかに見えた。

「ほかにも祐吉さんのものをお持ちでしょうか」

「ございますが、その前によいものをお目にかけましょう」

夫人はほどなく数人の女中が運んできた様々な箱のうちから、四角い小さな桐（きり）の箱を選んで至福の目をそそいだ。箱蓋（はこぶた）の表に墨書で「八重菊」とあるのが見えて、中身は棗（なつめ）のようであった。

玉手箱でも開くように夫人が優しく心をこめて扱うのを、理野は何かしら運命のときを待つような気持ちで眺めていた。内箱が出されて、やがて現れた棗を見たとき、彼女の目は大きく見開かれて息がとまった。それは父や死んだ兄から聞いていた羊遊斎の菊の棗で、外箱には八重菊と書かれていたが、黒漆地の蓋上から身にかけて三種の菊花が重なり合うように描金されている。兄を魅了した、あの菊の棗であった。

「原先生の蒔絵ですね、これは銘を見なくても分かります」

そう言うと夫人は笑って、さすが師弟ですねと言った。理野は因縁の棗に出会えたことに興奮しながら、聞いていた通りの華やかな意匠に見入った。手に取ると蓋裏にはやはり不昧公の花押があって、底に黒漆で「羊」の隠し銘がある。上から見ると蓋甲に八重菊が広がるので、そう命名したのだろう。この大きな二つの曲面に跨る意匠を蒔くには本下絵を切らなければ置目ができないはずであったが、高度な技術を見せつけられると、格の違いを感じて溜息が出た。

「蛩の香合とこの棗は別々に造られましたが、まるで互いを待っていたかのようにそぐいます、意匠も色合いも秋の茶会にぴったりでしょう」

「どちらも話題をさらうでしょうね」

「それはもう間違いなく、茶会の本当の主役は道具たちかもしれませんよ」

夫人は興に乗ったとみえて別の箱を開けはじめたが、理野はまだ眺めていたい気持ちであったから、菊の棗が手伝いの女中によって片付けられてゆくと、兄を見送るような淋しさを覚えた。

人に見せることにも喜びを感じるらしい夫人が次に披露したのは「彭祖宗哲」と呼ばれる古いもので、十合もの棗が現れた。塗師の三代中村宗哲が、七百歳まで生きたという清の仙人伝説に因んで造った七百個の棗の内の一揃いだという。江戸千家職方の塗師らしく渋い塗りの棗は、ひとつが朱い根来塗で目立つものの、半分は加飾らしい加飾が見えない。棗も十合揃うと別の眺めで、どことなく父の作風に似ていると思いながら、理野は枯淡の安らぎに呑まれていった。

「これは町棗でしょうか、小振りなのに厚みがあって、わざと透漆で刷毛目を見せていますね、粗悪な品を丸ごと意匠にして、一段深い味わいを出しています」

「お若いのに、よくお分かりですね」

「棗は父がよくしますし、蒔絵師になる前は塗師でしたから」

理野が手にしているのは一見何の変哲もない棗で、彼女は自分で使うなら菊の棗よりもこちらのほうが好みであったが、刷毛目のかわりに控えめな蒔絵を封じ込めてみるのもおもしろいかもしれなかった。棗は何といっても合口のよさが命なのだし、手にしたときの肌触りも大切にしたい器であった。しかし、それでは父が造るものと変わらない気もするのだった。

「その棗は行方が分からなくなっていた利休のものが仙叟のころに戻ってきたので、再来という銘が付けられたそうです、宗哲のお蔭でわたくしたちも利休の心に触れられるのですから、再来の再来とでも言うべきでしょう」

目を細めた夫人の顔が、理野には並外れた順境に休らい、幸福の証を眺めて陶酔している表情に見えてきた。使い切れない財貨に恵まれ、生きるための手段を考えなくなると、女も美しいものだけを見ていたくなるのだろうか。十合の嚢にはそれぞれに本歌があって、宗哲が模したり倣ったりしたものだが、素封家の充足を越えたところに見るべきものがあった。

夢のような眼福は続いて、時代物の硯箱と料紙箱を見たあと夫人が手にしたのは細長い黒漆塗りの箱であった。中には仕切りがあって印籠が収められている。鮮やかな八合の印籠の競演はそれだけで目が眩むほどだが、総箱の蓋裏に貼られている名匠たちの名を見ると、彼女の掌は汗ばんだ。

右端から法橋光琳、山本春正、梶川彦兵衛、原羊遊斎、古満寛哉、飯塚桃葉、中山胡民、そして昇龍斎光玉とあるのが金次郎のことであった。印籠はそれぞれに主張して、呼応する根付も洒落て見事な細工であった。夜の橋に舟の舳先を描いた光琳の印籠には蒔絵師の銘がなく、誰が手がけたものか分からないが、光琳蒔絵に特有の大らかな表情をしている。名工春正の菊蝶文を描いた研出蒔絵は気品に溢れ、梶川の高砂の留守模様は徳川家の御用蒔絵師らしく堂々としている。其一が意匠に恵まれないと言った寛哉の秋草図はややうるさいが美しく、観松齋こと桃葉の雪芭蕉は異色の水墨画風であった。丹精な仕事に理野は見蕩れながら、溜息の分だけ突き放される心地がした。

名工の華麗な技を眼のあたりにして、自身を省みない蒔絵師はいないだろう。彼女の目は精細な技巧に魅せられていたが、より熱い視線が原工房の師弟の印籠にそそがれるのも仕方のないことであった。

鮮やかな印籠と精巧な根付の妙は羊遊斎の秋草と虫の印籠にも見られて、金地に秋草を薄肉高蒔絵で、虫を黒漆の描上で表した印籠に対して、根付は月と薄を描いた鏡蓋である。金梨子地の素地に十日余りの月を銀の高蒔絵で、薄を平蒔絵で表し、さらに五つほどの露の玉には銀鋲を打っている。月は抱一得意の木の葉形で、印籠の下絵は彼の筆だが、根付にも蒔絵物を用意したのは羊遊斎の独断だろう。同じ秋草の意匠を用いながら、狼に野晒しの根付を合わせた古満寛哉の印籠とは趣がまるで違うし、目の肥えた人を愉しませる新しさがあった。

「あっさりした意匠のせいで金が嫌らしくありませんね、まるで眺めるための印籠のようです」

「黒漆の小さな虫がとても映えます、そのための金でしょう、金地だから黒い虫を描いたのではなく、黒い虫を描くために金地にしたのでしょう」

夫人が代わりに言った。羊遊斎の蒔絵がどれも新鮮なのは意匠が新しいだけでなく、時代が求めているものに敏感で、しかも大衆を忘れていないせいかもしれなかった。浮世絵を写しても、古いものを模しても、代わり映えのする彼の蒔絵は飽きられない。

多用する抱一の下絵は光琳風で、もともと金が似合うし、印籠の黒い虫は画面を引き締めるための焦点だろう。計算された構図に最適の技法を用いて意匠の精華を引き出す。それが羊遊斎の蒔絵であるように理野には思われた。

逆に胡民の印籠は黒漆地で、香合とほとんど同じ意匠の蛩が今度は研出（ときだし）蒔絵で表されている。背景には何もない。それでいて詩情を感じさせる不思議があった。祐吉の人柄でもある孤独が、彼の指先を通して塗り込められているかに見える。

それは光玉の印籠も同じで、どことなく金次郎の匂いがするのだった。藪柑子（やぶこうじ）と鶏の意匠は明るく、しかも繊細で、根付は鞠（まり）のように身を縮めた鼠（ねずみ）であった。黒漆地に淡く散らした金粉は雪片であろうし、珊瑚（さんご）を嵌（は）めた藪柑子の実も小さい。挫折のあと耳が遠くなるほど精進したという男の印籠は裏が雌雄の鶏で、雄鶏（おすどり）は玉眼（ぎょくがん）風に造られている。赤い実を十まで数えて底面に光玉の銘を見つけると、理野は普段の金次郎を思い合わせてほっとした。男女の暗い感情を持ち込まずに対の印籠と櫛を造れるのは、やはり彼であろうと思った。

さまざまな技巧に触れて充たされた彼女の視線は、再び羊遊斎の印籠に還（かえ）っていった。余白の多い単純な意匠にみえながら強く印象づけられるのは、やはり新しいからであろう。更山先生の蒔絵には隙（すき）がないわりに色気がある、とそばから夫人が言い、その通りだと思った。

部屋には女中がいて、長いこと女二人の鑑賞会を見守っている。もう十分に見たと思い、夫人に礼を言おうとしたとき、豪華な櫛箱が運ばれてきて次々と広げられていった。夫人はカルタ遊びのように几帳面に櫛や笄を並べて、

「花屋敷のようでしょう」

と恍惚とした。眩い櫛たちは行儀よく理野の前にも置かれて、座敷は一気に繚乱としてきた。当代の佳品を集めたらしく、櫛の多くは抱一と羊遊斎の合作であったが、美しい櫛もこれだけ揃うと女の執着を映してぞっとしない。中に金次郎の櫛を見つけて、彼女は手に取らせてもらった。銘に抱一筆、昇龍斎とあるのは萩文様の櫛で、金次郎が蒔いたにしては地味な雰囲気が、羊遊斎の櫛に囲まれると却って目立つほどであった。

「金次郎さんも櫛に蒔くのですね」

　意外な気がして口にすると、珍しいし、本人が櫛はもうやらないと言っているので、それが本当なら二度と手に入らないだろうという答えであった。彼にとって萩の櫛は悔いの残る、不本意な仕事かもしれなかった。

　夫人はすすめ上手で、銀の梨子地に雪山を描いた櫛と同じ意匠の位置留、前小僧、笄を披露しながら、自らうっとりとした。胡民の作で二組造らせたという。そのときになって理野は夫人の髪を飾っているものに気づいた。予備の一揃いが鑑賞用でない

なら、よほどお気に入りなのだろう。祐吉の丹精だと聞くと軽い嫉妬を覚えたが、夫人自慢の櫛たちはほとんど使われることなく、富の一部として彼女の目を愉しませているだけのようであった。

「これがわたくしの道楽かしら、よい櫛に出会うと女は幾つでも幸せな気分になれます」

お幸せですね、と応えながら、理野はうらやましいとは思わなかった。いつも造る側から物を見てきたせいだろう。今日彼女は蒔絵の真髄を見にきて、先達の神業に打たれながら、手仕事の可能性を見たと思った。それだけのものに巡り合えたし、教示も受けたが、何より限界を見ずによかったとも思った。広げられた櫛のひとつひとつに職人の魂を見ながら、その目は単なる装飾を超えた人工美とでもいうものを捉えはじめていた。

いつのまにか縁側を被った日陰に気づくと、彼女は夫人に礼を述べて暇を告げた。長居をしたとみえて、疲れた顔の女中たちに詫びたい気がしたが、素直に声をかけたものかどうか分からなかった。豪商の家の客といっても一介の蒔絵師であったし、其一の紹介状がなければそこにいられるほうがおかしかった。

夫人は疲れたようすもなく、女中に新しい茶を運ぶように言いつけて、立ちかけた客を引きとめた。一流の蒔絵師を目指すなら一流のものを見なさいと話しながら、宝物の櫛を眺めて見飽きないようすであった。理野は気の利いたことも言えずに夫人の幸福感にさらされていた。

「今日こちらで拝見したものは生涯忘れないでしょう、森川さまの鑑識眼にも感服しました」

「そう言ってくださると、お見せした甲斐があります、いつかあなたの櫛を拝見したいものです」

髪の胡民の櫛に手をやりながら、夫人はそう言った。おっとりとして何をしても嫌みのない人であったが、順境からくる気長さはどうすることもできない。本家にはさらによいものがあるので訪ねてみるといいとすすめる彼女へ、理野はいつか機会がありましたらと曖昧に答えた。添え文もなしに訪ねられるわけがなかったし、夫人の親切な言葉は悪気のない話題のひとつに聞こえた。

縁側に男の足音がして、主人の森川佳續が帰ってきたのは薄暮のころであった。足の踏み場もない座敷を見て嘆息した彼は、

「随分広げたものだ、この世の極楽だな」

と揶揄した。上背はないが威風のある人で、理野は伏し目がちに挨拶した。長居を詫びて腰を上げようとしたとき、雨華庵に届けてほしいと託されたのは抱一に宛てた薄い書状であった。

「依頼主から矢の催促でね、上人さまの代わりにわたしが叱られている」

彼は好意で画商のようなこともしているらしかった。忙しいはずで、夫人とは目も合わせずに去ってゆくと、あとに男の体臭と汗が匂った。

森川家を辞して根岸へ向かいながら、理野はもう一度印籠と櫛の下絵を直そうと考えた。どこをどう直すというあてはないものの、今のままでよいとも言えない。名工の優れた技と精神を目にして格の違いを思い知ると、小さな失敗を怖れている暇はないと思った。死んだ兄が目指したものを思うと、早く数物から抜け出したいという気持ちもあった。江戸に来てはじめて悔いよりも膨らみかけた希望を感じながら、彼女はいつになく逸(はや)る気持ちで夕暮れの人波をすり抜けていった。


五月雨の間に根岸は深い緑に被われ、晴れると木立は涼しい風をもたらした。どこからか水鶏(くいな)の鳴く声が聞こえはじめて、田には早苗が植えられていった。百姓たちが新しい浴衣姿で田植えをする日中、工房で神経を張り詰めている理野にとって、同じ日の朝と夕で変わる田園の眺めは新鮮であった。彼女は田植唄を聞きながら根岸の森や鳥を描いてみたいと考えていたが、対の印籠と櫛の制作に追われてその暇もなかった。

梅雨の中休みがきて美しく晴れた日の午後、工房から帰ると手伝いの娘が迎えて、洗い物はないかという。肌着は買い足していたが、洗うほどの着物はないので持っていた手拭きを渡すと、これだけですか、と娘は好い年をした女の着たきりに呆れた。季節の着物を揃えるくらいの余裕はあるのに、その気にならないのは蒔絵に心も時も奪われて生活を忘れているからであった。

茶の間へ帰宅の挨拶にゆき、縫物をしている胡蝶を見ると、彼女は軽く胸を衝かれた。涼しげな藍の単衣に身を包んで黙々と冬物を縫う姿は女が見ても女らしい。綿を抜いて丹念に洗い張りした袷は夏の間に縫い直されて、寒い季節を待つのであった。世間から見れば放恣な境遇の中で、胡蝶は秩序を守りながら暮らしている。ひとりのときもきちんと食事を摂るし、身嗜みに気を遣うのも彼女の秩序である。気儘といえば粋に衣紋を抜くことくらいで、身も家も清潔にしている。

「狐の櫛はできたの」

と彼女は訊いた。

「もうしばらくかかりそうです」

「休む暇がないわね、夕餉の支度はわたしがするから、湯屋にでも行ってらっしゃい」

理野はそれも億劫な気がして、胡蝶の縫物を眺めた。湯屋は吉原との間にあって、ゆけば半刻余りかかる。時間が惜しいし、胡蝶に甘えてばかりもいられないと思った。

「湯屋は明日にします、あとで河東節を聞かせてください」

彼女は台所へ立ってゆきながら、今日も失敗した「狐の嫁入り」を思い浮かべた。装飾意匠はうまく櫛に乗っていたが、夜の行列に幻想的な陰影が出ないのだった。装飾としては暗い意匠に華やぎを醸すむずかしさがあった。しかも選んだ技法が修復のしようのない研出であったから、仕上げてみて良くなければ遣り直すしかなかった。金次郎が自ら蒔いている印籠を思うと櫛を合わせる日が恐ろしいほどであったが、何としても立ち向かわなければならなかった。

初夏のある日、ようやくできた下絵を金次郎に見せると、彼はひとつひとつ注意深く眺めて、

「待った甲斐があったよ」

そう言った。彼が最も気に入ったのは白鳥の飛翔で、舞い上がる群れ全体が一羽の白鳥のようだし、意を決して帰るべきところへ向かう男の姿に重なると評した。紫陽花と狐の嫁入りの下絵にも及第点をつけて、印籠の狐火の意匠は曲者だが蒔くのが愉しみだとも言った。金次郎の創作意欲に触れると理野はうれしくなる一方で、あの光玉と張り合うのかと思った。白鳥は金でも銀でもいけるし、象嵌もおもしろいかもしれないと話す男は自信に満ちていたが、彼女には等分の不安と期待があるだけで

あった。その日から櫛との闘いがはじまった。

蒔絵師として将来をかけた制作にのめり込むうち、女ひとりのあてどなさはどこかへ消えて、かわりに職人の苦悩がつきまとった。金次郎は印籠の技法を決めると教えてくれたが、無理に合わせることはないと言って、櫛の蒔き方までは指示しなかった。依頼主の指定があるわけでもなし、蒔絵師なら自分で決めろということだろう。自由なことが却って心の負担になった。

はじめ彼女は対の意匠にこだわり、金次郎の技法を意識した。佳品に仕上げなければならなかったし、印籠に見劣りする櫛では一対の売り物にならない。といって同じ技法で印籠に負けない櫛ができるとも思えなかった。結局、夜の行列が浮き出るように狐の裃や挟み箱の縁取りに少量の金を使うことにして、写実に近い陰影で表す手法をとったが、これが予期しない困難を呼び込んだ。行列に明かりは提灯がひとつで、この意匠の華であったが、どうしてか哀しい葬列になってしまう。

ときおり金次郎がようすを見にきて、何も言わずに帰ってゆくと、ああ駄目なのかと思い、落ち込んだ。櫛を挿す女の幸福を願いながら、陰気な櫛ができると彼女は途方に暮れた。暗い櫛は捨てるしかなく、漆や金粉を無駄にしていることにも気が咎めた。佳品を造るための失敗とはいえ、小さな工房なら許されないことであったし、

「おまえのような女にできやしないさ」

暗がりから誰かに言われる気がした。

ゆきづまると彼女は手をとめて、兄ならどうするだろうかと考えた。彼の才能を借りたい気持ちであったが、答えてはくれない。するうち森川家で見た名品が脳裡にちらつき、やがて夫人の幸福そうな笑顔が浮かんだ。女の櫛を造りながら女を忘れていたと気づいたのはそのときであった。

それは櫛の画面のことでもあり、自分のことでもあった。女が女の感情を持ち込まずに、男を待つ女のための櫛を造れるわけがないと思った。この幾日か彼女は自分の日常からも女を追い出していたことに気づいて、青ざめた。男と同じ工賃をもらって男のように働いているからといって、心まで男になることはないのだった。

今日の午後、研出に失敗した彼女は、思い切って権門駕籠にも薄明かりを灯すことにした。中の花嫁は見えないものの、試しに窓の簾と近くの尾花に金粉を蒔いてみると行列は一気に明るく和やかになった。夢のある絵空事を写実で表そうとした無理に気づくと、固く張りつめていた気持ちも解けていった。蒔絵は実景と違っていてよいのだと改めて思い、ようやく出口の光を見つけた思いであった。顧みると、耐久性と美をかねた蒔絵の意味を思い出すのに一月近く費やしていた。

彼女はいつだったか祐吉が、いまの技量で実景を変形させるのはよくないと言ったことを思い出して、あれは安易な略画に走らせないためであったかと思った。森川家で見た彼の櫛の意匠は実景ではなかったが、どこかにあるであろう情景を感じさせたし、繊細な装飾として輝いていた。同じことが狐の嫁入りにも言えて、夜の薄野をゆく行列は幻想であっても、花嫁を照らす明かりがなくては淋しい。櫛はその明かりで表情を変えていたし、狐の目に入れた青貝が光れば妖しく華やぐだろう。課題の陰影も明かりを増やしたことで強調できるはずであったが、それでもひとつ間違えば女に嫌われる櫛になりかねなかった。

夕暮れ近く蛤売りがきて、一升六文の殼付を二升買うと、理野は手伝いのさちに半分持たせて帰した。娘は近くの百姓家からきていて、とくに用事がなければ泊まらない。朝は暗いうちから煮炊きをして、掃除や洗濯もし、庭の面倒もみる。夕方まで働いて彼女が手にするのは僅かな給金であったが、胡蝶に習う縫物や読み書きを愉しみにしている。一升の蛤に喜びながら帰ってゆく娘を見ると、理野は彼女の年ごろには父のために螺鈿を集めていた娘を思い浮かべて、あのころの純粋な気持ちはなくなってしまったと思った。綺麗な貝殼は取っておいて象嵌に使えるが、女の燃え殼ほど使いようのないものもなかった。

台所を覗いた胡蝶に見せると、あら立派な蛤ねえ、半分焼きましょうかと言って砂抜きをはじめた。彼女の明るさが理野には至芸のように思えて戸惑うことがある。よほど心が豊かなのか、いつも作った明るさには見えないからであった。

ささがき牛蒡を隠元と煮て、生り節の酢の物と吸物の夕食ができたのは火点し頃であった。風の心地よい晩で、障子を開けたままの茶の間に膳を運ぶと、胡蝶は焼いた蛤を肴に少量の酒を飲みはじめた。遠くから水鶏の鳴く声が聞こえてくるばかりで気兼ねする人もいないが、女が手酌で飲む姿はどこか勇ましい。理野がおかしがると、

「あなたも少しどう、疲れがとれるわよ」

と平気な顔ですすめた。たおやかな物腰から生まれるきびきびとした物言い、清楚な見目と明るい笑いとが自然に両立する人で、見ていて小気味がよかった。理野は酒は遠慮して、前から思っていたことを訊ねてみた。

「胡蝶さんは淋しくなることはないのですか」

「あるわよ、でも仕方がないわね、ここまでくると別の生き方は望めそうにないし、本当に淋しいと思ったら、どこにいても同じでしょう」

「先生ももっといらっしゃればよろしいのに、わたしがいるからでしょうか」

口にしてから理野は気まずい思いをしたが、胡蝶の顔色に変化は見られなかった。

彼女は久し振りの酒と語らいを愉しんでいるようすで、優しい顔のまま言った。

「あの人は親切な偽善者か、律義な無精者よ、雨華庵を訪ねても面倒に思うとここには寄らずに帰ってしまうし、そうかと思うと用もないのに話しに来たり、そんなことで帳尻を合わせているつもりなのね、あれだけ職人を抱えると商いに熱心にならない

わけにもゆかないし、羊遊斎の名で下手なものは造れない、蒔絵の櫛を頼んでから十年が経つけど、忘れているわけではないの」

「先生が蒔くところを見たことがありません、来客と会うだけでも半日は潰れてしまいますし、外出しない日は月に幾日もないでしょう」

「それも嫌ならやめられるわ、わたしが言うのもおかしいけど、羊遊斎を生きている間は休めないでしょうね、ただの粂次郎に戻れば楽になれるのに男は成功すると立ち止まれないのね、心の平安より名前が大事なのよ、羊遊斎の銘がなくても蒔絵は蒔絵でしょうに」

　胡蝶の薄い笑いを理野はやはり淋しいものに眺めた。忙しい男のかわりに厄介な女の世話をして寮を守るだけでは、胡蝶の芸才や時間がもったいない。といって彼女の明るさは嘘でもなく、どこであれ強く生きてゆける人には違いなかった。根岸を離れないのは生活のためではなく、待ち続ける覚悟ができているからだろう。印籠と対の意匠の櫛は彼女の髪を飾ってもおかしくはなかった。

　酒が切れると胡蝶は庭へ目をやりながら、あなたも蒔絵だけでは淋しいだろうと呟いた。根岸に暮らす男は茅屋(ぼうおく)に理想を持ち込んで自足しているが、女は煩雑な巷(ちまた)に紛れているほうが安らぐと言い、隠棲するにはまだ早い女の将来を案じた。理野は女らしい暮らしを忘れていたと思った。

「絵描きの中には大根畑に暮らす人もいるし、男はどうにかやってゆくわ、女が困るのは男のように幾つになってもどうにかならないことよ」

「胡蝶さんのように強くてもですか」

「強いもんですか、生き甲斐だった芸を捨てて寮を預かる女に何ができると思う、その意味ではあなたが蒔絵を生業にするのは結構なことだし、一生張り合いに困ることもないでしょう、でも女羊遊斎になっても困るわねえ」

　彼女は皮肉な言い方をした。

「誰かいい人はいないの、その人と蒔絵物を造って生きてゆけたら幸せじゃない、心のうちに温めているだけでも女は変わるものよ」

　理野は口では否定しながら祐吉を思い浮かべたが、密かに焦がれているというのとも違う気がした。気になる存在には違いないが、彼とはろくに話したこともない。別れた男に似ているというだけで妻子のいる人とどうにかなるとしたら、それこそ悪い夢だが、男を見る女の感情はいつどこで変わるか知れない。男のために辛い思いをしながら男を嫌いにもならない自分の中に、そういう危なさを感じないでもなかった。

　食事のあと、胡蝶は三味線を持ち出して河東節を聞かせてくれた。詞章に遊びとしめやかな風情のある曲で、早い調子の水鶏の声が合の手に入ると三絃の響きも高くなりはじめた。どことなく根岸の里の物語にも思えて「隠れ棲む庵のうちの二人寝の」

などと聞くと、理野は胡蝶の淋しい夜を思い合わせた。しみじみとした浄瑠璃は「青簾春の曙」といって抱一の作であった。

終わると彼女は余韻にうっとりしながら、自然に女らしい気持ちを口にしていた。

「そのうち着物を買いにゆこうと思いますが、どこへゆけばよいでしょうか」

「そうね、越後屋もいいけど帰り道なら湯島の沢の井がいいでしょうね、湯島といっても店は神田明神下にあるから、迷うこともないでしょう」

帯はどうするのかという話になって、胡蝶は今のものを使うつもりの理野に反対した。前から思っていたがあなたの身支度には締まりがない、女の誇りが足りないからだと言った。そういうときの彼女は歯切れがよく、反論を許さなかった。

「身仕舞いを調えるだけでも女はそれなりにしゃんとするものよ、職人だから構わなくていいということもないでしょうし、どうでもいいと思うのは汚れた髪に蒔絵櫛を挿すのと同じ、ぞっとしないわね」

遠慮のない忠告は長い間の無精を大目に見てくれた人の親身に思えて、理野の胸に応えた。帯は胡蝶のすすめる博多織にすることにして、明日にも沢の井へゆこうと思った。

その夜、深い眠りの中で久し振りに男の夢を見た。捨ててきた過去と違って優しく語りかけてくる男に戸惑いながら、甘い風に包まれてゆくのを感じた。半ば夢と分かっているせいか、飛び切りの幸福感にはほろ苦い感傷が潜んでいる。湖畔からは漁をする小舟や白鳥が見えて、季節は春のようであった。二人にとって重い冬がゆき、男は肩の荷を下ろして落ち着いている。熱くも寒くもなく、可憐な野花の咲く道には破局を前にして最後の言葉を探す苦しみは見あたらない。彼女は彼の笑顔にほっとし、誘われるまま男の家へ行こうとしているのだったが、そこには出来すぎた幸福を恐れる予感があった。

明くる日の午後、彼女は湯島の沢の井で反物(たんもの)を見立てた。一枚はすぐにでも欲しい単衣(ひとえ)で、紺地に絣縞(かすりじま)の涼しげな柄ゆきが気に入った。袷(あわせ)の生地はほとんど無地に見える小紋が二枚、選んだ柄は極行儀(ごくぎょうぎ)と石積みであった。胡蝶が見たら随分地味ねと言うか、目を伏せて吐息をつくだろう。店の男も若い人に人気の格子柄や着映えのする花柄をすすめたが、彼女は通り過ぎた季節を感じて身につける気がしなかった。かわりに藍染めの縮(ちぢみ)も求めて夏の仕事着にすることにした。織のかたい博多帯は触れると絹鳴りがして、揺れやすい心も引き締めてくれそうであった。

次の日は下職が摺漆(すりうるし)をした櫛をもらって置目(おきめ)からはじめた。上塗りを終えて研出(とぎだし)を待つ櫛があったが、花嫁の駕籠に明かりのないもので仕上げの練習にしか使えない。まだ陰影の出し方に迷いがあるものの、やってみるしかなかった。

炭火で熱した絵漆を爪盤(つめばん)に移して用意ができると、彼女は裏返した下絵の線を根朱(ねじ)

筆で細く薄くなぞっていった。そうして描き上げた漆の絵は櫛の平面にあてて、上から刷毛か篦でしごいて転写するのであった。櫛に乗った漆に消粉を蒔き、まだ線描画でしかない意匠に理想の陰影を重ねていると、期待から胸の中が静かに騒ぎはじめる。絵漆で輪郭線をとり、内部を地塗りする間も、彼女の目は夜に溶けない行列を追いかけていた。

午後になり遅い昼食をとりに工房の台所へゆくと、広い板敷きの奥に金次郎がいて、理野は彼の向かいに座った。賄いの昼食は茄子の煮浸しと魚と酢の物で、焼いた鯽には紅葉おろしが添えられている。彼は忙しく箸を使いながら、

「うまいよ、家じゃこんなものは食えない」

と無邪気に笑った。健啖家で、伸び盛りの子供のような食べっぷりが見ていて気持ちよかった。

「遅い飯だね、苦戦しているのか」

「死にそうです、印籠はどうですか」

「あっさりできたためしがない、本当にいい物を造ろうと思ったら一年はかかるだろう、ここではそうも言っていられないがね」

「粉蒔で夜の明かりを表したいのですが、肝心なときに手が震えてしまいます」

理野は肩の力が抜けて、行儀が悪いと思いながら彼のために声を大きくした。女中

が運んできた昼食に箸をつけながら、終えたばかりの粉蒔のむずかしさを話した。嫁入りの行列は櫛の棟幅にぴたりと収まり、狐の目を表す青貝の貼り込みもうまくいったが、明暗の差をつけるために金粉は狐によって密度を変えて蒔かなければならない。提灯(ちょうちん)と駕籠の明かりが照らし出す狐には多めに、陰になる狐には微かに蒔くだけで、せいぜい六、七分の大きさの狐に夜の明かりを映すのは至難であった。彼女は兄が白鳥の風切羽(かざきりば)や篠竹(しのだけ)を加工した軽い粉筒を使っていたが、指先で調整するしかない作業は神経を痛めて、蒔き終わるとぐったりとした。少ない金粉で加飾することの壁に突き当たって、櫛に弾(はじ)かれる気がするのだった。

「蒔絵はそういうものさ、腐らずにありったけの力をそそげば櫛も笑うよ」

金次郎は簡単そうに言った。

「印籠は櫛より強情だな、腹が四つも五つもあるから、すぐに機嫌が悪くなる」

「伏見屋で金次郎さんの印籠と櫛を見ました、櫛のほうが機嫌が悪そうに見えましたけど」

「あれは失敗した、見ても為(ため)にはならなかっただろう、櫛が厄介なのは女を意識するせいかな」

苦い顔をしながら、彼はその話題を愉しんでいた。案外、職人たちと制作したものについて話す機会は少ないのかもしれない。同じ工房の仲間でも、彼らが技法や段取り以外のことで蒔絵を語るのはまれであった。中には腕があるのに暮らしが立てばいいという職人もいる。金次郎がもう自分ではやらないという櫛の魅力を語りだすと、理野は彼の思いを察しながら、うなずくのも忘れていた。この人は蒔絵を愛していると思った。

食後の茶を一服する間も、彼らは蒔絵という人生の杭にいざよう思いを語り合った。金次郎は自分は不器用だから印籠と付き合ってゆくしかないが、小さな器だからこそ蒔絵が生きると言い、理野は自分の蒔絵を摑むまでは何でもやってみたいと話した。櫛に執着するつもりはなかったし、許されるなら好きな器に好きなように蒔いてみたかった。いつも心の底から呼びかけてくる彼女の蒔絵は静かで飽きのこない、薄陽の温もりのように優しいものであったが、世間に通用するかどうか分からなかった。まだ手法すら摑めていない。

「象嵌も今でこそ当たり前になりましたが、はじめてやった人は苦しんだと思います、わたしもそんなことを考えています」

「大きく出たね、さっきまで萎れてたくせに」

「そこが女のいいところかしら、髪の櫛を裏返すだけでも気分が変わります」

金次郎は呆れたが、目は優しく笑っている。あるとき急に近づき、友人ができるように、彼は女の蒔絵師を認めてくれたようであった。

仕事場に戻って室に入れていた櫛を見ると、前よりは明暗の出そうな行列にほっとした。すぐにでも粉固めをしたいが、少なくも明日の今ごろまでは漆が乾くのを待たなければならない。帰るにはまだ早いので、理野は失敗した櫛を研ぎ出すことにした。研炭を細かく動かしながら少しずつ表面を研いでゆくと、やがて塗り込めた意匠が現れてくる。二割ほど見えたところでやめて裏面も研いでみると、表の行列に対して、後続の従者が疎らに見えるだけの野辺は淋しい。つい眺めていたとき、仕手頭の声が聞こえて彼女ははっとした。

「おもしろい櫛だが、急がないとツン金が困ることになるぞ、棟梁に対の印籠と櫛ができるまで職頭から外してほしいと言ったそうだ、ほかが遅れているから拗れたらここにはいられなくなるかもしれない」

理野は鈍い女を暴かれた驚きで、うつむいていた。金次郎はなぜそこまでして対の意匠にかけるのだろうかと考え、彼も数物に疲れているのかもしれないと思った。量産なくしては成り立たない工房の現実に気が重くなる一方で、何も言わなかった男を思うと熱いものが胸を浸した。

その日、根岸の寮へ帰ると珍しいものが待っていた。抱一門下の抱儀から加賀前田家の氷室の祝儀が雨華庵に送られてきて、胡蝶が裾分けの雪を頂戴したのである。もっとも雪は解けてしまって跡形もなかった。理野は勧められるまま口をつけたが、有難いものを飲んでいる気がしなかった。

　金次郎のためにも櫛の制作を急がなければならなかったが、彼女は目も神経も酷使して没頭するうち、自分ひとりの肩にかかった仕事を貴重なものに思いはじめた。自ら考案した意匠を自ら蒔きながら苦しくなるだけではつまらないし、工房のために働く職人にも喜びがなくてはおかしい。溜刷毛で漆を上塗りして二日後、十分に乾燥した櫛を見ると、塗り込めた意匠が目指したものとなって現れることを祈らずにいられなかった。

　期待と同じ濃さで緊張もしながら、駿河炭と椿炭を使って慎重に研いでゆくうち、仄かに光る狐の行列が見えてくると、彼女は息をつめたまま興奮した。現れた陰影は紛れもなく夜のものであったし、この瞬間の喜びを人と分け合うことは不可能であった。蒔絵は穴蔵でひとりでするものだと思った。研ぎすぎないように優しく細かく炭を動かし、漆の帳から狐たちを引き出す間、周りのことは目に入らなかった。この孤独な終盤の作業こそ職人の喜びかもしれなかった。

　同時に制作していた白鳥と紫陽花の櫛は思いのほか順調にすすんで、漆の乾燥にかける時間が惜しいほどであったが、六月の十日過ぎには仕上げを残すだけになって完成が見えてきた。線描きの下絵から精魂をこめた意匠は、蒔くことで美しく変貌していた。金次郎は一足早く印籠を終えていて、久し振りに理野の仕事場を覗きにくると、痩(や)せたね、食べているのかと気遣った。

「あと三日ください、少しでもよいものにしたいから、金次郎さん、わたし」

「いいよ、婿は逃げないから」

彼の印籠に櫛を妻合(めあ)わせてみたのは、それから数日後の午後である。金次郎の仕事場に理野がゆき、互いに緊張する中で付合(つけあい)がはじまった。

予想したことだが印籠はどれも見事で、白鳥は銀の薄肉高蒔絵、紫陽花はビードロの象嵌(ぞうがん)、狐火は精緻(せいち)な蒔き暈(ぼか)しであった。溜息がでるほど巧みな細工は根付(ねつけ)も同じで、狐火の印籠には紫の紐で駕籠が結びつけられている。櫛の行列を待ちわびる男の気持ちが見えて、理野はこの粋な計らいに感謝した。この印籠を持つ男はどんなことがあっても女を裏切るまいという気がした。

印籠にそれぞれの櫛を添えると、金次郎はしばらく凝視してから、いいねと言った。彼は構図も斬新な白鳥が最もよいと言い、理野は苦労した狐の意匠を密かに自賛した。白鳥の飛翔はたくましく、紫陽花と蝶の取り合わせは心の綺麗な男女を思わせて清らかであった。印籠も櫛もふさわしい相手を得て、人と同じようにそこに生きていた。

一枚の下絵からさまざまな加飾を想像し、技法を突きつめてゆくと、蒔絵も魂を持って主張するのを理野は改めて知ることになった。やがて一対の印籠と櫛は仕切りのあるひとつの箱に収められて、金次郎が箱書するのを彼女は物淋しい気分で眺めていた。創作という産みの苦しみが終わるや離れてゆく子供を見送る気持ちであった。筆を置くと、彼も感慨深げに言った。

「棟梁もこれを見たら納得してくれるだろう、理野さんもそろそろ号がいるね」

「女の号では売れませんわ」

「買手はもうついている」

と彼は告げた。そのひとりが森川夫人だと聞くと、理野は人一倍幸せな夫人が対の印籠と櫛を持つことに疑問を覚えたが、買うという人に売れてゆくのも仕方のないことであった。

「あと五組ずつ造ろう、その間に注文がくるようなら別の意匠も考えなければならない」

「また忙しくなりますね」

白鳥の櫛だけでも胡蝶に贈りたいと考えていた理野は溜息をついた。羊遊斎を粂次郎と呼ぶ人に捧げる櫛であれ、工房で商売にならないものを造ることは許されない。といって寮で造るには時間も体力も足りなかった。職人が人に贈るために造るときはどうすればよいのかと訊くと、金次郎は独立するか自分で買えばいいのさと笑った。彼ならそれもできるだろう、と理野は皮肉に思った。

三対の印籠と櫛は次の日には高値で買われてゆき、手元において味わう暇もなかった。あとには束の間の充足と下絵の下絵が残った。置目をとった本下絵は原工房のものとなって、意匠と技法は工賃に化けたが、羊遊斎からは何の言葉もなかった。午後も遅くなって彼女は工房を出た。

　梅雨が明けた町には庇や庭先に梅の実を干す光景が見られて、根岸の寮でも昨日から胡蝶がはじめた。そろそろ蓮の花が咲くころでもあった。湯島の沢の井へ着物を取りにゆき、不忍池に寄ったのは夕暮れである。水面にまだ花は見えないものの、蕾を支える花茎は丈を伸ばして開花が近いことを知らせている。

　汀に佇んで観察するうち、そういえば其一に花鳥図を見せてもらうのを忘れていたと思った。二日に雨華庵で営まれた光琳忌のときも、彼女は朝から工房にいて手伝うこともできなかった。いつのまにか蒔絵に淫していたことに気づいて苦笑したが、気を抜くと冷たい淋しさに打たれそうであった。陽のあるうちに帰ろうと思いながら、彼女は暮れてゆく池から目を離せずにいた。

　その日から数日、理野は物憂い気分にとらわれた。このまま蒔絵に人生を預けてもよいのだろうかと考え、肯定も否定もできない気持ちであったが、それがなければ生きてゆけないことも分かっていた。相変わらず半端な人間なのだろう。好きな蒔絵と向き合い、筆をとれば何もかも忘れてのめり込む自分がいる一方で、不意に淋しい女を思い出して震えることがある。ひとりで生きてゆけるだけでも前よりはましなのにと思いながら、十年後も同じ女でいるのは恐ろしい。蒔絵があるから彼女の日々は色づくが、それだけの一生も味気ない気がする。それとも一度しくじった女ははぐれて生きるしかないのだろうか。

　中島の茶屋から見る不忍池には蓮がぽつぽつ咲きはじめていた。十六弁の花は淡紅色か白で、大きな緑葉(りょくよう)から抜きん出た姿は蓮華(れんげ)の名にふさわしく、清らかである。彼女は絵の道具も持たずにきて、ぼんやりと夕風に揺れる花を見ていたが、自分も池水に浮いている心地であった。工房では別人のように輝きながら、ひとりになるとよく萎(しお)れた。蒔絵に向かう情熱が途切れないのは恵まれた環境のお蔭であろうし、気が沈むのは今日明日の暮らしの不安が薄れて一度はあきらめた女の将来を考えはじめたせいかもしれない。夢が見えているのに、一年前には想像もしなかった贅沢な不安が胸を重くしている。長い前途の目処(めど)がつかない不安なのか、今が淋しいのか分からなかった。

　売るために造る道具とはいえ、精魂こめて蒔いたものがたちまち消えてゆく淋しさを知ると、彼女は道具にまで捨てられる気がした。たぶん女の感傷だろう。売り物をいつまでもそばに置いて眺めていてもはじまらないが、鑑賞する時間もないのはおかしかった。

　一方で数物が飛ぶように売れてゆくとき、未練より喜びを感じるのは数の魔法で、売れることで工房も職人の暮らしも成り立つからであった。しかし、それだけが職人の喜びとは言えない。彼女は中村宗哲の棗を見たとき、売り買いの匂いのしない別の世界を感じたし、はじめて心のある器に触れた気がして憧憬を覚えた。優れた加飾は羨望の的であり、打算の枠外で自分の蒔絵を目指すための支えであった。そういうものがなければ食べるために金粉を蒔いているにすぎない。蒔絵に生き甲斐を見つけた女と生身の人間を生きている女が二つながら輝くことはないのだろうか。彼女はその可能性を性急に求めて傾き、手に余る淋しさを引きずりながら池畔を歩くうちに中島にきていたのだった。

　土用のある日、寮に帰ると胡蝶が出迎えて、白地のすっきりとした帯を見せながら、すぐに支度をして雨華庵にゆくようにと急(せ)かした。理野の晴着は紺地に絣縞(かすりじま)の綿服(めんぷく)であったから、洒落た絽(ろ)の帯は眩(まぶ)しすぎてもったいないほどであった。

「何かあるのですか」

「宴(うたげ)ですよ、条次郎さんも来るでしょう」

　どうりで浮き立つはずであった。新橋(しんばし)の夜鰹(よがつお)が手に入ったとかで、雨華庵では玄人の料理人を迎えて会席の準備をしている。十四、五人は集まるだろうから給仕の手伝いをしてほしい、そう言うが早いか彼女は三味線を持って出かけた。

　手伝いのさちに髪を調えてもらい、着替えて寮を出ると、夕暮れ前の暑さの引けるころで、片側に日陰のできた通りには町駕籠が二挺とまっていた。客はもう幾人か来ているらしく、玄関の脇にある台所へまわると料理人が家僕や下女を指図していた。板敷に其一の弟弟子がいて、若い彼は裏方に回されたのか、理野を見るなりここはいいから庭に打ち水をしてくれという。羊遊斎の手紙を雨華庵に届けたときに知り合った男は周二といって、台所で見ると画家というよりも若さの匂う気むずかしい青年であった。

「さ、早くして」

と言うかわりに彼は目をきつくした。

井戸は台所の入口近くにあって、庭へ出るには垣伝いに母屋を回らなければならない。垣際の囲の露地を伝って庭へ出ると、中央の茶の間の奥に屏風が飾られているのが見えたが、暗くて絵柄までは見えない。理野は裾を絡げて、庭先から水を打ちはじめた。左手の囲に隠れている部屋が抱一の画室で、右手には境の襖を外すと広間になる座敷が池に向かって張り出している。縁の前に大きな踏み石があって、濡らすと清々した。

宴は広間でするのだろう、台所と広間の間にある茶の間は人の通り道になっていた。女中が酒を運んでゆき、入れ替わりに出てきた男と目が合うと、彼女は会釈した。縁先からためらいがちに声をかけてきたのは其一であった。

「手伝いましょうか」

「いいえ、汚れますから」

「あとで亀田先生に紹介します」

彼のうしろを周二が三味線らしい箱を抱えてゆくと、広間から静かな笑い声が洩れてきた。理野はまた水を打ちはじめたが、其一の視線があたりを泳いでいるのが分かった。濡れて優しい陰のできた庭は美しく、束の間の調和を愉しんでいるのは彼女も同じであった。

水を汲みに戻る度に二人また二人と門をくぐる人影が続いて、宴は火点し頃にはじまった。池の前の石灯籠にも明かりが灯され、丁寧に打ち水をした庭からは心なしか涼しい風が流れてきた。広間に集ったのは家人を入れて十七、八人で、みな馴れているのか自分の家のように寛いでいる。口々に夜鰹を話題にしないところをみると、食より夜の秋を愉しみにきたのかもしれない。理野は料理人の指図に従って台所と広間を行き来した。

かつて農家だった家屋には竹が多く使われていて、気をつけて歩いても軋む音がする。盛り付けを崩さないようにと気を揉む料理人は大音寺の前、下谷竜泉寺町の駐春亭から来ていた。吉原と根岸の間にあるこの料理屋は、渡り物の食器を使う洒落た料理と風呂を合わせた懐石浴室が人気を呼んでいる。理野も湯を使いにゆくが、一間一間に釜のある囲風の座敷で料理を食べたことはまだなかった。主の幸次郎は羊遊斎とも親しく、弟子たちの顔を覚えて、冬の日、湯を浴びて帰る彼女を見ると頭巾を貸してくれたりした。父親の宇右衛門も俳諧と善行の好きな素封家であった。

　それは抱一も同じで、彼の仲間はたいてい発句をするし、よく遊び、よく散財する人たちであった。金は彼らの人生の隅に置かれた関心事で、生み出す才能と使う才能は別のものであった。今日の宴も句会を兼ねるとみえて、座敷には料紙箱が用意されていた。もっともそのまま書画会ができるほどの人々で、座中には南画の大家である谷文晁もいた。この著名な顔触れがどうして繋がるのか理野には不思議であった。俳諧、書画、河東節といったものが彼らを結んでいるのだったが、誰も真剣に語り合っているようには見えないからであった。高齢で中風気味の亀田鵬斎はかまわず飲んでいたし、早口の抱一が語りかけている文晁は微笑しているだけであった。彼らが根岸を逍遥するのは自分を飾らずにいられるからだろうか。

　理野は酒肴を運んだり酌をしたりするうち、客の名を覚えていった。ひとりできた森川佳續とは面識がある。左半身が不自由な亀田老人には妾の鶴婦人と息子がついてきていた。向島の花屋敷の主で菊塢という初老の男は、かつて骨董屋をしていたころに抱一と知り合い、彼に代わって京の光琳の墓も修復したと自ら語った。まだ五十代の大澤文華は武州忍の呉服商の隠居で、浅草茅町の別宅に暮らす粋人であった。その妾のきぬは驚くほど妙華尼と親しい。すでに髪を下ろした妙華尼もそうだが、女客はみな小婦で、胡蝶だけがまだ来ない人を待っていた。

次々と料理が出されて落ち着くと、広間は和やかに談笑する声で溢れた。周二も席を得て、鵬斎の息子で詩人の綾瀬や鶯蒲と語り合っている。理野は代わりに来客を待つことになったが、立ちかけたとき其一が鵬斎に紹介したので挨拶した。

「まあ仲よくやろう」

陽気な老人は理野に盃をすすめて、我が家では下男も女中も飲むし、飲めば垣根もなくなる、とひどく怪しい呂律で話した。困っていると、

「先生、ご気分のよいうちに一句お願いします」

と其一が助けてくれた。理野は身をずらして立ち上がったが、抱一の視線が自分の挙措を追ってくるのには戸惑った。彼は下戸だが酒席を愉しむ術を知っていて、流れるように喋り、おおらかに笑う。六十歳をすぎても端整な顔立ちに険が表れることは少ない。何か気に障ったのだろうかと思っていたとき、屠龍さま、お先にお願いできますか、と鶴婦人が鵬斎に代わって言い、抱一があっさり詠んだのはそこにいる女のことらしかった。

「夜鰹や美人の股を一ト刀、先生もどうぞ」

「古池や、古池や、その後飛び込む蛙なし」

「どこかで聞いたような」

亀田老人の戯句と抱一の機知で宴席は一気に盛り上がった。知的な会話とそこから生まれる情趣が彼らの馳走のようであった。もう若いとは言えない男女が庵に集い、風流を謳歌するのは青春の再生という気がする。抱一の凝視が作句のためと知ると、理野はほっとして歩いていった。

しばらくして駕籠が着き、待ちかねた人が現れると、彼女は胡蝶に知らせた。よい体格をしながら羊遊斎は足が悪く、どこへ行くにも駕籠を使うし、家でも上がり框や後架を苦手にしている。胡蝶は弾むように迎えて、遅いわね、馬でいらっしゃいなと言ったが、目はとろけていた。羊遊斎は照れ臭そうにうつむいていたが、そのあと身を寄せて歩いてゆく二人は男と女であった。

間もなく玄関先に人の気配がして、振り返ると男が無言のまま入ってきた。痩せた体に涼しげな絽の夏羽織を着て、不機嫌な顔をしているのは中山祐吉であった。理野は虚を衝かれて、先生のお供ですかと訊いてみたが、それは違った。

「杜若の屏風を拝見しにきました、今日しか見られないというので」

「茶の間にあります、どうぞ」

彼女は言ってから、そういえばしっかり見る暇もなかったと思った。誘われるだろうかという期待は裏切られて、祐吉がさっと歩き出すと、巻き上げられた花弁のように彼女もついていった。

　抱一が南茅場町の下り酒問屋の主、鴻池屋儀兵衛の依頼で制作した杜若の金屛風は、伊勢物語の業平東下りを画題にしている。屛風に人の姿はないが八橋が描かれていて、それもなければ杜若の群生に過ぎない。しかも杜若は根もとが切花のように切断されている。単一な動植物を連ねる構図は光琳風で、どこかで見たように感じるのもそのためであった。

　屛風は絹本に金箔を貼り、さらに金泥を掃いたらしく、金地の柔らかな光沢が美しかった。群青や緑青、白緑といった顔料も見るからに質のよいもので、夜の明かりにも鮮やかに映えている。

　二人が見ているのは六曲一双の左隻で、雨華抱一筆の落款が左隅にある。右隻は広間の奥にあって、こちらはたしか橋の手前が杜若の群落であった。八橋は一双の屛風の左下から右上へ横切る形で描かれ、簇生する杜若の表情を分けているのかもしれない。邪魔するもののいない茶の間で祐吉が鑑賞する間、理野も少し離れたところから見ていた。しばらくして屛風の前を移動しながら、どう思うかと彼は訊ねた。

「実景ではありませんね、杜若の根もとがどれも水平に断たれています、何か大きな水盤に活けた切花のようです」

「古い物語の実景を見ることはできない、屛風を意識した構図だろう、光琳にもこんな絵があるのかもしれない」

「いっそのこと橋も消してしまえばいいのに」

　彼女はそう思った。杜若の葉に舞うような揺らぎが見えて、どうかすると目眩（めまい）のする画面に伊勢物語を見なくてもよいのだった。写実も陰影も放棄して、ひたすら見る人の視線を意識した絵に思われたし、華やかな装飾を優先したのなら、それだけで調度品としては十分である。

「物語の力を借りなくても花は生きるでしょう」

「そうだろうか、この橋のたらし込みはおもしろいし、杜若の明るさだけでは逆に物足りない」

　祐吉は画法にも詳しく、光琳を模したものなら上人さまの主張だろうと言った。理野はどこかで蒔絵の意匠として見ているのかもしれなかった。

　快い三絃の音が響いて広間では河東節がはじまっていたが、彼は気にしなかった。落ち着いて右隻を鑑賞できるのは宴の終わり近くなるに違いない。理野は待ち遠しい気持ちで、花弁の表裏を色分けした花を見ていた。行灯（あんどん）の仄かな明かりに金地は妖しく輝いている。男も黙って目をあてていた。屏風は本来の用途を忘れさせて、巨大な装飾と化していた。

　蒔絵師の目に大画面の描写はそれだけで圧倒的だが、理野には杜若の群落が蒔絵と同質の華飾に見えてならなかった。金地は蒔絵の地蒔きにもあるし、画題の伊勢物語を差し引けば長閑な花群でしかない。どう眼差しを変えても、屏風は画意を味わうよりも華やぎを愉しむためにあった。

それを言うと祐吉は笑って、人目を憚る屏風絵があるだろうかと皮肉になった。装飾として完成しているし、見る人を一度は圧倒しながら、画題を超えて明るい空間へ誘う企みがある。けれども二年前に見た「夏艸雨」と「秋艸風」という銀地の絵のほうが優れているとも言った。理野は目の前の花群に風雨を重ねてみたが、まるで迫力が違うそうで、主題の雨と風は草花の姿態だけで表され、嵐や雨脚は描かれていないという。言葉は彼女の想像を超えて好奇心を刺激した。

「是非拝見したいものです」

「無理だね、絵は光琳の屏風の裏に張られて一橋さまのもとにある、我々が見られるのは雨華庵にある間しかない」

彼が時を惜しんで杜若の屏風を見ているのもそういうことで、抱一の絵は完成したときから彼のものではなくなる。羊遊斎の蒔絵物が工房から消えてゆくのと同じであった。祐吉の語る草花の絵を思い浮かべていると、胡蝶がきて、

「祐吉さんもいらしてたの、ちょうどいいわ、二人ともいらっしゃい」

と言った。広間に珍しいものがあるという。祐吉がためらいながらも歩き出すと、

理野は滅多にない貴重な時を奪われた気がした。

広間では妙華尼と鶴婦人の三絃で森川佳續が河東節を語り、きぬが舞っていた。熱心に聴いているのは若い人たちで、鵬斎は自由になる右手で文晁と拳を打っている。剃髪した人が多く、夏羽織か十徳の男たちが額を寄せ合う光景はどこか異様であった。祐吉を見ると、彼らは軽く目礼した。

抱一のそばに大澤文華と羊遊斎がいて、胡蝶はそこに案内した。視線の集まるところに蒔絵の硯箱と古い外箱がある。すすめられて箱書から見ると、表に研奩住吉濱、蓋裏には「かりなきて菊の花咲く秋はあれと春の海邉にすみよしの濱」と歌が書かれている。署名はないが乾山の筆に間違いないと抱一が言い、入手した経緯を語った。彼の光琳への景慕は増幅して弟の乾山にも及んでいるらしく、尾形流の余光を愉しみ、絶やさぬことに熱心であった。しかし羊遊斎がよく見ておきなさい、とうやうやしく置き直した硯箱は光輝に満ちて、それほど古い物には見えなかったのである。

乾山の外箱だけを手に入れた抱一がその歌をもとに下絵を描いて、竹内という塗師に造らせた硯箱は、表が黒漆地に貝と鉛を嵌装した金蒔絵の菊花で、見返しは波に雁の図であった。重なり合う菊の意匠は伊勢物語を意識したのか古典的で、羊遊斎の菊の棗とも似ている。見返しの雁は見るからに乾山光琳風であったし、またそうでなければ意味もないのだろう。よく考えて造られたものだが光琳の匂いに息が詰まりそうで、理野は自分の目指す蒔絵ではないと思った。どこに復元と模倣の境があるのか分からないし、心から素晴らしいと言えるものでもなかった。

　下絵を描いた抱一の前で正直な感想を言うのも憚られて祐吉を見ると、彼は彼でじっと箱蓋の歌に目を落としていた。伊勢物語の続く夜で、大画面の杜若を見たあとの菊の大輪であったから、小さな硯箱の蒔絵が窮屈に感じられるのは仕方がなかった。羊遊斎の顔にも優品を目にしたときの驚きは見えない。和合を優先する社交家の常で、下手なことは言わないだけであろう。

「よいものですな、譲っていただけませんか」

　大澤がひとり熱心に言っている。抱一は柔らかに拒んで、更山どのに頼みなさいと言ったが、羊遊斎は微笑むだけで複製を引き受けるつもりはないらしかった。祐吉が彼らしい理屈で称賛する間に、理野は誰にともなく辞儀をして、彼に酒肴を運ぶために立っていった。

　茶の間に戻ると、杜若の金屏風が迎えて、どうだとでも言っているようであった。彼女は立ち止まって目をあてながら、ふと酒井抱一から光琳を引いたら何が残るのだろうかと考えた。留守模様で八橋の段を表現したのは光琳であろうし、心から彼を尊敬するなら、宗哲が畏敬の念をこめて本歌を再現したように正確な復元を目指せばよかった。そう思うせいか、祐吉が光琳を模したものなら上人さまの主張だろうと言った橋は余計なものに見えて、あってもなくても迫力のなさは変わらない気がした。これでもかと同じものを繰り返しながら、見えてくるのはむしろ軽妙な明るさであり、伊勢物語の詩情も光琳の斬新さも霞んでしまう。装飾屛風として見れば納得のゆく画面も、絵としては表現が不足している。豪商に頼まれて苦しまずに描いた絵を感じると、彼女は空の外箱を見て中身を造る抱一の柔軟さを思い合わせて、巧妙なこけおどしではないのかと思った。小さな櫛の意匠に苦しんできた女の目に、杜若は抱一が屛風に置いた巨大な活花を思わせて、そこに華やぐだけであった。

このひねくれた視点は怪しい硯箱を見たせいかもしれなかったが、蒔絵にしてもおかしくはない極彩色の花群は、ある疑問とともに彼女の目に焼き付けられた。光琳の原画を見られるはずもないから、疑問が解ける日がくるとも思えない。それでも今日感じたことは忘れないだろうと思った。

一夜であれ抱一の絵を鑑賞できるのは幸運としか言えない。東都の山陰の草庵で眩い金屛風を見ていることに、理野は不思議な巡り合わせを感じずにいられなかった。そこにあるのは模倣にしろ抱一の肉筆であり、ぽっと出の女の成りゆきにしては眩しすぎる世界であった。彼女は兄が逝ってからというもの、居場所を求めて蒔絵にすがってきたが、その蒔絵の中に夢を見はじめたところであった。行き暮れても人間はしたたかだと思う。

茶の間に人が入ってきた。新しい膳を運んでゆく女中に祐吉のことを頼むと、台所で一休みしてくださいという。理野はまだ何も食べていなかった。いつも取り残されて、気がつくと悄然としていることが多かった。彼女はまだ蓮も描いていなかったし、其一の花鳥図も見ていなかった。立秋はもうすぐである。ぐずぐずしていたら、たちまち冬が来て孤独に震えるかもしれない。

「おまえ、ひとりで生きてゆけるか」

と父に言われたことがある。男がらみの醜聞が知人の口から伝わり、親として決断を迫られたとき、娘を追いつめるかわりにさらりと愛情を口にしたのだった。口下手な人にしては気の利いた一幕だったが、理野は答えられずにいた。そのときは死のほうを身近に感じていたからである。

庭へ目を移すと露地の建仁寺垣が見えて、妖しく底光りしている。いま彼女が心に温めているのは、ちょうどその竹垣か、夜の椿のように沈静した華やぎであった。いつからか、そういうものに創作意欲を刺激されるようになっていた。贅を尽くした華飾を見るほど虚しいものを感じて、わたしは新しい華を蒔こうと思った。捨ててきた過去にも燃えさしがあるように、控えめで底深い、それでいて小さな芯が燃えているのがよかった。ほかの蒔絵は考えられなかった。

薄明かりのたゆたう夜の庭は恰好の手本であった。ほどよい草木と竹垣、微かな光を浮かべた池が調和している。金屏風とは対照的な暗さであったが、虫が鳴き、葉の囁く眺めは落ち着く。彼女は庭先の茂みに息衝（いきづ）く撫子（なでしこ）に気づくと、その繊細な花容（かよう）に見入った。三絃と哄笑（こうしょう）の流れてくる中で可憐な花は淋しく見えたが、夜気を帯びた花色はむしろ深く艶（あで）やかであった。

抱一筆

浅草から小舟で隅田川を渡ると、午後の向島は秋草の美しい季節であった。橋場を出た舟は寺島村の渡し場に着き、降りたのは其一と理野と見知らぬ老人の三人きりであった。堤のすぐ下に白髭社があって、鎮守の森の茂みからやがて涼しい松の眺めに変わる道は花屋敷へと続いている。雨上がりの花園は萩の盛りであった。

「宮城野萩はもう咲いたでしょうか」

其一に訊いてみたのは数日前である。夕暮れの根岸で出会った男は家路を急いでいたが、話すうちにゆったりとしだして、二人で見にゆきましょうと誘った。醬油屋新道の角まできて、彼らは浅草で待ち合わせる約束を交わした。理野が墨東へ渡ったことがなかったからである。

骨董商で財を成した菊塢老人が閑居を決めて開いた三千余坪の花園は、はじめ梅の木で賑わう梅園であったが、その後諸国から集めた萩や桔梗をはじめ八千草の生い茂る庭園になっていた。広い園内には隅田川焼と謳う楽焼の窯もあって、乾山張りの陶器を売ったり、客に絵付けをさせて遊ばせたりもする。抱一もよくやるそうで、いつであったか赤楽の丸い手提げに大きな百合と菊と蝶を描いて、それが随分うまく焼けたと其一は歩きながら話した。理野は聞きながら、まだ濡れている花に目をやった。

四百株近くあるという梅の木は今は淋しく、菊もまだ早いが、雨もよいの空にも萩と桔梗は鮮やかであった。萩は地面にも細かな花弁を散らして自ら足下を染めている。群れて長く咲くからか可憐に見える萩に比べ、桔梗は澄み切った青紫の花色も五裂の形も整いすぎて、どこか哀しい。濡れた清楚な姿に彼女はある人を思い合わせた。

「もうすぐお嬢さまが嫁がれるそうですね」

「十月になりそうです、先方も画家ですから、そう戸惑うこともないでしょう」

「お幸せですね」

「どうですか、画家の暮らしに馴れているというだけで、本人が望んだ嫁ぎ先ではありません」

彼は皮肉か感傷を込めてそう言った。急逝した兄弟子の姉と結婚して家を継ぎ、その連れ子をまた画家へ嫁がせるのは画業の縁でしかなく、自身と同じ成りゆきを娘にも見ているらしかった。

雨上がりの庭園はひっそりとして、薄とともに紅白の萩が咲き乱れる敷地はどこかの野辺と見紛う静けさであった。濡れた落ち着きと、人目を気にせずに語り合えるのがよかった。

　其一は生活の不安定な画家に嫁ぐ娘のために早くから支度をしていて、小間物まで揃えたことを慰めにしていた。その間に血を分けた跡取りが生まれて、娘を追いやる形になったのは皮肉な回り合わせであった。彼女とは本当の父子になる前に別れてゆく。この六年は画業にかまけて親らしいことは何もしてやれなかったから、と描くために情を犠牲にしてきたような口振りであった。彼は鮮やかな萩の群落の前で立ち止まった。

　背の高い宮城野萩は枝垂れ咲く姿が美しく、花弁もほかの萩に比べて大きい。蝶形花は赤紫色をしている。暗い空のせいか、はじめて見る理野は艶やかで淋しいものに眺めた。見るものにそのときの感情を仮託するのは悪い癖であったが、そういうことがなくては花を見る目も養われない気がする。逆に其一は画家の目でどんな自然もとことん見極めようとするので、同じ花を見ながら醒めた表情をしている。どこであれ対象を観察する目であった。集中すると彼は娘のことも忘れて、この色を蒔絵で出せるだろうかと言い出した。

「味わいは工夫して出せると思いますが、色はむずかしいでしょう」

「なぜです」

「漆で出せる色は限られています」

夢のない答えに嘆息した彼は、懐紙を開いて萩の花を挟んだ。家に持ち帰って顔料を花色に合わせるつもりらしい。理野は夏の終わりに見た彼の秋の七草の図を思い浮かべた。失敗したという花鳥図に紛れていたその絵はどうしてか桔梗が朝顔になっていて、万葉集では朝顔が七草のひとつだと教えられた。しかし朝顔は桔梗の異名でもあって、どちらが本当の七草か分からない。その絵の萩は白萩で画面の最も奥に描かれ、鮮やかな朝顔が正面を飾る構図は彩色がすばらしかった。彼は桔梗と同じ色の朝顔を描いていた。

「これも失敗作ですか」

「習作ですが、買い手がつかない絵ですからそういうことになります」

「わたしが買いましょうか、五百文でどうです」

其一は会話を愉しみながらさまざまな絵を見せてくれたが、どれも色遣いが優しく静謐で、写実と表現が闘っているようであった。見ようによっては神経質な画風で、久し振りに自分の古い絵を見ている彼の目にも何かしら葛藤が表れていた。

長持から売れない花鳥図を取り出して月次に並べてみたとき、理野は細部の描写に感心しながらも物足りなさを覚えた。正確だが力感の欠落した絵が多く、淡々しい色彩が却って画面を重くしているように見えるのだった。自分が買うとすれば朝顔のある七草図だろうと思いながら、言えずにいると、其一は自ら花鳥図の欠点を口にした。

「どれも確信のない絵です、そもそも構図がまずいし、細部にこだわりすぎて表情がありません」

「八月の、月と秋草はのびやかに見えますが」

「虚勢です、苦しまぎれにそれまでの構図を壊してみましたが、結果はこの通り、古い武蔵野図の模倣にすぎません」

そのころの絵は今よりも師の作風に縛られていて、彼の才能は雨華庵の庭で開花しながら、少しも垣を越えることがなかった。抱一の感性を吸収する一方で、自由には描けない分だけ表現がおとなしくなるという悪い影響も呑み込み続けた。

彩色もそうである。染師の子に生まれた男の色彩感覚からすると、花鳥図は押し並べて静かで切り込みにくい。花と鳥の組み合わせを変えれば月次花鳥図はいくらでも描けるが、独自の新しい表現を試したくても、光琳風、抱一風の枷があって飛べない。それは未だに続いているが、いずれ抜け出したいと彼は話した。この輝かしい前途を約束された画家にも厚い壁があるのか、と理野は自身の困難に重ねて奮い立つ気持ちであった。

「苦しまずにさらりと描いた絵にろくなものはありません、実景を描いてもどこかで見たようなありふれた絵になります」

「どこかで見たような絵ではいけませんか、わたしは思い出して描くこともあります、どこかで見たというなら、そのままです」

「それは違う、心に残る景色や風姿は一度その人の中で描かれています、たとえばあなたの対の印籠と櫛の意匠がそうです、あれは実にいい、白鳥の群れがそれだけで生き生きとしている」

　理野が背景を大胆に省いて、見つめる対象だけを引き出すのを彼はおもしろがった。隅田川を描けば彼女の絵は水鳥と周囲の流れだけになる。見る人に隅田川とは分からないが、そこには何かしら写実を突き破る情趣があった。不忍池で描いた蓮の絵も花葉が誇張されて、いつのまにか視野から池は消えていた。自由に描きながらも蒔絵の下絵という意識があって、小さな画面でも生きるものしか見えなくなる。失敗すると彼女の絵は緊張をなくして、ただの怪異と化してしまうが、そこがいい、と其一は祐吉とは違う見方をした。

　直感で対象の美をとらえるために余分なものを削いでしまう理野と異なり、観察眼と色感に恵まれた其一は正確な描写を追求するので、描くものによっては暗い情景が生まれる。一年が明るい日ばかりではないように曇天や暁闇を描くのだったが、重苦しい絵で家を飾る人は少なく、富商や茶人からそういう絵の依頼もないのが彼の現実らしい。かわりに抱一風の絵を描き、抱一の高弟として無難に生きているのも鈴木其一であった。

実生活では情趣を大切にして露骨な感情のやりとりを嫌う彼は苦笑しながら、

「師弟の画風が似るのは仕方がありません、職人が学んだ親方に似てゆくのと同じです」

そう言いわけした。温和で常に自分を抑えられる人だけに、妙におとなしい花鳥図と染めたように鮮やかな朝顔との違いを見てしまうと、抱一の弟子で終わるか、情趣を捨てて独自の表現をとるか、悩んでいるのではないかと理野は思った。

「本当に好きなように描けるのは独り立ちしてからでしょう、あなたも早く数物から抜け出て、ご自分の蒔絵に専念したほうがいい」

親身な忠告は彼自身の課題でもあった。

「原先生のもとではそうもゆきません、櫛も印籠も造るそばから捌けてゆくのですから」

「わたしの父も紫染の職人でしたが、商いのほうはからきし才がなくて、色と向き合うだけの毎日でした、それでも愉しそうでしたね」

作画と蒔絵という別の世界に生きながら、素質も境遇も違う二人が美について語り合うのは、思いのほか愉しい時間であった。画家の葛藤と職人の悩みが一致することも二人を近づけていた。対の印籠と櫛が終わると、彼女は数物の制作に戻って粉蒔と下絵描きに明け暮れていたから、其一の葛藤は工房の現実と重なり合った。

夕方、座敷に明かりがいるころになって、産後の肥立ちが悪く休みがちに暮らしているという妻女が茶を運んできた。男より年上の女は落ち着いていて、さりげなく時分どきを告げて下がると理野も帰らなければならなかった。其一は引きとめたそうにしたが、この次はぜひ新作を見にきてほしいと告げて、暮れてゆく庭へ目をやった。

この静かな人と、あの朝顔の色を結ぶのはやはり染色であろう。さもなければ男は案外うちに激しいものを秘めているのかもしれない。そう思いながら投げ出された花鳥図を見ていると、

「りよは画業のことは心得ていますが、丹青のことはあなたほど分かりません」

と消え入るような声が聞こえた。

萩は根岸の寺でも見られるが、種の多様さと千草の入り交じる風情では花屋敷に及ばない。広い敷地が霧雨に煙りはじめて茅葺きの東屋に逃れると、あたりは白萩の群落であった。吹き放しの小さな建物から、清楚な白萩はすぐそこにある。こういう静けさを蒔絵にしたいと思いながら、濡れた着物の肩を拭っていると、其一も同じようなことを考えていて、この雨の気配を描けないだろうかと呟いた。しかし微細な花の上に霧雨を置くのは至難だろう。薄陽に白萩は映えない。

「雨を描ける顔料がないものだろうか」

彼が求めているのは習得した画法からさらに抜け出すための色彩のようであった。

その絵は師風の情趣があれば世間に認められるが、独自の絵にはならない。雨は自己表現のひとつであろう。理野は彼の葛藤を理解しながら、うなずくことも忘れていた。水の塊にすぎない川や池を描けるのに雨が線になるのはなぜだろうかと思い、彼女は彼女で蒔絵の技法を思い巡らしていた。

しばらくして雨が去ると、彼らはまた花園を巡りはじめた。花屋敷というだけあって園内には藤袴や女郎花も見えて、虫の声がする。秋草が好まれるのは繊細な花容を心許ない曲線が支えるからで、萩や撫子の優しさは着物の意匠にもふさわしい。淋しい冬が待つからか秋の花にはいじらしい美しさがあるが、その控えめな華やぎを何かに残したいと思う人の気持ちも同じであろう。古くから秋草図が好まれ、画家たちが描き続けてきたのも物淋しい情趣に惹かれるからだろうし、中でも簇生する萩の燃えようは清婉であった。

理野はその情調も含めて蒔絵で表したいと思うが、其一は暗いものは暗く、鮮やかなものは鮮やかに描くという考え方のようであった。

「心象は大切にしたいが、絵の中に心情を置いてもはじまらない」

と彼は言った。人は枯葉や水溜まりにまで何かを見たがるが、絵描きは見たものを表現すればよいという論理であった。明快な、しかし隔たりを感じる言葉に理野は戸惑った。彼女の目指す蒔絵と其一の表現が一致する必要はないが、婉曲に否定されたような気がするのだった。画家の目を信じる一方で、彼女は蒔絵が丹青に劣るとは思っていなかったし、単なる装飾と割り切るには奥深い世界であったから、ふさわしい在り方を追究したかった。其一が色彩の表現にかけるなら、自分はいっそ女の情念を蒔いてみようかと思う。すると濡れて枝垂れる萩たちも心なしか妖しい艶を帯びて、蒔かなければならない素材に見えてきた。

「あなたも自由に造るときは下絵に色をつけてみたらいかがです、金や銀で表すにしても本当の色を知らなければ話になりません、描くことで技法も見えてくるはずです」

お喋りな其一のそばで理野は花態の上品な筑紫萩を見ていたが、男の口から信じられる言葉を聞くと、放恣な夢に心が揺らぐときの妖しい予感にさらされた。男は職人の女に向けて丹青の話をしている。目指すものは違っていても挑まなければならないことは同じであったし、色彩は彼女にとっても大きな課題であった。死んだ兄は表現する才能に恵まれていたが、漠然と下絵から入る女には直感しかない。感覚でとらえた風姿と色を蒔絵でどう表すのか。其一の熱心な声がやむと、彼女は顔を上げて話した。

「前に森川さまのお宅で原先生の秋草の印籠を拝見しました、新しい蒔絵はこうあるべきだというお手本のような印籠でしたが、ひねくれた女の目を通すと全く隙のない刃物のようにも見えて、わたしの蒔絵ではないとも思いました」

「あの印籠ならわたしも覚えています、下絵は秋草だけでしたが、更山(こうざん)どのが薄(すすき)の葉に鈴虫を置いてよくなりました、意匠は完全なほどどこか息苦しいものです」

「たしかな才能ですね」

原蒔絵の気品を認める一方で、理野は自然の中にある萩の色合いや翳(かげ)りを好んだ。久し振りに人と分かち合う雨もよいの気配もそうであった。

才能と聞くと其一はそれだけでは食べてゆけないと言い、彼女は食べてゆけても幸せということにはならないと思った。口にすると嫌な女になりそうなので言わないだけであった。身過ぎのむずかしさは非力な女のほうが深刻であろうし、暮らしが立つからといって女を生きていることにはならない。彼女は生活の不安が薄れるにつれて蒔絵という華飾の奴隷になっていたが、そろそろ気持ちだけでも女を生きてみたいと考えていた。そこから未知の世界に踏み出すしかなかった。

「それで雨はどうしますの」

「さあ、赤い色でもつけますか」

笑いに紛らす男を見ると、逆に悩みの深さが見えるようであった。果たして彼はあてどない表情になった。色との闘いですね、と語りかけても黙っていたが、同じ思いの行き交う安らぎに理野は充(み)たされていた。男が求めているのは独自の画法であろう。

その衝迫に感応しながら女は立っていた。花園に魂のたゆたうようなときが流れて、気がつくと空の暗さは夕暮れのものであった。

　その日から半月後には画材や蒔絵の材料や足りない道具が揃えられて、理野は寮での創作をはじめた。其一が都合してくれた漆や蒔絵粉は質のよいもので、漆を混ぜる台の定盤や乾かす室は彼女のために新調されたものであった。兄の遺品と新しい道具で部屋が狭くなると、

「どうせ空いているのだから」

と胡蝶は次の間を根岸の仕事場にするようにすすめた。彼女自身はひとつの部屋で好きなものに囲まれて暮らしているのだったが、それが落ち着くと言って生活の場を広げようとしなかった。いつ来るとも知れない男を待つうちに身についた暮らし方でなければ、どこかに自分の家ではないという意識があるのかもしれない。好きなように生きていながら、ひとりの日中、下働きの娘を相手に縫物をする女を思うと、理野は何が女の幸せか分からない気がした。彼女の一日は相変わらずあわただしく過ぎてゆき、昼は工房で働き、夜は孤独な創作に向かう。自分らしい蒔絵の表現を思うと、疲れよりも焦燥を覚えた。仲秋の月の欠けてゆく夜、庭へ下りて色づきかけた白膠木の葉を写していると、いつのまにか胡蝶が縁先にいて、

「見えない紅葉を描いてどうするの、幽霊かと思うじゃないの」

と呆(あき)れるのだった。

「あまり根をつめないようにね、この家から弔いを出すのはもういやですよ」

「すみません、どうしても描きたかったものですから」

月明かりのもとで写生をするのは蒔絵の黒漆地を夜に見立てて、そこに置くべき色を摑(つか)むためであった。写生なしに下絵を描いても新しい表現は見えてこないし、技法の目処(めど)も立たない。彼女は白膠木を意匠にして手箱に蒔いてみたが、

「なんだかぞっとしないわね」

胡蝶に言われて落胆した。暗いだけで櫛のような華やぎが感じられない、よほど淋しい人なら愉しむだろうという。加飾の味わいのなさは致命傷で、言葉は下作(げさく)を宣告するものであった。夜の紅葉は蒔いてみると深さに欠けて、意図した色感が出たとは言えなかった。夜気に染まる妖しい色を求めながら、ただ暗闇の淵に沈めてしまった。そのことは自分でも分かっていて、限られた色漆で夜気を表すことのむずかしさを改めて感じた。

失敗の繰り返しに疲れると、彼女は気を変えて小さな位置留(いちどめ)に取り組んだ。不快な装飾ほど無意味なものもなく、一度抜け出さなければならなかったが、彩色のあてはないままであった。

日ばかりが過ぎて秋も深くなると、根岸は黄葉(こうよう)の明るさと落葉の色に包まれていっ

た。寮の庭も淋しくなって、早々と桜や白膠木が色づきながら葉を落とした。

晩秋のある日、羊遊斎に呼ばれて抱一風の下絵で櫛を造るようにと言われたのは午後も遅くなってからである。母屋の居間で出かける支度をしていた彼のそばには妻女と祐吉がいて、訝る理野に目をあてていた。祐吉は師の前でも不機嫌を露にして、彼女を見る目も刺立っていた。

「櫛はこの形で二枚、草花を軽く蒔いて、上人さまとわたしの銘があればいい、二十四日までに仕上げてほしい」

「わたしが好きに蒔いてもよろしいのですか」

理野は驚いて問い返したつもりだったが、羊遊斎は当然のことのようにうなずき、参考にしなさいと二冊の下絵帖をよこした。開いてみると、櫛や印籠の下絵の中には酒井抱一の落款も含まれている。それが何を意味するのか、聞くのが怖い気がしてためらっていると、羊遊斎は襟元を気にしながら、

「むずかしく考えることはない、上人さまもわたしも忙しい」

と言った。理野は拒むかわりに自信がないと話した。あからさまな代作を疎む気持ちと、今日までの厚意に報いなければならないという気持ちがあって、羊遊斎の思いやりを期待したが、意匠を決める暇もない人に望めることではなかった。

「うまくゆかないときは祐吉に相談しなさい、金次郎は櫛には向かない」

彼はそう言った。櫛の制作はほかでもない抱一の依頼で、彼自身が人から頼まれているということであった。期日まで日数もないし、間に合わなければ上人さまが困ると聞くと、彼女は青ざめながら承知した。目の端に眉を寄せて何か言いたげな祐吉が見えていたが、胡蝶の顔も浮かんで、拒むことはできなかった。代作は下職が工程を分担することとは違うし、間違えば贋作と言われても仕方のない行為であった。抱一の下絵で数物の櫛を造り、彼と羊遊斎の銘を入れるのは合作の証であり、商標のようなものだが、一点物の下絵まで代筆では嘘になってしまう。じかに抱一に依頼しながら代作の櫛を買う人こそ気の毒であった。

話がすむと羊遊斎は立っていった。妻女に見送られて忙しなく出かけてゆく人にも虚しい華飾を見る思いがして、うなだれていたとき、

「出ようか」

と祐吉が言い、彼らも工房をあとにした。

晩秋の町は陽射しの衰えが早く、神田川の岸辺へ出ると、心なしか行き交う人影も淋しいものであった。柳原通りから両国の広小路へ、祐吉は人波をすり抜けるように歩いて川べりの町を案内した。あたりには水商売の店が多く、横道に置屋があったり、足袋屋があったり、鼈甲屋では芸妓の髪を飾るものを商っていたりした。町触れで銀百匁を超える高価な櫛や簪は禁止されていたが、それなりに商売はできるのだろう。

倹約とは無縁の品々が目立たぬように姿を変えて溢れていた。

祐吉の行きつけらしい、御茶漬とだけ染め抜いた暖簾の料理屋はこぢんまりとして中庭もなかったが、二階の座敷からは隅田川が見えて、広い川面の中央に小波がゆれていた。彼はいつもそうするらしく窓辺に立ったまま眺めた。

「気に入ったら、たまに来るといい、水のある眺めは落ち着く」

「よく不忍池に寄ります、そのうち白鳥がくるでしょう」

理野は落ち着かない気持ちで応えながら、向かいに腰を下ろす男を見ていた。ついさっきまで彼は不機嫌であったし、歩く間にも罵られるかと思ったが、川の眺めが心地よいのか和らいでいた。

待っていた女中に手際よく注文して、祐吉は酒を運ばせた。酌をしようとすると手酌でやるからと拒んで、今日の午後、雨華庵から手紙がきて羊遊斎と代作のことで口論したと話した。代作はどの世界にもあるし、弟子が忙しい師匠を助けるのは仕方がないが、自分たちは上人さまの弟子ではないのだから下絵まで代筆することはないと言うと、羊遊斎はそれでは自分も上人さまの顔も立たないと言って怒りはじめたという。二枚の櫛のために酒井抱一を困らせることは論外であった。

「実はわたしがやるように言われたが断った、それであんたに回ってしまった」

「そういうことなら仕方がありません、誰かがやらなければいけませんし」

「ああいう仕事はやらないほうがいい、古いよいものを復元するのとはわけが違う」

そういう彼も長く羊遊斎の代作をしてきたらしく、自分で造りながら人の銘を入れるときの虚しさといったらないと話した。それが今度は理野に巡ってきた。彼が険しい顔をしているのは蒔絵の堕落を怖れる気持ちからで、理野を身代わりにしたことを詫びる口振りであった。

「今度はなぜお断りになったのですか」

彼女の当然の疑問に祐吉は吐息をついて、もう気持ちがついてゆかないと語った。

料理が運ばれてくると、彼は理野にすすめて自分は酒を飲みながらしばらく川を眺めていた。卓上には絵柄のよい小鉢が並べられて、海の物と山の物を少しずつ取り合わせた料理からは食欲をそそる柚(ゆず)の香りが立っていたが、ほとんど箸(はし)をつけなかった。理野は黙って食べはじめた。料理屋にきて遠慮してもはじまらないし、見つめられては男も飲みづらいだろうと思った。猿頬(さるぼお)や乾葉(ひば)と貝柱の和(あ)え物が意外に口に合って、潮の香を味わいながら川を目にするのは贅沢(ぜいたく)であった。そばには特別な男がいる。代作の衝撃に揺れたあとだけに思いがけない幸せであった。

「むかしは職人も少なく、数物といっても三十かそこいらだったが、光琳の人気が高まるにつれて上人さまとの合作が増えていった、画工として名声を得た上人さまが忙しくなるほど工房も忙しくなって、職人は数ばかり目指すようになってしまった、それがまた売れるから始末に悪い」

「上人さまは光琳の蒔絵にも傾倒されたのでしょうか」

「尾形光琳は上人さまにとっては神さまのような人かもしれない、死後百年を経ても輝くものを残す人は何かが違うのだろう、といって超えられない人と見ているわけでもないらしい、むしろ光琳との違いを見せることでご自分を高めようとしている、偉大な先人を称えて土台にしながら、より繊細なものに仕上げてみせる、それは先生も同じだが、技巧だけで心がない」

　祐吉はそう言って、この何年か羊遊斎の仕事に疑問を抱き続けてきたと打ち明けた。名品の模倣に溺れても美しいものができればよいという考え方も、彼には名利を追う言いわけに思われた。望まれれば何でも造るのが職人だが、似たような意匠で量産するのでは版画と変わらない。

　羊遊斎の一日は人に会うか、人を訪ねることで過ぎてゆく。家にいても自ら蒔絵をするのはまれで、年に幾つと造らない。大名家や寺院や豪商に納めるものが主で、驚くほど高価なものもあれば中には義理で造るものもある。彼はそうして権門勢家と関わり、彼らの旧蔵する名品から学び、復元もして、技法を磨いてきた。その一人が大名茶人と言われた雲州公で、数寄者の芳村観阿や抱一を通じて引き立てられると、彼のために茶道具を造る一方で、その蒐集品を写して手本にした。しかしそこには落とし穴があって、名品や画家の力に寄りかかるあまり、独自の発想を捨ててきたのである。枯渇したわけではないが、弟子の代作にはそういう意味もあると祐吉は話した。

　雲州公こと松平不昧公が数寄を究めて没したのは五年前の初夏である。その数日前に文政と改元されて、彼を知るものには喪失感とともに新しい時代がはじまった。同じころ根岸の円光寺の庭を初夏になると彩ってきた紫藤の名木が枯れてしまい、祐吉は雲州公の死と重ね合わせたという。羊遊斎とともに目をかけられた彼は、下屋敷にある細工所に招かれたり、雲州公のために小品を制作したりするうち、茶道の愉しみと深さを教えられて不昧流に親しんだ。よい茶器を見れば蒔絵師の感性を刺激されたが、名品を知ることと真似ることは別で、写してよいものと見送るべきものの区別が彼の中に生まれた。模倣による学習は次善の手段であった。

　彼はそのことを羊遊斎に話したことがある。師弟の考えはすれ違って、模倣の数物であれ喜ぶ人がいればよいというのが師の答えであった。商いが大事なことは分かるが、復元と違って売るための模造は淋しい作業であった。雲州公が自ら蒐集した名品を職人たちに見せて、さらに新しいものを生み出そうとした気持ちとも違う気がした。

　祐吉が弟子入りしたころから羊遊斎は坂道を登る一方で、振り返ることをしない人であった。多忙な今がその頂点かもしれず、自信に満ちているが、祐吉には危うく見えるという。昨日も雲州公の未亡人の彰楽院を訪ねて珍蔵の古器の意匠を写し、今日は古河藩土井家の江戸屋敷で来年の進物用の蒔絵の相談をしているはずだが、造るのは彼とは限らない。かつて雲州公の要望で制作した菊の棗も、本歌の余三高台寺棗を写したのは羊遊斎だが、実作した三十一合のうち幾つも蒔いていない。なまじ商才があるために本来の才能を眠らせている人を見るのは辛いと言って、祐吉は力なく笑った。

この話は理野に故郷の湖を思い出させた。彼女が育ったのは水辺の漁師町だが、領主の数寄三昧を知らないものはいなかった。父は蒔絵師であったから、茶道家として の領主を理解したが、納戸の御用にも呼ばれないことに失望もした。人より漆技が劣るのではない。父の造るものには今の大名茶には向かない、枯れて、片意地な個性がありすぎたのである。長男に工房を任せて、人間も枯れてしまうと、好きなものは商いを離れて蒔いてゆくしかなかった。

「もっと広い世間を見ておくのだった」

あるときそう述懐した父の顔は老いさびて、西国の小さな工房の寂寥を映していた。幾度かあったであろう転機は彼の人生を通り過ぎていた。

「兄が生きていたら、父は新しい蒔絵を見る日を張り合いにしたでしょう」

「まだあなたがいる」

「わたしは親不孝な娘ですから、お互いに忘れているほうが楽なのです」

　理野は言ってから、そういえば上の兄からも何も言ってこないが、父は達者にしているだろうかと思った。家を出るとき、行ってきます、ああと言ったきり、父娘はしみじみと顔も見なかった。

「父は家族の前では口が重くて挨拶もきちんとしません、そのくせ急にずばりと言ったりします」

「本当はいつも案じているのかもしれない」

　重たい話題がつづくと、彼らはどちらからともなく川に目をやった。夕闇の近づく時間で、暗い川には小舟が急いでいる。女中が行灯を灯しにきて、窓障子を閉めて下がると、二人は意味もなく笑った。座敷は異性の匂う密室になった。

「小川破笠を知っていますか」

　祐吉があわてて言い、彼女は名前は聞き覚えがある、破笠細工の人ですかと問い返した。

「若いころ、破れた着物に竹の子笠をかぶって木曾山中をさまよっていたそうで、それで破笠というらしい、もとは伊勢の人で、蕉門に入って俳諧を学んだり絵や作陶もしたそうだが、結局蒔絵に優れていた、笠翁とか卯観子ともいって、今は三代目が伊勢町の道浄橋の際に暮らしている、竹皮問屋の隠居で酒井屋忠兵衛という人だ」

「お知り合いですか」

「だいぶ前のことだが、破笠のことを知りたくて幾度か訪ねたことがある、気さくな人でね、酒井屋に破笠の蒔絵はなかったが、下絵が数枚あって見せてもらった、破笠は堆朱や貝や陶片の象嵌が得意で、当時は異色だったが新しくもあった、その句に、乞食にもかくはなられぬ案山子かなというのがある、居所を定めず、晩年津軽公に仕えるまで飄々と四方をさまよい続けたそうで、蒔絵にも人生を映していたと知ると、わたしもそんなふうに生きてみたいと思った」

　祐吉は珍しく上気していた。幼いときから蒔絵を学んできて、どうにか自分らしい技法をものにすると、羊遊斎のもとで続けてゆく意味も薄れてくる。恩師だから困らせたくはないが、忙しいほど自分を殺さなければならない。理野には意外な告白だったが、妻子のいる彼に破笠の真似ができるとも思えなかった。

「手遅れですね」

　そう言うと男は苦笑して、あなたは不思議な人だ、弱いのか強いのか分からない、そう言った。

　川べりの夜はゆったりとして、理野は男といる心地よさと落ち着かない気持ちを同時に味わっていた。話してみると祐吉は見かけほど冷たくもなく、むしろ親切であった。彼の茶色い瞳や柔らかく動く唇を見るうち、彼女はその細い体に重なる別の男の幻が薄れてゆくのを感じた。気持ちがほぐれてすらすらと喋るとき、祐吉は優しい顔になって、若いころの修業のきびしかったことや創作の夢を語った。

「気がつくと、わたしは蒔絵しかできない男になっていたが、後悔はしていない、まだ造りたいものがあるうちは生き甲斐に困ることもないし」

「そうなる前に壊れてしまう人もいます」

「職人はあきらめたときから駄目になる、目指すものを持ってやる気があるなら男も女もない」

理野は信頼されたことを嬉しく思った。彼が蒔絵を生涯唯一の生業にしながら、俳諧や茶道に心を寄せる理由も分かる気がした。教養や心の充実が職人の技術を支配するとは思わないが、そういうもので人は豊かになるらしかった。酒がまわると彼は話を今日のことに戻して、

「先生もつまらないことをする」

と嘆いた。若いころは数物であれ銘だけは自分で入れていたが、今ではそれもしなくなって商談と名器の模写に明け暮れている。大勢の職人を抱えて仕方のない面もあるが、原羊遊斎という名を自ら汚していることに気づいていない。彼が経営者であることをやめて本気で創作に打ち込んだなら、どんなによいものができることか。希代の名工として本当の頂点を示してほしい。そう言って恩師の成功を憂えた。飾らない

言葉はときを忘れさせて、いつかしら彼らは打ち解けていた。

「いいね、代作はこれきりにすべきだ」

帰るときがきて盃を置くと、彼は改めて忠告した。あなたにはおもしろい感性がある、代作で浪費してはつまらないと諭した。理野はうなずきながら、男の優しさを見ていた。羊遊斎はともかく抱一の代筆までするのは心の負担であったし、うまく描けたとしても誇れることではなかった。抱一風という制約がある以上、純粋に創作の機会としてとらえることもできそうになかった。

柳橋から山谷舟（さんやぶね）で帰るようにすすめて、祐吉は舟場（ふなば）まで送ってくれた。外は冷えていたが、夜の両国は案外な人出であった。広小路の雑踏を横切り、舟に乗るとき、一度向島を歩かないかと祐吉が言い、理野は答えるかわりに会釈した。愉しい語らいの余韻と曖昧（あいまい）な約束を残して、舟は隅田川へ出ていった。

その夜も遅くなって、理野は其一が苦しまずに描いた絵にろくなものはないと言っていたのを思い出した。羊遊斎の下絵帖をめくりながら、抱一の表現をとらえようとしていたとき、その言葉が浮かんで絵の上をたゆたうように思われた。其一は抱一の画風を感傷が過ぎると言い、祐吉は光琳より繊細だと言ったが、目にしている下絵からは小器用な調和が感じられるだけで鮮明な情趣は見えてこない。下絵に付きものの木地の描線が邪魔をするのか、草花をただ慎重に置いたようにも見えるのだった。画家が蒔絵を低くみているのでなければ、無難な表情になるのは図案の宿命かもしれなかった。

彼女はその幾つかを自分の下絵帖のものと比べながら、違いを確かめては抱一の感性を手繰りよせる気持ちであった。下絵はどれも優しく見えるが、草花の中には誤って写したとしか思えないものもあって、枝葉の形状が違っていたりする。作意があるのかどうか、同時に見られるはずのない花と実を描いては季節がぶれてしまう。光琳のどこか稚拙で自由な画風とも違って、泥臭いものがないかわり、圧倒する力強さも感じられない。微かに見えてくるのは俳句の余情であったが、それも櫛に蒔いて表すとなると丹青とは別の手法がいる。一朶の花であれ蒔絵は潔くなければならないし、そもそも形状が違っては花が哀れである。向島で見た秋草の姿態を思い浮かべていると、

「絵の中に心情を置いてもはじまらない」

と言った其一の言葉が思い出された。彼女はある一点では共感しながら反発した。写実は美しいが、それだけの蒔絵は道具として淋しい。

抱一が指定した三日月形の櫛は棟幅が狭く、加飾の手間は少なくてすむが、意匠によっては恐ろしくつまらない櫛になりかねなかった。この細長い画面に何を持ってくるか、夜半であったが目が冴えて考えずにはいられなかった。二枚の櫛の直接の依頼

主は抱一である。注文通り抱一風に仕立てたうえで、どこかに自分を出さなければ、それこそ代作で終わってしまう。苦しんで当然の相手ではないかと彼女は気持ちを切り替えた。

筆をとり、試みに蔓草(つるくさ)を描いてみると、今夜のうちにも何かが現れてくれそうな気がして、いつかしら創作の渦にのまれていった。やがて意匠の閃きは予感の領域にくる。死んだ兄もそうであったが、創造の魔物に憑(つ)かれてしまうと、もう眠らなくてよかった。過労で死ぬなら兄妹の宿命だろう。描くそばから湧いてくる新鮮な構図に興奮しながら、彼女は予期しない至福の中にいた。

下絵の下絵に色をつけて、蒔くことでしか生きようのない意匠を生んでゆくのは愉しい作業であった。期待が不安を押しのけて、命を産む前の女の興奮状態に似ている。二枚の櫛の意匠は藤袴と蔓草に落ち着き、それぞれの手法も決まると、理野は数日でそこまできたことにほっとした。

古くから恋情の象徴とされる藤袴は万葉集に詠まれた秋の七草のひとつで、藤色の花弁が袴のような筒状をしている。水を好みながら停(とど)まる水を嫌い、乾くと香りを増す花は、控えめな女が内に宿す情熱を櫛の上にも醸すはずであった。工房で本下絵を描き上げると、彼女は金次郎に彩色した下絵とともに見てもらった。羊遊斎には祐吉に相談するように言われていたが、近くにいる職頭の意見を聞いて悪いこともないだろうと思った。

「おもしろいね」

彼は蔓草の意匠を気に入って、使うほど情の濃い櫛になりそうだと言った。青い葛に蔦紅葉が絡まる姿態は妖艶で、下絵には意図した女の情念が出ていた。抱一風でありながら余情のかわりに兆しが見えるのは、女盛りの人を思い描いたからだろう。蒔いて表すことはまた別であったが、下絵は確かな表情をしている。変色する蔦には色漆を使うしかないと思いつめていた理野は金次郎に甘えて、微妙な色が出ないと愚痴をこぼした。

「赤けりゃいいってもんでもないが、蒔絵は丹青とは違うよ、光琳でさえ絵はうまく描こうとするな、手紙のように自由に描けと言ってる、蒔絵はもっと自由でいいんじゃないか」

「色に執着してはいけませんか」

「実物と違っていてもいいってことさ、違うから別の見方や愉しみが生まれる」

小さな印籠を造りつづけてきた男は、限界の中に自由な蒔絵を見るのかもしれない。掌中に無限の可能性を見ているとも言えた。職人らしく前向きに割り切る人で、人が言うほど難聴も苦にしなかった。藤袴の意匠は平凡に映るのか、批評をためらう男を見ると、理野は溜塗の地に銀と青金で蒔くことに決めていると話した。二枚とも同じ人の手に渡るなら、一枚は渋い華にしたいと考えていた。櫛は同時に制作をすすめて、一方の漆を乾かす間に他方を加飾することになる。ぎりぎりの日数を考えると失敗は許されなかった。

「このごろ先生に叱られる夢を見ます」

「蒔く前から泣き言か、自信を持ちな」

肩を叩いて男が去ってゆくと、彼女は掻き集めた顔料に目をやりながら、どうすればあの蔦の艶かしい色が出るのだろうかと思い巡らした。

一筋の蔓草の基点から先端にかけて微妙に色変わりする紅葉を表すには色漆を使うしかなかったが、黄みの暗い赤を出すのはむずかしいというより不可能であった。黒漆に朱漆か弁柄を混ぜれば潤と呼ぶ臙脂色になるが、求めている色ではなかった。色漆といっても確実に出るのは朱と黒、黄と緑と茶の五色で、草木から採る染料のように自然で優しい色合いにはならない。分かっていて試すのだから、強情というか無謀だろう。寮で朱合漆に朱と緑青を混ぜてみたとき、理野は祈る気持ちであったが、下絵に彩色したような色はまったく出なかった。

生漆を精製した朱合漆は透明な飴色をしているので、いくら顔料を混ぜても柔らかみのある色は出来ない。乾くと透明度を増して、顔料の色はあとになって冴えてくる。塗り終えて沈着するまで本当の色は分からないし、全く同じ色を作るのは不可能であったから、たとえ微妙な色調が出せたとしても数物では使えない。だからこそ一枚の櫛で試してみたかったが、工夫する時間も知恵も足りなかった。

半日顔料と闘って何の成果もなく帰るときがくると、彼女は汚れた手を洗いながら、そうたやすく新しい色漆ができるわけがないと思った。偶然を期待して、打ちのめされた気分だった。明日までに別の技法を決めて蒔くしかなかったが、どう表すにしろ自分を誤魔化したくないということしか分かっていなかった。

洗い場でうなだれていると、声をかける人がいて、ひどい顔を笑うかわりに三日も食べていない顔をしていると揶揄した。そのあとさりげなく食事に誘う男に、彼女はたわいなく感謝した。

「金次郎から聞いたよ、蔓草の下絵はいいそうじゃないか」

「紅葉の色変わりをどう表したらよいのか分かりません、色漆を作るしかないと思いましたが、深い色が出ません」

「出たら褒賞ものだろう、みんな諦めている」

と祐吉は笑った。工房を出て両国へ向かいながら、彼は前もそうしたように雑踏をすり抜けていった。今日の男をどう考えればよいのか分からないまま理野はついていった。

川べりの料理屋は前と雰囲気が違って、人通りからそれた路地の途中にあった。背戸のすぐ外に堀へ下りる石段があって、帰りはそこから舟に乗れるという。案内された奥座敷からは小庭が見えて、柳が黄ばんだ葉を落としていた。静かな眺めの料亭は柳花亭(りゅうかてい)というのであった。

人と交わるよりも独りが好きに見える祐吉が芸者も入るであろう遊興の場に馴れているのが、理野には意外であった。膝を崩して座ると男はいつもの無愛想な顔をほころばせて、案内した仲居と交わす言葉も気がきいていた。待つほどもなく酒を運んできた別の仲居が、

「今日はきっとお見えになるような気がしておりました、先生がいらっしゃらないと何やら火の消えたようで困ります」

と持ち上げるのも親しさであった。まだ陽の残る、見つきのよい庭を眺めていた理野は口の上手な仲居に感心したが、間もなく女主人にしては若い女将(おかみ)が挨拶にきて、やはり先生と呼ぶのを聞くと、自分だけが知らない別の男といるような気がした。色白で黒髪の美しい、座るだけで色気のある人に向かって、祐吉は気取らない口調だった。

「この人の前で先生はよしてくれ、いずれ目の覚めるような良いものを造るだろう」

「蒔絵をなさっていらっしゃるのですか、絵のほうには女子の方もいると聞きますが、蒔絵をする方は珍しいでしょう」

「蒔絵師の家に生まれましたから特別なことに考えたことはありません、ほかにできることもありませんし」

　理野は答えながら、何気なく女将の髪のものに目をやった。溜塗の利休形の挿櫛は祐吉の蒔絵であろうか、風に揺れる柳が青金でさらりと描かれている。意匠は屋号に合わせたとしても、櫛は彼女のお気に入りだろう。ふとこの人ほど蔓草の櫛が似合う人もいないのではないかと思い、二枚の櫛の依頼主を前にしている心地であった。

　祐吉がしばらく二人だけにしてほしいと言ったのは、小さな料亭の居心地のよさや界隈の住人についてひとしきり話したあとである。仲居が辞儀をして立ってゆき、女将はあとのことが心配なのか、料理を運んでもよいかと訊ねたりした。

「よろしければ伊勢海老と松茸がおいしうございます、こちらさまも御酒を召し上がりますか」

「料理は任せる、それよりあとで食籠を持ってきてくれ、この人はあんたのようには飲まない」

　意地の悪い、とでもいうように祐吉を睨んで女将が下がると、あの人も向島の生まれで子供の時分からよく知っている、向こうもわたしの気質を知っているから気楽だと祐吉は話した。幼馴染みというには女は艶冶であったし、上客らしい祐吉との関係も深いものに思われ、理野は息苦しい好奇心に駆られた。もっとも男がわざわざそういう場所に別の女を連れてくるのもおかしなことであった。

次々と贅沢な料理が出されて仲居も来なくなると、祐吉はさりげなく話題を蒔絵のことに移していった。工房では却って話しづらいことがあるのを理野も分かるようになっていたから、心配のいらない場所で、彼が今度の櫛は急ぐことだし、色漆は忘れたほうがいいと言うのをありがたく思った。そう考えていても中山胡民の口から聞くのは別のことであった。彼にはまだ下絵を見せていなかったが、意匠の感じを伝えるそばから確かな感想が返ってくるのも頼もしかった。

「困ったらわたしに相談するようにと先生が言ったろう、あれはわたしへの当てつけだが、その通りにしようと思う、数物や代作で神経をすり減らしては折角の才能が台無しになる」

「買いかぶりです、まだ色漆に代わる蒔き方すら決めかねています」

「それも本来なら先生か上人さまが指示することだろう、銘を入れるならそれくらいのことはしてほしい」

彼は本音で話していた。語らうことで心が和らぐのか、素顔の男は女がすっと入り込める雰囲気を持っている。酒の力で大袈裟に語るのでもなかった。理野ははじめて会ったときの印象が強烈だったので、会う度にこちらの想像を裏切る男を興味深く見ていた。蒸した伊勢海老を啄むようにつつく彼の手はすんなりとして、険しい顔とちぐはぐなのがおかしかった。

「上人さまの仕事が終わったら、どうするか態度を決めることだな、先生に重宝されても世間に認められたことにはならないし、人には転機というものがある」

「それはそうでしょうが、今は二枚の櫛のことで頭がいっぱいですし、正直どうしてよいのか分かりません、金次郎さんのように印籠の職人に徹する人もいます」

「ずるずる代作を続けて何になる」

彼は苛立つ表情になって、ツン金は棟梁の言うことなら何でもするし、疑わない、根っからの職人だから覚えた技を磨くことには熱心だが、蒔絵を変えてゆく人間じゃないと断じた。祐吉さんはどうなの、と訊きかけて、理野は男の瞳が揺れているのに気づいた。彼自身、長く羊遊斎の代作をしてきて、ようやく決別したところなのかもしれない。しかし祐吉も金次郎も爛熟した江戸蒔絵の中心にいて、常に秀作を目指している点では変わらないという気もするのだった。

「櫛ができたら、よく考えてみます」

彼女はそう言うしかなかった。

祐吉の酒が切れるころになって、女将と仲居が酒と食籠を運んできた。椀形の食籠は木地塗りに陶片や貝や鼈甲(べっこう)を嵌装(がんそう)したもので、散らした瓢箪(ひょうたん)とともに葉の変色を巧みに表している。中は空(から)のようで、見せるために運ばれたのであった。

「近ごろ見かけない蒔絵だろう」

祐吉は理野に鑑賞するようにすすめて、しばらく黙っていた。蓋(ふた)に触れると象嵌の手触りが案外に優しく、理野はあくの強い、しかし独創的な加飾に魅せられていった。意匠も技法も食籠にふさわしいとは思えないが、何より伝統を無視したところが異端であった。構図も無造作でまとまりがない。けれども葉に使われた陶片はそのために焼いたかのように自然で色感がすばらしい。奇異でいて、卑しさと紙一重の魅力がある。雨華庵で見た硯箱の象嵌とは広がる世界が違うのだった。

「破笠(はりつ)ですか」

祐吉がうなずき、女将はさすがですねえと感心した。理野は青ふくべと熟した瓢簞の果皮の色にも蔓草の意匠を重ねながら見ていた。それでいて蒔絵は自由だと実感し、いつも囚(とら)われてしまう写実から解放される気持ちであった。祐吉はこれを見せるために誘ったに違いなかった。

「はじめて見たときは息が止まったよ、こんなところで破笠に会えるとは思わなかったし」

「こんなところですみません」

女将が言ったが、皮肉な物言いにも色気があって彼女のいる座敷は華やいでいた。食籠もこの家に落ち着いて、美しい女主人に守られている。祐吉はどちらもほしい目をして別のことを言った。

「破笠が蒔絵をはじめたのは遅く、五十を過ぎていたらしい、雅（みやび）な華飾に飽き足りず、伝統に背を向けて歩き続けた男は世間が求める見てくれまで無視したが、逆に世間のほうが破笠を認めた、古いものに飽きていたのだろう」

「世間は怖いですね、変わらないよさを認めながら、本当に変わらないと見捨てます、破笠の真似をするだけでも勇気がいるでしょうね」

「分別が邪魔するのさ」

しかし良いものは残り、洗練されて、数百年も生きるのであった。蒔絵師は自分を信じて工夫するしかないし、そこから新しい伝統が生まれる。

それにしても何と自由な蒔絵だろう、と理野は破笠の奔放さに打たれていた。祐吉の企みは成功して、こういうものを見てしまうと代作の中で自分を出すこととは比較にならない大きな可能性を感じる。彼女は今日の失敗も忘れて、心の中で騒ぎはじめたものに快く揺られていた。

東都の繊麗（せんれい）な文化の波に揉（も）まれ、能（あた）う限り吸収し、思い切りよく蒔くことで独自の表現を見つけようとしているのは祐吉も同じであろう。破笠も華やかな元禄文化に学び、嫌なものは放棄し、やがて蒔絵に辿り着いて感じるままに陶片を蒔いたと考えられなくもない。いつの時代も技芸に関わる者は伝統と創造の間でもがきながら、自分を見つけてゆくしかないのであった。

夜更けまで考えた次の日、理野は朱漆と潤(うるみ)を薄く肉上(しし)げして蔦(つた)の葉を描き、そのひとつひとつに金粉を蒔き残して紅葉の色を滲(にじ)ませた。交わる葛(くず)は鮮やかな緑であったが、やがて黒漆地に浮き出た意匠は嬋媛(せんえん)として妖しい気配を醸した。

「朱金か変塗(かわりぬ)りを使う手もある」

とその朝、金次郎が教えてくれたが、彼女はこの櫛には使いたくないと思った。自分なりに挿す人の顔が見えていたし、同じ女の感覚で少しでも凄艶(せいえん)な櫛にしたかったからである。

冬どなりの乾燥したこの時期、櫛は室(むろ)に入れて乾かすのに数日かかる。陽にあてて物を乾かすのと異なり、漆は水分を取り込んで固まるので、室の中は常に湿らせておく。蔓草の櫛を乾かす間に蒔いた藤袴は溜塗(ためぬり)から梨子地(なしじ)に変えて、研ぎ出すことにした。加飾と乾燥を繰り返して、完成が見えてきたのは期日の数日前である。印象の優しい藤袴に恋情が出るだろうかと案じていた彼女は現れた表情にほっとした。同じ三日月形の意匠の異なる櫛は二つながら女の情念を秘めたのである。

彼女はどうにか仕上げた櫛に抱一筆、羊遊斎の銘を入れたが、祐吉が言っていたように虚しい作業であった。終わると自分に腹が立った。銘がなくては意味がないとはいえ、精魂こめた櫛は抱一の下絵で羊遊斎が蒔いたものとして永遠に嘘をつくことになる。手にする人への後ろめたさが重い凝りとなって残った。

期日の前日の昼下がりに完成した二枚の櫛を見せると、祐吉は女が女のために創り出す意匠のおもしろさと、短時日の仕事の確かさを褒めてくれたが、そのあと皮肉を言うのも忘れなかった。

「この櫛を挿すのは女盛りの艶冶な人らしい、そういう櫛に意匠よりも目立つ銘がいるだろうか」

先細りの狭い画面に入れた蒔絵銘は意匠の空間を侵食するだけであったから、彼はその無意味さを言ったのだった。しかし二つの銘は依頼主の望みかもしれなかった。もしそれだけが望みの人なら、意匠に込めた思いこそ無意味であろうと理野は思った。いずれにしても櫛は抱一と羊遊斎の名を光らせて、裕福な女の髪を飾るのであった。

しばらくして外出先から帰った羊遊斎には、いい出来だね、ご苦労さま、と言われたが、心から労われている気がしなかった。そのくせ期待に応えられてよかったと思う自分に女のたわいなさを覚えた。大柄な彼といると、斬新な手法と商才で頂点を極めた人の自信を相手にするようで、穏やかな物言いの陰から別の冷徹な目に見られているような気がする。無意味な微笑でさえ、何かしら韜晦したものを感じさせて怖くいかと思う。

もあった。相手を威圧するかわりに呼び込んで、蜘蛛のように絡めてしまうのではな

いつだったか数物の見本を見せにゆくと、彼はよい仕事だと褒めておきながら、その櫛を量産しなかった。理野はあとになって、彼が自分で指示した技法に満足していないことを悟った。見本を造りながら櫛が量産されないことは、職人の間では見本の出来が悪いと理解されたから、彼女は自分の落ち度のように感じた。本当は違うと分かっていて、どうしてか羊遊斎に対して負い目を感じるのだった。昼食まで用意して職人を大事にする人が、一方で職人を弄んでいるように思えてならなかった。

その日も彼は穏やかな顔をしていたが、理野は預かっていた下絵帖を返して、置目をとるために抱一の落款を写したことや、いくつか気になった下絵があることを話そうとしてためらった。代作はこれで終わりにしたいと切り出すどころか、意匠の感想を聞き出すこともできずにいた。

「いまから箱書をするので、すぐに雨華庵に届けてほしい」

と羊遊斎は性急であったし、妻女に何か言いつけるようすもあわただしかった。彼女の見ている前で、箱の表には草花の名が、蓋裏には羊遊斎の銘が記されていった。

「上人さまに誰の作かと訊ねられたときは、正直に申し上げてもよろしいでしょうか」

「かまわない、きっと喜ばれるだろう」

大事なのはそれらしい櫛が出来たことで、彼も抱一も互いの代作を認めているのだった。

箱書の墨が乾くのを待って、理野はいつもより早く工房を出た。抱一に会って二枚の櫛を彼と羊遊斎の合作として渡すときの白々しさを思うと気が重かったが、彼が何というか興味もあった。雨華庵のとなりに暮らして何かある度に呼ばれながら、彼女はまだ抱一の目を正面から見たことがなかった。身分を畏(おそ)れる気持ちもあるが、教養といい容姿といい、欠点のない男は幸運で固めた偶像にもみえて、未だに隣人という気がしなかった。

根岸の寮に帰り、着替えてから雨華庵を訪ねたのは夕暮れ前の静かな時間であった。晴れて明るい午後のせいか、茅門(かやもん)をくぐると井戸端に妙華尼(みょうげに)がいて、自ら手桶(ておけ)に水を移している。来客に気づいた人と黙礼を交わして歩いてゆくと、井戸の陰に束ねた菊の切花(きりばな)が見えて、白い手に活けられるのを待っていた。草庵の庭に菊はないので、誰かが届けたのだろう。

「よい色ですね」

と理野は目をやった。小振りの黄菊と白菊は分けられていて、微かに紅を刷(は)いた白菊のほうが清らかな色をしている。妙華尼も劣らぬ淑(しと)やかさで隣人を迎えた。

「今日はいつもより早いお帰りですが、何かございましたか」

「原先生のお使いで、上人さまにご注文の櫛をお届けに参りました、お忙しいでしょうか」

「主人は今し方出かけたところです、理野さんとお話しするのも久し振りですし、よろしければわたくしが拝見しましょう」

いつもの温かい誘いを嬉しく思いながら、抱一のいないことに理野は落胆もした。櫛を見た彼が何を言うにしろ、教示として受けとめようと考えていたし、許されるなら幾つか訊ねてみたいこともあった。妙華尼は菊を挿した手桶を持って庭から茶の間へ招じた。鶯蒲（おうほ）も留守とみえて、男たちのいない家はがらんとしている。お茶が出されて向き合うと、理野は急いできた経緯（いきさつ）を語った。

「櫛のことは聞いております、酒井抱一の絵や蒔絵物を求める人が多くなって、主人は忙しくしておりますが、とてもすべての注文に応えるところまではゆきません、櫛は知人の依頼で、お断りもできずに更山どのにお願いしました」

「上人さまも原先生もお忙しすぎます」

「今が峠かもしれませんね、この繁忙を過ぎたら抱一の絵も変わるような気がいたします」

妙華尼は予感するのか微笑を浮かべて、画家は幾度か変わりますから、と思い巡らす表情になった。身分の低い相手に対して彼女は打ち解けた物言いをする。素封家や名のある人にその違いは見えないだろう。飾らない感想を聞くために、理野は包みを解いて二つの箱を差し出した。はじめに蔓草の箱が開かれ、黒漆の艶やかな櫛を手にとると、妙華尼は微かに紅潮しながら言った。

「櫛はいいわね、もう挿す術もありませんのに良い櫛を見るとうっとりします、それにこの蔓草の蒔絵は抱一の絵を切り取ったようです、一橋さまがご覧になられたら目を見張ることでしょう」

彼女の言う抱一の絵とは、晩夏に催された夜鰹の宴のときに祐吉が話していた「秋艸風」のことであった。理野は構図を知らないが、妙華尼の話では野分に吹き曝されて葛が翻り、傾いた薄には蔦紅葉が絡まり、耐えきれずに千切れ飛ぶ蔦の葉や、しなだれる枝葉の描写が見事だという。色彩も抑えながら鮮やかで、写実と装飾的な表現が協和している。しかも吹き上げられた葛の下には藤袴が身を横たえているというのだった。この偶然に理野は驚いて藤袴の櫛に目をやった。彼女が意匠にした花も、抱一が指定した三日月形の丸い棟に合わせてしなだれているからであった。

「もしやこんな感じでしょうか」

「似ていますね、箱書にも更山どのの銘がありますが、これは理野さんが蒔かれたのでしょう」

「分かりますか」

「何か女子(おなご)の思いのようなものを感じますし、抱一の絵を見ている更山どのなら、逆にこのようにはならない気がいたします」

妙華尼は彼女らしい静かな感情のこもる目で二つの櫛を眺めた。抱一の絵とよく似た意匠の櫛は黒髪とともに打ち捨てたものを思い出させるのだろう。その眼差(まなざ)しにこそ女の思いが表れていた。

「上人さまはお気に召すでしょうか」

「いろいろ考えてから、きっと吐息をつくか、静かに笑うと思いますよ」

「今日はずうずうしくも教えを請うつもりで参りました」

「抱一も鶯蒲も今ごろは駐春亭か吉原にいるでしょう、森川さまと江戸町で待ち合わせているそうですから帰りは遅くなるかもしれませんね」

夫と息子を遊里へ送り出して平然としていられる人が理野には不可解であった。彼女は知らなかったが、抱一は毎夕七ツにはその日の用事を終えて、吉原へ向かうのが日課だという。たいていは家僕をひとり連れて出かける。途中、大音寺前の駐春亭で夕飯をとり、入湯したあと京町の大文字屋の裏手から廓(くるわ)へ入る。いまは吉原に泊まることはないが、妓楼(ぎろう)や茶屋を巡りながら楼主に声をかけ、花魁(おいらん)や幇間(ほうかん)と戯れ、同好の知人と語り、親しみ合うのだった。ほとんど毎日寄る駐春亭には自分の膳と椀、浴衣まで預けているほどで、吉原通いは彼の生活の一部と言ってよかった。それは彼にとって谷中や向島を散策するのと同じで、そこに身を置くことが憩いであったから、やめようとは思わない。道徳と作法の暮らしより野辺の情緒を好むのと同じであった。違うとすれば吉原には無償で手に入る憩いがないことだろう。

かつて好きな人との逢瀬を淫奔と見なされた理野には、この曖昧な男女の関係が分からない。ともに剃髪した二人が小庵に暮らして、風流を愉しむ姿は微笑ましいが、男には別の放恣な世界がある。ふつうなら壊れる関係にありながら、男も女も淡々と暮らしてゆける不思議があった。それを許す世間が、一方では若い女の恋を淫奔と見なす矛盾をどう考えればよいのか分からなかった。

今日は其一も同行したと聞くと、彼女はそういうこともあるだろうと思いながら、何か裏切られたような気がした。男の遊蕩が許される仕組みが分からないし、それこそ淫事へ送り出す女の気持ちも分からなかった。身過ぎとはいえ毎日相手を替える遊女たちは何を信じて生きているのだろうかと考えてしまう。

「吉原はそれほど愉しいところでしょうか」

「殿方には愉しいでしょうね」

「妙華尼さまは平気なのですか」

「平気でなければ困りますね」

彼女は苦笑した。

「そもそも抱一と出会わなければ今のわたくしはありませんし、あの御方にとって吉原は野辺の筵席のようなものですから、野辺にゆくなとは申せません、男と女が一夜の夢を結ぶだけが吉原ではありませんし」

とまどう理野に向けて、妙華尼は優しい視線を投げかけながら、吉原は殿方が遊興を買うところだから、女たちは茶や香はもとより能や和歌、俳諧や囲碁まで学んで持てなすのだと話した。客が能を舞えば謡と囃子を引き受け、望まれれば将棋も指す。伎芸を磨くことで女たちは独特の情調を身につけ、客を増やしたが、抱一は逆に教えてくれる人でもあった。博学で優しい放蕩者の彼は音曲や狂言をよくしたし、拙い和歌を直してくれたり、年季が明けて行くあてのない遊女を知人に世話したりもした。部屋住みの若いころから憩いを求めて吉原に馴染んでいたから、そこを本当の居場所のように感じていたのかもしれない。

十五万石の大名の二男に生まれて、嫡流から外され、三十七歳で出家した彼は仮の僧位など投げ捨てて遊蕩生活を愉しんだ。吉原から一足の千束や浅草に隠棲して文人墨客と交わり、俳諧と遊興に明け暮れたが、心まで落魄することにはならなかった。酒井家の代理人に身請けされて、表向きは御付女中として仕えていた妙華尼は、巡ってきた夫婦の暮らしを満喫した。抱一の放蕩はどこにいても同じであったし、彼に正妻はいなかったから、町外れの寓居は彼女に安息をもたらした。

「本当に小さな家でしたが、あのころの抱一は描くことに苦しみながら、一日を生きることが愉しそうでしたね、好んで出家したわけではありませんが、とにかくそこにある自由を味わうことからはじめたのです、窮屈な暮らしは知っていても本当の貧しさを知りませんから、不安に思うこともなかったのでしょう」

抱一を語るとき、妙華尼の目は心なしか見開かれて気前よく輝いた。隠すこともないのか彼女は気さくに語りはじめた。

名家の二男の宿命で、抱一は兄の忠以が襲封すると万一のために養嗣子となり、やがて兄に跡取りが生まれると厄介者となって、他家から養子に請われるということを繰り返した。別家もならないうちに兄が急逝して甥の忠道が十四歳で藩主になったのは寛政二年のことである。三十歳の叔父は再び存在価値を得たが、それも長くは続かなかった。忠道が二十歳で正室を亡くして自身も病になると、重臣の意向もあって弟の忠実を後継者に決めたのである。そのための養子願は西本願寺門主の関東下向の前月、寛政九年九月に老中に提出されてすぐに許される。よほど根回しがよかったのか酒井家によって抱一の出家願が出され、受理されたのはその二日後であった。抱一は門主の到着を待って得度するしかなかった。それまでの放蕩が災いした面もあるが、四十年近く万一のときの跡継ぎという立場を生かされながら、最後に待っていたのは仏門という出口であった。兄の跡を襲う忠実とは全く逆の運命であった。

彼はいっとき厭世的な歌を詠んだり、現実から逃避したりしたが、出家後は自在に好きな暮らしを築いていった。体よく大名社会から追放された男と、身随になって人間性を取り戻した女の関心はどう新生するかということに絞られた。出家といっても浄土真宗は妻帯を許していたし、寺を預かるわけでもないので、身分は以前よりも自由なくらいであった。そもそも彼の信心は観音の化身である遊女と弁才天に吸い取られていたから、おとなしく遁世できるはずがなかった。ますます吉原を美化してのめり込んでゆく男を、女は見守るしかなかった。そこで救済される彼は人生をあきらめてはいなかったし、ただ遊び呆けているというのとも違った。現実の生活が怪しくなると、

「筆と紙と顔料があればいい、金はできるさ」

と男は言い、この人なら何とかするだろうと女は思った。彼は家庭に休らうことを知らなかったが、妓楼の虚飾に酔いながら、絵のことは真剣に考えていた。それがあるから未来が愉しかった。

絵筆と吟箋は抱一の新生に欠かせないものであったが、俳諧のほうはともかく、江戸画壇に打って出るほどの武器を持たなかった彼は新しい画法の発掘に努めていた。吉原でも楼主や遊女に教えながら、彼らが喜び、享受するものを探した。

様々な画風が現れては消えてゆく中で、抱一は狩野流をはじめ長崎風の写生画、浮世絵、水墨画と広く学んでいたが、画家として立つなら新しい画風でなくては意味がないと考えていた。丹青は雑食の時代で、画家は誰もが人から吸収し吐き出しては独自の画境を求めていたし、鑑賞する側も清新な画風の出現を待望していたからである。友人で水墨画や古画研究の師でもある谷文晁が優品を描きまくる姿を見ながら、あてのない抱一は人と交わることに月日を費やした。人生最大の過渡期まで遊興に託したのである。

あるとき一人だけ残った御付家来の鈴木が散財をたしなめると、彼はにやにやしながら、

「案ずるな、いざとなれば吉原の幇間くらいは務まる」

そう言った。融通無碍というか、出家したことも忘れているのだった。京都移住の名目で酒井家から合力千石五十人扶持をもらいながら生活は安定を欠いて、どうなるか分からなかったが、あとから思うと豪遊は無駄にはならなかった。

俳諧を捨てるつもりのない彼は、やがて絵にも俳味を持ち込むことを考えて、その手法を真剣に模索しはじめた。するうち脳裡に浮かんできたのは狩野流とは対照的な庶民性で、浮世絵とも違う優美で平明な画風であった。庶民の生活感情を身につけ、素直に市井の情緒を取り込むことで、それは丹青として実るはずであった。

「抱一は人の仕草やちょっとした言葉から市井の気風を学んでゆく人でした、大名家の公子だった人が町人の考え方や粋を学ぶのですから、様々な人の集まる吉原は好都合だったでしょう」

出会いは彼の視野を広げて、意外な答えをもたらした。市塵に塗れることで庶民の好みにも精通すると、実家の酒井家で光琳の絵を数多く見ていた彼は、その作品世界に自身の可能性を重ねるようになる。京の光琳が和歌の雅なら、東都に生きる彼は俳句の余情を描けばよかった。華やかな色彩と情緒の融和する繊細な世界であった。

彼はほとんど生身の人間を描かなくなった。かわりに当時開園した花屋敷に通って、草花や小鳥や虫を写生し続けた。園主の菊塢は元骨董商で書画にも詳しく、光琳の画風を江戸で再生しようとする抱一のよき理解者であった。

その知恵と金、実家や友人の人脈、西本願寺僧の威光まで駆使して、京の光琳の遺族に尾形家の系図を照会したり、江戸にある光琳画を探し出して縮写したりする日々が続いて、浅草から根岸の大塚へ越したのは十一年後のことである。交遊と写生と光琳研究に明け暮れ、新しい画風は固まりつつあったが、光琳を知れば知るほどその影が大きくなってゆくのは皮肉だった。光琳との違いを見せなければ、いっとき持て囃されることはあっても模古の画家として終わってしまうからであった。それでは画業で立つ意味がなかった。

浅草の家より広くなった庵はまだ借家で、さらに六年後の文化十二年に流地となったのを六十両で買い取った。買主はちかで、二人にとってはじめての持家は妙華尼のものになったのである。吉原を出てから春條と名乗らされていた彼女は、沽券に記された本名を見ると素の自分に還る気がした。夫婦同然の暮らしは世間に認められて、その身を憚らなくなった。

光琳の没後百年にあたるその年、抱一は根岸で百年忌の法会を営み、光琳遺墨展を開いて、尾形流再興の幕開けを喧伝した。同時に尾形流略印譜と光琳百図を刊行して、その画風を継ぐのは自分であると宣言し、大きな驚きも変化もない画壇に打って出たのである。真新しい光琳風の絵は好事家はもとより武家の間でも評判になって、一気に躍動するときがきた。彼は五十五歳になっていたが、念願の画境を勝ち取り、江戸尾形流とでも言うべき優美な画風で人々を魅了しはじめた。出家から十八年が経っていた。

「百年前に酒井家が光琳を召し抱えたことと、百年後に抱一が光琳を仰ぐことは偶然ではないような気がいたしました、いくら先人にあこがれて衣鉢を継ぎたいと考えても、肝心の絵を見られなければ何もできませんから」

貪欲に光琳画を追い求めた抱一の執念は百年の流れを江戸に呼び込み、湧出させたのだった。彼は光琳の画法を消化し変形させることで、さらに東都の気風に合う繊細な画風を確立してゆく。私淑する光琳の偉大さを広めるとともに、その亜流ではないことを証してゆく作業とも言えた。

二年後、妙華尼は剃髪して仮の名から解放される。ちか、香川、春條という三人の女を生きてきたが、大方そばに抱一がいて、彼女の内面を磨き続けてくれた結果であった。幸運という言葉では片付けられない周到さが抱一にはあって、放蕩者でありながら努力家でもある男の優しさが今の彼女を作ったといっても過言ではなかった。

画業もそうだが、抱一は情緒の世界に生きることに人生の意味を見つけたのかもしれない。若いころから、平穏無事という型に嵌まった幸福よりも、純粋に感慨を追い求める人であった。俳諧の巧みに凝縮された人生の味わいを実生活にも求めて、苦もなく実践してきた。何より日常の感慨を大切にするのであって、耽美とは違う。粋で、磊落で、放逸な彼の暮らし振りは世間の道義から外れて不健康であったが、その自由な精神は人を幸せにする力を持っていた。広い視野と人間的な深さが、目先の現実よりも伸びやかな世界があることを教えてくれるのであった。

「わたくしのような女がこうして暮らしてゆけるのも抱一のお蔭なのです、世間体にとらわれないからこそ、抱一の周りには身分を越えて人が集まります、今でもわたくしひとりのものにできる人ではありません」

そう述懐する妙華尼は見事に俗気が抜けて、苦界に生きた姿は少しも重ならなかった。この人が美しいのは過去を纏わないからだろうかと思いながら、理野は訊かずにいられなかった。

「妙華尼さまはそれでよろしいのですか」

「遊女上がりの女子にこれ以上の幸せがあるでしょうか、吉原での笑顔は生きるための芝居でしたし、そこから抱一が救い出してくれたことは確かです、その御方をわたくしが壊すわけにはまいりません、抱一の人生は抱一のものですから」

　それと夫婦の感情は別のはずだが、落髪した婦人に女の虚勢を見るのは困難であった。理野は躓いた女の好奇心から、世間は何も言いませんかと訊いてみたが、妙華尼は答えるかわりに微笑を浮かべるだけであった。やおら二枚の櫛を箱に戻して、蓋をすると、彼女は不意に言った。

「あなたも辛い思いをしたのじゃなくて」

「そのように見えますか」

「遠い西国から江戸へ出てきて兄さまを亡くしたら、たいていの女子は国へ帰ります」

「江戸の水が合うようです、国へ帰っても何もありませんし」

「何も」

「はい、何もございません」

　理野は自分に宣告したが、どうかすると相手の眼差しにつられて涙しそうであった。女ふたりの座敷には夕暮れの冷気が忍び寄っていた。どうにか顔色を繕いながら暇を告げようとしたとき、

「よいものをお見せいたしましょう」

　妙華尼が言い、抱一の画室へ立ってゆくのを彼女は奇妙な感情になりながら眺めていた。

　待つほどもなく戻ってきた妙華尼は四角い紙包みを携えていた。彼女は座ると、夏艸雨と秋艸風の下絵です、とあっさり告げた。包みの表書に一橋一位殿御頼認上とあり、続いて屏風の造りや画題が記されている。下絵があるとは思わなかったので、理野はこの絶妙の配慮に驚喜した。

「祐吉さんにそういう絵があることを教えられてから、いろいろ想像しておりましたが、まさか下絵を拝見できるとは思いませんでした」

「わたくしも見るのは久し振りです、その櫛を見て思い出したくらいですから」

　二年前に抱一が一橋一位殿こと徳川治済公に納めた本絵は、その前年に古稀を迎えた公に酒井家が進上した光琳の金屏風の裏を飾って、今では描いた抱一ですら滅多に見ることができない。治済公は将軍家斉の実父で、寛政改革の黒幕と言われた人物である。裏絵は彼の所望ということであったが、そこには酒井家の政治的な思惑も絡ん

でいたらしい。抱一が下絵を納めたその日に当主の忠実（ただみつ）は大手門番を任され、翌月には老中待遇の溜之間詰（たまりのまづめ）となる。さらに次の年には家斉の息女と酒井与四郎（よしろう）の縁組が決まるという慶事が続いた。与四郎は忠実の養嗣子（ようしし）である。

「一橋家で多くの古画を実見できたのは幸運でしたが、依頼主は公方（くぼう）さまの父君、屏風の表裏となる相手はほかでもない光琳でしたから、抱一は随分苦しみました、光琳の雷神図に対して雨に打たれる夏草、風神図に対して野分に吹かれる秋草という趣向はすぐに決まりましたが、光琳に負けまいと思うあまり、描いても描いても首を振り、満足するということがありませんでした」

「上人さまにもそのようなときがあるのですね」

「これは抱一が最も苦しみ、おそらく最も充（み）たされた揮毫（きごう）でしょう、下絵なので本絵ほどの迫力はありませんが、激しい風雨が見えるかどうか、さあ御覧（ごろう）じろ」

妙華尼が茶碗を除（の）けて下絵を開くのを理野も手伝った。一枚が二枚折屏風一隻にあたる下絵は広げると大きい。むろん表装はしていない。現れたのは紙継ぎをした粗紙（そし）の大画面に淡彩で描かれた秋草の姿態で、強風に吹き立てられる葛（くず）や倒れそうな尾花（おばな）がまず目に飛び込んでくる。青い葛の先端は吹き上がり、その上方には千切れ飛ぶ蔦（つた）紅葉（もみじ）が描（えが）かれ、下方には藤袴（ふじばかま）が横たわる。薄（すすき）に絡む蔦紅葉は淡彩のために沈んでいるし、下絵なので彩色より描線が目立つが、風は生々しい濃さで画面を吹き抜けている。目にした瞬間から抵抗をあきらめ、息を呑むとはこういうことであった。

草花の絵にここまで深く危うい世界を見るのははじめてだったので、理野は圧倒されて黙っていた。何か抱一という画家に対して抱いていた不信感までが一気に吹き飛ばされる心地がした。晩夏に見た杜若(かきつばた)の金屏風とは比較にならない厳しさがそこにはあって、人目を喜ばす装飾的な工夫よりも写実が重く出ている。教養ある遊蕩児の繊細な感覚は見えても、甘えは感じられない。

素描に苦しんだあとの独創的な構図に抱一は狂喜したはずで、そのときの充足が理野には見えるようであった。彼はひとりの画室で震えたかもしれない。本絵の彩色がありありと浮かんでくるのも下絵のよさで、草花の姿態の生々しさがこの図の命であろう。敬愛する光琳の屏風の裏に、彼は全霊を注いで酒井抱一を描いたのである。それは恐らく成功し、天空の風神図が優れていればいるほど地上の草花も生きるはずであった。単独で下絵を見ている今でさえ、彼女の胸は興奮して高鳴った。こういう絵を見てしまうと人間の知性を信じたくなる一方で、夕方、編笠に小刀を帯びていそいそと吉原へ向かう男の気が知れなかった。

「本絵は鮮やかに色変わりして、どこか吉原を感じさせます、わたくしの思い過ごしでしょうか」

と妙華尼が言った。銀地に濃彩(のうさい)で表した本絵はさぞかし繊婉(せんえん)であろう。表の金地に対して裏の銀地は調和というより、光琳と抱一、雅と余情、元禄と文政という差異の象徴のような気がする。下絵の筆は伸びやかで画家の充実ぶりを思わせた。

それは夏艸雨も同じであった。二曲一双の右隻にあたる下絵には、驟雨に打ち萎れる夏草と潦が描かれている。雷雨のあとのほっとして物悲しい情緒は秀逸で、雷神が空想の産物なら、地上の草花は現実である。しなだれる青薄に絡みついて生き延びた昼顔、その葉陰に白百合がうなだれ、過酷な恵みのときを振り返る中で、気丈にも岩菲と女郎花が上を向きはじめている。上部の広い空白に流れる潦は薄藍でおとなしいが、本絵では鮮明に色づいて画面を引き締めるはずであった。

あまりに新しく完成されているので、このさき抱一はこの絵を超えるものを描くであろうかと理野は思った。蒔絵の下絵にはない生命力と悲哀に満ちた絵は彼女の目を弄んで離さなかった。抱一が光琳に肉薄したかどうかは分からないが、明らかに百図の光琳画とは違う。これこそ彼の才能だろう。彼女はその感性に共鳴している自分に驚きながら、茫然と立ちつくした。複雑な画意が見えてくるほど肌が粟立ち、唇も震えて、何か言えば儚く壊れてしまいそうであった。

その夜、抱一と羊遊斎の代作をして二枚の櫛を納めたことを胡蝶に話すと、

「何だか苦労した甲斐がないって顔ねえ」

とあっさり見破られた。

「代作が嫌ならそう言ってみたらどうなの、ああみえて粂次郎さんはそう分からない人じゃないわよ、自分ひとりの都合で大事な職人を困らせる棟梁でもないでしょう、ただね、いつかも言いましたけど、あの人は律義な無精者よ、相手が何も言わなければそれでいいと思ってしまうの」

彼女は羊遊斎を庇うことも忘れなかったが、生活のすべてを頼りながら弱みひとつ見せない強さがあった。工房の収入の一部がその生活費に回るのだから、味方をしてもよさそうなものだが、少し困らせてやればいいのよ、と快活に言った。

「とても胡蝶さんのようにはできません」

理野が迷うのは分業が当たり前の工房で何を羊遊斎の真作とするのか分からないことと、数物がよくて代作が悪いという理屈がうまく消化できないからで、それは胡蝶も混同していた。

「名前が売れるとおかしなことになるものね、羊遊斎には正真正銘の本物と銘を入れただけの本物があるけど、数物に限って言えば世間の人は本当に羊遊斎が一人で造っているとは思わないでしょう、だいたい一人でそんなに造れるはずがないのだから」

「それはそうですが、下絵も何もかも代作となると嘘になります」

「あなたは正直なのねえ、悩むのは白黒をつけたいからでしょうが、何でも白か黒に分けてしまうと許せないことが多くなるわよ、銘も意匠のうちと思えばどうということともないでしょう、そう思えないなら代作は断るしかないわね」

「さきほど上人さまの屛風絵の下絵を拝見しました、とてもすばらしいものです、あの絵とわたしの櫛の下絵が同じ人のものとして伝わるのはおかしいと思います」

「櫛に抱一筆とあったら、挿す人は気分がいいでしょうね、上人さまの屛風絵など一生見られない人が買うのですから」

胡蝶は庶民の気持ちを言い、理野は造る側の良心にこだわった。創作の悩みや懐疑を打ち明けて相応の答えを出すには、工程の分かる男と論じるべきであったかもしれない。胡蝶は気持ちのよい人で、話すことは気休めになったが、共通の土壌を持たない女二人の会話は浅瀬へと流れて、

「思うようにやってみるしかないわね」

ということになった。

冬がきて根岸田圃に鶴が舞うころ、鈴木其一の娘がひっそりと嫁いでいった。理野は工房にいて見送りもできなかったが、体もできていない娘の輿入れは想像すると哀れであった。人の去った家はどことなく沈んで寄り付きがたい。ある朝、家の前を通りかけて落葉の門口を見ると尚更であった。其一も忙しいのか出会うことがなかった。

中風を病みながら酒を頌える詩まで作り、酒徒の日々を謳歌していた亀田鵬斎が倒れたと聞いたのは少し前である。伊沢蘭軒という名医が長く治療していたが、当初

から快復する見込みはなかったらしい。神田からの帰りに見舞うと嫁女の以登が応対

して、話すことも儘ならないが喜ぶだろうと言った。薄陽の縁側で鶴婦人と庭を眺め

ていた鵬斎は目だけが元気なようすで、具合を訊ねる理野へ、心が愉しければ仮の世

も捨てたものではない、酒でも飲むか、と縺れる舌で耳打ちした。

「病人が何を言ってるんです」

鶴婦人が聞き咎めて、そばから釘を刺した。老人は本気で言ったものかどうか、婦

人の案じ顔を愉しんでいた。博学豪放でひたすら酒を愛し、人生の小事を切り捨てて

きた人が、満身を患い、書くこともできなくなると、分身のような女の手に添われて

いることが慰めになった。片時も離さないので湯屋にもゆけないと婦人は嘆いたが、

死んだ兄にはそんな時間もなかったので、理野は苦しいなりに幸せな男女を眺める心

地がした。

十五年ほど前に妻女を亡くした男は、鬱々として頼りない自分を再生するために長

い旅に出たという。いま江戸にいる理野も同じ心境であったから、内包しているもの

の重さは別にしても彼の生き方には学ぶところがあった。漢文をすらすら読めない彼

女は鵬斎の詩を味わえなかったが、自分を信じ、他人を思いやる優しさは自然に感じ

とれて、そばにいると力をもらえる。それは鶴婦人も同じであろう。心から寄りかか

る病人を見ると婦人の存在も自然に思われ、妾という生き方が自分にもあるのではな

いかと考えたりした。

「鈴木さまが描いてくださいましたの」

と婦人は鵬斎の肖像画が出来上がるのを愉しみにしていた。しかし七十二歳という年齢は特別な意味を持たない。其一が描いているのは余命の見えてきた耆儒の寿像画で、描けるうちに描いたというのが本当だろう。老人もそのことは察しただろうと思い、理野は素直に喜べなかったが、

「朽木酔死の図とでも書いておけ」

と当人は明るく言った。老いて病んでも芯のある人はおおらかであった。

彼らの姿を見かけなくなると、根岸は一層ひっそりとして、葉を落としてゆく木立ばかりが目立った。去年の暮れは大雪になったが、今年はちらつく気配もなく、薄暗く寒いだけの日が続いている。雪で明るくなることはないかもしれない。彼女はそろそろ素材を決めて自分のための創作に取りかかろうと考えていた。其一に頼まれている試作もあるが、それとは別に木地に漆を塗ることからはじめてみようかと考えていた。そこから新しい蒔絵が見えてくるように思えてならなかった。

冬のはじめであったか、羊遊斎が七代目市川團十郎のために制作した三升紋の三つ組大盃が成田山新勝寺に奉納された。大盃は新之助の誕生を記念するもので、それが理野が見たこの年の羊遊斎の真作であった。寺に寄進する盃に精緻な加飾は見ら

れず、期待した驚きはなかった。彼女は結局代作をやめたいとは言えずに、次に依頼があったときに断るつもりでいたが、祐吉が何か話してくれたのか、抱えている数物の制作を終えたら古河の土井家に納める蒔絵物を手伝うことになっていた。造るのは吸物椀と吸物膳、茶箱や菓子簞笥だという。父の地味な仕事を見てきた理野にはどれも親しい道具であったが、蒔絵師と器の相性とでもいうのか、是が非でも蒔いてみたいと思うものではなかった。生活をかけて働くことと、自身の可能性を探るための創作は当分わけて考えなければならなかった。けれども抱一でさえそういう時期を乗り越えて、あの傑作を生んだのである。

彼は雨と風の図で光琳を超えようとしたはずだが、単に名声を求めたわけではないだろう。本当に超えたかどうか分かるのは本人と一橋家の人くらいで、世間は光琳の雷神と風神の図があることすら知らない。ましてや裏を飾る抱一の絵を見る機会はないのだからと思った。その独創性からして、あれは抱一がはじめて光琳と闘い、洗われた心で光琳に捧げた花筺ではないのかと彼女は思いはじめていた。吉原を感じると言った妙華尼は花の姿態に無力な女の性を見たのかもしれない。

抱一は杜若の金屏風を仕上げたあと月次花鳥図を描いている、と彼女は話していた。理野はその前に同じ言葉を其一からも聞いていた。同じ時期に師弟がそれぞれに杜若の屏風絵を描くとは思えないから、其一は抱一を手伝ったのだろう。羊遊斎の下絵帖にも彼の絵があったが、理野が見た同じ意匠の印籠や櫛の銘は抱一筆であった。抱一や羊遊斎の偉才を認めながら、そのことがいつも棘のように心に引っかかって、どこに答えを求めればよいのか分からなかった。

数物の制作に戻って櫛に蒔くとき、彼女はこれも抱一の下絵ではないかもしれないと疑うことがあった。抱一と其一の絵は似ている。小さな櫛の意匠の一輪の花なら、線描きのそれはどちらの筆か見分けがつかない。其一の絵に抱一の落款をあてても違和感はないだろうと思った。

夏に見た杜若の金屏風を思い出すとき、其一の筆を感じるのもそのためであった。同じ花の群落は全体でひとつの表情を見せるので、数多く描くほど個々の姿態も似てしまう。そのことは理野も萩の絵を描いてみて分かった。彼女は光琳の原画を知らないが、抱一の筆は右隻と左隻で葉の表情が違っていたし、動と静の対照を計算したというよりは二人の画家の運筆の違いのように見えたのである。同じ環境に育ちながら、右隻のおとなしい杜若に対して、左隻の葉の広がりと揺らぎは不自然であった。風を表現したというなら花が揺れていないのはおかしかった。

そういう疑問が工房の仕事にも入り込んで、彼女は銘というものを信じられなくなっていた。代作の後遺症だろうか、父の恐ろしく効率の悪い仕事ぶりが懐かしかった。彼が塗った棗に娘が下絵を描いて、息子が蒔いたとしても、銘の入らない棗は美しく仕上がればそれでよかった。

不忍池に白鳥が来て、工房からの帰りに雪白(ゆきじろ)の群れを見るのが愉しみになった。綿のように浮く姿は大きな花を思わせて美しいし、ときおり水面に立って羽ばたく姿も優雅である。人によっては嫌う鳴声も理野には懐かしかった。親しみのわく景色に苦い過去が重なりそうになると、彼女は粉筒(ふんづつ)に使えそうな羽軸(はねじく)が落ちていないかと池を巡った。冬の池畔を歩きながら白鳥の羽を拾う女を人はどう見るだろう。以前なら怖れたことが、つまらない見栄に思えるのは彼女の変化であった。

「おまえ、ずうずうしくなったな」

父は言うだろうが、彼女の周りにいる人たちはみな奔放であった。辛辣(しんらつ)なくせに優しい。凡俗な倫理を踏みつけて、それぞれに自分というものを生きている。抱一と妙華尼、亀田老人と鶴婦人の関係は道徳では許されないが、その人生は確かである。もう櫛も挿せない妙華尼が幸せだと言っていたのを理野は思い合わせた。

池のほとりは暮れかけて風が冷たかったが、彼女は飽きずに白鳥を眺めた。異郷の開放的な人々に戸惑い、あてどなさに震えていた哀れな女はもうそこにはいなかった。二つの故郷を持つ鳥たちと、僅(わず)かな才能にすがりながら、いま江戸で生きている自分は何も違わないのだと思った。

季節がめぐり、若草の匂う根岸の里を逍遥するうち、理野は重たい過去の記憶から解放されていった。初音の愉しみが過ぎて鶯の声にも馴れるころ、上野の杜には花色が立ちはじめて、根岸から見る山も明るい。寮ではじめた漆塗りが順調にすすんで気持ちが乗っていることもあって、行き合う景色に花を見ながら歩くのが愉しかった。四季を通して見る田園の眺めもそうだが、根岸で二年を暮らした彼女の目に上野の山の端は親しくなっていた。故郷の湖のようにゆったりとして、そこになくてはならないものに思われた。

二月の下旬から彼岸桜が咲きはじめて、三月に入ると上野の山内は桜が満開になる。枝垂れ、一重、八重、遅桜と順繰りにつづいて絶える間がないので、寛永寺の坊中は美しい花と花を愛でる人で溢れる。やがて鮮やかな椿が加わり、桜や松原と交わる眺めは艶やかであった。理野は工房の帰りに写生をするために通った。

にぎやかな山下から遅桜の車坂を登り、椿谷から一重桜の慈眼堂前へ出て、屛風坂を下りてくるのが好きな道筋であった。三月も半ばを過ぎると枝垂れと一重は散ってしまい、八重と遅桜が見頃になる。山王の清水堂のうしろに秋色桜と呼ばれる枝垂れの紅い八重桜があって、これも描いてみたが、肌の荒れた古木に花は重そうであった。桜ほど人目を奪い、すぐに消えてしまう花もないから、彼女は短い花期を惜しむ気持ちで描きつづけた。もっとも蒔いてみたいと思うのは夜桜で、さまざまな花態を写しながら夜の意匠を探す気持ちであった。

　屏風坂で写生したあと不忍池へまわると、鈴木其一と出会うことが幾度かあった。彼は人を連れていると挨拶を交わして別れるが、ひとりのときは気儘な散策に付き合ってくれる。しばらく池を眺めて帰るときもあれば、池畔の茶屋で休むこともあった。話すのは共通の知人の近況や風物のことであったが、最後には蒔絵の話になる。彼は抱一に羊遊斎がいるように、自分と同じ美感で仕事のできる蒔絵師を探しているらしかった。むかし京の光琳が蒔絵に傾けた情熱が、どうしてか江戸の画工に引き継がれていた。

　その日も屏風坂を下りてきた理野は、坂本門から根岸へ帰りかけて不忍池へ引き返した。日が長くなっていたし、たまには散財してみようかと思った。何となく其一がいるような気がして池畔を歩いていると、どこからか彼が寄ってきて偶然を告げる姿が現実になる。彼女はその予感を愉しみながら、花逍遥の人波をすり抜けていった。

　池のほとりは花見客で賑わっていたが、家路につく人の流れも見えて、そろそろ人出の引くころであった。中島の弁才天から引き返してくる男女や子供連れがそうであったし、広小路へ向かう人影には一人歩きの女もいて足早である。午後も遅くなると、家庭のある女は気が急くらしい。

白鳥の去った池は静かで桜のほかに見るべきものもなかったが、上野から見下ろすよりも広々として水が匂うのがよかった。中島に集まる茶屋のほかに、食べ物や小間物を商う家は池の南側から西側にかけて並んでいる。歩きながら休むところを探していたとき、彼女は珍しく自分から男を見つけて、わけもなくはっとした。文房道具の店から出てきた男は小さな包みを持っていたが、そのために出かけてきたようには見えなかった。どうするだろうかと見ていると、果たして彼はしばらく店先に立っていた。

いつであったか理野がそうしていて、其一が声をかけてきたとき、彼女は偶然ではないような気がしたのを覚えている。わざわざ男が待っていたとは思わないが、不忍池にくると探してくれるのではないかと思った。彼が根岸の寮に蒔絵の材料を届けてくれるのは日中で、理野は工房にいる。胡蝶の話では本人が届けてくれるそうで、気が向くと小半刻ほど話してゆく。理野は朝と夕、雨華庵と鈴木家に挟まれた通りを歩きながら、そこで出会うことはなくなり、まれに雨華庵にいる彼と顔を合わせるだけであった。其一といると純粋に丹青や蒔絵の話ができるので愉しかったが、その気持ちに女の感情が含まれているのかどうか自分のことながら分からなかった。女が蒔絵師でなかったら其一は親しくしてくれたであろうかと疑う気持ちもあった。

やがて通りを渡りかけた男に向かって歩いてゆくと、彼も気づいて、写生ですか、熱心ですねと少し眩しそうに迎えた。理野は上野で描いてきたところだと告げて、男の手に目をやった。

「お買物ですか」

「墨と筆を数本、気紛れです」

其一は砕けた口調で言い、いつもそうするように先に立って歩きはじめた。ほかに思いつくこともなかったから、理野は歩きながら寮でしている漆塗りのことを話した。父の仕事を手伝ううちに覚えた工程は長い月日がかかるが、完成したらそこに其一の考える新しい蒔絵を試すつもりであった。意匠は椿か山茶花(さざんか)でしたねと言うと、彼は笑って、黒い蝶でもかまいませんよと言った。そうして彼と歩く時間が理野には貴重に思われた。

江戸の蒔絵を学びながら塗師(ぬし)の仕事へ還(かえ)ってゆくのは思いがけない成りゆきで、彼女は塗りの技法を記した兄の手控えを持っていたが、彼を送った根岸の寮で使う日がくるとは思わなかった。塗師と蒔絵師では使う道具が違うし、気持ちの持ち方も変えなければならない。美しい漆器を造ることは、そこからはじまる蒔絵の土台を造ることでもあった。遅い、丹精な仕事は塗りだけで完成した器を生み出す。加飾を拒む完璧な漆器は塗師の誇りであろうし、器にふさわしい表情を与えようとするのは蒔絵師の挑戦であった。本当によいものは木地から丹精して下地で誤魔化すようなことはしない、指が器の癖を覚えるまで向き合い、丁寧に塗ることで見えてくる意匠がある、そんなことを言ったのは父であった。

「紙の蚊帳の中で塗っていると、あるとき胡蝶さんがきて、いったい何の見世物かって」

「あの人は物を造る作業には興味がない、たとえ出来の悪い三味線であれ、気に入れば使いこなすことを考える、絵を見ても欲しいと思うか、そうでないかの判断しかしない人です」

「それでよいのかもしれませんね」

「見る人はね、生むほうは真剣に悩まないといけない、神田では何を蒔いていますか」

「古河の土井さまのご依頼で、今は吸物椀に蕨や撫子を蒔いています」

「それはいい、櫛の数物より落ち着くでしょう」

其一は酒井家と縁の深い土井家をよく知っていて、むかし抱一が養子に請われたことや、彼の供をして土井家所蔵の古画や蒔絵物を見たことを懐かしそうに話した。羊遊斎が土井家の抱職になれたのも抱一の推輓があったからだと聞くと、理野は彼らの広い交際に驚くばかりで、何が蒔絵師を大きくするか分からないと思った。十分な工賃も払えず、下職にも頭を下げなければならない父の工房のつましさとあまりに違うからであった。

「しかし土井さまの御用に写生、根岸に帰れば漆塗りでは大変でしょう」

「それほどでもありません、塗りには涸らす月日がいりますから、その間に別のこともできます」

春先から麻疹が流行りはじめて、工房は人手が足りなかったが、羊遊斎は土井家の依頼を優先して彼女を離さなかった。去年から制作している茶箱や菓子簞笥は他家への進物用で、これも急がなければならない。数物から解放された彼女は大事にされる一方で、櫛の下絵師としても使われていたから実際には休む暇がなかった。写生はあわただしい毎日に歯止めをかける手段でもあった。

漆がすぐに乾くものであったら、蒔絵師の一日は名のある画家よりも忙しくなるだろう。漆を乾かす間に別の作業はできるが、納期のあるものは着実に仕上げてゆかなければならない。麻疹で当てにしていた職人が休むと羊遊斎は自ら吸物膳に蒔いたし、手際のよい祐吉は手が空くとすぐに別の意匠にとりかかった。母屋の細工所には重い空気がこめて、巧みな作業の音だけが聞こえる。昼餉のとき以外は後架に立つ人もいなかった。

「男でもきついでしょうに、あなたは本当によく働く、体が悲鳴を上げませんか」

「気が張っているせいでしょうか、風邪もひきません」

理野は明るく言ったが、疲れ果てて寮では何もできない日がある。そういうときは漠然と新しい意匠を考えながら、たちまち深い眠りに落ちてしまう。そのまま朝を迎えて蘇る日もあれば、夢の中でも漆と格闘することがあった。けれども明るい季節のせいか、気力は自然に回復した。

羊遊斎が彼女の描いた白鳥の群れを気に入って櫛の数物にしようと言い出したのは、つい先日である。手間のかかる複雑な構図は捨てて余白を多くとるようにという指図であったから、理野は抱一風にするのだろうと思った。代作なら拒むつもりで訊いてみると、決めていない、と曖昧(あいまい)な返事であった。土井家に納める吸物椀と吸物膳も意匠は抱一の下絵で、蕨が数本あるだけの素朴なものであった。鉛板(えんばん)と金粉で蒔絵にすると広い余白が生きて、瀟洒(しょうしゃ)な意匠に化けたが、抱一の落款がなければ大名家で使う品には見えなかった。意匠より銘が重いのだから、と皮肉を言うこともできずに彼女は男の顔を見た。

「其一さまこそ、お忙しいのでしょう」

「先生の忙しさに比べたら遊んでいるようなものです、雨華庵には揮毫(きごう)を依頼にくる人が絶えません、稽古日ともなると門人にまで仲介を頼んできます」

「お断りするだけでも苦労ですね」

人影の少なくなった水辺を歩きながら、理野は来客の応対に忙しい雨華庵を思い浮かべた。抱一は慎重に依頼主を選ぶのだろうと思った。彼の年齢で多作は困難なはずだし、それだけが生き甲斐の人でもなかった。吉原で潤筆料を使い果たしても、達筆な俳人でもある彼の書は飛ぶように売れるし、支援者も大勢いる。生活の不安とは無縁であった。だからこそ仕事を選んで、雨と風の図のような傑作をもう一度描いてほしいと願った。その思いは其一も同じだろうという気がした。

抱一はしかし、どんなに忙しくても吉原へゆくし、画業のために人生まで犠牲にはしない。画家として円熟した今は画料も上がり、好きなものを描けるはずであったが、妙に落ち着いてしまって周りのほうが騒がしい。このところ人間を素描する日が多くなって、何となく抱一から光琳が抜けてゆくような気がすると其一は話した。もし新しい絵を目指しているとしたら、殺到する依頼の大半は断ることになるだろうとも言った。突然の画境の変化は雑食して成長する画家にはよくあることで、人によっては幾度も繰り返すそうである。

「画業のことは分かりませんが、上人さまがそんなふうでは門弟の方が忙しくて大変ですね」

「わたしは周二と古画を写したり、花鳥図を描いたりしています、そういえば漫録本の挿絵の依頼がきて、遊女や吉原の道具を描くことになりそうです、こういう仕事は助かります」

「挿絵も光琳風になさるのですか」

「挿絵は別ですが、世間はまだ光琳を求めています、もし先生の作風が変わって、これまでのような物が造れなくなると更山どのも困るでしょう」

彼は急に立ち止まって、抱一との合作によって潤ってきた原工房の将来を案じた。

羊遊斎も雑食の人ではあるが、光琳風の意匠ほど売れるものはないからであった。抱一は何をしても生きてゆけるが、職人は名声だけでは食べてゆけない。本当に好きなものを造ることは、彼ほどの蒔絵師になっても暮らしを犠牲にすることであった。

「上人さまは何を見ているのでしょう」

「この世の理想郷です」

と彼は即答した。江戸の中でも限られた狭い空間に暮らしながら、抱一は喧騒を拒否して好きなものだけを見ている。何よりも生きる愉しみを優先する師の考え方に、画工でありたい其一はついてゆけなかったが、丹青から離れたところで丹青のための何かを掴んでくる人を見ると、遊蕩三昧の日々も無駄ではないのかと思ったという。生きてゆくための雑事に追われて人生の意味など考えられない人が多い中で、情緒の世界に生きられる男は幸せであった。その絵は極楽浄土にはないはずの四季を思わせて優しいが、理想を押しつけもするので、自分には逆に息苦しいと話した。

「浄土に嵐はないでしょうね」

「夏艸雨(なつくさあめ)のことなら、あれこそ才能でしょう」

理野はうなずいて、また歩きはじめた男についていった。抱一があれほど思慕した光琳から離れてゆくとしたら、これから彼は本当の抱一になるのだろう、と密かに期待する気持ちであった。

池の水に夕暮れの影が映りはじめて、気がつくと彼らは西側のほとりに佇んでいた。あたりには出合(であい)茶屋が多く、人影のまばらな岸辺は奇妙にひっそりとしている。少し先で道は池から離れてしまうので引き返さなければならなかったが、其一も彼女も動く気がしなかった。

「亀田先生を見舞ってあげてください、そのうち話もできなくなるでしょう」

「それほど悪いのですか」

鵬斎の病がすすんで目も当てられないと其一が告げたのは少し前である。予想はしていたが、希望のない言葉は理野の胸にこたえた。彼女は数日前に亀田家に寄ってみたが、老人は寝ていて会えなかった。応対した嫁女が変わりはないと言うのを信じるしかなかった。しかし病状は悪化したのである。

「今のところ気持ちはしっかりしていますが、体はまるで言うことを聞かない、筆を執ることはもうないでしょう」

彼は鵬斎の深くさっぱりとした人柄を慕っていて、学問とは別にいろいろ教えてもらったと語った。絵のほうでも鵬斎は才能を発揮して、写生とは無縁の抽象的な山水を描いたが、それはそれで潔いところがあった。彼の絵ははじめから詩文という心の世界の表現であったから、酔って心に映じた風景を描くのは自然のことであった。絵の中に心情を置いてもはじまらないと言った其一が写意(しゃい)の絵を認めるのはおかしかったが、彼は自身の画工としての方向性を言ったらしい。鵬斎のそれは自由で、売れても売れなくてもよいものであった。抱一と同じように遊んでいても鵬斎にはどこか泥臭い郷愁を感じるという其一は、その違いを出自や人生観の違いだろうと言った。

　今日も見舞うと、老人は一瞬だけ笑顔を見せたが、あとは壊れた人形のようになって会話にはならなかったという。酒が飲みたいなら飲ませてやればいい、と病人の現実を思い出した男は沈んでしまい、夕暮れに身を寄せ合う張り合いがなかった。理野は男といて、互いの心を覗くことには何の抵抗も感じなかったが、病人の話は気が重かった。池の周りはまだ灯のない薄暮であった。

「御酒(ごしゅ)を奢(おご)らせてください、一合だけ」

「二合なら付き合いましょう」

　彼は面白くもない顔で言い、来た道を戻りはじめた。そうして人中(ひとなか)に紛れている間が彼らの時間であった。やがて竹垣のきれいな茶屋へ男は入っていった。お酒を奢って悪いこともないしと思いながら、彼女も許される時間を計っていた。

その晩、寮へ帰ると胡蝶が待っていて、遅くなったわけを訊くかわりに、急に抱一と妙華尼の供をして江の島へゆくことになったと話した。巳年生まれの抱一は弁才天を尊崇している。出立は二日後、二泊三日の旅になるので、心細いようならさちを泊まらせるがどうすると言って、彼女は夜道を帰ってきた女の顔色を見た。

「わたしなら平気です、二日のことですから」

理野は江の島を知らなかったが、弁才天と聞くと不忍池の中島を思い浮かべて、自分がゆくわけでもないのに気軽な小旅行だろうと思った。其一と中島を眺めてきたので、つい口を滑らせた。

「鈴木さまも行かれるのですか」

「いいえ、どうして」

「一番のお弟子さまですから」

彼女はこの愚かな遣り取りにうろたえた。勘の鋭い胡蝶にわざわざ訊くことではなかったし、答えたことも間が抜けていた。自分でも分かるほど顔を赤らめながら、彼女は胡蝶がすぐに言葉を継いでくれたことにほっとした。初日は神奈川の定宿に泊まって翌日参詣してまた神奈川に戻り、三日目の夕には帰ってくる。二泊とも羽根澤屋という旅籠だから、何かあったら飛脚を使うようにと話す人は三日の旅を軽く考えてはいなかった。

「あなたも行けるといいのだけれど」

「三日も休んだら御払箱になります」

「弁才天の御利益の方が羊遊斎より有難いわよ」

　と胡蝶は笑った。

　風にあたりすぎたのか、その夜微熱が出て、理野は物憂い気分で床についた。額や項に手を当てると大した熱ではなかったが、肌の下が火照って気怠い。悪寒もする。目を閉じてうとうとしながら、彼女は眠れずに其一のことを考えた。

「そろそろどこかに家を借りたらどうです、半分を仕事場にできたら今より落ち着くでしょう」

　酒で気分を変えた男は真顔でそう言った。理野には唐突な話に聞こえたが、羊遊斎や胡蝶の厚意に甘えすぎていることにも気づかされた。男の提案をもっともだと思いながら、親身な言葉には別の意味も含まれている気がした。帰り道でも彼は繰り返したし、家を探すのを手伝おうかと性急であった。どこまで本気にしてよいのか分からないまま、彼女は曖昧に答えていた。自分の家というものを考えないわけではないが、実行するにはまだ勇気が足りなかった。夜もひとりの家で漆を相手にするのは淋しすぎるし、馴れてそのまま安住してしまうことこそ恐ろしかった。其一がその不安を埋めてくれるかどうかも分からなかった。

朝方さちが煮炊きする音に目覚めて身支度をしたものの、体が重く食もすすまなかった。それでも熱を押して工房へゆくと、しばらくして祐吉が冴えない顔色に気づいて、

「麻疹(はしか)じゃないのか」

と案じた。理野は麻疹を経験していたし、二度かかるとは聞かなかったから、その心配はないと答えた。けれども瞼(まぶた)の垂れた熱っぽい顔は職人たちを不安にさせたようであった。

一仕事した昼下り、食欲もないので近くの町医に診てもらうと流行(はや)りの風邪ということであったが、羊遊斎には帰って休むように言われた。埃(ほこり)を嫌う細工所は清潔だが風通しが悪いので、風邪はうつりやすいかもしれない。明日も熱が引かないようなら来なくていいと突き放されると、彼女は誰が自分の代わりをするのだろうかと案じた。職人はそれぞれに十分すぎる仕事を抱えていた。

「胡蝶に言って精のつくものを食べなさい」

「胡蝶さんは明日から上人さまと江の島へ行きます、帰るのは三日後になるそうです」

「そうだったな」

と羊遊斎は言い、近くに妻女や女中がいないことを確かめてから、大塚にはそのう

ちゆくと伝えてくれ、早くゆきなさいと追い立てた。仕事から解放されると体も緊張をなくして歩くのにも気力がいったが、あとから金次郎が追いかけてきて神田川まで送ってくれたのには驚いた。

「ひとりで大丈夫か、駕籠を呼ぶか」

と彼は案外な優しさであった。理野は根岸まで歩けないことはないと思った。大きな声も出ないので仕草で工房へ戻るように促すと、金次郎は帰っていったが、甘えてもよかっただろうかと歩くうちにも悔やんだ。そのあとどうして根岸まで歩いたか分からなかった。どうにか大塚の寮に辿り着くと、彼女は帰宅の挨拶も忘れて床へ倒れ込んだ。胸を開けて汗を拭うと一気に気が抜けた。何か額に冷たいものを感じて目覚めたときには枕元に胡蝶がいて、いつのまにか障子の外は暮れかけていた。彼女は羊遊斎の言葉を伝えた。

「そんなことはどうでもいいわ、それより早く治さないとね、江の島行きはお預けね」

「風邪くらい平気です、行ってください」

「でも、これじゃね」

「眠れば治ります、本当に大丈夫ですから」

自信もなしに理野は病人の我で言い募った。日中はさちもいるし、ひとりで暮らしているかと思えばどうということもない。そう言うと胡蝶は細い吐息をついて、あるかなしかにうなずいた。

　明くる朝、胡蝶が発ってゆくと、寮には心許ない空気が漂った。常に彼女の声がするわけでもないのに、いないというだけで家がただの器に変わったような静けさであった。いつもは工房にいて日中の寮を知らない理野は、朝食のあとさちに言って部屋の障子を開けさせた。外は晴れて暖かそうであったし、そうすることで病魔も出てゆくような気がした。庇のある部屋にも陽が射し込んで眩しいほどであったが、悪寒のせいか気にならない。庭の木に小鳥がきて鳴いたし、横になると枝振りがよく見えておもしろかった。

　熱のせいでうとうとしながら、理野は目覚めるとさちの気配を探した。これまで本当にひとりになったことがなかったので、家の中に人の気配を感じると落ち着いた。十四歳になった娘は煮炊きも掃除も洗濯もして、手がすくと庭の草取りをしながら病人を見ていた。きびきびとして、言うことも頼もしかった。昼時に小振りの土鍋を運んできた彼女は自分も粥を食べながら、

「無理をしても食べないと良くなりませんよ、あとで背中と胸を拭いて差し上げましょうか」

　そう言った。昨日から随分汗をかいて肌着がひんやりしていたから、理野は娘の思

いやりに甘えた。彼女はそのために熱いほどの湯と着替えを運んできた。西国の女の胸の白さに戸惑うかと思われたが、病母の胸でも拭くような優しい手際であった。そのあと髪も解いてくれた。

「女が生きてゆくのは大変ね」

たかが風邪くらいで一日も暮らせないい女が自立もないものだが、世話をする娘の未来も似たようなものに思われた。働き者の娘は良縁に恵まれて幸せになるかもしれなかったが、間違えば身を沈めることも考えられた。この寮で一生を送るわけにもゆかない。いつか家を出る日が禍福の分かれ目になるのだろうと思うと、女の行く先ほどあてにならないものもないような気がした。

夕方がきて早めに食事をすますと、理野はまた床についたが、さちが次の間に床を取ろうとするのを見ると遮った。

「帰りなさい、風邪がうつるといけないから」

「でも心配ですから」

「もう寝るだけよ、ありがとう」

さちは迷っていたが、じゃあ明日は早く来ますと言って帰っていった。理野は起きて行灯を灯した。気晴らしに光琳百図を眺めながら眠くなるのを待ったが、物音のしない家は病人の神経を刺激して、怖いというよりは木の枝にひとつ取り残された果実のようで淋しかった。

　次の日は午後から雨もよいになって、ときおり激しい降りになった。寝ているしかない病人に静かな雨の気配は慰めだが、雨音が激しくなると漠然とした不安が焦燥や孤独を運んでくる。

　熱が下がらないまま臥せっていた理野は、眠り疲れて午後から葛飾北斎の今様櫛簪雛形という版本を眺めていた。入手して間もない櫛と煙管の図案集は浮世絵らしい描写と北斎らしい奇抜な構図がおもしろかったが、櫛の意匠には山を無視したものもあって、実際に造るとなると彫工の仕事になるのではないかと思い巡らした。自由で挑戦的な視点の図案は抱一の下絵とはまるで違って機知に富み、大胆で、どこまで実作を意識したものか分からない。図案なので、そのまま置目をとれる蒔絵の下絵とは違うが、彼女は橋下に富士の見える構図をおもしろく眺めた。いま工房で吸物椀に蒔いている蕨の単純さと、この奇抜な図案のどちらが優れているだろうかと考え、のぼせた頭で櫛と吸物椀の意匠を比べている自分に呆れた。

　熱冷ましの薬湯を運んできたさちが北斎の図案を見て、蒔絵ってむずかしいですかと訊ねた。

「そうね、やればやるほどむずかしくなるわね」

「わたしにもできるでしょうか」

「習えばできると思うけど、どうして」

「職人になれたら自由だもの」

　さちはそう言って、ずっとそのことを考えていたと話した。胡蝶にいろいろ教えてもらっているが胡蝶になれるわけではないし、何かを造れたら食べるのにも困らない。それに男の人と対等の立場でいられるという。それはどうだかと思いながら、理野は娘の気持ちも分かる気がした。

「教えてあげたいけど、お互い暇がないわね、漆は手間のかかるものだし」

「月に一度でも駄目ですか」

「それでは一通り覚えるだけでも二十年はかかるわ、下絵はどう、お手本があればひとりでもできるし、上達したら少しずつ仕事をもらって、認めてくれる人がいたら下絵師になれるでしょう」

「それに決めた」

　娘は簡単に言ったが、それだけ彼女の人生には限られた可能性しかないのだった。絵心があるとかないとか、才能がどうとかいうことに関わりなく、さちは絵を物にするかもしれなかった。その種を蒔いてやるくらいは自分にもできるだろうと思いながら、理野は薬湯をすすった。おそらくあと数年の自由があるだけの娘の前途に自身の悔いを重ねて、何かしてやりたいと思わずにいられなかった。

夕方、さちを帰すころになって人の訪う声がした。雨の中を祐吉が見舞いにきたと知ると、理野はさちに少し待ってもらうように言って身仕舞いをした。男に病身を見られるのは恥ずかしかったが、茶の間で応対する気力はなかったし、女の病間にそう長くはいないだろうと思った。うれしいと思うより驚きが先に立って、当惑した。

束ね髪を前に垂らして座っていると、やがてさちが祐吉を案内してきた。彼は手足を拭っていたが着物を濡らしていた。女の病床を見る目にためらいがあって、理野も伏し目がちに見ていた。

「今日は来るかと思った、ひどいのか」

と彼は言い、食籠を包んできた布を開いた。

「まだ熱があります」

「破笠の食籠とはいかないが、中身は柳花亭に作らせた、賄いの薬膳だが少しは効くだろう」

「ご心配をかけてすみません」

顔を上げると、男の目に映る自分が嫌で溜息が出た。寝衣で会うべきではなかった。さちが茶を淹れに立ってゆき、短い沈黙の間にぎこちない空気が生まれた。女の扱いに馴れていながら、祐吉はどこにいるときよりも寛いでいなかった。

「柳花亭の女将さんはお元気ですか」

「ああ、ぴんぴんしている」

「きれいな方ですが、お幾つくらいでしょう」

「幼なじみだから、わたしとそう違わない、一つ二つ下だろうか」

「一生、年下ですね」

理野は弾みようのない笑いを浮かべて、わたしは何を言っているのかと思った。もっと実のある話をして、見舞いの礼を言い、早く男を帰すべきであったが、熱でぼんやりして話題が見つからなかった。祐吉も笑えずに言葉を探している。彼の視線が衣桁（いこう）の着物や小間物に向かうと、彼女は引き戻すために話した。

「先生は何かおっしゃってましたか」

「女がひとり欠けたくらいで泣き言を言うな、わたしは出かけてくる」

「言いそうですね」

「本当に言ったさ」

いつもの顔触れが欠けると細工所はがらんとして、空（あ）いている道具が気になる。室（むろ）を覗いて中途の仕事を見れば尚更（なおさら）だろう、と祐吉は話した。それは分かるが、病人が金次郎でも彼は見舞ったであろうかと思った。話が途切れそうになると、

「北斎か」

と祐吉は図案集を手にしたが、目は図案を追いながら別のものを見ているように思

われた。

さちが茶を運んできて理野の前にも置くと、

「ちょっとお願い」

彼女は暗くなってきた部屋と玄関に明かりを灯すように言ってから、今日は泊まって、と耳打ちした。祐吉は胡蝶の留守を知っていて訪ねてきたようにみえたし、度を越した親切が別の親しみに変わるのをどうしてか怖れる気持ちであった。些細なことから彼の感情を害して、気まずい関係になるのではないかと不安を抱いた。

「横になるといい、もう帰るから」

彼はさちにも聞こえるように言って、雨音に耳を立てたが、すぐには立とうとしなかった。お茶を口にしながら、娘が去るのを待って言った。

「実は土井さまから催促と追加の注文がきた、進物の御用が増えて見栄えのする品物が足りないらしい、お国許の職人は限界で梶川にまで声をかけているというからよほど急ぐのだろう」

「今の分だけでも忙しいと思いますが、お引き受けしたのですか」

「するしかない、先生は土井さまの抱職だし、こういうときのために扶持までいただいている、余所から人を借りても造らなければならないが、麻疹でどこも手が足りないだろう、あてにできるのは四郎蔵さんと金次郎とあなただけだ、いつから出られそうかな」

「熱が下がれば明日からでも」

と答えながら、理野はそうしている間も火照りと寒気を感じて自信がなかった。三日つづいた熱はいつ下がるとも知れなかった。仲間のためにも早く仕事に戻りたいと思いながら、ひとりで神田まで歩くことすら冒険に思われた。

やりかけの仕事を思い出す一方で、祐吉の来意を知ると気が抜けたが、彼がそのためにだけ訪ねてきたとも思えなかった。部屋に入ってきたときの男の眼差しに感じた怖れは、前にも経験したことがある。帰りしなに彼はいい料理屋がある、そのうち向島へゆこうと言い、彼女は乾いた唇で見舞いの礼を言った。そのあとひとりになった部屋で、わたしはどこへゆくのだろうと案じた。

その夜、激しい雨音を聞くうち眠りについた彼女は、夜更けに聞き馴れない物音に気づいた。さちが茶の間で寝ているはずだが、寝息は聞こえてこない。風が庭木を揺らすのか雨とは別の音がしている。庭に誰かいるのではないかと耳を澄ますと、本当にいるような気がして恐ろしかった。さっちゃん、さっちゃん、と口の中で娘を呼びながら、彼女は雨戸が鳴る音に震えた。忘れたはずの過去が拳を上げて叩いているようであった。

江戸で迎えた三度目の春がゆき、すっかり桜の消えた上野を見ると、あれから多くの日々が過ぎたかのように思われた。根岸の里には鳥の囀り(さえず)が行き交い、町にはもう蚊帳売りが出ている。人々は袷(あわせ)に素足で、さわやかな陽射しの季節を愉しんでいたが、病み上がりの理野は夏足袋を履いていた。神田まできたからには女の甘えは許されないが、長く寝ていた体で仲間と同じように働けるかどうか。和泉橋(いずみばし)から見る職人の町は闘いの場にもみえて、彼女は気を引き立てて歩いていった。

朝の工房は仕手頭(してがしら)の指図を終えて、一日の仕事に向かう職人の静かな気魄(きはく)で満ちていた。若い下職の男も目が光るのは同じである。工房を覗いて母屋へまわると、理野は羊遊斎に挨拶にゆき、休みが長引いたことを詫びてから、胡蝶から預かってきた小さな手紙を渡した。ひとりで文机(ふづくえ)に向かっていた彼はそのまま受け答えしていたが、手紙を見ると筆を置いて袂(たもと)に仕舞った。むろん理野は文面を知らない。羊遊斎が何か聞いているかと問うたが、答えられることはなかった。

江の島から胡蝶が帰ってきたとき、理野はまだ臥していたが、どうにか茶の間へ出ていった。その声を聞くだけで安心したし、夕暮れの寮は一遍に明るくなった。

「雨で散々だったけど、弁才天の御利益はたっぷりいただいてきたわよ」

胡蝶の顔に旅の疲れはなく、むしろどこかすっきりとしていた。留守の間、寝ていたらしい女を見ると、彼女はさちと台所に立って少し贅沢な夕餉をこしらえた。その晩は理野も茶の間で食べたが、胡蝶が語る旅の顚末が馳走であった。覇気のない病人を笑わせる女は、明るく振舞うことで三日の留守を埋め合わせているようであった。自身も男の別宅に暮らして自分で自分を守ってきたから、女ひとりの心細さに敏感であった。羊遊斎の口から胡蝶の暮らし振りを窺うような言葉を聞くと、理野は彼の事情を推し量るかわりに、もっと会えばすむことなのにと思った。会わない妾なら囲う意味もないからであった。

胡蝶がか弱い女で男に頼り切る人なら、二人の仲は続いていないのではないかと思う。強いお蔭で、羊遊斎は安閑としていられる。常に気にかけていながら滅多に訪ねてこない男を律義な無精者と断じて、胡蝶は江の島行きも知らせていなかった。その晩も遊山の愉しみを語りながら、

「早く治して二人で根津へ行きましょうか、権現社や貨食屋を見るだけでも愉しいわよ」

彼女は男を度外に置いて言ったのだった。

男たちの目が待っているせいか、女中部屋で仕事着に着替えて細工所に入るとき、理野の胸は高鳴った。三間続きの部屋には四郎蔵や金次郎もいて、それぞれの仕事に集中している。よう、来たか、と言うように金次郎が片手を上げると、彼女は思わず

応えそうになる手を引っ込めた。印籠蒔絵師の彼が蒔いているのは菓子箪笥であった。

言葉で挨拶するかわりに彼女は一人ひとりに辞儀をしてまわった。手を休めて応えてくれる人もいれば無視するものもいるが、仕事中はそれでよかった。祐吉もそのときは微かにうなずいただけである。彼は茶箱の仕上げにかかっていた。

自分の場所について真っ先に室（むろ）を覗くと、やりかけの吸物椀はそこになく、四郎蔵が仕上げたということであった。彼は黒塗の重ね食籠と抱一の下絵を理野に与えて、来た早々追い立てるようで悪いが急いでほしいと言った。

土井家はいま新藩主の昇進のために幕府の権威筋へ攻勢をかけているそうで、進物はいくらあっても足りない。結城縞（ゆうきじま）、白紬（しろつむぎ）、縮緬（ちりめん）などの古河（こが）らしい品も続くとあきられ、鶏卵や肴（さかな）や果物といった進物はありふれて芸がない。抱一下絵の蒔絵物は珍しさもあって喜ばれるはずであったが、丹精を凝らすには時間が足りなかった。そのために羊遊斎は抱一に頼んで意匠を単純化したのかもしれない。理野が受け取った下絵も少ない加飾ですむように花卉（かき）を散らしたもので、見返しに抱一の銘がなければどうということもなかった。道具と技法を確かめると彼女はすぐに取りかかったが、新しいものに挑んでいるという気がしなかった。

半日も過ごすと仲間の仕事が見えてくる。四郎蔵は光琳風の硯箱に蒔いていて、老練な職人らしく独特の手際のよさが見物（みもの）であった。祐吉の繊細で丁寧な仕事ぶりとも違って、手妻のような思い切りのよさがある。硯箱は彼の手に合うのであろうと理野は眺めた。その日、置目をとって地塗りした三段の食籠を室に入れると、彼女の仕事は終わりであった。平蒔絵なので、明日は朝から粉蒔をする。病後の一日はどうにか無事に過ぎて、帰るときがくるとほっとした。

着替えて内玄関へ出てゆくと、

「調子はどうだい、ずいぶん熱が出たって」

金次郎が声をかけてくれて、彼女は自然に明るい表情になった。

「お蔭で少し利口になった気がします」

「ばか言ってら、早く帰って休みな」

そういうときの彼に理野は仲間を感じたが、江戸の人のさりげなさに感心もするのだった。

下谷広小路で金米糖を買って根岸へ向かいながら、彼女はいつのまにか江戸の暮らしに親しんでいる自分がたくましいのか、いい加減な女なのか分からないと思った。強がっていると必ず弱さが顔を出して震えるからであった。江戸の町も田舎びた根岸も好きになっていたが、帰る家に胡蝶がいなければ根岸には住めないだろうと思う。夜道をひとりで歩いていても怖いこともないのに、家の中でひとりになると淋しかった。たぶん町中に暮らしても同じだろう。

家並みのかわりに木立と田園の広がる根岸の道は、陽もゆるゆるとそそぐ気がする。疎林は鳥たちの棲みかで、雛が孵る季節なのか賑わしい。人々の侘び住まいは幽閑な景色に埋もれて息をひそめながら、驚くほどの英知と夢を育んでいる。山陰の里では小さな稲荷や庚申塚や地蔵が闖入者の見張番であったから、彼女は歩きながらよく手を合わせた。迷い込んだ不注意を詫びて、他人の地所を通らせてもらう気持ちであった。

坂本町の英信寺に寄って兄の墓に参ってから亀田家を訪ねると、息子夫婦は留守とみえて、珍しく鶴婦人が出てきた。

「あら、少し前に胡蝶さんが帰ったところ」

と婦人は告げた。

「先生の具合はいかがですか」

「烏みたい、胡蝶さんが三味線を弾いたら唄っていたけど、言葉にならない唄は哀しいわね」

考えることはしっかりしているのに後架にも立てないと話す彼女の顔は窶れていた。老人は縁側に出ているというので、理野は庭先から見舞うことにして玄関脇の露地を歩いていった。

鵬斎は縁側に文机を出して、紙に何か文字を書いていた。恐ろしく達筆なのか文字にならないのか、すぐには読めない書である。見舞いの挨拶をして金米糖の入った小さな菓子壺を渡すと、老人は笑う目になって、けふハのむべし、と紙に認めた。徳利と間違えたのかしら、と婦人も笑いながら見ていたが、理野には何か老人が訴えているように思われた。どうにか動くほうの手で彼は理野の手を摑んで、さすった。

「先生、早くよくなって詩の読み方を教えてください、御酒もたくさんいただきましょう」

「ああ、うう」

　と答える声は意思のある返事に聞こえて心強かった。老人の中で、衰えた体と強い精神は別々に生きはじめたのかもしれない。その手は冷たかったが、勇気か信念を伝えてくるように思われ、病人の脆さに触れている気がしなかった。

　人も花もそのときの感情を通して見てきたせいか、理野は重病の老人にも希望を見ていたが、其一がいっそ酒を飲ませてやればいいと言った意味を取り違えていたことに気づいた。あれは冷徹な目で対象を見つめる男の、あきらめではないかと思った。

　彼女はこのまま老人が一生の幕を閉じるなら、その前に詩でも随筆でもよいから、ゆっくり佳いものを書いてほしいと願った。彼には手足となる人がいるし、心の中を文字にすればよいことであった。博学豪放の奇人らしく摩訶不思議な力で、それこそ命の滴を絞り出してもらいたかった。そのために飲む酒なら、無駄に命を削ることにはならないだろう。

「なにやら先生と二人でお酒を飲んでみたくなりました、笹乃雪でお豆腐を摘まみながら、女子の生き方を教えてくださいませんか、わたし、それまで根岸にいてもよいでしょうか」

老人は理野を見て何か呟いたが、聞きとれなかった。そんなことは自分で考えろ、馬鹿な女だとでも言ったのかもしれない。

婦人がお茶を運んできて、庭の隅にある高い古木を指しながら、鵬斎が待っているとよく山雀が来るのだと教えた。小さいが囀りのよい鳥は頭が黒く、栗色の胸をしているのですぐ分かる。老人に挨拶に来るわけでもないだろうが、いつも彼が見ているときに現れた。ねえ、そうですよね、と婦人が言い、そうだ、と老人はうなずいた。手が震えても零れない大きな湯呑みから、少しずつ茶をすする姿は危なっかしいが、落とさない。婦人の看病の賜だろう。彼女は鵬斎の背に手を添えながら、吐息をする表情になって言った。

「去年の今ごろ、両国の万八楼で七十の賀の書画会を開いたことが夢のようです、二年遅れの賀宴でしたが九百人もの人が来てくださって、それはもう大変な騒ぎでしたから」

「次は四年後ですね」

「そうねえ、喜寿までこうしていられたら」

まだ陽射しの残る庭に鳥がきて、小気味よく飛び回るのを彼らは眺めた。棲み馴れた林があるのに鳥はなぜ人家の庭へ来るのか。鵬斎に訊ねてみたいが、彼は書くことでしか答えられない。けれども七十余年の人生の蓄積を放棄して、おまけの日々を生きているわけではなかった。

「ありがとう、少し元気がでたわ」

と鶴婦人が言った。真剣な目で小鳥を追う老人のそばで彼女は微笑していた。理野はそういう婦人に目をあてながら、この人も老人を失えばひとりの淋しい女に還るのだろうかと思った。

長居をしたとみえて、亀田家を辞して近くの石稲荷に手を合わせるうちに、あたりは夕陽に色付いていった。西に田園が広がる里の夕映えは鮮やかで、木立も遠い人影もくっきりとしている。家路につきながら、理野は別れてきた二人を思い出して、老人も鶴婦人も互いを張り合いにして生きてゆくのだろうと思った。婦人は窶れていたが言葉は明るく、愚痴も零さなかった。妾という立場で尽くしてきた人が倒れると、彼女の生活は一変して外出もできなくなった。しかし豪放な男を信じ、尊敬もし、ときには呆れもしながら晩年の悲哀をともにするのは正妻と変わらない。老人も彼女の苦労を知っていて甘える。一日を暮らすことにも喘ぎながら、そのうち彼は余力を振り絞って婦人のために何かを書くに違いない。そう思わずにいられなかった。

寮に着くと、ちょうどさちが帰るところで、胡蝶も台所にいた。

「遅かったわね、いきなり無理は禁物よ」

「亀田先生を見舞ってきました」

そう、と彼女の反応は呆気なかった。

さちが帰って間もなく空に暮色が広がり、着替えるうちに日没がきた。あの子は時鐘より確かだわと胡蝶が感心したが、理野はまだ歩いているであろう娘を思い浮かべて嘆息した。家に帰っても休んではいられない娘に絵を学ぶ時間があるだろうかと思った。茶の間に明かりを灯して夕食の膳を運ぶと、彼女は自室の障子を閉めにゆき、庭の向こうの東の空が赤く滲んでいるのを見た。夕焼け、まさか、と思いながら胡蝶に言うと、彼女も茶の間から眺めた。空は益々明るくなっていた。

「あ、上人さまが」

そう言って胡蝶が絶句したとき、理野もようやく事態に気づいた。燃えているのは空ではなく吉原であった。彼女は寮を飛び出した。

鈴木家に急を知らせて雨華庵にゆくと、茶の間に妙華尼と胡蝶がいて、すでに鶯蒲が吉原へ向かったということであった。妙華尼は落ち着いていて、抱一には家僕がついているし、吉原は庭のようなものだから大丈夫だろうと話した。ありったけの明かりをつけた草庵の中は明るく、女中が誰よりも暗い顔をして茶を運んできた。彼女も主人の無事を祈りながら、万一の不安に怯（おび）えているのだった。抱一が奉公人にも慕われているのを理野は悟った。女たちが沈むのを気にして妙華尼が笑顔で吉原を語りはじめると、気丈なだけに胸を打たれた。その間にも東の空は巨大な灯火に変わろうとしていた。

日暮れ方に京町二丁目から出火して、その夜のうちに吉原は焼滅したが、抱一は遊女たちと大音寺に逃れてから駐春亭で休んでいた。鶯蒲と其一が駆けつけたとき、彼は自身の無事を喜ぶよりも吉原を失った衝撃で茫然（ぼうぜん）としていたという。妓楼には欲望も悲哀も美化して包み込んでくれる快い空間と、彼の書画はもちろん遊女のために考案した光琳風の意匠の着物や道具があって、その情緒の集合が彼の吉原であった。焼けたのはそういうもので、抱一は明日からの愉しみを奪われたのである。文政七年四月三日のことであった。

焼け跡に見世を張るという江戸町の扇屋（おうぎや）と丁子屋（ちょうじや）を残して、楼主らは浅草や深川に仮宅（かりたく）を求めることになったが、料理茶屋や豪商の隠亭、妾宅（しょうたく）や民家を借りての営業で遊廓（ゆうかく）の体をなさない。浅草の花川戸（はなかわど）や山（やま）の宿（しゅく）ならまだしも、深川の仮宅は岡場所に見世を出すようなもので、繊細な抱一が憩えるところではなかった。

彼は焼け跡に通って再建の日を夢見ながら、浅草の仮宅で遊んだりもしたが、以前のように心から憩うことはなかった。当座を凌ぐだけの借家に夢の空間は生まれず、吉原の火照るような空気も感じられなかった。心なしか彼は老け込んで、六十四歳の画僧らしく枯れてゆくようであった。言動も急に萎れて、今になり隠棲した大名家の人を思わせた。

画房と画塾を兼ねた雨華庵で、抱一が日課として観音像を描きはじめたのは五月である。目指す三十三幅はどれも黒線で描く白衣の観音像で、日に一図ずつ姿を変えて描き続ける。観音菩薩が三十三の姿に変身して衆生を救済するという教えに倣い、自らの救済を求めて修行のために描くのであった。そう聞いたとき、理野は抱一の心の変化が新しい傑作を生むのではないかと期待した。

ある日の午後、工房から帰ると雨華庵に呼ばれて、彼女は抱一の観音図を見る機会を得た。それは流麗な書を思わせて新鮮であった。顔は妙華尼に似ていた。こういう画法もあるのかと感心していると、抱一は彼女を描きはじめた。そのために呼ばれたのであった。画室には妙華尼もいて気さくに話しかけてきたが、何か裸にされてゆくようで落ち着かなかった。抱一の目が動く度に彼女は身じろいだ。罪深い生身の女を観音にしてはいけないと思いながら、なぜか恐ろしくて言えなかった。絵筆は胸元を開けた艶かしい女を描いていたし、その観察眼を思うと羞恥で身が竦んだ。妙華尼が黙ると画室はしんとして、創作の淵にのめり込んでゆく画家の息衝きだけが聞こえてきた。

乾いた夏がゆき、霖雨(りんう)の秋がきて、そろそろ七草が咲き揃うころ、土井家に納める最後の懐石膳が完成して、その日一日工房は和(やわ)らいだ空気になった。数物の制作は相変わらずの忙しさであったが、母屋の細工所に詰めていた職人たちはほっとして喜び合った。大名家の依頼は先方が急ぐほど緊張を強いられて、無事に納め終わるまで息を抜けないからであった。

夕方、羊遊斎の計らいで柳橋の料理屋に席が設けられ、慰労の小宴が開かれたが、彼自身は出席しなかった。絶えることのない依頼の手配と交遊に加え、権門への挨拶で忙しいのだろう。名のある工房の主人でいる限り、この事情は変わらないし、自ら蒔くものを減らしてゆくのも仕方のないことであった。しかし、それが才能ある蒔絵師の行き着くところというのでは同じ蒔絵師として淋しかった。大名家の御用のほかに彼は茶人の依頼も抱えていて、真価を発揮する機会はいくらでもあるのだった。不昧(ふまい)公が認めてくれたお蔭で、江戸の茶人は羊遊斎の茶器を求めていたし、それこそ一点物の創作に集中してもよかった。その時間すら取れずに奔走している男を、職人たちは実によい棟梁とも名ばかりの蒔絵師ともみていた。未だに彭楽院(せいらくいん)からも不昧公好みの茶器制作の依頼があって、名品を実見して写すことが彼の重要な仕事になっていた。

もっとも名品を模倣して新生させるには手法の研究と同時に、ふさわしい木地の準備に歳月がかかるので、それだけでは食べてゆけない。四郎蔵と金次郎を本来の仕事に戻すのもそのためである。あとの者は吉原の妓楼に納める小道具一式の制作にかかり、理野は祐吉とともに遥(はる)か保元(ほげん)時代の手箱の意匠である片輪車(かたわぐるま)を用いた棗(なつめ)や香合(こうごう)や広蓋(ひろぶた)を試作することになっていた。棗は五年後の不昧公の十三回忌のために制作するもので、いま塗師(ぬし)が丹精している二十合ほどの棗ができると、羊遊斎が複数の下絵の中から意匠を決めて、合口(あいくち)の確かなものに蒔くのだった。

「これは下絵から苦労するぞ、川波と車輪の意匠はいくらでも形を変えられる、これでいいというものがない」

祐吉が案じた意味を理野はすぐに悟った。技法は本歌に倣うので悩まずにすむが、構図は無限にあるだけに厄介であった。彼女は羊遊斎の手控えを写して、翌日には下絵の下描きをはじめた。複雑で豪華な王朝蒔絵は抱一風と懸け離れて、そこから脱皮した原蒔絵を壊す怖れがあったが、一方で業師羊遊斎の多様性を示すものでもあった。

下絵と格闘して根岸へ帰ると、理野は少しずつ自分の絵を写して、さちのための絵(え)手鑑(てかがみ)をこしらえた。寮の部屋で手本を示しながら教えてやりたかったが、忙しい娘には模写と写生を通じて自ら学ばせるしかなかった。自身もそうして学んできたし、さちに確かな気持ちがあるなら続くだろうと思った。

　八月の小雨の一日、寮に帰って間もなく雨華庵に入門したという十三歳の少年が挨拶にきた。はじめての稽古を終えて立ち寄った少年は画帖（がじょう）を持っていて、自然に目が輝いている。応対した女三人に戸惑いながら、彼は礼儀正しく抱一門下であることを告げてから田中金兵衛（たなかきんべえ）と名乗った。温和な容姿は蕨（わらび）を思わせて、笑うと少年らしく頬（ほお）の膨らむ顔が親しみやすかった。彼は羊遊斎の名を知っていて、理野も蒔絵師と知ると、薄く口を開いて興味深い目で眺めた。

「理野さんは絵も描くのよ、わたしの先生です」

　さちが自慢すると、少年は下絵も描くのですかと感心した。わきから胡蝶が言った。

「おまえさん、若いのに色気のある手をしているねえ、三味線を持つ気はないかい、その道なら上人さまを超えられるかもしれないよ」

「わたしは絵のほうが好きです」

「今日は何を描いたの、弁天さまじゃないの」

　少年は真顔になって否定した。そのあと照れながら見せた絵に理野は驚いた。現れたのは「秋艸風（あきくさかぜ）」の模写で、ほとんどそのままの線描画であった。十三歳にしては恐ろしく達者なこともあったが、あの絵の縮図を画本（がほん）にしていることにも驚かされた。

雨華庵では徹底して抱一の絵を写させて門人の個性を殺してしまうらしかった。

「とても上手だけど、この絵には厳しさがないわね、風まで写したように吹いているわ」

弟子が師風を学ぶのは当然だが、其一の悩みや少年の将来を思うと、理野は目にしている上手な模写を喜べない気がした。門人の誰もが抱一風に描けるようになったところで、新しいものは生まれない。画塾というよりは雨華庵という工房のための才能を育てているようにも思われ、自分がさちのためにしていることとも違う気がした。

「あの子は素直だし、十分に器用だから成功するでしょう」

胡蝶は帰ってゆく少年の未来を予見して、十年もしたら先生ね、と言った。しかしそれは小さな成功で、兄弟子の轍を踏むのが落ちであろう。それが門流というものかもしれなかったが、傑作の模写から傑作が生まれるとも思えなかった。

似たようなことをしている蒔絵師と画家の違いを理野は生活の道具とそうでないものを生み出す違いではないかと考えていたが、それを言い分ける言葉を知らなかった。美しいことが共通の目的であり最大の課題でもあるが、漆器はそれだけでもいけない。人の手に優しく、数百年は使えるように強く、大方の生活に調和し、同じものも必要になる。言い換えれば祐吉が古い片輪車の意匠で新しいものを造ることと、其一が抱一風の花鳥図を描くことはまったく別で、丹青は時代の要求や師の教えを無視しても、自分の内側から起こる欲求を頼りに自分のために創り出すもののような気がする。それが美しいものなら世間は喜んで受け入れるだろう。

この考えに行きあたると、彼女は弟子に自分の傑作を写させる抱一の気持ちが余計に分からなかった。画法は粉本(ふんぽん)の小品からも学べるし、師の助言が弟子には最良の糧だろう。基本を学ぶために模写が有効なことは分かるが、職人のように師匠と同じ技術を身につけても画家は成功しない。小器用にまとまって、新しさも衝撃もない、師と似たり寄ったりの絵ができるだけである。絵は手紙のように自由に描けと言った光琳の言葉の意味を思うと、才能ある少年が「秋艸風」を写すことは彼自身のためにならないばかりか、見たこともない花をつけるかもしれない可能性を摘んでしまうように思われた。

隣家の女に聞こえてくる抱一は悠揚(ゆうよう)として繁忙とは無縁の暮らしぶりであったが、其一は方々から呼ばれて多忙を極めている。家では抱一のために下絵を描き、小品は代筆し、時間があれば挿絵を描き、外では光琳画を写し、抱一の支援者の家をまわり、古画を鑑定するという日を繰り返している。それは弟子の周二や守村抱儀(もりむらほうぎ)も同じらしく、肝心の修業も創作もできずに師のために月次花鳥図(つきなみのかちょうず)を描き捲(まく)っているという話であった。

抱一は自身の画境と関わりなく、数多(あまた)の作画依頼に応えるために門人に大まかな図様と画法を指示して、雨華工房作の「抱一筆」をつくりはじめたのである。自身は絵手本の編集や故実の研究に熱心で、画人として大成しながら寡作になっていた。一枚の絵を門人の誰かに手伝わせるならともかく、月次花鳥図は複数の門人による合作であったから、もはや抱一画とは言えなかった。

理野は原工房の現実を思い合わせて、あれほどの絵を描く人が結局は羊遊斎と同じことになるのかと思った。抱一が羊遊斎なら、其一たち門人は棟梁の指図で働く職人と変わらないだろう。

羊遊斎の使いで花川戸町の大澤邸を訪ねたのは八月のやはり雨の日である。百花潭水楼と称する粋人の別邸は吾妻橋に近い河畔にあって、晴れると隅田川をゆく舟がよく見えるが、午後の町は暗く雨も冷たかった。人の出る浅草寺や吉原に近いからか、水辺の通りには食べ物屋が多い。即席を謳う料理屋は大きいほうで、名物の生蕎麦やどじょう、鰻や穴子を商う店が並んでいる。茅町に江戸の本宅を持つ大澤文華の別邸は、この繁華な通りから少し外れてあった。

あたりは半町ほど静かな家並みが続いて、どれも古いが造りのよい家である。二階のある水楼は早々と明かりを灯して、玄関の庇の下に立つと先客があるのか次の間も仄かに明るい。預かってきた包みを庇って濡れていた理野は、これでは上がれないと思いながら、絡げていた裾を下ろして前を拭った。足も汚れている。訪いを告げるとすぐに人の来る気配がして、現れたのは妾のきぬであった。あとから若い女中が出てきた。

「おいでなさいませ、ずいぶん濡れましたね」

「原先生のお使いで、大澤さまに硯箱と手紙をお届けにまいりました」

「どうぞお上がりください、いま洗足をお持ちいたしますから」

女中が立ってゆき、きぬが手拭きを貸してくれたが、理野は気がすすまなかった。

「お座敷を汚すといけませんから、今日はここで失礼したほうがよさそうです」

「鈴木さまがいらしてますのよ」

この偶然を喜んでよいのかどうか、彼女は戸惑った。其一とはしばらく会っていないが、大澤を交えて話せることは少なかった。彼もここでは気を遣うだろうと思った。ためらううちに女中が洗足を運んできた。

抱一もよく来るという家には書画の名品がさりげなく飾られていた。通された部屋にも抱一の掛物があって、月と秋草が描かれている。円窓が切り取る対岸の堤は雨に煙って、文晁の墨絵を見るようであった。男たちの話はまだ続くらしく、きぬが自ら茶を運んできて、夏の川風の心地よさや月見の愉しみを話した。夏の間は新内流しの小舟が毎夕くるという。祝儀をはずむのであろう。

「先月の大雨のときは神田川が暴れて、茅町よりもこちらのほうが静かなくらいでした、ここは二階もありますし、大澤も落ち着くようです」

きぬはそう言って、書画も何点か移したと教えた。どれも大澤の宝物だそうで、裕福な彼は美しいものだけに囲まれていたいらしかった。

羊遊斎と同年配の大澤が隠居したのはひとむかし前である。病弱なために早々と養子に家を譲ったと聞いているが、今は血色もよく、優雅に暮らしている。書を沢田東江に学んだ彼は法帖の蒐集家でもあるが、乾山を好み、彼や光琳の妙品を集める、抱一の支援者であった。今日理野が持参した硯箱も、彼の依頼で羊遊斎が光琳の鹿蒔絵を写したもので、見事に光琳が出ている。

羊遊斎がいつのまに造ったものか、彼女は今日はじめてそれを見て、もし使い古されていたなら光琳作と見紛うだろうと思った。さらに古ければ本阿弥光悦でもおかしくはない。羊遊斎は土井家で光琳の鹿図硯箱を実見したか、抱一が手に入れた光琳の画稿を写したに違いなく、それを大澤が知っているのも親交の深さであった。

森川夫人もそうだが、本当によいものは飽食暖衣の蒐集家や身分の高い一部の人の目を愉しませているだけかもしれなかった。大澤家には抱一画だけでも毎日掛け替えられるほどあるそうで、橋のない杜若図や紅白梅、秋草や木蓮などの屏風もある。乾山画賛の掛物も多く、違い棚を飾るのは彼の香合や水指で、部屋を移れば光琳画や利休の文がある。季節に合わせて飾り替える品々の配置は大澤の考える調和で、床の間の活花も自ら花器を選んでするという。書の好きな彼は惜しげもなく骨董(こっとう)の硯箱を使うし、乾山の陶器で料理を味わい、客を持てなすときも逸品を使って驚かす。きぬは素直に食べるのを愉しみにしていた。

「洗うときが大変でしてね、割ったり傷をつけたりできませんから、そう思うと手が震えることがあります」

「使うための器ですから、眺めているよりは乾山も喜ぶでしょう」

「困るのは割れたら二度と手に入らないこと、このうちにあるのはそういうものばかりです、前の持主もその前の人も割らずにきたからここにあるわけですが、なにやら執念を引き継いでいるようでぞっとしません、道具のほうが人よりも長く生きて持主を看取(みと)るのです、それでもいつかは壊れるでしょうね、ご覧になりますか」

　彼女は水楼の案内人になって、返事を聞く前に立っていった。襖(ふすま)を開けると、そこは同じような座敷で窓が広くとられている。明かりを灯すまでもなく、一文字棚に飾られた陶器や蒔絵物が目に飛び込んできて、理野は嘆息した。漆塗りの棚の中央にあるのは鮮やかな紅葉文(もみじもん)の壺(つぼ)で、奇抜な構図と色彩がおもしろい。百花潭(ひゃっかたん)とはよくぞ言ったもので、水辺の家には名花がひしめいていた。

　しばらくして二人を呼びにきた女中が、頃合いを告げて、男たちのいる奥の座敷へ案内した。きぬは用事があるのかついてこなかった。頑丈な造りの家で廊下は軋(きし)まないし、雨音も聞こえてこない。久し振りに会うせいか、待ち構えていた男を見ると理野はわけもなく緊張した。

　広い座敷は障子が閉められていて外は見えないが、行灯がいくつもあって明るい。片側に六枚折の金屏風が一双、曲げて飾られ、男二人はほぼ中央で向き合っていた。大澤の脇に細長い桐箱があって、其一も何かの絵を届けにきたとみえる。改めて来意を告げると、大澤は雨の中をご苦労さまと言い、其一は軽く会釈した。

「今日は光琳が重なる、早速拝見しよう」

「原先生のお手紙がございます」

「では、そちらを先に、返事のいる文(ふみ)かもしれない」

　大澤は前に見たときよりもふっくらとして、その分だけ柔和な感じがした。もともと体格のよいほうで病弱には見えない人であったが、健康を取り戻したのは気儘(きまま)に江戸で暮らすようになってからだという。名品の蒐集に明け暮れ、文雅な趣味に生きる男は幸せそうである。夢の暮らしを体現しながら、常に次の逸品を求めて、追うことを生き甲斐にしている。外箱に添えられていた手紙を取ると、彼はその場で読みはじめたが、特別な文ではないらしく、すぐに畳んで言った。

「硯箱はいくつあってもいい、部屋のどこかにあるだけで落ち着く、前に蒔絵師の刷毛(はけ)箱や粉筆笥(ふんだんす)を見たが、あれは職人の道具箱で味気ない、絵筆や顔料はどうです」

「蒔絵の道具と似たようなものでしょう、人によっては散らかす一方で、画室か納戸か分からなくなります」

「硯箱を造るくらいだ、光琳も筆は大切にしたでしょうな、それとも造ることを愉しんだか」

大澤は言いながら木箱を引き寄せて、蓋(ふた)を開いた。現れたのは黒漆地に牡鹿(おじか)と薄(すすき)を蒔いたほぼ正方の硯箱で、蓋裏と見込みには光琳独特の流水文がある。彼はしばらく見てから、其一にも鑑賞するようにすすめた。画家の冷徹な視線は容赦なく底裏にもそそがれて、硯箱は耐えていたが、いつぞや土井さまで拝見したものより美しい、更山どのはよいものを造りましたな、と言わせた。

「約束の二年が三年になったが、待った甲斐があったらしい、百年後には光琳で通るだろう」

大澤も感慨深げに言って、改めて硯箱を愛(め)でるのを、理野は複雑な思いで眺めていた。

大澤が望んだのか、硯箱には法橋(ほっきょう)光琳の落款も原羊遊斎の銘もなかった。箱に墨書で鹿硯箱、蓋裏に光琳とだけある。原工房の蒔絵で銘のないものは珍しかったから、大澤があえて注文をつけたとしか思えなかった。手に入らない光琳蒔絵を模して、光琳を偲(しの)び、ひとりの愉しみにするのだろう。しかし好事家の密かな放楽(ほうらく)で終わるならよいが、硯箱は彼の死後も生きるのである。無款(むかん)にしたのが大澤の良心なら、せめて箱に由来を記すべきであった。

　抱一のお蔭で光琳が広く好まれるようになってから、その真作はもちろん意匠を写しただけの蒔絵物も多く出て、江戸は古画骨董を求める人と鑑定家の遊園になっている。抱一画の新しさも百年前の光琳画に依(よ)っているので、抱一を好む人なら光琳に違和感は持たない。需要が供給を上回れば真作に代わるものが出るのも自然の成りゆきであった。抱一も光琳の亜流ではないとしながら、図様は継承している。職人の羊遊斎がさらに自由な立場で光琳を再製するのは、そこに復元の魅力や美しいものへの憧れがあるからだろう。そもそも師の技を盗んで一人前になる職人に亜流という意識はないし、あるのは良いものを造りたいという願望か、先人や名工への挑戦意識である。

　だからこそ羊遊斎は何らかの形で複製を明らかにすべきであった。図様の継承と言えば聞こえがいいが、いったい光琳写しはどこまで許されるのだろうかと考え、理野は吐息をついた。創作した人の分からない古い文様や絵柄を写すのと、光琳を写すことが同じ行為とは思えない。抱一もそうだが、大澤は風流という魔物に憑(つ)かれて、蒐集の夢に溺(おぼ)れていると思った。

　きぬが女中と新しい茶を運んできて、大澤のそばに座りながら、

「見事な光琳ですね、またひとつ墨をする愉しみが増えましたね」

と嘆息した。真新しい硯箱は書斎にでも置かれて、当分大澤の目を愉しませるのだろう。きぬはそういう大澤と彼の宝物に仕えて、解放される日はないのかもしれない。原蒔絵の真髄だなと大澤が言い、理野は当惑しながら会釈した。そのときになって金屏風の極彩色に気づいた。

屏風の図は春の楓と秋の楓に挟まれた川の流れで、図様は光琳風だが、抱一にしては鮮明すぎる色彩であった。右隻の青々とした楓に対して左隻の目の覚めるような紅葉、両者をつなぐ群青の流れと緑青の土手も染めたようで、光琳でなければ描いたのは其一に違いないと彼女は直感した。

「なんという色彩でしょう」

思わず呟いてから其一を見ると、彼も微笑を浮かべて屏風に目をやった。すかさず大澤が屏風の中ではお気に入りの逸品だと言うので、

「まさしく目の法楽ですね、近くで拝見してもよろしいでしょうか」

そう理野は訊いてみた。森川夫人のように蒐集家の中には自慢の品を披露することを喜びにしている人がいるし、この水楼もあるいは来客を意識して、さりげなく蒐集品を見せているのではないかと思った。果たして彼はうなずいた。

折られた屏風には、座る位置によって見えない部分ができる。右隻の端に立つと、彼女は少しずつ屏風の前を移動しながら見ていった。一株ある青楓の樹幹はなぜか

毒々しい苔点に被われているが、青々とした葉の茂りは春らしく瑞々しい。枝はやや不自然な形で左へ伸びている。楓の葉はすべて正面を向き、その一枚一枚に金泥の葉脈が入れられている。奥に鮮やかな群青の流れと緑青の土手があり、丸い土手の下には桜草とすみれが見える。土手は下方が薄く暈され、そのために空間の和らぐようすが染色の暈し染を思わせた。ちょうど着物の朧染か、曙染のように裾の部分を白く残して友禅の花を描いたようであった。

朱楓の左隻も鮮やかさは同じだが、木肌はたらし込みで苔もぼんやりしている。こちらには岩があり、りんどうと隈笹があとから置いたように描かれている。土手が没骨なので線描の隈笹や流水の波模様が画面を引き締めているが、何といっても鮮明な彩色がこの屛風を生き生きとさせているのだった。それは抱一の杜若の金屛風よりも鮮やかで、大胆で、抜け目のない装飾であった。

色彩といい、苔や葉脈の執拗な描写といい、どこか偏奇で神経質な筆遣いは其一そのものであったから、とうとう彼は雨華庵の垣を飛び越えて自分を表現したのだと理野は思った。これから彼の絵は激変するに違いない。それは彼女の喜びでもあった。けれども快い興奮を押しのけるように冷たい震えがきた。左隻の端の空白に抱一暉眞の署名と朱印を見たからである。右隻でつい見逃した落款に、彼女の目は張りついた。

「上人さまの六年前の作だが、光琳の原画はだいぶ傷んでいたらしい、色もくすんでいたようだ」

と大澤が教えた。理野はうなずいて其一を見たが、彼は目を伏せていた。彼女が教えてほしいと思うのは、見事に彩色したとはいえ、光琳の原画を其一が模して抱一が落款した絵に、いったいどんな意味があるのかということであった。

しばらくして理野は其一とともに水楼をあとにした。いつのまにか雨はやんでいたが、町は夕烟（ゆうえん）に包まれている。河畔の繁華な通りへ出ると、濡れた町の明かりが美しい。水楼を出てから黙って歩いていた其一が振り向いて、

「鰻（うなぎ）でも食べますか」

と言った。一日働いて疲れた人たちを誘うように、通りには食べ物屋が並んでいる。理野は成りゆきに任せた。少し歩いて彼が選んだのは即席の料理屋で、鰻を出すようには見えなかったが、語り合うにはよい感じのする構えであった。間取りの落ち着く家で、通された座敷にはほどよく山水（さんすい）の掛物と花が飾られていた。其一は酒と温かいものを、と頼んで、酒がくると理野にもすすめた。

「大澤さまが今日は光琳が重なるとおっしゃっていました、其一さまも光琳の絵をお届けしたのですか」

「無款ですが、おもしろい絵を入手しました、それで大澤さまのところへ」

「次の光琳百図には載せないのですか」

「写しはとってあります、載せるかどうかは上人さまが決めるでしょう」

水楼ではあまり語らなかった彼が、二人になると表情をゆるめて、大澤家には貴重なものがたくさんあると話した。高価な書画骨董というだけなら、それこそ禁裏や寺院や大名家の蔵に眠っているだろうが、人ひとりの嗜好によって集められたものには通有の美がある。羊遊斎の光琳を写した硯箱もそのひとつで、乾山と並べても違和感はないし、どれも水楼の秩序を乱さない。仮に同じものを百年後に集めるとしたら、金銭ではすまない大変な苦労になるだろう、と大澤の執着を評価する口振りであった。

「それにしても見事な屏風でした、六年前というと其一さまはお幾つになりますか」

「二十三です」

「そのころ描いた絵は残っていないでしょうね」

理野は少しだけお酒を相伴しながら、男の気持ちがほぐれるのを待った。幾度か同じようなときが二人の間にあったが、今日まで言えずにきたことがある。其一も話があって誘ったのだろう、何か言おうとして上気するのを彼女は珍しく眺めていた。夕暮れどきに語らいを重ねてきた馴れがあって、男は酒とともに心を開いてゆく。今日の偶然を茶化して彼は光琳の引き合わせだと言い、彼女は抱一門下の画工と蒔絵師の必然だろうと思った。互いの気持ちを寄せてゆく間、座敷にはどこからともなく夜の川の気配が漂ってきた。

温かい料理が運ばれてきて、二人は箸をつけたが、何かあるという予感の中ではいつものように会話が弾まなかった。話が途切れると、理野は水楼で見た屏風について訊きたい気持ちを抑えて酌をした。あれは代筆ですね、といきなり訊く勇気はなかったし、話のきっかけを待ちたい気持ちであった。もしかしたら其一の話もそのことかもしれないと思いながら、勢い口を過ごして画家の誇りを傷つけるのではないかと怖れた。

今日、彼は無款の光琳画を大澤に転売したらしい。鑑定もする画家が、自ら見つけた先人の真作を人に売って悪いことはない。しかし無款の絵を鑑定する人が、自作の絵に師の落款を見て平気でいられる神経が分からなかった。抱一風から抜け出そうとしている彼が、せっかく自分を出した絵に不実を施すのは皮肉だし、世間の許容を超えて世間を欺く行為と言えた。それを思うと彼女の心は痛んだが、当の其一はその屏風の前で大澤に無款の絵をすすめていたのである。大澤は其一の代筆を知っているのだろうかと考え、知りたい焦燥に駆られると、料理は邪魔なものに見えた。

「土井さまにいろいろ納めたそうですね、これから何を造りますか」

「片輪車の意匠で棗や広蓋を造ります、雲州公の十三回忌に使われるそうです」

「それは大事な仕事だ、片輪車というと川の波模様がつきまとう、棗は厄介でしょう」

其一はそんな話を続けて、秘めた話題を切り出そうとしなかった。雑談で癒やされる心境ではなかったから、理野は当惑した。問答は避けようと思えば避けられたが、長い間抑えてきたものが重たくてならない。自然に語り合える別の機会を待とうかと思いながら、彼女は口にしていた。

「楓の屛風にも水流があって、波模様がありました、もし片輪車を描いたら絵の雰囲気ががらりと変わったでしょう」

「変わるというより絵が壊れます」

「間違っていたら、ごめんなさい、あれは其一さまの絵ではありませんか」

予期していたのか彼は目も逸らさずに、そうです、よく分かりましたねと言った。

「わたしに分かるくらいです、大澤さまもきっとご存じでしょう」

「わたしが一人で描いたとは思っていないはずです、たとえ気づいたとしても、上人さまの落款があるからには酒井抱一の絵で通ります」

あの神経質な絵を描く男の口から、代画を肯定する言葉を聞くのは思いがけないことであった。

理野は目を伏せて、思い澄ました。彼女がはじめて其一の代筆に気づいたのは蒔絵の抱一下絵である。櫛の意匠であった。その手で蒔いた百合の花には雌蕊がなかったが、羊遊斎の下絵帖に同じ構図のものがあって、そこには其一が落款していた。下絵には雌蕊と落款の部分を除いて置目をとった跡があり、銘のみが抱一筆にすり替えられたのである。そもそも彼女が見た下絵帖には抱一の署名がある下絵はなく、かわりに彼の落款だけが別に貼り込まれていたし、百合の櫛と同じことが日常的に行われてきたことは明らかであった。

森川家で見た羊遊斎の秋草の印籠も抱一筆の銘を入れながら、下絵は其一であった。薄(すすき)の葉に鈴虫を置いたのは羊遊斎だが、意匠は其一の絵を使ったのである。其一筆では売れないということなら、無銘ですむことであったが、抱一筆にすることで櫛や印籠の値打ちは増すらしかった。実作する職人にすれば滑稽(こっけい)な話で、其一筆でも抱一筆でも意匠の美しさは変わらない。商売だからと割り切るためには、抱一の銘も意匠の一部と考えるしかなかった。

酒井家の家臣として抱一に仕える其一は、画業においても他の門人とは違う立場にあるのかもしれない。抱一はどの門人に対しても慇懃(いんぎん)だが、其一からみれば彼の礼儀正しい依頼も主人の命令にすぎないだろう。急ぎ描いてほしい、手伝ってもらえないか、と言われて断ることはできない。しかし忠実に仕えれば仕えるほど、鈴木其一という画家は抱一の弟子として名をとるだけで、自身の影を薄くしてゆくのだった。彼は六年前に青楓と朱楓の屛風で自分を主張しながら、抱一に作品を譲って実体のない影になってしまった。その後は抱一風の作画と代筆に甘んじている。

理野が知っているだけでも杜若の屛風、光琳百図の版下、月次花鳥図があるし、蒔絵の下絵は数え切れない。忙しい抱一のために代筆を繰り返すのは画房の事情だろうが、自分の絵を目指している男を知っているだけに、理野にはもどかしく哀れであった。冷徹な目でこの世の美を汲みつくそうとする気持ちがあるだけに、自分を誤魔化す男が嫌であった。染師の血を引く彼の可能性は彩色にあるように思われたし、安易に古画を模すことにも抵抗を感じる。先人の絵を写して亜流でないというなら、唯一無二の手法を示してほしい。

「あの楓の図の色彩は上人さまのものではありませんし、感傷も余情も感じられません、代筆はどこまで許されるのでしょうか」

彼女は禁句にしていたことを口にした。

「ずっと不思議に思っていました、落款が偽物なら贋作で、落款が本物なら筆が偽物でも真作になります、なぜあの楓の図は其一さまの落款ではいけないのでしょう、上人さまの屛風でなければならないのなら、上人さまが描くべきです」

「画業では弟子が師のかわりに描くことはよくあります、特に無償で人に贈るものはそうです、画料を得るものには約束の期日がありますし、大作であれば数人の弟子の筆が入ることも珍しくありません、そうして完成したものが師の筆と比べて著しく劣るなら問題ですが、佳いものなら価値は変わりません、それは世間が許しています」

「本当にそうでしょうか、真実を知って落胆する人も多いはずです、代作も真作とするなら、偽作とはどういうものを言うのですか、袋物屋がどこかの職人に蒔絵櫛を造らせて羊遊斎の銘を入れるのと、其一さまが光琳を模して抱一筆とするのと何が違うのでしょう」

其一は眉を寄せたが、門外漢の女に突きつけられた疑問を嫌ったというのでもなかった。

「浮世絵にも唐絵(からえ)にも、大和絵にも光琳の絵にも弟子の代筆はあります、ひとり心に錠をかけて世間を拒む画家でない限り、画房の制作に関わるのはふつうのことです、それを偽作と呼ぶなら画房は成り立たないし、若い画家は食べてゆけない」

「そうかもしれません、ですが絵を求める人は落款を信じていると思います、落款すら信じられないものを創ることに意味があるでしょうか」

「そういう仕組みで画房は動いているということです、それは蒔絵も同じでしょう」

「画家と職人は違います、もともと職人が造るものに銘はいりません」

理野は言いながら、自身も抱一と羊遊斎の代作をして櫛に彼らの銘を入れたことをうしろめたく思った。材料の製法も技法も手探りの時代に、良いものを創ることに命をかけたであろう先人に申しわけない気がするのだった。怯(ひる)む気持ちを押して、彼女は言ってみた。

「去年、上人さまは杜若の屏風を終えてから月次花鳥図を描かれたと聞きました、其一さまも同じことをおっしゃっていましたが、やはり手伝われたのですか」

「ある月はわたしが描きました、今はすべてをわたしや周二や市太郎が描いています」

彼はどうせ議論するなら言ってしまえというように、代筆はあなたが知っているだけではないと話した。その目は話題を愉しみながら険しくなって、いつよりも無遠慮に女の顔を見ていた。

代筆はいつのころからか画房雨華庵を維持する手段として定着したという。抱一はそのことを気軽に考えていて、小品はもちろん大作でさえ弟子の手に任せることがあった。一定の水準を超えるものには抱一画として落款し、そうでないものには画賛を加えて売れる物にする。重要なのは人に喜ばれることで、真贋など気にしない大らかな感覚であったが、それを咎める世間でもなかった。

現実の問題として作品を世に送り出さなければならなかったから、急逝した兄弟子の鈴木蠣潭にはじまり、弟子たちは何らかの形で代画に関わってきた。雅号を池田孤邨という周二は技巧を駆使して月に秋草図の金屏風を物にしたし、鶏邨こと市太郎も抱儀や抱玉といった同門と小品を手がけている。むろん高弟の其一は期待されて、誰よりも多くの抱一画に筆を入れてきたが、たまにそういう絵と再会することがあっても自作とは思わないことにしていると語った。もともと自分を殺して描いたものが多いし、未練があるとすれば費やした時間と労力だという。

「大方は光琳を雨華庵風にしただけですから」

「楓の図は見るからに其一さまの画風でした」

「彩色はそうでも屏風としての魅力は光琳の力でしょう」

彼らは抱一が私淑する光琳の絵はもちろん抱一画の縮図や下絵や絵手本を写して、画風を均一化してきた。模範となる図様を共有することで、高度の代筆が可能になる。手分けして創る組物では共通の画材を使い、共通の味わいを心掛ければよかった。いま彼らが集中している月次花鳥図は押絵貼屏風なので分業がしやすい。月次の花鳥はもともと藤原定家が和歌の主題として月別に選んだ花と鳥を描くものだが、この定家詠月次花鳥図から逸脱して彼らは新しい花や鳥を用いている。光琳画を変形させて新生を標榜するのと同じで、安易に古画を写すのとは違う。其一がそれを言うと自己欺瞞に聞こえたが、理野は彼の立場を分からないでもなかった。ただ彼には雨華庵の呪縛から逃れてほしいと思い、感じるままを話した。

「職人は創ることが人生そのものですが、上人さまの画業は人生とは別のところにあって、なにやら人生を完成させるための道具のひとつのようです、だから先人の絵を模しても弟子に代筆をさせても平気でいられるのではないでしょうか」

「光琳も宗達から多くを学んでいます、先人の影響をまったく受けない人はむしろ稀（まれ）です」

染色の瑞々（みずみず）しい色感を内包する自身に、その可能性があったことを其一は忘れているのだった。

「先人の影響を受けることと、その人の構図を使うことは別のことではありませんか、模倣から新しいものは生まれないと思いますが」

「それは違う、物事の基本はすべて模倣からはじまる、丹青ではそれを模写というだけです」

「模写が修業になることは分かります、ですが創作はそこから離れてはじまるものではないでしょうか、模写はいくら上手に描いても模写でしかありません」

理野が問いかけているのは模倣と代作によって潤う画業のあり方であったが、それは蒔絵の世界にもあって影が重なる。彼女は独りよがりではないのにと思い、嘆息した。抱一は夏艸雨や秋艸風のような誰にも真似られないものを描くべきであったし、其一には其一にしか描けないものがあるはずであった。そのことを忘れたわけではないだろうが、其一は自分を欺いているとしか思えなかった。画家にとって大人しやかな分別は生活のための打算であり、自負を持たなければ本当の創作はできない。画紙に向けて発散すべき色感を宥（なだ）めて、生活に還ろうとしている男を見ると、異彩を放つ可能性があるだけに淋しかった。

「実際の手法として画家が古画の構図を引用することは珍しくありません、引用した画家はそこに自分を出すのであって、それを模倣というなら写生も現実の模倣です」

「今を描くのに古い画本を引く必要があるでしょうか、景色も暮らしも違う時代を模倣する意味が分かりません」

「それをいうなら片輪車こそ模倣でしょう、あなたは新しい蒔絵を目指していたはずだが、現実はそううまくはゆかない、画家も同じです」

分別くさい言葉に失望しながら、彼女は抱一のためにせっせと代筆する男を思い浮かべた。光琳画に感傷を持ち込んで大成した抱一と、光琳画を染め直して抱一に捧げる男との間に、大きな力の差はないだろうと思った。六年前の絵に今よりも其一らしい表現を見るのはおかしいし、模倣から抜け出すことで彼の絵は変わるはずであった。

「よい意匠は職人によって受け継がれてゆくものですし、ふつう意匠に銘はありません、着物の絵柄と同じです、何代もかけて絵柄は洗練されてゆきますが、丹青はそういうものではないように思います、光琳が一代で独自の画風を築いたように其一さまには其一さまの絵があるはずです」

彼女は願いをこめて言ったが、其一は黙り込んで盃や食べかけの料理を凝視した。それでも彼とそうしている時間が理野は好きであった。

思慮深く物静かな人に見えながら、丹青を語るときの彼は極彩色のような情熱を露にするが、自身の悩みや懐疑に向き合うときの姿勢は恐ろしく悠長であった。実生活でも周囲を気遣うあまり我をおさえてしまう。彼の妻は年上の落ち着いた人で、平穏な家庭を維持することに熱心だが、抱一に与えられた画業、身分、家庭、そのどれもが其一の本望から逸れているのだった。彼はそのことを染師の子の幸運に置き換えて納得している。従順で後手を引くことに馴れているとも言えた。

彼の出自とその絵に表れる色彩は無縁ではないだろう。知らず識らず鬱屈した日々を重ねて、絵の上でも自分を曲げてしまった男は、蒔絵師の女と共通の悩みを抱いていたはずである。彼は自分のつつましい性格に閉口しながら、その殻を破れずにいる。本当は激しいものを持ちながら、未だに代筆と模倣に明け暮れ、雨華庵の高弟を自任している。だから男が不機嫌になるほど、理野は何かのきっかけで覚醒するような気がした。

「土井家所蔵の光琳の月次花鳥図を写したことがあります、土井さまの依頼で更山どのが印籠の意匠にしたのと同じものですから、あなたも図様は知っているでしょう、構図と色彩をいくらか変えて雨華庵風に仕立てましたが、印籠ならよくて屏風では悪いという理屈は成り立ちません、職人が古い良い意匠を受け継ぐことと、画家が先人の図様を継承することに違いはないでしょう」

「そうして鈴木其一という画家をご自分で消してゆくのですか」

「あなたは言葉がきつい」

そのとき声をかけて入ってきた仲居が、

「ひどい降りになってきました」

と知らせた。はじめて入った店の、閉ざされた一室にいては分からないことであった。気がつくと其一はほとんど料理を口にしていなかった。仲居が下げる器のないのを見て気をきかした。

「御酒をもう少しお持ちいたしますか」

「ああ、そうしてくれ、外は冷えるだろう」

お愛想の酌をして仲居が下がると、彼は食べる気のない料理に目を落としながら、雨華抱一はあなたが思うより大きいのですと言った。それなら百年後に真似ればよいでしょう、代筆と模倣の画家に何が残りますか。理野は訊いてみたが、答えは期待したものではなかった。

「世間に溢れている絵をよくご覧なさい、古画も新しいものも誰かの絵に似ている、当然です、どう描法を変えたところで、丹青は模範となる現実を模写することでしかありません」

画家の理屈はもっともであったし、彼なりに苦悩して辿り着いた真理かもしれなかったが、彼女は言わずにいられなかった。

「すべてが現実の模写だから、光琳の模倣も代筆もかまわないということにはなりません」

「尾形流の継承といえば分かりますか、そのためには構図や手法も継ぐことになります、代筆は師弟の問題で、世間はそこまで干渉しないし、見分ける鑑識眼もない」

写実をすすめた男の口から人間の目をみくびる言葉を聞くのは哀しいことであった。何か冷たいものを胸にあてられた気がした。

理野は別れた男のほかに男というものを知らなかったが、自分ひとりを信じるあまり本心を隠して生きているのではないかと思った。女に理解する力がないとみれば彼らは本心を言わない。強い愛情で結ばれていると信じていても、最後の最後になって女は男の弱さや夢や都合を知らされるのだった。わけの分からないまま突き放されて、ひとりに還ってゆくときのあてどなさを彼女はまだ忘れていなかった。そのくせ何の真実も見ない盆暗な一生を送るくらいなら、一度の悔いも二度も同じではないかと思うようになっていた。

仲居がきて、熱い酒をそそぐと、其一は苦そうに口に含んだ。外は相変わらずか、やみそうにございませんねえ、これを飲んだら帰ろう、と彼は理野に言っていた。勘のよい仲居が勘定書と提灯を用意しに下がってゆくと、理野は残っていた料理に箸をつけたが、何を食べても味わう心地がしなかった。まだ言い足りないことがあったし、彼の話も聞いていなかった。

「月次花鳥図はいくらでも描けるそうですが、ご自分の絵は何年経っても分かるものですか」

「分かります、描いたという記憶は消えても絵には癖が残りますから」

「百年後に上人さまの絵を鑑定する人は大変ですね、其一さまのいないところで、其一さまや周二さんの筆を見抜かなければなりません、蒔絵はもともと分業で多くの下職が関わりますから、銘を入れること自体に無理がありますが、現実には其一さまの下絵でわたくしが蒔いても、抱一筆、羊遊斎としなければなりません、この仕組みの哀しさはどうしようもないのでしょうか」

言ってしまったあとで、彼女は悔やんだ。男の暗い顔を見ると、何でも白か黒かに分けてしまうと許せないことが多くなるわよ、と胡蝶に言われたことを思い出して、痛い言葉だと思った。其一は盃に目を落として黙っていた。

その晩は風も強く、料理屋が用意した提灯は役に立たなかった。明かりの多い道を選んで根岸へ向かいながら、其一はときおり振り返っては理野を気遣った。彼にも何か大事な話があったはずだが、聞きそびれてしまった。理野はまだ割り切れない気持ちで、弟子の中から異才の画家が現れても抱一は困らないだろうに、其一はいたずらに才能を韜晦していると思った。職人の棟梁と紙一重のところで、抱一が巧みに門人を操っているように思えてならなかった。優しい感受性を持ちながら、孤独な彼は理想とする情緒の世界を保つことに懸命で、世過ぎの手段は問わないのかもしれない。弟子たちに代筆をさせて雨華抱一はこれから何を描くのだろうか。

坂本町を抜けて根岸へ出ると、頼る明かりは絶えて、里の道はひどい荒れようであった。風で傘が破れてしまい、雨から身を守ると目の前も見えない暗さであった。不意に其一が傘を捨てて彼女の手をとったのは、二股の形をした榎の大木の近くである。理野は驚いたが、男の強引な力に或る懐かしさと興奮を覚えた。怖れて抵抗することは無駄であった。雨のしぶきに打たれながら、ふとこのままどこかへ行けないだろうかと思い、暗い喜びが湧くのを感じた。男は川べりの小さな工房で色彩と向き合うべきであったし、その隅で彼女も情念の色を探してみたかった。そうしよう、と男の手も言っているような気がしたが、何ひとつ拠り所のないことであった。

「ひとりだったら死んでいるぞ」

其一は向こう見ずに歩きながら、抑えていた怒りを浴びせた。怒鳴ると彼の声は太くなって、嵐の闇に響いた。同じことなら、優しい秋晴れの下で語ってくれたらよいのだった。

薄明かりの洩れる亀田家を過ぎて、石稲荷も過ぎると、脇道から濁流の注ぐ辻は川のようであった。理野は激しく喘いでいたが、男に摑まれた手の痛みは快かった。夜の風雨がくれた皮肉な安らぎであった。彼女はそのときになって其一が生活を変えようとしているのではないかと察した。雨華庵の傍に暮らして抱一に仕える男にとって、画法を変えることは背信に等しい、その複雑な心の葛藤を無視してしまったと気づいた。ふたりの間にあるのは丹青と蒔絵でしかないが、もし彼があの極彩色のように感情を剝き出しにするなら、わたしも心から応えたいと思った。そのことをいま伝えられないものかと考えたが、雨は大水と化して山陰の里を呑み込もうとしていた。辻を曲がると、見えてきたのは雨華庵の明かりであった。

根岸紅

久し振りに萩を見ようと思い、工房の帰りに円光寺へゆきかけて、理野は其一と歩いた花屋敷を思い出した。あのときも雨もよいで花園を歩く人は少なかったが、お蔭で燃えるように鮮やかな萩の群落を堪能した。蒔絵の分かる男と歩く花園は意匠の宝庫にも思われ、群れることで色彩の際立つさまや美しい花態が心に焼きついた。色を摑まなければ話にならない、絵の中に心情を置いてもはじまらないと言っていた其一が、あれから一年が経ち、詩的な抱一画の代筆に追われているのは皮肉であった。花屋敷は遠くなり、二人でそぞろ歩きする機会も巡ってこなかった。

かわりに幾度か祐吉に向島へゆこうと誘われていたが、性急な仕事や雨の日が続いて約束は果たしていない。彼もきっかけがないのか口にしなくなっていた。工房で彼女の浮かない顔を見ると、

「柳花亭の女将が客が減ったとぼやいている、たまに破笠を見ないか」

そう言った。風邪で寝込んだときの見舞いの礼もかねて、彼女は一度彼の酒に付き

合ったが、その晩の祐吉は興に乗り損ねて、女将の語る向島の昔話のほうがおもしろいくらいであった。何か気まずい事情でもあるのか、理野には彼が自分をだしにして女将のしなに会いにきているように思われた。夕食を馳走になりながら、祐吉と女将がさりげなく符牒を使う間、彼女はそこに置き去りにされていたが、傷もつ女の勘で、祐吉に毒にも薬にもなる男の暗い魅力を感じた。その日、破笠の食籠を見ることはなかった。

　片輪車の下絵ができて、彼らは棗と広蓋の試作にかかっていたが、祐吉の仕事は正確で、下絵を描いた理野よりも仕上がりを心得ていた。数枚の下絵の中から彼は波模様の最も複雑なものを選んで、たちまち意匠を自分のものにした。線描の下絵は彼の魔法によって華麗な古代文様に変わろうとしていた。この作業に集中していたので、

「白鳥の櫛が評判らしい」

と聞いたときの衝撃は大きかった。しばらく櫛から離れていた理野は量産されたことすら知らなかった。蒔絵銘は羊遊斎ひとりで、下絵銘のないことが救いであったが、特別な想いのこもる意匠は数物となって彼女の手を離れたのであった。

　祐吉が柳花亭に誘ってくれたのも同じ日であったから、彼は朋輩を慰めるつもりでいたのかもしれない。櫛の話はしなかった。女将に喋らせながら、今日の自分はこれでいいというように手酌でちびちび飲んでいた。食事の途中で女将が立ってゆくと、

あの人はいろいろ苦労しすぎたのか難しい女でね、と顰笑する顔で語った。難しいとはどういう意味かと理野が思っていると、じきに新しい酒を運んできた女将が酌をして、先生も人が悪いと言ったのだった。いつも手酌の祐吉が、そのときは薄い笑いを浮かべて拒まなかった。

二人の間に男女の符牒を感じたのは思い過ごしではないだろう。祐吉はそれから少しずつ喋りはじめて、話題は理野の知らない人や町のことに移っていった。それなりに愉しい時が過ぎて、料理も終わるころ、客が入りはじめたらしく、あたりの座敷の賑わいが聞こえてきた。ほどよく仲居が呼びにきて、女将が座を立つ断りを言った。

「千客万来のようです、邪魔ものは退散しますので、どうぞごゆっくり」

「そんなに大事な客か」

「この小さな料理屋に大事でないお客さまがいますか、常客を欠いては一月も食べてゆけません」

歯切れのよい言葉と華やぎを残して立とうとする人を、祐吉の不機嫌な声が遮った。

「何でも馴れすぎるのはよくない、ほどほどにしておけ」

「そうします」

女将の去った部屋で彼女を話題にしながら、彼の声は弾まなかった。目は暗い光を帯びて、唇は皮肉に歪んでいる。自分本位で上辺を繕わない男の、屈折した魅力があった。商売と男を切り離せないくせに気が強いのだから、と彼は鼻白んだ。

この人は遊び馴れていると感じたとき、理野は男の中に有能な蒔絵師とは別の危険愛好家がいるのではないかと思った。斜に構えた物言いは蒔絵でみせる鋭さと重なる。自信家で繊細、破滅を怖れない。蒔絵に集中し、吐き出したものを補うために自分を解放する。妻子を犠牲にしても、女を不幸にしても、自分は生き残る天才肌。待つのは大成か破滅だが、結果より過程を愉しむ。生活に縛られ、工房の維持にあくせくしている父や兄と何という違いだろう。いつも通る、お気に入りの小道で塀に行きあった思いで、理野は陰気な男の顔を眺めた。そのときから二人きりになることに危険を感じはじめたが、彼の心の奥をもっと覗いてみたい気もするのだった。そういう自分こそが危険を好むことには気づかなかった。

その年は閏年で、二度目の八月を迎えた江戸はいっとき大雨から解放されたものの、数日前からまた雨もよいの日が続いている。先月の颶雨は洪水をもたらし、水捌けの悪い土地では未だに水が引かない。その日も根岸の二股道まできて、理野は円光寺への道の悪さに気をそがれた。雨続きで萩も精彩がないかもしれないと思いながら、彼女はしかし荒れた道を歩いていった。

きのう工房で白鳥の蒔絵櫛を見たとき、自分の下絵と違う意匠の甘さに彼女は茫然とした。櫛は白鳥の数が減って、あっさりした味わいの冬景色になっていた。羊遊斎風に洗練されたことは分かるが、鶴でも雁でもよい構図で、群れの美しさが失われていたのである。白鳥そのものが素材として目新しいだけに、彼女はその習性も含めて描いたつもりであったし、冬にふさわしい意匠として女の髪を明るくするはずであった。

「どこか淋しい群れになってしまいましたね、凍りそうな水に浮かんでいても白鳥は暖かく見えるものです、この櫛はきれいなだけで温もりがありません」

「それにしては評判だがな、大勢の人に気に入られて悪いことはない、その値打ちはあるよ」

金次郎に言われたことで、却って感情的になった。創作した意匠から意図が抜け落ちてよいはずがないし、無断で変えられることは下絵の失敗を意味した。

「この櫛の意匠はたしかに原先生のものです、その意味では真作ですね」

「あんたの下絵をもとにいい櫛ができた、どうして素直に喜ばない」

彼女はうまく答えられなかった。下絵の無駄を取り除いて自分のものにする羊遊斎の手法は、光琳画を変形させて抱一風にするのと変わらない気がした。下絵が拙ければ直して当然だが、断りもなく変えられては下絵師の立つ瀬がない。ひとつのものを造るための分業だからこそ、共通の意識が必要であった。それとも原工房の美意識から自分が食み出しているのだろうか。まだ泥濘む道を歩きながら、こだわらずにいられなかった。

修業の意味や将来や創作のことを考えると、金次郎のように無条件に棟梁を信じて工房のために働くだけでは追いつかないと思った。そういう時期をとうに経験している彼は、自身の性質や望みと相談して、今の仕事に自足しているようであった。望めば棟梁になれる人だが、それもひとつの選択である。逆に、あの自信家の祐吉がおとなしく羊遊斎に使われているのが不思議であった。

円光寺は俗に藤寺という。二十七間もあった由来の藤は枯死してしまい、今は少し見られるだけだが、かわりに萩が庭一円に育っているので、そのうち萩寺と呼ばれるかもしれない。臨済宗の禅林で、広い境内には池があり、鎮守の弁才天は弘法大師の作と言われる。理野は隅々まで歩いたことはないが、根岸らしく鄙びた風情の寺を好もしくみていた。晴れていれば、紫藤のかわりに咲く萩はさぞかし淑やかだろうと思い巡らした。

山門をくぐって少し歩くと、御堂の前に鏡の松と呼ばれる名木があって、四尺ほどの高さに丸い鏡を思わせる枝葉が繁っている。日光御門主が宝鏡山の山号に因んで名付けたという樹は直立して、夏はよい木陰になるだろうと思われた。御堂の脇には茅葺きの方丈がある。鏡の松との間に茅門が見えて、花時はそこから入るらしい。今は淋しい藤棚が池の縁に沿って見えるだけであった。

名木の木陰の露天に縁台を出して、湯釜と水桶と茶簞笥だけで遊観の人に茶を売る女がいて、客もいないからか理野を見ると声をかけてきた。

「お茶でもいかがですか、温まりますよ」

女は紆余曲折を経て寺中の商売に行き着いたらしく、つましく老いていた。それでいて清潔な白髪に派手な朱塗りの櫛を挿していた。理野は女のどこか超然とした雰囲気に誘われて、縁台のひとつに腰掛けた。そこから見る限り、目当ての萩は盛るときを逸してしまったようであった。

「萩なら下谷の正燈寺がよろしいですよ、楓と庭を埋めて、晩秋の眺めは見事でございます」

「おばさん、親切ね」

「一年中こうして露天に突っ立って、お茶だけ売っていてもおもしろいことはございません」

老女の淹れた茶は渋くて、ひとりで寺を歩く女の気持ちに合っていた。

「ここの藤はきれいだったでしょうね」

「そりゃあもう、花房が四尺もあって紫の雲を見るようでしたね、亀戸天神にだって負けない、いい藤でしたのに惜しいことをしましたよ、萩は根元から刈っても生えてきますが、藤はねえ」

「きっと誰かが描いているでしょうね」

脳裡に其一の染めたような絵が浮かんで、理野は藤棚に目をやった。彼にとって紫は特別な色であったから、濃淡にこだわるだろうと思った。

一服したあと、ひとりで池を巡りながら見る萩は淋しいものであった。赤い萩が多く、うなだれて暗い水面に姿を映している。夕暮れの近づく池のまわりは風が冷たく、気がつくと向こう岸では老女が縁台を片しはじめていた。

その晩、胡蝶に誘われて酒を酌み交わした。理野は少しなら酔わなかったし、飲むと気が楽になった。女ふたりの酒は案外に愉しく、世間が思うほどはしたないこともなかった。胡蝶のさっぱりした人柄と寮にいるという安心から、彼女は白鳥の櫛の話をした。

「粂次郎さんも変わらないわね、もう少し心の広い人かと思っていましたが、商売、商売で職人の気持ちが見えないのかしら」

「先生を恨んでいるわけではありません、ただ何というか哀しい気分になってしまって」

「それを裏切られたって言うのよ」

胡蝶は明るい声で言った。

「前に見た白鳥の櫛はよかったわ、蒔絵のことはよく分からないけど白鳥に色気を感じたのははじめて、それだけでもいい櫛でしょうに」

「先生はそう思わなかったようです、数物にするためかどうか白鳥を減らしました、余白を多く取るように言われて、そのつもりで描いたものをさらに省いて抱一風にしたのです」

「上人さまの銘を入れて売るためでしょう」

「それが下絵銘はありません」

「ますます分からないわね、材料を節約するためなら、はじめからそう言えばいいのだし、あなたの下絵が気に入らないのなら、それこそ棟梁として言うべきでしょう、意気地がないのだから」

　妾と女弟子が口を揃えて男を下ろしてもはじまらないが、女同士の話は調子よく流れた。多忙な羊遊斎との間に心のすれ違いがあって、やはり充たされない気持ちの胡蝶は、理野の側に立って物を言うことで自身の想いを吐き出しているようでもあった。

「男と女の相性の悪さは父娘にも師弟にもあるらしいわ、あなたは仰ぐ人を間違えたかもしれなくてよ」

「原蒔絵は死んだ兄も目指していました、兄の目はわたしより確かです」

「それはもう昨日のこと、もっと自分の目を信じなさいな、才のある人はね、師匠の三味線を弾いても同じ音にはならないものよ」

言葉の涼しい胡蝶は姉か同志のように感じられて、話していると愉しかった。口合がよく、愚痴の酒にならないのがよかった。

「あなたはまだ若いし、きれいだし、昨日のことで悩んでいる暇はないのと違う、身にならないことは忘れて櫛でも何でも造りなさい、男に振り回されたら女はお終い、まず手遅れねえ」

胡蝶は珍しくそんなことを言った。

戸を閉てた茶の間は物音が絶えて、胡蝶が調子よく飲むうち酒の匂いが満ちていった。理野は彼女の話に心を動かされたが、半分は自身のことだろうと思った。口ではどう言おうと羊遊斎を待っている人を知っていたし、女のおおらかさが男の問題も包んでいると思っていたから、話の途中から相手がしんみりとしたのは意外であった。

酔ったわけでもなく胡蝶は羊遊斎を語りはじめた。

「若いころの粂次郎さんは手に負えない乱暴者でね、根津で知らない人はいなかったくらい、要するに、ごろつき」

そうさらりと言ったが、理野は不意だったので衝撃を受けた。今の羊遊斎から乱暴な男を想像するのはむずかしかった。

「よく喧嘩もしたわね、あの体でしょう、負けることはなかったけど随分怪我もしたわ、いま足が悪いのはあのころの喧嘩のせいでしょうね、無鉄砲で一度はじめたら滅茶苦茶でしたから」

胡蝶はほろ苦く懐かしむ目をして笑った。家が貧しく、十代で躓いた男には大きな体があるだけで、まともな仕事すらなかったという。父親はいたが病弱でその日暮らし、頼る人もなく子はぐれて、いつのまにか根津の地回りになっていた。生活の困苦を切り抜けるには彼は若すぎて、ほかに身過ぎの術を知らなかった。十代の肩に衣食と扶養という重荷があった。苦しい境遇を知ると世間は同情もしたが、否みもした。肩で風を切り、金のためなら何でもする男は怖れられて、いずれ人を殺すか殺されるだろうと言われた。

「そのくせ女には優しくて、わたしはまだ子供だったけど少しも怖くなかったわ」

権現社門前の料理茶屋の娘だった胡蝶は、騒ぎがあると必ずいる男をたのもしく見ていた。門前は普請の美しい岡場所である。彼は質の悪い嫖客や集りを脅して金を巻き上げても、商売屋を困らせなかったし、法外な謝礼を要求するわけでもなかった。用心棒代をもらうと、それは律義に働いた。地回りの仲間に心底堕ちた男がいて、あこぎに稼ぐので懲らしめたことさえある。けれども享楽の巷で喧嘩と酒色に明け暮れ、人間が荒んでゆくのは自然のことであった。彼は腕力だけで生きていた。

ならず者なりに筋を通し、働きながら、別の可能性を探ることのできない人で、人並みに生きることも死ぬこともできない男は遊べば遊ぶほど空っぽになっていった。

粋筋の客に彼をおもしろく見ている人がいて、俳諧を教えたが長続きしなかった。金持ちの道楽だと思ったのである。

知識や教養のなさからくる行き詰まりを、粂次郎は自分の運命と思い込んでいたし、違うと教えてくれる人がいても目覚めなかった。見えているのは裕福な娼家と気儘に人生を愉しむ人々であった。権現社に参詣して遊女を買う男も、料理茶屋の娘も、彼には幸運な人に見えていた。自分は変わりようがないと思うと、繁華な町で生きてゆくのもつまらなくなっていた。

それが、あるとき鶴下遊斎という漆工に出会って、蒔絵を習うと人が変わった。仲間と盛り場を闊歩するかわりに、彼は芝に住んでいた遊斎のもとへ通って、帰ると茶屋裏の小屋にこもって修業した。雷にうたれて目覚めた人のように生活は一変し、蒔絵の虜になったのである。小屋を貸したのは胡蝶の父親であった。彼女はその小屋によく食べ物を運んだ。いつのまにか痩せて青白くなった男は穏やかな目をして、幸せそうであった。蒔絵は間違いなく彼の生き甲斐になっていた。才能を刺激された男はみるみる力をつけて、二年もするとすばらしいものを造るようになっていた。

「きれいだろう、誰か買う人を知らないか」

「父さんに訊いてあげる」

胡蝶は小さな手箱の美しさにうっとりした。自分のものにしたかったが、父に預けて転売したほうが男の実入りがよくなるのだった。父親に見せると、彼女は必ずもらえる内金を男のもとへ運んだ。そこから彼はまた店賃を戻した。

内側から紙を貼った小屋の中は道具で埋められて、どうにか人ひとりが座れる広さであった。当時の粂次郎は自分で下絵を描いて、すべての工程をひとりでやっていた。道具も師の遊斎から譲られた古いものを修理したり、自分で工夫したりした。蒔絵ははじめ平凡であったが、やがて特徴が顕れ、おもしろいように変化した。胡蝶は彼の造るものに魂を感じて、成功を確信した。茶屋に育って芸事もし、目の肥えていた彼女は、蒔絵だけでなく見事に生まれ変わった男を熱く見ていた。

ある日、遊斎がやってきて、ここは蒔絵をする環境ではないので、一流を目指すなら内神田へゆくようにと言い、金を置いていった。彼はいずれ古満か梶川の門を叩くようにすすめたが、粂次郎は自流に固執して聞かなかった。蒔絵は彼がはじめて摑んだ、自分を信じられる世界だったからである。間もなく彼は根津を去っていった。

「世話になったな、いつか櫛でも造ってやろう」

彼は妹のような娘に約束したが、それきり挨拶にも来なかった。手紙もよこさなかった。また会えると思っていたので、娘はがっかりした。

根津という土地柄、家業、親の理解もあって芸事に身を入れていた胡蝶は、琴や踊り、書や茶も学んだが、結局三味線が性に合っていた。中でも華やかなうちに渋みがあって、粋で淡泊で上品な河東節に惹かれた。物語にも音にも江戸の自由な風を感じて、親しみやすかった。

当時は河東節が今よりも盛んで、十寸見河東は六代目であった。初代の相方三絃を務めた山彦源四郎は希世の名手で、その名と技は弟子の子孫に継がれていた。胡蝶ははじめ十寸見の弟子についたが、三味線の真髄を究めたくて山彦の門を叩いた。河東節にはハジキという手法があって、チリリリ、リンリンと小気味よく音を躍らせる。この弾き方が勝気な娘の心を捉えた。河東節は音声長やかに語るもので、教本を鳰鳥というのも、かの鳥が息長く潜るからである。気品の高い語りもよいが、山彦の力がいると言われるほど三味線が命であった。彼女は三絃の音で語りたかった。長唄や端唄もしたが、声より音に惹かれる質で、弾くことが何より愉しかった。

一門の三味線は細棹で、彼女の手にしっくりとした。道具と人間の相性がよかった。学ぶほど音は自由に操れた。十寸見の弟子には武家や富商が多く、河東節しか認めないという人もいた。風流を知るなら河東をやれ、河東をやれば人もよくなると言われた。しかし片手間の道楽で三味線まで一流になる人はいなかった。彼女はどこにでもある町の稽古所で何か弾けば抜きん出たし、粋筋の女師匠にも負けなくなっていた。

自分なりに新しい節付けを工夫するのも愉しみであった。

御簾内と呼ぶ舞台がある。垂れ下げた簾の中で語り、演奏する。ふつう歌舞伎の舞台で浄瑠璃は出語りをするが、助六の河東節は身分のよい素人がするせいか姿を見せない。彼女は真似て、実家の茶屋で腕前を披露した。次の間との境に御簾を垂らして、語りは宴席の客がするのだった。この趣向がずいぶん客に受けて、噂が広がり、ほかの料理茶屋からも呼ばれた。年ごろになっていた彼女は味を占めて、あるとき町芸者になりたいと父に話した。家は兄が継ぐことになっていたし、芸を捨てて嫁ぐ気にはなれなかった。

「ばかやろ、芸者を入れる家の娘が芸者になってどうする」

父は一蹴した。借金のない自前こそ、資力がいるからであった。座敷着や道具に金がかかることはもちろん、玉代の二割方を検番や料理屋に納めなければならない。甘い生業ではなかった。それでも彼女は三味線を弾きたかった。

十寸見の門下に父を知る人がいて、同業のよしみで説得してくれたが、うまくゆかなかった。母も反対した。吉原の遊女に河東のうまい人がいると聞くと、いっそ遊廓の女芸者になろうかとも考えたが、制約の多い檻の暮らしを思うと踏み切れなかった。といって三味線だけで女太夫になるわけにもゆかない。月日ばかりが過ぎて思いあぐねていたとき、その機会は不意に巡ってきた。

谷文晁と夫人の幹々らの書画会が両国柳橋の万八楼で開かれることになって、胡蝶の評判を聞いた主が夜の慰労会に呼んでくれたのである。絵を嗜む父はこの舞台には寛容だった。まだ書画会の少ないころで、画家や詩人や書家の揮毫を目の前で見られる機会はまれであったし、料亭で酒食しながらの鑑賞は贅沢であった。客に請われて即興で描く席画は素早さが見もので、正真正銘の真作であるから、祝儀が集まることも見えていた。

喧伝されたあとの正月のことで、当日は赤い毛氈で座敷を仕切り、揮毫の席を設けた万八楼は二階まで客で埋まり、身動きもとれないほどの盛況ぶりであった。客は酔い、芸者も大勢いたが、書画会なので三味線はない。主役の文人墨客は酒食する暇もなく描き続けるので、会場は興奮状態に陥り、無礼講の酒宴のようになっていった。

夕方、明かりが入って会も終わるころ、胡蝶の出番がやってきた。二階の一角に残ったのは文晁の仲間とその知人たちであった。彼らが食事をとる間、彼女は即席の御簾内に潜んで、十寸見の弟子と本物の河東節を披露した。そのうち一人の男が立ってきて御簾を上げたのだった。

「ねえさん、やるね」

と声をかけてくれたのは團十郎であった。父は次の間から見ていた。女形もこなした五代は素顔の優しい人で、胡蝶が会釈すると、おどけて歌舞伎の所作を見せてくれた。内輪の席には大田南畝や亀田鵬斎もいた。鵬斎は不遇の時期で客として来ているだけであったが、河東節が好きで、貧しい懐から祝儀をくれた。

「男だったらなあ」

團十郎が口惜しそうに言い、これが父の胸に響いたらしい。その夜、家に帰ると、それほど三味線が好きなら勝手にしろということになった。支度は出してやるが、あとは自分で稼げ、ただし祝儀はもらっても寸法はとるな、と彼は言った。

「寸法はいたしません」

彼女は誓わされた。売色のことで、岡場所の茶屋の主が言うのもおかしなことであったが、それだけ転ぶ芸者が大勢いたのである。

当座は万八楼の内(うち)芸者として勤めることになって、胡蝶は根津を出た。両国に小さな仕舞屋(しもたや)を借りて、万八の座敷で客や芸者の相(あい)三味線を務めるのだった。客には文人や数寄者(すきしゃ)も多くいた。

年に三度、彼女は文晁の家にも呼ばれた。下谷二長町(にちょうまち)の画塾をかねた家は写山楼(しゃざんろう)といって、発会の正月十二日と誕生日の九月九日、さらに納会の十二月十二日に盛大な宴(うたげ)を開く。柳橋の芸者が呼ばれ、音楽を催し、門人来客入り乱れて騒ぐのであった。この三日の祝儀で彼女は一年を暮らせたが、着物や髪のものに金がかかって、終わってみると手元に残るものは僅(わず)かであった。それでも新しい三味線を手に入れると心が躍った。これこそ天職だと思った。

文晁との縁で様々な才人を知ったように、人と人の繋(つな)がりは意外な巡り合いをもたらす。仲立ちをするのは俳諧や狂歌であったり、茶や書画であったり、ときには河東節がすることもある。あるとき芳村観阿という人の座敷に呼ばれて、いくつか音曲を披露したあと、雑談から道具の話になった。茶や骨董に詳しい男は美醜にうるさく、座敷にあった手焙りを見て、どう思うかと訊ねた。

「よいものです、好みではありませんが」

「どこが気に入らない」

「蒔絵が大仰で目に障ります、粂次郎さんならこの半分でさらりと仕上げるでしょう」

　無意識に出た言葉は芳村の関心を引いたが、自分の気持ちにも気づかされた。彼女はそこから一足の、神田のどこかにいるであろう男を懐かしく思った。求められて粂次郎のことを話すと、芳村は黙って聞いていたが、ふうんと言ったきり、何を褒めるでもなかった。だから一月後に彼が粂次郎を連れてきたとき、彼女は信じられない気持ちであった。粂次郎は原羊遊斎という蒔絵師になっていた。もっとも聞いたこともない号で、細々と蒔絵で食べているらしかった。

「あなたのお蔭で芳村さまからよい仕事をいただきました、お礼の申し上げようもございません」

「そんなことはいいわ、いったいい今まで何をしてたの、根津へは一度も行かなかったの」

　三味線一筋の芸者になった女を、男も信じられないという目で見ていた。再会したことで胡蝶の気持ちは一気に高まった。彼女はあらゆる人脈を使って男を引き立てることを考えた。そのために芸者になったような気さえした。すでに文晁や南畝や團十郎を知っていたし、芳村は茶の世界を通して不昧公や抱一と親しかった。その縁の先には吉原の楼主や豪商もいるはずであった。

　胡蝶の思惑はあたって、羊遊斎の名は広く知られるようになっていった。それだけ腕もよかったのだろう。中でも酒井抱一を知ったことは、新進の蒔絵師にとって大きな幸運であった。吉原の妓楼や料亭の道具の制作、土井家への出入り、不昧公の茶道具の制作と仕事が広がるにつれて、彼は本領を発揮した。資力の面では豪商の森川佳續や菊塢が助けてくれたし、不昧公のもとで古典の名品を学べたことや、下絵を一流の画家に依頼できるという利点もあった。

　彼女はこまめに条次郎が会いにくると、散財の心配をしながら、大きくなってゆく男を自分のことのように喜んだ。根津には苦い思い出もあって足が遠退いてしまったと語る男と、見上げていた娘は年の差を感じなくなっていた。二人は縁が続いたことに感謝した。愉しいときはたちまち過ぎて、帰ろうとする男を見ると、

「わたしの櫛はどうなりましたか」

彼女は少し意地悪な目をして訊かなければならなかった。そのうち、そのうち、と彼は繰り返した。よいものを造りたいから、と言うのだった。

条次郎に家庭があると知ったときの衝撃は哀れなもので、芸者の身を忘れて落ち込んだ。

「そうがっかりするな、飲んで唄って暮らそう」

鵬斎が慰めてくれたが、後の祭りであった。それまで見ていた夢の景色は一遍に色褪せて、皮肉な現実を生きてゆくしかなかった。支えてくれるものは三味線しかなかった。

やがて山谷堀端に八百善が開業して、仕出しだけでなく客を入れる料理屋になると、抱一の仲間はよく集った。胡蝶はそこにも呼ばれた。抱一も河東節を好んだのである。彼の師匠は七代十寸見河東で、その連の中には料理茶屋八百善の二代目となる栗山善四郎もいた。彼は抱一の支援者になり、条次郎もその恩恵に与った。そうして男は抱一とともに古い蒔絵を変えてゆき、女は恃みの三味線を弾き捲った。弾いている間は晴れ晴れとして、徒に悲観することもなかった。

条次郎から妾奉公の話があったのは三十前のときである。彼女は三日考えて、世話になることにした。今さら知らない人に嫁ぐ気にはなれなかったし、座敷を巡る暮らしにも疲れていた。

「変な意地もあったし、三味線ばかだったから」

そう述懐しながら、胡蝶は薄い笑みを絶やさなかった。でも粂次郎さんがいたから、いろいろあっておもしろかったのよね、と彼女は言った。理野は胡蝶が今も羊遊斎ではなく粂次郎を待っているのを悟った。

「夢中で生きて残ったのは着物と芸だけ、今さら遣り直しがきくとは思わないけど、むかしのように弾いてみたいわねえ、ここでわたしの慰めになっているだけでは三味線がかわいそう」

　少し酔ったのか胡蝶は頰を赤くしていた。

　それぞれに名のある三味線は三棹あって、今も彼女の宝であった。細棹は千鳥と囀り、中棹は小波といって、不思議とそういう音が出る。どんな三味線にも持って生まれた音色があるから、そこを弾いてやるのが腕だという。誰が弾いても同じ調子になる長唄と違って、浄瑠璃は語りに寄り添って弾くので、太夫の呼吸を読めないと相三味線は務まらないが、人によって間合いを変えられるのが逆におもしろい。宴席の素人太夫には自分の声に酔ってしまう自信家が多いので、嫌な客は合の手を変えて懲らしめてやるのだと彼女は話した。三味線のことになると目が輝いて、これから座敷へ出るようにしゃんとした。

「上人さまが学んだのは七代目の河東、三味線は三代目の山彦で、弾くのは孟東野ですから、上手にならないほうがおかしいくらい」

「あの鈴虫という三味線ですか」

「そう、粂次郎さんが胴に黒漆で鈴虫をつけたから、みんなそう呼ぶわね、まるで河東節のためにあるような三味線で、チリリリ、リンリンと鳴いてくれるの、鈴虫を蒔いたのはぴったり」

　理野は胴の加飾を見ていないが、抱一が快さそうに弾いていた姿を思い出した。あのときも羊遊斎は雨華庵の宴に遅れてきて、胡蝶をやきもきさせたのだった。女客で連れを待っていたのは彼女ひとりであった。会えば甘える人も、束の間が過ぎれば日陰の惨めさを味わうことになる。妙華尼のように夫婦の安らぎを望めない胡蝶は、待つことに疲れているのかもしれなかった。といって男の家庭を壊すわけにもゆかない。

「むかし、わたしの千鳥にも何か蒔いてほしいと頼んだら、あの人、なんて言ったと思う、千鳥なら足跡でいいだろうですって」

　それもしてくれないのだから、と彼女は溜息をついた。粂次郎と重なる若さの思い出と、羊遊斎との歳月の間に溝ができてしまったらしい。

「南畝先生が亡くなって、亀田先生もあんなふうだし、上人さまも淋しいでしょう」

と彼女はいつになく気弱な表情を見せた。眩しい思い出に生きすぎたのか、その日には全盛の抱一も失ってゆく一方の人に映るらしかった。理野はそういう彼女に重ねて、間違えば細くなってゆくだけの女の行く手というものを考えていた。

二人で根津へ行ってみたのは、それから一月余りあとである。行く秋の午後も遅い時間であったが、よく晴れて、数日後に根津祭を控えた門前の通りは遊観の人で賑わっていた。

権現社は上野から五町ほどのところ、東叡山の西、不忍池の北西にある。上野台地と本郷（ほんごう）台地の谷間にあたり、周囲の往来には坂道が多い。閏八月にも大雨に見舞われて、江戸は水浸しになったが、この町並みは爪痕（つめあと）を残していなかった。

門前の町は宮永町（みやながちょう）と門前町（もんぜんちょう）の二つきりで、間に川が流れている。南の宮永町から組合橋（くみあいばし）を渡ると総門があって、その先には鳥居が見えている。この参道の両側に妓楼や茶屋や貨食店（りょうりや）が横町を含めて整然と並んでいるのであった。

待ち合わせた総門の前で胡蝶は待っていた。理野は神田から不忍池を巡ってきたが、久し振りに音無川沿いの王子道（おうじみち）を歩いて芋坂（いもざか）を登り、谷中（やなか）の感応寺（かんのうじ）を見てきたという胡蝶は額に汗を浮かべていた。寒いのにおかしいでしょう、と彼女は笑った。理野は好奇心から往来の眺めに見入った。岡場所に入るのははじめてで、ふつうの女がふつうに歩けると思わなかったのである。そこで育った胡蝶は颯爽（さっそう）として、歓楽の華飾に馴染んでいた。

「根津神社はあの杜（もり）の中、境内にも町屋があってちょっとした浅草のよう、日が暮れると往来は明かりと三絃の音で見違えるから」

彼女は歩きながら教えた。

「きれいな家並みですね」

理野は岡場所をそう思った。これから遊客の出る町は、今のところ名刹の賑やかな参道と変わらなかった。総門から二十間も歩くと権現社で、樗の林に囲まれた境内は広く、築山や泉水があって至るところに花木が植えられている。つつじが多く見えて、立夏のころはさぞかし華やかな庭園になるはずであった。今は楓が鮮やかに色付いている。立派な楼門を抜けて拝殿に参拝すると、二人は境内を巡りながら門前の町へ戻った。少し早いが胡蝶の実家で食事をするためであった。

兄の代になったという呉竹は鳥居横町の並びの中にあった。二階屋の瀟洒な料理茶屋で、入ると正面に大きな階段がある。出迎えた仲居に何か言って、胡蝶は客として上がった。彼女が使う二階の座敷は決まっていて、今でも羊遊斎が修業した小屋が見えるという。料理を待つ間に理野も眺めた。あの小さな小屋で修業したのかと感心しながら、彼女はその男のために、いま根岸の里に閑居している女を皮肉に思った。花柳の街で生きてきた胡蝶に大塚は淋しすぎるところであった。

仲居が次々と料理を運んできて、さりげなくお喋りをしながら、あとで主人が挨拶にくると告げた。胡蝶が階下にある家人の内緒へゆかずに座敷へ通るのは、もう居場所のない内緒を見てもはじまらないのと、店に金を落とすためであった。そのほうがお互いに気楽だと彼女は言い、兄のほうから挨拶にくる不自然さも気にしなかった。

「どう、根津の料理屋も捨てたものではないでしょう」

「とてもおいしいです」

「兄は若い時分にしばらく外で修業したの、その分だけ父のころより味が磨かれたらしいわ」

汁物が絶品で、冷えた体が温まると、美しい料理は溶けるように喉を通っていった。

当主の良衛が顔を見せたのは食事も終わるころであった。あまり似ていない兄妹で、良衛は恰幅がよく、目鼻立ちも大振りで、柔和な感じのする人であった。胡蝶が若々しいせいか、年も離れてみえる。彼は理野に向けて丁寧な挨拶をした。

「胡蝶が女の人を連れてくるのは珍しい、料理はお口に合いましたか」

「とてもおいしくいただきました」

「兄さん、こちらは蒔絵師よ、あれを見せて」

胡蝶がぞんざいに言い、良衛は驚いた顔のまま理野を見た。彼が腰から外したのは煙草入れであった。袋物の煙管筒から中身を抜いて理野に見せながら、彼はその由来を話した。

「これは粂次郎さんが蒔いた煙管で、父から譲り受けたものです、吸口と雁首は替えましたが、筒はむかしのままです」

　煙管は溜塗の筒の部分に屋号の呉竹を蒔いたもので、金高蒔絵で細い葉を表している。単純な意匠だが、よく考えられた丁寧な仕事であった。よい蒔絵は歳月を経ても当初の味わいを留めて、造った人の想いを消さない。銘はなく、かわりに呉竹の屋号が筒の端に入れられていた。

「原先生にもこういう時期があったのですね」

　理野は何か幻を見ている心地がした。若かった羊遊斎が必死で生業を摑もうとしている姿を思い合わせた。古い煙管はその名残であったが、彼はこの確かなときを忘れたのだろうかと思った。

「それは粂次郎さんが父に贈ったのよ」

　と胡蝶が言った。

「あのころはお金がなかったから蒔絵で造り替えたの、煙草入れまで買えなかったし、煙管も安物だけど気持ちは籠っていたわねえ」

　目に笑いを浮かべた顔はどこかいつもの彼女と違って、むしろ淋しいものであった。

　その日から胡蝶はときおり根津へ出かけるようになって、理野が仕事から帰っても寮にいないことがあった。訊くと、良衛の頼みで、実家の呉竹で大きな宴があると三味線を弾くという。吉原と違って私娼の町に本物は少ないし、節は弾けても芸の深さが違う。やってみると彼女の芸は際立って、客ばかりか兄をも唸らせた。

「あそこへゆくと気持ちが若くなるし、人前で三味線を弾くのは気分がいいわ、十人か二十人にひとりでも芸を分かってくれる人がいたら、花代なんかどうでもいいと思って」

「原先生にはお知らせしたのですか」

「言うもんですか、前にそれに近いことは話してあるし、今さら断ることでもないでしょう、今のわたしから三味線をとったらただのばあさんよ」

そのために根津を出て、若さを花柳の街にそそいだ挙げ句、今また根津に憩うのも自分の業だろう。音の世界に魅せられ、音に慰められて、くよくよする暇もなかった日々を思い出したと彼女は話した。根津の舞台は生活だけでなく、男との関係を変える足掛かりになるかもしれなかった。

季節はもう暗い冬であったが、女だけの寮は奇妙な明るさに満ちていた。生き生きとしだした胡蝶は稽古に時間を割いて、その分さちが忙しくなったが、彼女は彼女で絵を描いてきた。その絵が伸びやかな光琳のようであったり、神経質な其一のようであったりするので、理野は密かに笑ったり驚いたりした。女の行く手はどうなるか分からないが、胡蝶もさちも闘っていると思った。

片輪車の棗と広蓋の試作が終わって、彼女は香合の制作にとりかかっていたが、器との相性がよいのか触れるのが愉しかった。寮では下地塗をして十分に涸らした棗や硯箱が次の工程を待っていた。あとはひとつひとつ丁寧に仕上げて、ふさわしい意匠を見つけてやればよかった。

師走に入って間もない日の午後、工房の帰りに時雨の岡を通ると笹乃雪が見えて、ひどく懐かしい気がした。早いもので其一と豆腐を食べながら語り合った日から二年が経つ。彼は何を描いているのだろうか、色彩は取り戻したであろうかと思い巡らすうちに雪が落ちてきて、彼女は歩きはじめた。その冬初めての雪は重く、たちまち積もりそうであった。其一がいたら、手をとるかわりに口論になるかもしれない。彼が本当の其一画を描くのと、自分の創作とどちらが早いか。競うことで繋がりそうな関係を淋しくも皮肉にも思いながら、彼女は歩いていった。その間にも雪は勢いを増して、根岸の里を白く染めようとしていた。

年が明けてすぐの細工はじめの日に初音を聞くと、十日ほどして寮の梅が白い花をつけた。雨華庵の梅ほど大樹ではないが、鶯は寮の庭にも来るようになって女たちの耳を愉しませた。

笹乃雪の初代に江戸で絹漉豆腐を作らせた上野の御門主が、やはり元禄のころに放したという京の鶯は、この山陰の地に生き継いで、おそろしくよい声で鳴くのであった。朝の早い理野は工房へ向かう途中で思わず立ち止まることがあった。鶯も段々にうまくなってゆくのが分かるし、美声に出会うともう一度聞かずにいられなかった。梅が咲き、柳が萌えると、根岸は急に明るくなって里ごと息衝くようであった。

　通りすがりの鶯に聞き惚れると、彼女は挨拶でもしたい気持ちで声のするほうを見上げた。静かな雨の日の多い春であったが、鶯は疎林の中を自在に飛び交っていた。続くと憂鬱な雨も蒔絵師にとってはよい御湿りであったから、工房の職人たちはいつもより仕事の捗る春を喜んでいた。

　ある晴れた日の午後、工房を出た理野はまっすぐに坂本町の英信寺へ向かった。兄の墓へ参って実家のことを報告するためであった。少し前に彼女は羊遊斎に呼ばれて居間へゆき、父の手紙をもらった。手紙は二通あって、一通は羊遊斎に宛てた礼状であった。父の文面は想像がついたし、羊遊斎の口から聞いたこともそのままであった。

「ずっと手紙も出さなかったのか」

　と彼は呆れた。いい年をした娘が父親と疎遠になることと、彼が胡蝶を放っておくことと、どちらが罪深いだろうかと理野は思った。すぐに返事を書くように言われてうなずいたものの、正直なところ何から書いてよいのか分からなかった。父の情に触れて胸が熱くなる一方で、あれから三年になる、一度帰郷しろという文面に行き合うと気が重かった。

「父さんから手紙が来たの、英次さんが独り立ちしたのですって」

彼女は兄の墓前で話した。父が英次のことを娘に知らせる意味は別にあって、内弟子の独立をただ喜んでいるわけではなかった。三年分老けた女を想像できないはずもないのに、まだ娘の将来をあきらめていない父を知ると、彼女は窮屈に思った。長く同じ家に暮らした英次は弟のようなものだし、彼にしたところでわざわざ年上のつまらない女をもらうことはないのだった。放り出せない仕事のことや、江戸に戻らなければならない事情を告げて、いったん帰郷するにしても彼の独立とは関わりのないことであった。

寺の墓地はひっそりとして、どこからか兄の声が聞こえてきそうであった。

「父さんも、わたしのことになると勘が狂うらしいわ」

彼女は口の中で呟きながら、しかし習得した新しい蒔絵はいつか実家へ持ち帰らなければなるまいと思った。そのために父は兄の修業を許したのだし、長兄も期待しているはずであった。それは死んだ兄から受け継いだ彼女の義務でもあった。

だが国へ帰ればどうなるか、父や長兄に諭されて元へ戻るのが落ちだろうと思った。江戸にいればできることも世間の狭い郷里ではできない。また人が噂をするだろう。そのことを考えると、父の便りはありがたいだけではなかった。

あれから英次は小島漆壺斎という名工に師事して、以前とは蒔絵も人も変わったと父は知らせてきた。もう教えることはないと言って、漆壺斎への弟子入りをすすめたのも父であった。山陰の静かな城下町に恃むに足る人はそういない。小島家は松江藩松平家の塗師棟梁を務める家柄で、漆壺斎は蒔絵もする。不昧公の時代に江戸へ出て、ほかでもない羊遊斎から蒔絵を学んだのであった。

理野は今日羊遊斎がその話をするまで彼と漆壺斎の関係を知らなかったが、松江で漆壺斎に師事することと、江戸で羊遊斎から学ぶことはやはり違う気がした。江戸蒔絵には抱一をはじめ、そこに生きている才能や市井の情緒が取り込まれるからで、技法は同じでも同じ表情にはならない。英次は羊遊斎の又弟子ということになろうか。漆壺斎を通して羊遊斎の影響を受けたとしたら、不思議な縁には違いないが、だからどうなるというものでもなかった。

「ねえ兄さん、蒔絵と人の関係は別でしょう、どうして父さんは英次さんとわたしを結びつけたがるのかしら」

「英次が好きなのさ、自分と似てるから」

そう兄が言ったような気がして、理野は控えめな父の人生を思い合わせた。

やはり塗師からはじめた父と漆壺斎の造るものは似ていて、二人の名声の差は家柄と運の違いとも言えた。小島家の先祖は京の塗師で、信用もあれば先代から技術も学べたが、父は家を出るまで漆とは無縁の無足人の末子であった。この違いは大きく、目の前のことに精進するだけで、深くおとなしい彼の仕事は広がりを見せなかったのである。父はそのことを後悔していたから、死んだ兄のかわりに英次と娘にかけてみたい気持ちがあるのかもしれなかった。

手紙にはほかにも帰郷を促す事情が淡々と綴られていた。どれも父にとっては娘を呼び戻す口実であり、理野にとっては肉親の生活を案じなければならない出来事であった。去年嫁が子を産んだが、未だに体の具合が悪い。商売も活気がなくてうまくゆかない。長男は蒔絵櫛をやると言っているが、よい意匠がないし、自分の考えるものは櫛には向かない。英次が抜けて造るものが減ったのは仕方がないが、小さな工房の商売と創作を混同していたのも事実で、切り抜けるには嫌でも数物をやるしかないだろう。自分の代では御納戸の御用は無理だろうから、二代目を助けてやってほしい。滅多に感情を口にしない父が愚痴を並べるのは珍しいことで、彼もこの三年の間に老いたのかもしれなかった。しかし自立のあてもなく帰ることは断崖へ引き返すのも同じであった。

「どうすればいいの、やっと一人前になって、これから自分のものを創ろうというときに引き返すことはできないわ」

江戸での三年は蒔絵に対する思いを変えただけでなく、理野を活動的にしていたから、いっとき肉親を犠牲にしても突きすすみたい気持ちであった。父はうまいことを言ってきたもので、彼女は動揺していたが、もし兄が生きていてもすぐには帰らないだろうと思った。東都の暮らしには彼女を魅了するものがたくさんあって、洗練されたものを見れば嘆息し、吸収したいと思わずにいられなかった。その気持ちがあるからこそ生きてゆける気がした。胡蝶が枯れずにいるのも芸を投げ出さなかったからであろうし、そういう人を間近に見ていて変わらないほうがおかしいのだった。彼女はそのために江戸へ出てきて、将来をかける気持ちで蒔絵と向き合ってきたのであった。それがどうにか小さな実を結ぼうとしている。

片輪車の香合を終えると、彼女はしばらく櫛へ戻ることになっていたが、今度は意匠を任されて自由に蒔けるのだった。羊遊斎の銘を入れることに変わりないが、抱一筆からは脱して、いくつか試してみることを許されたのである。白鳥の櫛のように下絵だけを利用されるのと違って、張り合いも責任もある仕事であった。一点物で森川夫人を驚かすこともできるし、櫛のうまい祐吉に挑戦してみたいとも思う。其一には約束の表現を見せなければならない。そう考えてゆくと、父にも今の自分を捨てることはできない、しばらく待ってほしいと書くしかないだろうと思った。家族を喜ばすために、しょぼくれて帰ったところで長く持つとも思えなかった。

それとなく祐吉か金次郎に相談してみようと思いながら、工房でそれぞれの作業に集中している彼らを見ると気後れがして切り出せなかった。するうち雨の春がゆき、雨の夏がきて、江戸は湿気と減り張りのない暑さでじめじめとした。

理野は描きためた下絵の中からよいものを写して金子とともに実家へ送っていたが、父からは何も言ってこないままであった。娘の意を酌んで待つことにしたのでなければ、落胆して返書を出す気力もないのだろう。かわりに英次から短い手紙がきて、友人の蒔絵師が出奔して江戸の梶川家にいるらしいので、分かることがあったら知らせてほしいと言ってきた。愛想のない文で、自身の近況については一言も触れていなかったから、父が無理強いしたのかもしれない。懐かしさと味気なさを運んできた手紙は文箱の底に仕舞われて、再び目にすることはなかった。

五月の雨上がりの午後、其一が久し振りに工房に現れて、小半刻ほど羊遊斎と話し込んで帰っていった。彼は去年入門した弟弟子の金兵衛を連れていた。羊遊斎にすすめられて細工所を見学にきた少年を理野が案内した。上人さまの弟子で抱二と申します、彼が言うと職人の間から押し殺した笑いが洩れた。師から一字もらうにしても安易な号であったし、童顔から画才を想像するのはむずかしかった。其一は用事が済んでも顔を見せなかったが、工房の帰りに不忍池へ寄ってみると、池畔にひとりで立っていた。

「抱二がいたので失礼しました、もう家に着くころでしょう」

自身の少年期を思い出すのか、彼は抱二を弟のように可愛がっていた。雨華庵の稽古日はもちろん、ときどき根岸にきては鈴木家に寄ってゆくという。素直で綿のように何でも吸い取るので、将来が愉しみだと話した。理野はやっと会えたと思いながら、男の穏やかな顔を見ていた。

「久し振りに笹乃雪へ行きませんか、開いていなければ蕎麦屋もあります」

「帰りに音無川の蛍を見ましょうか」

彼女は男と歩く川沿いの道を思い浮かべて、今日は幸福な一日になると思った。其一ほど丹青や蒔絵のことを語り合える相手はいないし、口論になっても憎むことにならない安心感があった。今日こそ彼の決心を聞けるのではないかという期待もあった。夏の夕空はまだ明るく、蓮の葉が蓋をした池にも黄みの強い陽が揺れている。二人は手に入れた時間を惜しむように、池畔の道から山下へ歩いていった。

暮れ方の笹乃雪には先客が二人いて、土間の片隅で静かに酒を酌んでいた。根岸に暮らす文人であろうか、其一を見ると軽く会釈したが、深い縁はないらしく言葉は交わさなかった。

其一が主人に声をかけて、座敷の卓を挟んで座ると、すぐに餡掛豆腐が出てきた。そこへ来ると亀田老人を思い出さずにいられない理野が、一月余り会っていないがどうしているだろうかと話していたとき、酒を運んできた店の者が、

「亀田先生なら、ときどき豆腐を届けますよ」

と言った。まだ豆腐を欲しがるくらいの気力はあるということだろう。理野は鶴婦人の手から豆腐を啜る老人を思い浮かべて、どうにか二人の暮らしが続いていることに安堵した。其一に酌をして自分も相伴しながら、老人の肖像画は完成したのかと訊いてみた。

「どうも彩色がいけません、幾度かやってみたのですが亀田先生にならない、もともと墨の似合う人ですし、下絵のままがいいような気もします」

彼は無意識に話題を色彩に移して、色だけを考えた草花の小品を描いてみたことや、試しにそれを友禅染にして色合いを比べてみたときの心の高ぶりを話した。色彩はやはり彼の中で暴れているのであった。其一の絵が変わることを望んでいた理野は、その兆しを聞くだけで嬉しかった。

「そのうちわたしなりの朝顔を描こうと考えています、朝顔ほど目に染みて彩色の自由になる花もありませんから」

「一面、すべて朝顔ですね」

「ええ、どこから見ても鮮やかな絵です、これは自分のために描く、いつかあなたが言ったように画家は自分の内側から湧いてくるものに逆らってはいけない、無理をしてもそういう時間を持たなければ小器用な絵描きで終わってしまう」

彼は淡々と話していたが、色彩への執着は隠しようがなかった。習作の小品を友禅にまでした男を知ると、理野はもう会心の作に出会ったような喜びを感じた。染色に負けない彼の彩色を想像すると興奮して、一日も早く見てみたいと思った。

「染めたような朝顔の群れ、見せてください」

「一年後には必ず、それまでにあなたの蒔絵も見たいものだ、まだ何も決まりませんか」

「土台はもうすぐできます、棗は油断がなりませんが、硯箱は惚(ほ)れ惚(ぼ)れするような塗り映えです」

彼女の声は弾んで、言葉は調子よく相手と噛み合った。酒で気持ちのほぐれた男と互いの夢を語らう間、彼女は父のことを忘れていたし、彼も家庭を忘れているはずであった。

酒のあと軽い食事をとりながら、其一は三月に西村藐庵(にしむらみゃくあん)の花街漫録(かがいまんろく)が刊行されて抱一の序文と自分の挿絵が載った話をした。藐庵は吉原江戸町の名主で抱一の友人だが、書や作陶を愛し、古筆の目利きもする茶人で、やはり河東節の十寸見連(ますみれん)のひとりだという。其一の画業も抱一の人脈と切り離せないところで成り立っていたから、彼は吉原へも行くし茶や俳諧もする。抱一と違うのは丹青がすべての人生を歩もうとしていることで、茶や俳諧から学ぶことはあっても最後には丹青へ還らなければならない。彼はそのことを身辺に何が起きても色と向き合う染師の人生にたとえて、自分もそういう生き方しかできないらしいと語った。

「職人はみんなそうです、身につけた技を磨いて生きてゆくしかありません、あとに残るのは丹精して造ったものだけで名前すら残りません」

「今日、更山（こうざん）どのに印籠の下絵を届けました、おそらく銘は抱一筆になるでしょうが、怒らないでください、今はそういう時期だとわたしは考えています、更山どのも抱一風だけが原蒔絵ではないことを世に示したいはずですし、それには数物が一番です、いずれそういうときが必ず来ます」

　彼の言葉にうなずいている自分を、理野はいつになく心地よく感じた。片意地な、はぐれ者に付き物の孤独が薄れているのであった。抱一は正月に十本の扇子を水戸公へ進上したあと、古画研究の傍ら絵手本を制作しているという。どちらも養子の鶯蒲（おうほ）が手伝っているそうで、画房の事情は変わらないが、其一は彼らしく穏便な方法で変わろうとしていた。一方で代筆を続けながら自分を創るのだから、これまでとは別の葛藤（かっとう）も生まれるだろう。それでも変わってゆくであろう彼を見るのは彼女の張り合いであった。

　心が通うときほど時間は早く過ぎてゆき、食事を終えて店を出ると、あたりはもう闇の世界であった。川の流れに沿って、ところどころに蛍火が群れている。この清流の蛍は四月末から七月半ばまで見られるが、狩る人は少なく、今もそれらしい人声は聞こえてこない。蛍火は川べりの草むらに点滅しながら、流れの水草を照らして、美しいが儚(はかな)い。立ち止まって眺めていると、

「まだ寮を出る決心はつきませんか」

と其一が言い、理野はあるかなしかにうなずいた。今すぐひとりで暮らさなければならない理由がなかったし、夜の心細さや長い孤独を考えるとやはり恐ろしかった。毒になるかもしれない女の家へ、今の其一が分別の埒(らち)を跨(また)いで駆けてくるとも思えなかった。

せめて其一が別の言い方をしてくれたらと思いながら、華麗な蛍の舞に彼女は見入っていた。虫とは思えない光の不思議さに人の霊を思い合わせて、兄もいるのであろうかと思った。清流のしじまに飛び交う蛍の群れは源平の合戦の幻とも言われる。おそらく兄は平家蛍で、儚く散った命の燃えさしを見せにきたのであろう。彼は蒔絵の夢に生きて何も怖れていなかった。

其一が家庭を忘れるのは彼女といる短い限られた時間のことで、生来堅実な生き方を好む彼は冒険心に欠けていた。常に安定した精神と暮らしがそうだし、唯一激しい感受性は神経質で偏執的な絵の中に顕れる。実生活では分別が感情を抑えて取り乱すことがない。酒色に溺れ、世の中の毒気に塗(まみ)れ、他人を押しのけても画境を摑(つか)み取る

人ではなかった。画業がすべてと言うなら、そのために何かを犠牲にしたり、貪り尽くしたうえで、世間の白い目を撥ね除けるくらいの太々しさがほしいが、そういう乱暴な生き方は彼の流儀にもとるのであろう。

「松江から長い手紙がきたそうですね、帰るのですか」

と歩きながら彼は訊いた。

「一度は帰らなければならないでしょう、このまま父や兄と別れるわけにもゆきませんし」

「すぐに戻れるようならいいが、松江は遠い」

「いつか西遊することがありましたら、是非ご覧になってください、夕暮れの宍道湖はとてもきれいです、冬なら白鳥が迎えるでしょう」

彼女は男の慎重さに皮肉になりながら歩いていた。女に対しても臆病な彼には夜の道も昼の道も変わらないのかもしれない。蛍火の美しい暗がりにいて、好きでもない男と歩く女がいないことに気づかないとしたら、彼には夜を描く資格はないだろう。それとも自分が奔放すぎるのだろうかと考えていたとき、其一が立ち止まって、ご覧なさいと言った。低い抑揚のない声であったが、流れの向こう側におびただしい数の蛍が見えて、息を呑む眩さであった。しばらくして其一が、

「色が見える、これは描ける」

と独り言を言い、理野はこんな妖しい光なら櫛に蒔いてみたいと思った。自らの命を燃やして点す光が男の霊でないなら、女の情念そのものであったし、その激しさも儚さも彼女には親しいものであった。長い間そこから逃れて自分を誤魔化してきたから、もう一度芯から輝いてみたいと思わずにいられなかった。そこを飛ばして無事に生きたところで何も変わらない気がするのだった。

羊遊斎のすすめで祐吉と葛飾の旧家を訪ねることになったのは、片輪車の香合が完成した日の昼下がりである。雨もよいの午後であったが、小舟で隅田川を上って綾瀬川を辿ってゆくと、葛飾はそれほど遠くない。目当ての旧家には抱一物が多く蔵されているそうで、今日の訪問も抱一下絵の蒔絵文箱を届けるためであった。

「よいものがあるから見せてもらうといい」

香合の出来栄えに満足したらしく、羊遊斎は機嫌がよかった。金地に金の付描で精緻な波模様を施し、流れに浸した恰好の片輪車に青貝を嵌め込んだ方形の香合は、煌びやかな禁裏の匂いを醸して気品があった。その褒美というのでもないだろうが、これから櫛の制作に移る理野へ、彼は区切りの時間を与えてくれたようである。祐吉は帰りに向島に寄るのを愉しみにしていた。

綾瀬川の岸辺の小さな桟橋で舟を降りると、あたりは見渡す限りの田園で、水田のほかには川と湿地と黒い森しか見えない。水に恵まれた肥沃な土地らしく、田植えを終えた水田の眺めは美しいが、暗い空を映す沼地は水が重そうであった。道端にも咲き遅れた菖蒲が見えるのは土地柄であろう。訪ねる家までは少し歩かなければならなかった。今も名主を務める谷沢家は土塀に囲まれて富家にしてはおとなしい外見だが、玄関は武家風の構えで帯刀を許されているらしかった。前庭に使用人らしい年配の男がいて来意を告げると、その人が主の谷沢沼菴であった。

「よく間違われる、ま、お入りなさい」

　気さくな人で、夏のせいか身なりに無頓着であった。しだらなく開けた単衣に庭下駄をつっかけた男は素封家にも蒐集家にも見えなかったが、家の中へ入ると印象は一変した。柱の材も造りもよい家で、隅々まで手入れが行き届いている。どこからともなく人声がするのは奉公人の多さであろうし、奥へ向かう途中で見た土間の広さは戸外と見紛うほどであった。通された広い座敷からは土蔵のある庭が見渡せて、これもさりげなく凝った造園である。抱一と親しいだけあって、家居から想像する主は造形を好む人のようであった。床飾りの掛物は抱一の俳画で、花菖蒲を挿した一重切の竹の花入には内側に蒔絵が施されていた。

「表流の花入らしい、茶や俳諧はやるかね」

　谷沢に訊かれて祐吉が答える間、理野は泉水のある庭を眺めていた。水郷を模したらしい流れの先には池があって、可憐な河骨や色違いの花菖蒲が咲き乱れている。田中の、借景もできない庭が主の意のままに生きているのであった。

　茶も俳諧もする祐吉と風流人の谷沢はすぐに打ち解けて、話題を抱一のことから蒔絵に転じてゆくのを、理野は邪魔しない程度に目をあてて聞いていた。祐吉が実家と同類の素封家に向けて何を言うか、屈折した興味があった。

「蒔絵にも尾形流というのがあるのかね」

「光悦から光琳、光琳から上人さまという流れはあるかと思います、独特の意匠ですから見ればすぐに分かりますが、光悦や光琳の没後に造られたものや、真作を写したもの、味わいだけ似せて造ったものも多く、それを丹青のように尾形流と呼べるかどうか、実作する蒔絵師はよい意匠であれば何流でもよいのです」

「江戸では古画趣味が流行っているようだが、蒔絵も古いものへ戻るのではないか」

「そうは思いません、古くよいものが造り直されるのはいつの時代も同じです、禁裏や城では昔から変わらないものが重宝するということもあるでしょう、茶の湯でも先人が愛用した古いものが好まれます、しかし市井の道具は暮らしとともに変わるものですから、蒔絵も同じ道をゆくしかありません」

「古い光琳風が流行るのはどう考えればいい」

「優れた意匠は模倣を経て洗われ、やがて生まれ変わります、あえなく模倣で終わることもありますが、よほどの才人でない限り、先人の名品を無視してよいものは生まれません、ただし名品の模倣に明け暮れてしまうと、蒔絵は新しくなるどころか滅びてゆくでしょう」

祐吉はそつなく答えていた。興に乗ったとみえて、谷沢も満足げに微笑しながら言った。

「高台寺の蒔絵物はすばらしいそうだが、あれも過去の遺物ということになる、名品も模倣を繰り返されて価直を失ってゆくのか、それとも心ある者に愛されて生き残るだろうか」

「よいものは残らなければなりません、造られた時代を考えずに切り捨ててしまっては後人は学ぶこともできません、名品の蒐集にはその人の愉しみを超えて別の大きな意味もあるかと思います」

「同感だな、本物に古いも新しいもない」

「ご当家にも逸品が多くあると聞いております」

「あとで一つ二つ見ていただこう、当代の名工の目に勝る鑑定もないだろう」

そのとき女の声がして、どうして来客を知ったのか、嫁らしい人が女中と麦湯や菓子を運んできた。眼差しの優しい、しっとりとした若い女であったが、谷沢が紹介したのは夫人で、羊遊斎の文箱も彼女が所望したということであった。

顔を赤らめた夫人がたどたどしく挨拶するのを聞くと、理野は女の勘で女中を直した結婚であろうと思った。豊かな髪の櫛は原工房の数物であった。幸せそうに見える夫人は子を産んだか、身籠(みごも)っているのかもしれない。父娘のような夫婦であったが、女の幸せはいつどんな形で実るか知れなかった。

「では拝見しよう」

谷沢が言い、祐吉が包みを解くと、箱蓋(はこぶた)の墨書に夏草、文箱とある。理野は中身を見ていなかったので、ちょうど季節の草花を想像したが、現れた文箱の意匠は抱一の夏艸雨で、黒漆地に金蒔絵であっさりと表されていた。羊遊斎はあの絵の縮図を持っていたのである。うまいが、屏風の下絵を見ている理野には情趣の足りない小さなものに思われた。祐吉も谷沢の反応を窺(うかが)いながら、ちらりと彼女を見た。

文箱は無言の谷沢から夫人の手に渡って、草花をひとつひとつ確かめるように眺められた。しばらくして夫人が言った。

「夏草が萎(しお)れているのはなぜでしょう」

「余情さ、よく見てごらん」

谷沢が手がかりを与えたが、夫人は小首を傾(かし)げて戸惑う表情をした。

「夕立をやり過ごしたあとに浮かび出た哀れといえばお分かりでしょうか、無力でいてしたたかな命に見えませんか、本絵は銀屏風に大きく描かれたもので、わたくしも下絵を拝見しましたが、それは見事なものです、水の流れは潦(にわたずみ)で川ではありません」

「あ」

と夫人はようやく気づいたらしく、顔をあげると理野を見て笑った。淑やかなわりにすることの幼い妻を谷沢はおおらかに見ていて、一から教えることを愉しんでいるようであった。彼は妻が文箱を気に入ったことに満足して、自身の感想は言わずに笑っていた。美しく整った文箱はこれから長く夫人の目を愉しませるに違いない。抱一の本絵を見たなら別の感想を持つだろうから、目にしないほうが幸せかもしれなかった。

文箱を箱に戻すと、谷沢は夫人に代金を持ってくるように言いつけた。

「それから、あれを」

と言った。祐吉と理野は顔を見合わせて役目を終えたことにほっとした。一服する間に戻ってきた夫人は木箱を二つ持っていた。緊張したようすから重いものに見えたが、谷沢が一方の蓋を開けると内箱があって、高台寺、棗と書かれていた。

名物裂の仕覆から慎重に取り出された棗は、黒漆地に秋草と紋散らしの意匠を金の平蒔絵で表したもので、畳付に宗加、箱書には幸阿彌又左衛門の銘がある。簡潔な意匠と技法の蒔絵はところどころで剝落しかけているが、道具としての命をとるよりは古物の味わいを残すべきで、あえて修復しないことに意味があった。今の技術で複製がたやすいことを考えると、復元して染みついた歳月を消してしまうことこそ恐ろしかった。

まさか葛飾の田中に高台寺棗があるとは思わなかったから、祐吉も理野も熱心に見入った。それは豊臣の時代に京を中心に花開いた清新な文化の名残であったし、蒔絵史の証言者でもあった。又左衛門がどういう人かは分からないが、造形も枯れようも本物の棗は激動のときを生き延びて、およそ二百年後の蒔絵師の前に現れたのである。

「高台寺蒔絵は当時の城や邸（やしき）の道具にもあしらわれて貴人の暮らしには欠かせなかったらしい、つまり高台寺のものとは限らない」

「いずれにしても幸阿彌家の祖先の作です、どのようにして手に入れましたか」

「こういうものはどこからともなく現れて偶然手に入る、望んで見つかるものでもない」

谷沢は風流人らしくあっさりしていた。彼が次に披露したのも珍しい棗で、

「高台寺と比べてみると二百余年が見えておもしろい」

そう言いながら、渋い草色の緞子（どんす）の仕覆を開いた。箱書によると、棗は小島漆壺斎が塗り、羊遊斎が加飾したもので、祐吉も見たことがないという。やはり黒塗の棗で、蓋甲（ふたこう）の丸い縁に沿って三日月を金貝（かながい）で表し、身には暈（ぼか）した雲層（うんそう）だけという静かな意匠であったが、理野は一見して素晴らしいと思った。大胆で繊細だが光琳や抱一の匂い

はまったく感じられず、「秋野」と名付けながら秋草がひとつも描かれていないのがよかった。それでいて人を魅了する深さがあった。

「これこそ原蒔絵の真髄でしょう、絶品です」

興奮した彼女は誰にともなく言い、至福の震えを味わった。漆壺斎の塗りも見事だが、羊遊斎は高台寺より遥かに簡潔な意匠で棗に命を吹き込んだのである。利休が見たら何と言うか。そう思わずにいられない、静寂な棗であった。

祐吉と谷沢が何か話していたが、彼女の目は棗を追って飽きなかった。これが二百年の進化でなくて何であろう。今ようやく羊遊斎の真価を見極めたと思いながら、その麗しさに魅せられ、話しかけてくる夫人の声にもぼんやりとしていた。

谷沢家を辞して舟に乗るまで「秋野」が目に浮かんで、理野は大事な訪問を終えた心地がしなかった。すぐにでも引き返して気の済むまで見ていたい気持ちであった。黙って祐吉が歩くほうへついてゆきながら、待っていた小舟を見ると、ああそうか、向島へゆくのだったと思った。

「今のところあれが先生の頂点だろうか」

「あれ以上のものがあるか、これから生まれるとしたら、見なければなりません」

「自分で造ればいい、いつまでも憧れていてもはじまらない」

絶品を目にした興奮がまだ胸に残って、祐吉の皮肉も気にならなかった。

舟は隅田川と合流する鐘ヶ淵の先で隅田村の木母寺の裏に着けられ、彼らは植込みの細い石段を登っていった。祐吉が由緒を語りながら案内したのは植半という料理屋で、初代の植木屋半右衛門が掛茶屋からはじめた店だという。今も気取ったところがなく、芋料理や土地の蔬菜を生かした即席を売りにしている。雨もよいで暗いせいか、早々と明かりを灯した座敷に座ると、挨拶にきた中年の女将へ、祐吉はぞんざいな口をきいた。

「女将も店も古くなったな、成田屋は来るかい」

「昨日も四、五日前にも見えましたよ」

女将の鉄は七世市川團十郎の贔屓で、團十郎のほうも彼女の気っ風のよさを気に入って親戚づきあいをしている。もう十四年前になるが、当時二十一歳の彼が市村座で助六を初演したとき、舞台提げの印籠を羊遊斎が造って、その大造りと華やかな衣装が評判になった。その話をすると、女将は昨日のことのように覚えていて、

「たしか印籠だけで六十両、助六の帯は三升紋と牡丹の豪華な刺繍でしたね、見物連中は柿色と白の手拭いを被って三升紋の形に並んだものです」

と子供のように目を輝かせた。

「意休は松本幸四郎、三浦屋の揚巻は岩井半四郎で綺麗でしたね、四代目と五代目の追善興行ということもあって、男達と傾城がそれぞれ八人という大舞台でしたが、

どうしてか不入りでねえ、芝居がはねると逃げるように家へきたもんですよ」

そんな話から今の團十郎のことまで、女将は挨拶がわりにすらすらと話した。人に向けて團十郎を語るのが愉しそうであった。細かいこともよく覚えていて、助六の印籠の下絵は瀧登鯉の図が文晁で、牡丹が抱一上人だという。初耳の理野はおもしろく聞いていたが、どこへ行っても文晁ら下谷組の誰かにぶつかる縁を不思議に感じていた。

彼らの交際が広いために却って江戸が狭く感じられて、祐吉と向島にいても團十郎や抱一の名を聞くことに、彼女は親しみと同時に軽い息苦しさを覚えた。人と人の絆が強すぎて、松江を思い出すと怖い気さえする。彼らを結ぶのは共通の趣味や友情とは限らないし、介在する支援者や女がいるはずだが、それにしては胡蝶の名を聞かない不思議があった。世間はやはり男の作るもので、我の強い女は弾かれるのだろうか。

酒と名物の卵焼きや精進風の料理が運ばれてくると、祐吉は野芹の浸し物から美味しそうに摘まんだ。向島の香りが口に合うのだろう。重五の節句休みも働いた二人は明日一日休めることになっていたから、彼は羽を伸ばすつもりでいるのかもしれない。酌むそばから盃は空いていった。

「八百善もいいが、向島生まれの田舎者にはこういう料理が血になる、死ぬ前の一年、好きなものを食べるとしたら、やはりこっちだろう」

「本当に向島が好きなのですね」

「子供のときに家を出たきり帰れなかった恨みがある、両国に暮らして人擦れするよりは畑の匂いを嗅いでいるほうが落ち着く、蒔絵で食えなくなったら帰農するしかないだろう」

　祐吉は何気なく言ったが、淋しい言葉が理野の耳に留まった。まさか本気ではないでしょうねと笑いかけてから、彼女は不安になって訊ねた。

「原先生の秋野はすばらしいものでした、ああいうものをなぜ造り続けないのでしょう」

「挑む勇気がないか、今の暮らしに満足してしまったか、そんなところだろう」

「祐吉さんはどうなのです、よい仕事をしているのに弱気ですね」

「今は壁を感じる、どうやら蒔絵に馴れすぎてしまったらしい、思い切って何かを壊さないと駄目だろうな、蒔絵は精進すればあるところまではゆく、そこで躓く、躓きを知らない職人は幸せだが成功もしない、平凡な細工に満足して、一生名品とは縁のない不幸な蒔絵師で終わる、そうなりたくなかったら大事なものを犠牲にしても挑むしかない、後悔して苦しむ分だけ蒔絵で取り返す、そういうところまで来てしまったらしい」

　彼は低い声で笑いながら、蒔絵師は職人だがそれだけでもない、厄介な仕事さ、と言った。すると自分もいつかその厄介な淵へ落ちてゆくのかと思い、理野は危うい気分を味わった。一流を目指す人の業でしょうと話しながら、祐吉の顔を見るうち、急に胸が騒いで、彼とそっくりな男に見られているような気がした。

　盃を重ねて互いに気が弛んでくると、彼女は男の手から銚子をとって酌をした。前にもそうして拒まれたことがあったが、今日の彼はかまわずに飲んでいた。好きな蔬菜を味わい、気儘な酒を愉しみながら、

「あなたの蒔絵はよくなっている、あと少し垢抜けたら一気に変わるだろう」

　と真顔になって言った。理野はこの一年の仕事を思い浮かべて、懸命に蒔いてはきたが、彼の言う変化を自覚したことはないと思った。

「垢抜けたかどうか、自分で分かりますか」

「そのうち分かるときが来る、来なければ無様に蒔き続けるしかない、蒔く以外に能がないのはみんな御同様さ」

「祐吉さんは茶の湯も俳諧もします、蒔絵だけの人ではないでしょう」

「茶は慰めで、発句は苦痛だよ、能があるからやっているわけじゃない」

「人間を磨いても蒔絵はよくなりませんか」

「ならないね、出家して技芸が上達するならそうするが、安閑とした暮らしから新し

いものは生まれない、誰も思いつかない技法や美しい意匠は破笠のように山野を這いずり回って探すのが本当だろう、創ることを生業にしながら、小さな殻の中に安居して何が生まれるだろうか」

　祐吉は青ざめた酔いのうちから想いを吐き出した。彼の理想は蓬頭垢衣のさすらい人となって蒔絵の旅に出ることであった。江戸の喧騒に紛れていても漂泊者の彼は夜の巷をさまよい、何ができるか、とつおいつ思案している。金銀の華飾に疲れて、休らう場所を求めているとも言えた。しかし過酷な行脚に妻子は連れてゆけない。

「破笠のようには生きられそうもないから、せめてこの向島に庵を結んで細工所と小間にする、そんな夢を見ている」

「両国を引き払うのですか」

「夢だよ、暮らしは両国へ置いてゆくさ」

　彼はすでに寺島村に手頃な借家を見つけて修理していると話した。菊塢の花屋敷と法泉寺の間の村落に、その家はある。朽ちかけたかつての植木屋は隣家との距離もよく、露地を造ると顔を変えて侘数寄風の田舎家になったという。広い庭は好きにできるし、今は合歓が花をつけている。

「あとで見てくれないか」

　彼は簡単に言ったが、雨もよいの夜に露地や合歓を見られるとも思えなかった。理野はうまい返事もできずに目を伏せたが、黙って自嘲する男を見ると酒を注いでやらずにいられなかった。

雨の気配とともに日没がきたのは、それから間もなくである。小雨の音はじきに消えたが、あとに重たい湿りが残った。祐吉の気持ちに触れて戸惑いながら、気がつくと彼女は口にしていた。

「細工所は何畳ほどですか」

「板敷で六畳、次の間がある」

「節穴や床の隙間を塞いで風をとめないと、古い家ではひどいことになります、庭先に黄楊を植えると微かな風も見えるそうです」

なぜそんなことを言ったのか、自分のことながら分からなかった。揺れる心に押されて女の感情が言わせた言葉であった。男と目が合うと、ひとりで根岸へ帰るほうが辛い気がした。

しばらくして植半をあとにすると、灯火の乏しい向島の夜は檳榔子を思わせる暗さであった。人家の疎らな道には人影も見えない。祐吉には目をつぶっても歩けるところで、彼は悠然としていたが、理野はどのあたりにいるのかも分からなかった。成りゆきに負けて男についてゆく自分が信じられない気持ちであったが、彼なら怖いこともなかった。細工所と小間が完成したら共同の仕事場にしよう、と男は言った。二人きりの工房で好きなものを造るという。それは三年前に出会ったときから決まっていたことのように思われた。

　今度は妻子持ちか、やめとけ、と兄が言っている。蒔絵しか眼中になく、身を固める前に逝ってしまった彼は、女もさまざまであることを知らない。肉親の優しさと気まずさで奔放な妹を咎めもしないかわり、軽はずみという言葉で片付けてしまう。何のために江戸にいる、またぞろ辛い思いをするだけだぞ。このままひとりで生きてゆけというの、好きな人と蒔絵に没頭してはいけませんか、彼女は胸の中で言い、振り切った。そばに同類の男を感じると、長く溜めていた感情を掻き立てられて止めようがなかった。同じことなら素直な気持ちになりたい、たとえ厄介な淵へ落ちたとしても悔やみはしないだろうと思った。

　小雨に濡れた道を歩いてゆくと、どこからか青葉の茂りが匂ってくる。理野の目に宍道湖のほとりの丘陵や、長い冬を抜けて煌めく湖水の波が浮かんだり、消えたりした。男の隠れ家に着くまでに苦い記憶は捨てなければならない。女に手遅れという言葉はいらない気がした。

「この先だ」

　そう告げる男の声を聞くと、彼女は顔をあげて歩いていった。暗い水辺の草に舞い降りて、命を燃やすときがきたのであった。飛び込んだ闇の深さは、黒塗の漆器の妖しい光沢にも思われた。

職人の出盛る神田の朝はにぎわしい。通りは男たちの覇気に満ちて、粋な挨拶が飛び交う。下駄新道では塗師や下駄屋が表戸を開け、人影はそれぞれの職場へと消えてゆく。やがて神経を磨り減らす一日がはじまる。

幸福な時間のあとにくるものを理野は予期しなかった。朝の工房へ入るときの、いつもの気の高ぶりが、その日は気後れに変わっているのであった。母屋で着替えてから工房へまわると、職人の目が一斉にそそがれる気がして、彼女は顔を伏せたまま入っていった。見馴れた仕事場の見馴れた一角に、今日から櫛の制作にかかる彼女の道具は移されていた。となりには古参の櫛蒔絵師がいて、もう置目をとる支度をしている。

「おはようございます、またよろしく」

声をかけると男は顔をあげて、出戻りにしちゃ生きがいいね、と砕けた挨拶を返してきた。そのあと手元へ目を戻して呟いた。

「一輪椿か、なんだか明るくなっていいや」

奔放な女を言い当てられた気がして、理野はどきりとした。隠しても見えてしまうものがあるのかと思い、たちまち蘇る記憶に困惑した。その日の工程を思い描いてはじまる職人の一日は自分との闘いで、予定通りに終わると充足が自信に変わるのであったが、今日は心許ない気がした。一夜の出来事を誰もが知っているように思われ、視線を感じる度に羞恥に身が竦んだ。余韻が髪の形にも表れているのではないかと案じた。

「今日から櫛だってな、懐かしいね」

金次郎がきて見つめられると、彼女は破顔しながら目を伏せた。ほかの人はともかく、彼の目は誤魔化せないと思った。

「まず何をやる、秋物か」

「ちょっとおもしろいものです、下絵ができたら見てもらえますか」

思い切り明るい表情を作って、そう言うのが精いっぱいであった。二、三日、青貝が不足することを告げて金次郎が去ってゆくと、彼女は気を変えて仕事にとりかかった。羊遊斎には四季の組物を造るように言われている。四枚の櫛に春夏秋冬を蒔くのであった。母屋の細工所から移された道具をひとつひとつ確かめてから、自分の下絵帖を広げて意匠に使えそうな絵を選んでゆく。櫛の形を決めて、下絵から余分なものを削ぎ落とし、増やすものは増やして、それから本下絵を描くのであった。手につかない気持ちをどうにか捩じ伏せて選んだのは、春が桜の雨花、夏が清流の蛍、秋が月と萩、冬が山茶花(さざんか)であった。

昼どき、台所へゆくと祐吉が食事をしながら母屋の職人と話し込んでいた。彼は目敏(めざと)く自分の女を見つけて微笑(ほほえ)みかけてきたが、理野は目を合わせて応える勇気がなかった。まだ羞恥が先に立っていたし、人目の多い工房で馴れ合う真似もしたくなかった。いつか向島の田舎家で祐吉と蒔絵をする日がきても、笑いながら蒔くことはないだろう。生き甲斐と女の感情は別であった。

あの夜、無謀に踏み出したのは自分で、男の誘いは避けられないものではなかった。いまさら後悔はしないが、間違いという言葉が一夜の成りゆきにはふさわしいし、男と確かな関係を築くにはそれなりの月日が必要であった。昨日の淵が今日の瀬になることがあるなら、明日はまた淵ということもある。名も守るものもある男と放恣(ほうし)な夢を見て、燃やした感情の分だけ恐ろしくなるのは仕方のないことであった。胡蝶はどうして切り抜けてきたのかと思う。

人と向き合う場所を避けて座ると、じきに金次郎がきたので、彼女は誘うでもなく自分の脇へ目をやった。食事は彼の愉しみであったし、食べている間は女の変化に気づくこともないだろうと思った。果たして彼の食欲は見物(みもの)で、理野はその日はじめて心から笑った。

「行儀が悪いか、お里が知れるな」

「おいしそうに食べるから女中さんが喜ぶわ」

「若いころはもっと食べたよ、金がないのに喰いたいものばかりあって、安い店を探し歩くうちに腹がへる、結局、丼飯があれば何でもよくなって目当てのものは喰えない、今でもそんな夢を見て哀しくなる」

自然に女を無防備にする優しさがあるのに、彼は伴侶を求めない。縁がないというよりは、女をその人生まで含めて組み敷く気持ちがない。そこへ行き着くまでには曲折があったはずだが、終わったことは顔に出さない。片意地で優しい。理野は体を合わせた男よりも身近な情を覚えて、御数(おかず)を半分あげましょうか、と彼のよいほうの耳へ囁いた。

「そこまで飢えちゃいないよ」

金次郎はうつむいて笑った。そのとき執拗な視線を感じて、彼女は目をやった。祐吉の顔には暗黙の馴れと苛立(いらだ)ちが見えて、間違えば立ってきそうであった。彼女はしょうことなく笑いを浮かべたが、この無意味なやりとりを好まなかった。工房が急に狭く感じられて、恥じらいとは別の火照りが身を熱くした。不埒(ふらち)な女にもある、陶酔のあとのたゆたう気持ちを彼は知らないと思った。

午後の仕事を終えて工房を出ると、祐吉を避けて帰る足はいつもより早くなっていた。自然に語り合うには神経が過敏すぎたし、まだ生々しい記憶があって、冷静に一夜を振り返ることはできそうになかった。二人の関係ははじまったばかりで何もかもがこれからであったが、そのためにしばらくはひとりでいたい気もするのだった。それもおかしなことであった。

冬の湖のほとりで言葉をなくしていた男を思い出すと、祐吉とは関わりのないことであるのに姿も情も重なる。結びついたことで彼女の見てきた世界は変わってしまったらしい。祐吉から蒔絵をとっても同じことをしたであろうかと考え、蒔絵があるからつながるのではないかと思った。しかし共有できる世界があるからといって、男と女がうまく暮らしてゆけるとは限らない。別れた男がそうであったように、祐吉もいずれひとりの世界へ帰ってゆくのではないかと思わずにいられなかった。そのくせ向島の小さな工房にはすべての夢が待っている気がした。男の方から口にした夢には彼女が含まれていた。それなのになぜ心が揺れるのか、自分のことながら分からなかった。

人の少ない道を選んで家路を急ぎながら、根岸の寮も永遠の住まいではないのだと思った。人には帰る家がいるが、彼女のそれは借りものであったし、このまま漂泊者として生きてゆく勇気もなかった。女が淋しくもなく落ち着くとしたら、やはり男のいる家であろう。そこへ辿り着いたことのない彼女は、知らず識らず哀しい夢を見てしまうのかもしれなかった。

根岸の安楽寺（あんらくじ）の前を通りかけて身変地蔵（みがわり）を見ると、彼女はふっと誘われて歩いていった。浄瑠璃作者として知られる小野お通（おののつう）が二百年も前に祀（まつ）ったという地蔵尊は路傍の古木の下にあって、今は粗末な屋根に守られている。優しい顔の地蔵を見ると、手に余る不安を代わってもらいたい気持ちであったが、それも虫のよい願いであった。屈（かが）んで手を合わせながら、彼女は願掛けするかわりに自分の心なさに呆れた。そのときになって祐吉がそそいでくれた情を心で感じた。不埒な男と女の成りゆきであれ、一夜は一夜であった。すると受身になってしまう女の弱さと秘めた激しさに胸を掻（か）き立てられて、息苦しかった。

こんな日を続けていたら蒔絵はどうなるか、それこそ息苦しい不安であったが、踏み出してしまったものは仕方がなかった。もう蒔絵だけの男と女に戻ることはできない。自分を見失わないためにも、彼女はその日から創作することを考えた。

六月の立秋のあとにきた暑い日、胡蝶が根津へ越してゆくと、根岸の暮らしは淋しいものになった。彼女は彼女で中ぶらりんな暮らしを変えることを考えて、素早く決断したのであった。

「あなたを見ていて考えたの、わたしも何かしたい、このままでは終われないって」

実兄にも相談して、しばらく前から家や生業（なりわい）の準備をしてきた胡蝶は、念願の三味線の師匠をはじめる。環境を一新して出直そうと決めると、彼女の行動は早かった。

勝手の分かる根津に求めたのは、稽古所を開きながら座敷にも出るという三味線三昧(ざんまい)の暮らしであった。実家の呉竹(くれたけ)も胡蝶の復帰には乗り気だそうで、当座の暮らしには困らない。そう理野に告げたのは数日前で、羊遊斎にはかなり前に伝えてあるし、そのうち根津へ見にくるだろう、と他人事(ひとごと)のように言った。家移りは女の一大事であったが、

「ここへも時々ようすを見にくるわ、荷物も少し残っているし」

胡蝶はあっさりしたもので新しい暮らしに飛び出していった。香るほど家に馴染んだ人が消えると、残された理野の生活も変わった。

午後遅く工房から帰ると、寮にはさちがいるだけで、女主人を失った家はがらんとした。夕食も淋しい儀式になった。日中ひとりのさちは理野の帰りを待っていて、帰れば話し込む暇もなく自分が帰るのであった。夕食のあと創作に向かう理野は硯箱や棗を相手に語らうしかなかった。夜は長く、重たい時間になった。

胡蝶が去ったあとも羊遊斎は寮の管理について何も言わなかったし、人がいるうちはそれでいいと思っているようであった。彼のほかに工房では胡蝶の家移りを知る人はなく、理野も話さなかった。引っ越しから一月(ひとつき)ほどが過ぎたある日、ふらりと当人がきて一晩泊まっていった。

「粂次郎さんが来たわよ」

夕食をともにしながら、彼女は愉しそうに話した。根津の家に羊遊斎は泊まったそうで、二人の縁は切れていなかったのである。寛容な胡蝶は羊遊斎がくれば受け入れ、来なければ終わりを覚悟する。顔を見ない月日を別れの挨拶として終わるのも、憎み合う年でもない男と女の分別だと割り切った。彼はきて、彼女の暮らしを眺めて、怖いものもないか、若いなと呟いた。相手の家にいる遠慮から小さくなって、女の手のかわりに撥を撫でていた。断れない出稽古があって一刻ほど外出して帰ると、彼は台所で湯を沸かしていた。彼女はそんな男を見るのははじめてだった。

律義な無精者も根津へくると若いころを思い出すのか、こまめになっておもしろい、と胡蝶は関係の変化を愉しんだ。乱暴な地回りだった男は蒔絵に出会って人生を変えたが、もともと器用で家事をさせてもうまいものであった。父親より早く母親が亡くなったせいもあるだろう。女のすることを見て、女よりうまくなるので、あの男に嫁はいらないと言われた。けれども平穏な家庭を求めて、家に執着するのが彼であった。

ちょっとした擦れ違いから、胡蝶は妻ではなく妾になってしまい、彼の資力の世話になってきたが、望み通り夫婦になることが幸せだったかどうか。彼女には捨てられない芸がある。女に家を守らせる男と、芸に生きる女は嚙み合わない。家族を作り、ひたすら豊かに暮らすために自分を殺すとしたら、自前で芸者になるような女は爆ぜていただろう。

「あの人、三味線は駄目だったし、幾度か教えたことがあるけど、あんまりひどいので三味線が可哀想になってやめたの、あんなに器用なのに信じられないくらい下手だったわね」

彼女の還（かえ）った芸の世界は厳しい。生業（なりわい）ともなれば半端は許されない。三本の糸を愛していても腕が鈍（なま）れば素人も同然で、舞台はおろか人前で弾くことはできない。撥をとった瞬間から玄人でなければならないし、とめるときは自ら充足して終わる義務があった。芸の分からない百人を相手にするより、分かる一人に聴かせる。弾くことも教えることも闘いで、凜（りん）としない芸は自然に廃（すた）れてゆく。逆に上達するほど慢心する怖さがある。同業も見ようによっては聴衆で、うまい相方の間を外せば嘲笑は自分に返ってくる。

「男と女の間の取り方もおんなじ、両方が熱くなってもおかしなことになるし、一方が無理強いしてもそう、年がゆくほど間をとらないと」

寮を出たときから二人を繋いできた金銭の関係は終わって、胡蝶は自立していた。男の都合でもなく、別れると決めて出たわけでもないので、家移りも自前でしたし、手切金も求めなかった。それどころか彼女はさちの給金まで払っていた。やるとなると徹底して地歩を固めてしまう人であった。そのお蔭で女が暮らしを変えるときに付き物のごたごたはなかった。

「原先生はここをどうなさるおつもりでしょう」

「どうもしませんよ、となりに雨華庵がある間は使える家ですから、羊遊斎は名前のために生きてゆくでしょう、粂次郎さんには根津があるし」

胡蝶はさっぱりした顔で言い、笑った。

だが男の保護を拒んで移り住んだ家でも、彼女はまたひとりになった。家事を手伝う人はいるが、家族ではない。いつか男が来なくなれば本当にひとりになる。それでも根津に暮らすほうが張り合いがあるし、一日に減り張りがある。若いとは言えない年齢になって、自分から男との関係を清算しておきながら、胡蝶は男に振り回された歳月を恨むでもなかった。妾宅という檻から自分を解放した彼女は男と対等になって、新しい関係をはじめたとも言える。前よりも輝いて、芸の世界の厳しさと典雅さを纏っている。羊遊斎は彼女の家を訪ねて、自分の手から離れた女に何を見るのだろうか。そのうち家にいらっしゃい、若い人の気合の漲る稽古所はいいものよ、と胡蝶は言った。

理野は胡蝶の新生活が羨ましいし、研ぎ澄まされた精神の芸を観てみたかった。彼女の愛情の持ち方や類まれな潔さも、やはり芸という一生の支えがあるからだろうと思った。自分の身に置き換えると、それは蒔絵であったが、芸に生きる人が芸に磨かれて輝くのと違って、華やぎは漆器に吸い取られてしまう。職人の手や肌は同じことを繰り返して丈夫になりながら、やがて道具が磨り減るように傷んで味わい深くなるものであった。白髪の交じる年齢がきたとき、誇りの滲むよい顔をしていることが慰めであった。

「女も三味線も似たようなもの、きらりと光るのは若いうちだけ、わたしのような年の女が弾いてもさまになるのは音や声にも年輪があるから、あとはこれがわたしの芸という自信かしら」

理野は自分の遥か先をゆく人を眺める心地がした。夕食のあと、ゆっくりお茶を飲む時間があって、彼女はさちに画才があるので何とかしてやりたいと話した。雨華庵の画法には向かないと話すと、胡蝶は何か考えようと言った。暮らしに困るようなら自分が引き取るとも言った。

「あなたはどうなの、ずっとここにいるのもつまらないわよ、国へ帰るなら別だけど」

「自分のことなのに分かりません、まだ江戸でやりたいことがありますし、もし帰ったらそのままになるような気がします」

胡蝶なら何でも話せると思いながら、結局祐吉とのことは言えなかった。帰らなかった夜のことを胡蝶は訊かなかったし、もともと女の行動を穿鑿する人でもなかった。気づきながら知らないふりをしているとも考えられた。

一夜が明けると彼女は先に身支度をして、

「淋しくなったら根津へいらっしゃい」

そう言って帰っていった。

次の日の夜明け方、四季の櫛で髪を飾る四人の女が夢に現れた。春の櫛を挿すのは百花潭水楼のきぬ女で、夏は胡蝶、秋は妙華尼、冬は鶴婦人であった。妙華尼は若い姿で黒髪を束ねている。それぞれに美しい女たちと櫛の意匠は調和して、その人となりと人生の季節を匂わせた。捉えかねていた使う人の顔を夢で見るのは何かの啓示であろう。理野はよい夢を見たと思った。

彼女はいま秋の櫛にかかっていて、現実の季節に蒔絵が追いついたところであった。妙華尼は櫛を挿す髪を持たないが、月と萩の意匠は静淑な彼女にふさわしいものであった。本下絵の月を抱一得意の半月に描き直すと、待つ人を得た意匠は生き生きとした。理野の中で、秋の櫛は傾城の香川か春條の依頼ということになろうか。たとえ過去の幻影であっても、顔の見える仕事ほど心強いものはない。眩しくも妖しくもなる女の櫛には情念を込めたいと思うからであった。銀の月を蒔くうち、春の人も冬の人もいた雨華庵の宴を思い出して、この四枚の櫛を四人の女に贈ることはできないだろうかと考えた。

彼女は下職が用意する黒塗の櫛をいくつか分けてもらって、まずは胡蝶のために寮で蛍を蒔くことにした。女の道を踏み外しながら、なお輝く人に、蛍の櫛は凄艶な色香をもたらすだろう。熱情を秘めて事も無げに三味線を弾く女の髪に、ちらちらと煌めく光景を思い描いた。返し文は川に撥の紋散らしでなければならない。撥には螺鈿を使うことにして、これも工房で分けてもらった。

　思いがけず其一の噂を耳にしたのは、それから間もない仲秋の一日である。目の覚めるような朝顔を描いているそうです、と噂を運んできたのはさちであった。いつのまにか娘は抱二と親しくなっていて、彼からいろいろ聞くらしかった。其一を尊敬している抱二は妻女にも好かれて、雨華庵にくると必ず鈴木家に寄る。彼が見たのは小品の下絵であったが、すでに鮮烈な色調が表れているという。雨華庵では見られない彩色に少年も興奮して喋ったのだろう。

　朝顔と聞くと、理野の胸は騒いだ。其一の絵に期待する気持ちの裏側で、何か遠くなった人から声をかけられた気がした。彼女は根岸にいる間は彼と逍遥したり、色彩のことを話したりしたいと思っていたが、どうしてか祐吉と近づいてしまった。後悔というより自分の中にどちらにも惹かれる二人の女がいて、手を差し出した男に従った女を、もう一人の女が冷たく見ているのだった。朝顔はそのことを思い出させて鮮烈であった。

　其一の朝顔に負けないものを蒔きたい、彼とは競うしかないのだから、と彼女は念じた。しかし少ない色漆で丹青の鮮やかな色彩に対抗するのは不可能である。同じ手法で闘いたくもない。人工的で実在感に欠ける蒔絵と、彼の極彩色の絵は緊張とでもいう一点で結びつくだけであった。彼が朝顔を描く話をしたとき、彼女は一瞬にして見る人を圧倒するものになるだろうと予感した。長く眺めるうちに意図に気づかせ、味わいを変える絵ではなかった。

　もともと彼の絵には隠された意図などなく、ひたぶるに表現するだけである。実生活でも心の奥を人に見せない、しんねりした人であった。夏の夜、二人で暗い川べりを歩きながら、彼は蛍しか見ていなかった。妖しい蛍火を描くなら女の情念を知るべきであったが、彼の目は色を求めて対象を観察するだけであった。創作の力や理想の情景を得るために、自分本位になって、誰彼なしに葛藤に巻き込むようなことはしない。いっそ放恣に生きてくれたら窮屈な画境も変わるはずだが、彼女が画家に期待するものを持っているのは、むしろ祐吉であった。彼の方に欲しいものを手にする強引な人を感じて、向島の一夜には男らしい男に従う暗い喜びがあった。心のままに危ない橋を渡ることで、彼女も本来の自分を取り戻せるはずであった。男は男で情をそそいでくれたと思う。それでどうかというと、相変わらずしゃんとできずに揺れているのだから情けなかった。

　彼女は其一の期待に応えて、彼のために何か造らなければならない。それは約束である。彼が朝顔を描いていると知ったことはよい刺激で、燃えるように紅い大輪の山茶花が思い浮かんだが、それでは其一に捧げる意味がなかった。少なくとも意匠は新しく、女の魂を込めたものでなければならない。それが彼と繋がるということだろう。

「朝顔か、あたしも描いてみたいな」

とさちが言った。墨で描くのもやっとの彼女に顔料はまだ夢であった。高価な上質の顔料を惜しげもなく使う雨華庵の画工たちと、画才に気づいて間もない農家の娘では、一跨ぎのところにいながら画材も環境もまるで違う。

「描きなさい、顔料なら分けてあげる」

理野は言ったが、画家を目指す娘の境遇にも半端なものを感じた。さちは一日も早くどこかの門を叩くべきであった。けれども未だに代筆に追われる其一のことを考えると、そこは雨華庵であってはならない気がするのだった。其一も女弟子をとる人ではないだろうと思った。

川端の小さな料理屋で待ち合わせて祐吉と夕食をとるようになったのは、向島へゆくかかわりに語らい、不埒な将来のあり方や互いの考え方を確かめ合うためであった。いつも理野が遅れて、同じ店の同じ座敷へ通ると、彼は飲みかけの酒で迎える。これまでにそういうことが幾度かあった。その日も夕方近くなって隅田川の見える座敷へ上がると、彼はようやく現れた女に微笑みながら、

「小間（こま）ができた、見てみないか」

と誘った。茶人が聖人である必要はないが、自由のすぎる人であった。それでいてふしだらな感じは少しもしない。一夜のあと工房で見せた焦燥も今では見られなかった。

　すでに一流の蒔絵師である彼の生活は充実したもので、金銭的にも安定し、綻（ほころ）びがない。料理の選び方も、飲み方も熟（こな）れて、話題にすることも落ち着いている。彼の観察眼は画家や俳人のそれと等しく、女の心境を読み取ると、いったん自分を同化させてから冷静に攻めてくる。

「わたしもいろいろ考えることがある、不安がないといえば嘘になるし、正しいことをしているとも思わない、だからといって見てしまった夢を捨てるわけにはゆかない」

「わたしは女ですから小さなことも怖れます、軽はずみで、欲張りで、小さな世間が嫌いなくせに強くはないのです」

「男も同じだよ、違うとすればいつまでも子供で夢を見たがる、夢を捨てた男が賢人と呼ばれる」

　女中が料理を並べて下がると、彼は話題を向島に戻して、田舎家に新しい暮らしを重ねて見るのは愉しいと話した。家庭と川を隔てることで、彼の心は整理がつくらしかった。男が自分の工房を持って悪いことはないが、彼が仲間に選んだのは女蒔絵師である。人は男を悪く言う前に無節操な女を貶（おとし）めるだろう。偏見を乗り越えたとして彼の妻子の憎しみに耐えられるかどうか。

「向島の家ができたら神田を離れるのですか」

「いや、わたしはしばらく残る、造らなければならないものがあるし、いきなり先生と縁を切るわけにもゆかないだろう、あなたには向島で暮らしてもらうが、金のための仕事は忘れて好きに蒔いてほしい、そのうちわたしも加わる」

「寮の暮らしと変わりませんね、ひとりで蒔絵をしながら時々くる人を待つわけですか」

　理野は世間の目を憚（はばか）りながら、田園の片隅にひっそりと暮らす女の家を思い浮かべた。相手に家庭がある以上、仕方のないことであったが、そこまで考えてはじめたことではなかった。

　向島で男の意に従ったとき、彼女は女の意志を持っていたが、あとになって自分のために祐吉の家庭が壊れるのではないかと思った。祐吉と新しい蒔絵を創る暮らしへの期待と同じ重さで、人を不幸にすることへの恐れがあった。そのくせ男に家庭を壊すつもりがないと知ると、それはそれで淋しかった。川の向こうとこちらで男女の歳月まで分けながら、胡蝶のように平然とやってゆけるかどうか分からなかった。二人の工房を興すからには、そばに相手を感じながら蒔くのが本当だろう。放浪に憧れる男は女に生き甲斐と隠れ家を与えて、ついたり離れたりしながら蒔絵のことだけを考えていたいのかもしれない。そういう不自然な暮らしを続けた挙げ句、男の保護から飛び出した人を理野は知っている。

「独立して好きなものだけを造っていては食べてゆけません、暮らしを立てなければ続くものも続かなくなるでしょう」

「食べてゆくくらいの金はどうにかなる、それより蒔絵をどうにかしたい、数物を造りながらそんなことはできないし、しばらく世間と距離を置くことで見えてくるものがあるような気がする」

「破笠のようにですか」

「安住していては何も変わらない」

男の言うことも分からないではないが、理野は怖れていた方へ流されているのを感じた。祐吉に欲しいものを手に入れた男の自信を感じて、良くも悪くも引っ張られている気がした。以前なら頼もしく感じたことが受身で生きる女の陶酔にも思われ、不安に変わることがあった。

「わたしはもう若いとは言えません、たぶんこれから決めることが一生続くことになります、どこにいても漆や金粉はついてまわるでしょうが、それだけでも生きてゆけそうにありません」

彼女は思い切って口にした。

「しばらく考える時間をくださいませんか」

祐吉には思いがけない成りゆきで、吐息をつくことになった。しかし優しい声が続いた。

「分からない人だな、細工所の間取りまで話し合っていながら、まだ決めかねていたのか」

「わたしは祐吉さんのように蒔絵と暮らしを切り離しては考えられません、自分の仕事場を持つなら、そこが終の棲みかで、食べるために造ることもするでしょう、ほしいのは一緒に闘ってくれる人で、ひとりで籠るための座敷などいりません」

「小間は悪くない、必ず好きになるさ」

男に欺瞞があるとしたら、女に対して落ち着きと自信がありすぎることかもしれなかった。

食事のすすまないまま夜がきて、女中が行灯を灯して下がると、彼は気分が解れるから、と新しい酒をすすめた。

「少し食べよう、今日のあなたはむずかしい人になってしまったが、向島へ越してから言われるよりはいい、わたしはむしろ歓迎している」

「厄介な女ですみません」

「そもそも蒔絵師におとなしい人は向かない、物を見る目も思いつくことも人と違うから、おもしろいものが生まれる」

「祐吉さんも物好きですね」

皮肉の半分は自分に向けたものであったが、祐吉は額面通りに受け取って、手応えはあるよと笑った。話はいっとき弾んだものの、明日のあてどなさを思うと気分は沈んでいった。男に会って答えの出ないことほど虚しいこともなかった。女の我儘だろうかとも考えたが、それだけでもない気がした。酒も残り少なくなって彼は言った。

「ついこの間まで人生はずっと続くような気がしていたが、数えてみるとそう長くはない、晩年になってから充実した仕事をしようなどと考えていては間に合わないと気づいた、すると不思議なもので、あれこれ悩んで終わるくらいなら、今できることからはじめてしまえと思った」

「一日もそう長くはありません、そろそろ帰らなければいけません」

男の自由になる世の中を感じて、彼女の声は暗くなった。冒険はいいが、女は世間の目を逃れて隠棲する。それでは妾宅と変わらない。どこまで耐えられるか分からなかった。食事もそこそこに二人は店を出た。川べりの町は夜も人を集めて妖しく生きている。小舟に乗るために近くの船着場へ向かいながら、理野は自分のような女が気持ちよく暮らせる町ではないと思った。無意識に肩をすぼめて、誰も見ないようにした。

「人に見られてはいけませんね」

「かまわないさ、いずれ知られる」

祐吉は言い、夜の町から自分の女を庇(かば)うようにして歩いた。男の肩が触れると、理野は素肌を合わせたようにはっとして、熱くなった。体に蛍火が灯る気がした。舟に乗るとき、さりげなく女の肩に手を回して、何が大事か考えてくれ、待つからと囁いた男へ、彼女はあるかなしかにうなずいた。二人の家ができても、生活をどうするかという難題が残っていたが、男の優しさには勝てない気がした。舟は静かに岸を離れていった。広い川の、暗い緩やかな流れは、祐吉のいる片岸に町の明かりを浮かべてひっそりとしていた。

秋の櫛ができて一息ついた日の午後、金次郎に頼まれて数物の下絵を直していると、来客があった。会いに出てみると柳花亭の仲居で、女将が近くで待っているので小半刻ほど出られないかという。仲居の明るいようすから、理野は軽い気持ちで仕事着のまま出かけていった。

神田川の見える柳原の茶店で、しなは待っていた。陽のあたる縁台でぼんやりしている女の横顔は疲れているように見えたが、理野を見るとさっと立ち上がって笑顔に

なった。その瞬間から彼女は別人のように華やいだ。同じ女の目にも見事な変わりようで、

「ごめんなさいね、勝手を言って」

優しく笑う目も身についたものであった。

「珍しいですね、こんな早くにこんなところで」

「店の都合があるもんですから、お茶を飲みながら話しますか、それとも少し歩きましょうか」

あたりには小さな床店（とこみせ）が続いて、古着や廉価な紛（まが）い物を見歩く人が出ている。二人は静かな堤を歩いた。陽射しとそよ風の長閑（のどか）な午後で、少し先で隅田川に合流する川には理野もよく使う小舟が往き来していた。

「話というのは祐吉さんのこと、うやむやにもしておけないから」

歩きながら、しなはそう切り出した。

「もう十年になるかしら、そういう間柄なの」

自分の勘違いではないかと思い、すっかり忘れていた二人の関係を告げられると、理野はやはり動揺した。むかし祐吉と何かあったというだけならかまわないが、しなが来たのは今も続く関係だからであった。彼女は嫉妬（しっと）に任せて怒鳴るでもなく、落ち着いた話し方をした。

「祐吉さんは何も言わなかったようね」

「ええ、でも何となくそうではないかと思っていました、都合よく忘れていたのはわたしの方かもしれません」

「本当に好きならかまわないのよ、あの人を独り占めできるなんて思ってないから、これまでにもいろいろあったたし、これからもあるでしょう、ただあなたは蒔絵師だから黙っていられない」

しなはそう言うと立ち止まって、理野の顔色を覗いた。いずれ祐吉とも話すが、彼はうまく言い抜けるだろう、だから先にあなたに会っていると言い、怒らずに聞いてくれるかと念を押した。理野は緊張した顔でうなずくしかなかった。一方的に責められてもおかしくなかったが、しなの言動には激情も悪意も感じられなかった。掌に汗をかきながら、彼女は唇を噛んで立っていた。

祐吉が柳花亭に来るようになったのは、彼がまだ二十代のときである。気鋭の蒔絵師は期待を背負う仕事に疲れて孤独であった。それは客に尽くす女の目にすぐ分かった。贅沢を味わうだけの店ならほかにいくらでもあったたし、男はいつもひとりであった。わざわざ小さな料亭を選んで、芸者も呼ばず、客に調子を合わせて聞くことが商売の女に蒔絵の話をする。思い切り遊んで気分を解放するのではなく、人に自分をさらして、そこから何ものかを摑みとろうとする。酒も教養も語らいも、何もかもが蒔絵のためと知るのにそう長くはかからなかった。

　向島の同じ村に生まれた二人は、一方が名主の息子で、一方が小作人の娘であった。家を出る事情はまるで違ったが、幼くしてともに川を渡った二人は蒔絵師と料亭の女将として再会したのである。柳花亭はそれから数年後に改めた屋号で、その前は川波(かわなみ)といった。

　しなには料亭を開くときから援助してくれた旦那がいたが、気の弱い男は自分の商売が傾くと妻子のもとへ帰ってゆき、それからは恥も外聞もなく金を借りにくる人になった。突き放すこともできたが、落魄(らくはく)した男の意気地のなさは借金のために田畑を手放した実家の事情に重なった。結局世話になった分は尽くしたので、自分の首を絞めることになった彼女の店はその日その日を切り抜けることで成り立っていた。祐吉が現れたのはそういうときで、裕福な彼は見込める客になり、やがて恃(たの)める人になった。あるとき店の支払いに困って、彼のくれた茶道具を売ると、四十両にもなった。たかが蒔絵師と思っていた女の先入観は壊れて、職人にも天と地があるのを彼女は知った。

　どちらがどちらに多く依存したか、それは今でも分からない。柳花亭は祐吉の援助もあって生き返り、祐吉は彼女の綿密な心遣いに触れることで覇気を取り戻した。惚れたとか慕うとかいうのではなく、彼にすれば蒔絵に集中するための英気を補給する場が柳花亭であった。笑いながら蒔絵のことを考え、酔いながら傑作の夢を見る。目の前に女の傑作がいるのに、としなは思った。

　座敷や仲居を飾るものも彼が見立てるようになってから柳花亭はすっかり落ち着き、常連も増えていった。髪に祐吉の蒔絵櫛を挿した彼女は、これでまた人の物になったと思った。困れば恃める人ができた安心感と、その代償として尽くさなければならない義務ができたが、彼女は祐吉が嫌いではなかった。男に尽くすことで生きてきた女の目に、蒔絵しか見ない男は異様で新鮮だった。

「世の中には見栄っ張りや嘘つきや恥知らずがいっぱいいるけど、あんな無垢な人を見たのははじめて、とにかく蒔絵、蒔絵、蒔絵で、すること一切が蒔絵に還ってゆくのだから」

　何かあって祐吉がぼろぼろになって這い込んでくるとき、しなは病気の子を看病するように労りながら、いつか来る破滅の日を予感した。望み通り、ひとつの欠点もない名品を生んだら、この人は壊れるのではないか。さもなければ一生満足することなく、死の直前まで蒔き続けるに違いないと思った。蒔絵のことは分からないが、ひとりの人間をそこまで追いつめるものこそ恐ろしい気がした。過不足のない仕事に充足し、平穏な暮らしを愉しみ、恬淡と生きてゆくという考えは彼にはなかったからである。蒔絵に明け暮れ、常に完璧を求めて、行き悩むのは当然のことであった。方法は分からないが、彼を破滅から守ることができるのは自分しかいないと思った。愛情と呼ぶには喜びのない感情で、心もなしに出会う男に尽くしてきた女の病かもしれなかった。

「破笠の食籠があるでしょう、あれは前の旦那が見つけてきたの、古くてそれほどよいものにも見えなかったから使わずにいたの、あるとき気晴らしになるかと思って祐吉さんに見せたら、血相を変えてわけの分からないことを叫び捲ったわ、あの人、蒔絵のことになると気が違うのよ」

教養も良識もあって、ふだん冷静な男が蒔絵に酔うときのようすを、しなは哀しいものに見ていた。自分の才能を信じる男にとって、先人の名品は毒にもなった。滅多にない陶酔と興奮が、やがて絶望に変わるからであった。絶えず刺激を求めながら、打ちのめされたり目覚めたりして、さらに遠いところを目指してゆく。何かの中毒か狂気でないとしたら、そこまで人を虜にするものを何というか知らない、と彼女は言った。生活のすべてが蒔絵に呑まれているのであった。

「向島の家もそう、庭に合歓の木があったでしょう、わたしも行ったことがあるの」

「いつのことですか」

「四、五日前、あなたのことも何となく分かったわ、細工所に新しい室が二つあったし」

彼女は祐吉に訊いてみたが、予備の室だと言ったきりであった。なぜ自分に見せるのか、そのときになって分かった。彼が別れるつもりなら、まず破笠の食籠を買い取らなければならないし、手切金もくれるはずである。そういう話の前に別の女と暮らす家を見せるはずがなかった。むろん彼女に川向こうの家は意味がなかった。

「あの人、自分でも何をしているか分からないはずよ、人を傷つけるつもりはないから、でも蒔絵のためならどんなひどいことでもするの、おかしいでしょ」

しなは美しい顔を曇らせて笑った。男に尽くしても妻子に恨まれ、何かあれば金銭を突きつけられて身を引く立場であった。人を好きにならないはずがないのに、頼ることでしか繋がれない。生業（なりわい）と割り切っていながら、しかし本気で案じてやるのも尽くすことである。男に破滅の匂いを感じたときから、守ることが務めになった。不合理なことは承知している。彼女はそうして生きてきた女の分別で、縺（もつ）れそうな事態を処理しようとしていた。自身のためとも言い切れないし、理野のためと言うには間尺に合わない行為であった。

「あなたが蒔絵師でなかったら、わたしと似たようなことになるだけでしょうけど、蒔絵をする限り全部あの人に吸い取られることになるでしょうね、気がついたときには女の方が空っぽになっているというわけ、嘘だと思うなら三日一緒に暮らしてごらんなさい、わたしの言うことが見えてくるから」

成熟した女の口から聞く祐吉の実像は理野を驚かせたが、分かるだけにみじめであった。体が彼女の言葉を拒まないし、ひとりの男を巡る女同士の醜い感情も湧かない。しなは不思議なほど近しい人に思われた。聞こえてくるのは崖から突き落とすような言葉であったが、言われてみれば確かに祐吉は誰かと一緒に闘うような人ではない、と気づいた。それは分かっていたことである。分かっていて彼が自分を求める意味の深さに、彼女は気づかなかった。しなの存在が祐吉を支えているとも知らなかった。

もっと知りたければ柳花亭にひとりで来てほしい、客の相手があるので忙しないが、たいていのことには答えられるだろう、としなは言った。

「もう十分です、知りたくもありませんし」

「どうしても向島の家で暮らしたいなら、とめはしないわ、蔬菜畑の荒ら屋にもお茶の小座敷があって、つらいときは閉じ籠れる、世間を嫌う蒔絵師にはいい隠れ家でしょう」

彼女はとどめを刺すと、ごめんなさい、痛かったでしょ、と言って帰っていった。女の年輪が言わせる警告と同情を嚙みしめながら、理野はぼんやりと小舟のゆく景色を眺めていた。これから工房へ帰って、何もなかったように蒔絵に向かえるだろうかと思った。明日からも同じことが続くだろう。堤の下の川は冷たく色褪せて見えた。

その日の夕暮れ、根岸へ帰った理野はいつもと違う道を歩いて樅の木の下にきていた。懐かしい木肌に額をつけていると、あてどなさに震えていた日々の記憶が還ってくる。あれから何をしてきたのだったか、と彼女は思い巡らした。

自分の中で変わったことといえば、東都の自由な水に洗われ、蒔絵がどんどん好きになって、ずうずうしくなったことだろう。妻子のある男に平気で近づき、人生が充実するなら妾になってもかまわないとさえ思うようになった。飛び込んだ世界にはそういう人たちが平然と生きていた。男も女もそれぞれに輝いて、世間の仕来りなど無視して暮らしながら、世間を魅了することにかけては一流であった。男は茅屋(ぼうおく)を風流と言い、遊廓に遊んで、美食を愉しみ、情緒を貪(むさぼ)る。美しいものを生み出しながら、商魂も発揮し、生活のためには節操も曲げて世間まで欺く。そうして裕福に暮らす男たちに女は囲われ、やはり生活の充実と引き換えに自分を捨てるか誤魔化すかしている。理野が本当に自ら輝く人をみるのは今の胡蝶で、彼女のように生きたければ自分で自分の始末をつけるしかなかった。蒔絵を犠牲にして男に尽くすだけでは充たされそうにないからであった。

祐吉には何か違う熱いものを感じたが、それも儚(はかな)い幻になってしまった。しなの言うことはもっともだし、無理にはじめても別れが遅れてくるだけだろう。蒔絵のためなら何でも取り込もうとする気持ちは自分にもあって、互いを傷つけずにやってゆけるわけがなかった。創作と人生の充実という欲張りな夢を見て、相手を翻弄(ほんろう)したのは自分の方かもしれない。いつもその境をふらついてきたから、おかしなことになるのだと思った。

どこに暮らしても女の生きてゆく世間は狭いものだと思う。ひたぶるに求めれば何でも手に入る江戸にいて、文晁や抱一や亀田鵬斎を知っていても、彼女にはせいぜい百人の世間があるだけである。その中で彼らの放つ光を浴びながら生きてゆくのか、自分から光るために別の世間を目指すのか、考えられる前途はいずれかであった。もう蒔絵を単なる生業と考えることはできないだろう。

日が落ちるのか、風が冷たくなってきた。彼女は太い樅の木にもたれながら、同じことなら一日も早く始末をつけようと思った。祐吉に背を向けなければ次へすすめないし、情を引きずる気分は味わいすぎて嫌いだった。この感情を寮で待っている漆器にぶつけてみようと思い、悲哀も快楽も感傷も塗り込めることで、どうにか切り抜けられそうな気持ちであった。

木地選びからはじめて、紙張り、地付け、涸らし、錆付け、研ぎ、塗り、と月日をかけて一つまた一つと完成させた棗はどれも美しいものであった。やはり黒く塗り上げた硯箱と並べてみると、加飾に惑わされない形の美がはっきりとして、深い塗りの光沢にも引き込まれてゆく。理野は道具にもある命を眼のあたりにする心地がした。
棗に選んだ利休形は、いつの時代も寸法と形の変わらないものである。道具の使い手であった利休の美意識を造り手の木地師や塗師が具現したもので、彼らの共感の結晶と言ってもよい。妥協を超えて融和した美がある。理野が使い手を意識するのもこのためで、木地師や塗師の匠のあとに蒔絵師がいるのであった。華を必要としない完璧な漆器に加飾することほど愚かなこともないが、いったい蒔絵師の仕事はそこからはじまる。ありったけの感性を駆使して美しい素肌を薄絹で包むように、ときには紅をさすように激しく、道具に二重の命を授けるのであった。

工房から帰ると、彼女は物に憑かれたように制作に打ち込んだ。思い切り冒険をして越えてみたい山があったし、妖しく美しいものを渇望する気持ちが支えであった。どれも依頼されて造るものではないが、櫛も棗も硯箱も使う人の顔は見えている。それぞれに相手の意を汲みとり、職人の技を重ねて、あるものには女の情念を蒔きつけるつもりであった。理性では抑えられない感情がどういう形で表れるかは分からない。しくじれば道具の命を壊すだけの、異様で醜い、無残なものに終わるだろう。

「蒔絵でそんなことができるものか、たとえできたとしても道具に愛憎や哀しみを見てどうなる」

祐吉は失望と皮肉をこめて言ったが、彼女は自分を信じるしかなかった。隅田川を描けば水鳥と波だけになってしまう、あの不要なものを削ぎ落とす感覚だけが頼りであった。女の情念を表すのに写実も装飾もないのだし、内から湧き出てくるものを凝縮して、ふさわしい形で表すだけであった。

夜の寮はしんとして、仕事場の明かりだけが彼女を見守る。馴れると時を忘れて、創作の闇に埋没してゆく。粉蒔を終えた櫛を室へ入れると、彼女は描きためた山茶花の下絵を眺めた。一輪の花を描きなぐった絵は幾十枚とある。思い切ってはじめてみようかと考え、棗を見るうち、胸が波立ち、やがて立ち向かうべき造形が見えてくる気がした。夜半であったが、つきあげてくる悲愁と熱情に押されて、その手は筆をとっていた。

祐吉と別れるために会ったとき、彼女は男が激昂するものと覚悟していたので、何か夕立の通り過ぎたあとの湖畔に佇むような物憂い気分を味わった。身も心も合わせた分だけ男と女の別れに憎しみが絡むのは避けられないことであったが、祐吉が怒りを露にしたのは一瞬のことで、女の心変わりを罵るでもなかった。身勝手といえばしなのことを隠していた彼もそうであったが、ひとつの夢を失いながら男は落ち着いていた。しなと話して破局を予期していたのでなければ、もともと見苦しいことが苦手なのだろう。夕暮れの隅田川の岸辺を歩きながら、これからどうするつもりなのかと彼は訊ねた。

「どこで暮らすにしろ、蒔絵を続けてゆくしかありません、それは祐吉さんも同じでしょう」

「同じ二人が助け合えないのはどうしてかな」

「蒔絵だけのことなら小さな仕事場があればどうにかなるでしょうが、男と女の家には暮らしがなくてはなりません、今の祐吉さんとわたしに蒔絵を切り離した暮らしができるでしょうか、わたしにはできません、お互いに期待することが多すぎて、心をひとつにするどころか、蒔絵のために憎み合うことになるでしょう、強引にはじめれば二人ともぼろぼろになります」

「蒔絵には愉しみもある、美を突きつめてゆくのもそうだし、思いもよらない意匠や技法に巡り合ったときの高揚といったらない、それが蒔絵を続ける目的と言ってもいい、我々の仕事は暮らしを忘れて一室に閉じ籠るところからはじまる、抜け殻になって帰ってゆく家こそ幻だよ」

「そんな家ならないほうがましです、ひとりの密室にいても、わたしは使う人の気持ちや自分の暮らしをぐじぐじ考える女ですから」

　理野は皮肉になって、女の蒔絵師なんてそんなものです、雑念ばっかりの蒔絵は堕落ですか、と言い放った。没頭するものがあって迷いのない男は幸福だが、平気で人を傷つけもするのだった。

「どうやら今日のあなたは強い人らしい」

「わたしたちに間違いがあったとしたら、蒔絵の介在なしには結ばれなかったことでしょう」

「それは違う、もっと早く出会っていたら向島の家は二人にとって完全な未来になったろう」

「それならなぜ別の人を連れていったのですか」

　祐吉は答えずに川を見ていた。理野はむかし別れた男と、彼にそっくりな男と、歳月を挟んで同じ離愁を繰り返していると思った。違うとすれば今度は自分から別れを選んだことと、はじめから妻の座を望まなかったことだろう。

　二人の工房という言葉は今も魅力的だし、子をつくり、家庭を営む夫婦の関係がなくても蒔絵があればやってゆけると思った。しかし暮らしの道具を造りながら、祐吉のように暮らしを切り離して考えることは不可能であった。彼には自分の前に本妻としながいる。野放図に暮らしを広げながら、ひとり見つめているのは繊細で優美な江戸蒔絵の精華であった。人間よりも蒔絵が大事で、人生のすべてをそそいでいるとも言えた。幸福といえば幸福だし、淋しいといえば淋しい。そこまで醒(さ)める覚悟は理野になかったし、しなのように彼を支えて生きるには生活の力も寛容さも足りなかった。

彼女が夢を重ねる蒔絵は人にとことん使われ、古びてゆきながら、なお何かを語りかけるもの、華やかで精緻なだけでは伝わらない人間の感情や欲望を湛えて味わい深いものがよかった。そこに自身の可能性もあるはずであった。

　向島の見える河畔に佇みながら、彼女はずっと考えてきたことを口にした。いつか祐吉さんにとって完璧な蒔絵ができたとして心の底から喜べるでしょうか、と男の胸に針刺すことであった。祐吉は無視して、そういうあなたこそどんな仕事をするつもりかと訊ねた。

「棗に女の激情を蒔いてみます、硯箱には尊敬と感謝をこめて永遠の祝福を、それから祐吉さんの嫌いな怒りや哀しみや愚かな情も蒔くでしょう」

「蒔絵でそんなことができるものか」

　彼の目は優しさをなくして、皮肉に笑ったように見えた。言葉少なに批判したあと、人間も蒔絵もでたらめだ、と呟いた男を見ると、理野は血の引く思いがした。あったかもしれない向島の暮らしを垣間見る気がした。蒔絵はそんな甘いものじゃない、数物でさえ技巧を尽くしてどうにか見られるものになる、本当によいものは雑念のないところから生まれる、女の激情が美しいものとは思えないと言うのを聞くと、ためてきた心の張りが萎えてゆくのを感じた。祐吉は女の蒔絵を見限ることで自尊心を維持したのかもしれない。

　工房のどこかに彼がいると思うと、神経を張りつめていながら落ち着かない日が続いた。根岸の寮を出て一日の段取りを思いながら、神田へ向かうのが辛いこともあった。彼女は羊遊斎に体の不調を話して寮で仕事をできないだろうかと考えたが、許されることではなかった。かわりに根津へゆき、胡蝶の芸を観ることで慰められた。

「たいていの男は自分のできないことをやろうとする女を嫌うものよ、分かる人を探しなさい」

と彼女は軽く言ってのけた。

その後も工房と寮での制作が続いて、理野は窶（やつ）れていったが、衰弱する体とは逆に精神は高まっていた。寮の一室に籠ると、彼女の手は自由に山茶花を描いたし、画風や写実にとらわれない描写は日増しに大胆になった。蒔くことが命の滴（したた）りであり、恐ろしい期待でもあった。加飾が沈静して道具の命が見えてくるとき、それが独特の表情であるほど彼女の献身は報われた。愛される命であってほしいと願わずにいられなかった。ひとつ終わる度に身を削られてゆき、死んだ兄の幻影を見ることがあったが、そのときは蒔絵が代わりに生きてゆくだろうと思った。自分を映すものと考えると、女の情念を蒔いて悪いこともなかった。

独自の表現を夢見る気持ちは、いつかしら何としても造らなければならないという衝迫（しょうはく）となって彼女の背を押し続けた。下絵は数え切れなくなって、一輪の花はどのようにも変化した。花態に哀れを求めれば筆勢も抑制されて、激情を描けば荒々しくなった。内からつきあげてくるものの多さに戸惑いながら、落胆も驚喜もし、やがて形を決める意匠はそれこそ分身のように思われた。

　木地から大切に育てた棗の加飾に失敗して、ひとりの部屋で突っ伏すこともあった。限界まで心の弓を引き絞った中での一瞬の迷い、わずかな手の狂いが美しい命の誕生を奪うのであった。明けの朝、無残な棗を見ると涙がこぼれた。忙(せわ)しなく寮を出て工房へ着くまで、引き返すことばかり考え、山茶花のほかに何も見ていなかった。

「あら、花も笑うのね」

　いつだったか胡蝶が言ったが、それも情念のひとつであった。鶴婦人に贈る櫛にはそういう花を蒔いていた。笑いたい、笑ってほしい、という共通の思いは病身の鵬斎を通して確かめ合ってきたことである。儚(はかな)い明るさを纏(まと)った櫛はまだまだ独自の世界から遠いものであったが、女が女の心を表したことには違いなかった。画家の下絵に頼らず、自ら表現を考え、素描からはじめる蒔絵師には内面の充実が不可欠であった。技巧だけが蒔絵であるはずがなかった。

　一輪の花に女の情念が表れたのは最後の棗であった。生まれたばかりの小さな命を抱くようにして二晩眺め続けた。魂の息を吹きかけたあと、桐(きり)の箱に収めて、蓋(ふた)の表に根岸紅(ねぎしこう)とだけ記した。裏に署名はしたが、棗に銘はない。数百年の命を持った道具に銘を入れるのは不遜(ふそん)な気がしたし、入れてどうなるものでもなかった。使う人が気に入るかどうか、それは賭けであったが、女という命の持つ情炎は伝わるであろうと思った。

創作の硯箱を仕上げるために独りの闘いは続いたが、完成が見えてくると終えてしまうことが恐ろしくもあった。次の創作のための漆器を理野は持たなかったし、新しく造る考えもなかった。昼夜の作業は体の芯を痛めて、いつまでも続けられるものではなかった。役目を終えた塗師の道具は隅に片付けられて、仕事場は広くなっていた。疲れ果てて、そこに寝てしまう夜がある。まどろみの中で兄に会い、おまえも強情だな、早く帰れという声を聞きながら、彼女は金色の雨花と漆の川を見ていた。寒さに目覚めると、兄の道具を握りしめていた。

ある晩、急に思い立って仕事場を片付けていると、人の呼ぶ声がした。玄関へ出てみると暗がりに男が立っている。笹乃雪の提灯と紙包みを手にした鈴木其一であった。不意のことで理野は驚いたが、朝顔の絵ができたと聞くと見ずにいられなかった。茶の間にありったけの行灯を灯して、彼女は客を招じ入れた。彼の行きついた色彩を確かめるためであったが、明かりは疲れた顔も照らし出して繕いようがなかった。

夜になって女ひとりの家に訪ねてきた男は、仰々しい明かりの座敷を煙たそうに眺めた。酒の匂いがしたが、そこに座ることが務めのような硬い表情であった。ぎこちない挨拶のあと茶を淹れて戻ると、彼は絵を広げて待っていて、

「どうでしょう」
と性急に訊ねた。理野に向けられた絵は小さなもので屛風の縮図のようであったが、画面の半分は染めたような朝顔の花群であった。群青の花と緑青の葉がおおらかに渦巻く、鮮烈な色彩の群れであった。満開の朝顔は中心が白く、敷き散らしたように描かれ、一様に色の風を吹き出しているが、訴えてくるのはそれだけで作意も情緒も感じられない。ゆったりとして明るいという意味だろうか、片隅に噲々其一と落款があった。

彼女は目を見開いて凝視するうち、こちらが朝顔の白い目に見入られているような気がして、ああこれか、と思った。絵は人が描き、人が鑑賞するものだが、心情を重ねるものが何もないために逆に見られているように感じるのだった。男の目も彼女を見ていた。批評は慎重にすべきであったが、唇からは率直な感想が出ていた。

「そこに朝顔があるというだけで、鮮やかな季節のほかには何も見えません、のっぺらぼうで、着物の絵柄のようであり、何か刺々しい礫のようでもあります、其一さまの絵ですね」

彼は微かにうなずいたようであった。

同じ色の朝顔の花群は人間の連のようにも見えて、どこでどう繋がっているのか、渦巻きながらそこここで蔓の先が躍動している。にぎやかで明るく、ゆったりとして優しく、それでいて痛さを覚えるのは傷口に沁みるような色彩のせいであろう。溢れ出る言葉は其一を喜ばせて、顔をあげると彼の目も笑っていた。この丹青や蒔絵を通して打ち解けてゆくときの雰囲気は互いに親しいもので、共通の喜びを確かめ合ったり、直感で相手の苦悩を見抜いたりしながら語り合う愉しみは、いつのときも変わらなかった。

「振り出しに戻ったというか、染師の倅に還ったような気分です、もう一度ここからはじめてみようと思います、この絵が喜ばれるかどうか分かりませんが」

彼はそう言った。雨華庵の門人として光琳は捨てられないが、この色感とともにいずれ行くべきところへゆくだろうという。伝統を壊すくらいのつもりで色と向き合う。それなしに自分は描き続けられないとも言った。理野は彼の変化の行きつく先を思い浮かべて、心からうなずいた。

「上人さまにはご覧に入れたのですか」

「それはしばらく先のことになりそうです、これは習作ですし、今お見せしても深い興味は持たれないでしょう」

抱一は大和絵を描くための考証に集中しているそうで、其一とは逆に過去を見つめている。方向としては伝統への回帰だが、光琳復興を果たした人の新しい挑戦とも言える。江戸の古画趣味は四十年近く前に禁裏が焼失して、幕府が再建を開始したころにはじまる。いつの時代も禁裏は憧憬の的であったから、焼失が人々の興味に火をつけたのだろう。古儀を重視した造営には内裏の障壁画も含まれ、典雅な大和絵様式が選ばれると、江戸でも古画への関心が急速に高まり、以来、裾野を広げている。抱一は光琳の次に踏む階段をそこに定めたらしく、古画に詳しい文晁や国学者の力を借りて故実を研究し、彼らしい趣向の図様を模索している。相変わらず弟子たちに代筆をさせながら、遠いむかしの宮廷を見ているのだった。そんな師を評して、自分を生かすことに貪欲で時流を呼び込む才も一流です、と其一は話した。

「あれほど光琳を慕いながら、大和絵ですか」

「画家はいろいろ試してみたくなるものです、なおざりに描き続けているときこそ危ない」

「贅沢ですね」

理野はそう思った。大方の人間は生活に追われて実力を世に問うゆとりはないからであった。

「食べる心配もなく好きなことだけをして暮らしてゆけるのですから、上人さまは贅沢です、世の中には一年の平穏すら信じられずに働き続けている人が大勢います」

父もそのひとりであった。美しいものを求める気持ちも実力もありながら発揮する機会に恵まれず、小さな工房を維持することに歳月を費やしてきた。愚かな娘からみても充実した人生とは言えない。家族のために守り抜いた工房も長男に譲って、今では彼を助ける職人になっている。夢見たことの半分も味わっていないだろう。東都の蒔絵師に憧れ、東都の土を踏みながら、理想の硯箱ひとつ造れずに逝った兄もそうであった。

「こうしてみると、わたくしも役に立たないものに憂き身をやつす贅沢な人間になってしまったようです、蒔絵を究めたところで何がよくなるわけでもないのに溺れています」

「それでいいのです、我々は特別な人間ではないが、その機会は与えられたのですから」

「其一さまは描くことに使命を感じますか」

「それはない、描くしか能がないから描くだけです、それが何かの役に立つならそれでいい」

「わたしはときどき自分のしていることが分からなくなります」

「疲れているのではないですか、痩(や)せましたね」

彼は労(いたわ)った。

「其一さまも少し」

「わたしのは雑用疲れです」

師の代作ばかりしている罰だろう、そういえば祐吉さんも痩せている、と彼は笑った。其一の口から別れた人の名を聞くと、理野はうろたえて口籠(くちごも)った。黙ると痛みが増すように思われ、逃れるために明るく言ってみた。

「この絵を譲ってくださいませんか、五百文でどうです」

彼は苦笑して、差し上げますと言った。折目のついた絵に目をやりながら、いずれ表装して届けるつもりだったと話した。それは過ぎた果報であった。理野は彼の絵の未来を手にした幸福に染まりながら、この一夜を忘れないだろうと思った。

二人の息でいくらか暖まった座敷に夜気が忍び込んできた。彼女は至福のお返しに渡すものを取りに立ってゆき、其一のくれた道具や材料に気づいた。それも返さなければならないものであったが、蒔絵をしない彼が引き取るかどうか。今日をおいて告げるときはないかもしれないと思いながら、彼女は棗と硯箱を収めた木箱を持って、男のいる明るい座敷へ引き返していった。

其一は創作蒔絵の完成を予期していなかったようである。まだ木肌の匂う二つの箱を見ると、できたのですかと興奮気味に言った。理野は二つとも彼の前に並べた。何か運命のときを待つ気持ちであったが、息をひそめて彼の反応を見ていたかった。棗の「根岸紅(ねぎしこう)」と硯箱の「闇椿(やみつばき)」は箱書の文字から受ける印象も対照的である。彼は鮮やかな山茶花と分かる「根岸紅」から開いた。

棗を包んでいるのは古着を裁ってこしらえた仕覆で、二人には懐かしいものであった。其一はすぐに気づいて微笑した。理野が紅地の縞絣を着て原工房へ通っていたころ、彼もまだ二十代であった。流れた歳月の分だけ彼女は東都の暮らしに染まり、彼は濯がれた友禅のように鮮やかな色を取り戻した。期待と怖れはいつも身近にあった。男の手が組紐に触れて、優しく袋が開かれると、利休形の美しい棗が現れた。夜の明かりの中で黒漆は濡れたように輝く。

其一は見つめるばかりで黙っていた。棗は甲に朱漆で大輪の山茶花が描かれている。大胆で伸びやかな書を感じさせる筆遣いだが、粘性の強い漆では墨のように素早くは描けない。下絵の筆勢を表すために、彼女は胡粉で置目をとり、上から掃くように朱漆を落としてゆくことで、筆の流れが力強く速く見える工夫をしていた。乾くと朱漆は厚みを出したり、かすれたりして表情の豊かな華になった。麗しく、激しく、妖艶であった。荒々しい花容は女の情念を宿して、雑念の朱色が意味を持って語りかけてくる。粉蒔も象嵌もしない加飾を蒔絵と呼べるかどうか分からないが、棗は二人の前で息づいていた。これから歳月がゆくほど山茶花は発色して冴えてゆくだろう。

「あなたらしい棗だ」

しばらくして其一が言った。

「甲に女の人がいる」

「そうです」

「愚かな、激しい気性の人かもしれない」

「そうです」

「これを使う茶人は小座敷で心の揺れと闘うことになる、妖しいときめきを感じないわけにはゆかないし、情炎とでもいうのか暗い喜びがある」

「そうです、そうです」

　理野はなぜ目が潤むのか分からなかった。其一の言葉がいちいち身を刺すのであった。破格な表現の山茶花は生きやかに彼の手の中で燃え立っていた。紅い情念が黒い理性を揺るがしている。男の上気した顔がそう言っていた。胡蝶のいう「分かる人」が目の前にいるのであった。

　蒔絵に心情を持ち込んだ女と、丹青から心情を駆逐した男が、夜の座敷で棗を語るのも暗い喜びであろう。方向の違う互いの創作を認め合うおかしさに二人は気づいていなかった。一切の心情を追い払って強烈な色調を取り戻した男が、これはいいと言い、女は無謀な試みを間違いではなかったと思った。使い手の共感を得たことで、長い創作の疲れは癒えていた。これほど其一という人を身近に感じたこともなかった。

「訴えることに囚われていながら、気品も新しさもある、心情を押しつけられるのは嫌いだが、今日はそれが嫌みのない美しいものに見えます」

「嫌う人もいるでしょうが、これが今のわたしです、女は気紛れですから、そのうち何もかも違うものを造るかもしれません」

「ひとつの峰を越えたということでしょう、ご自分の蒔絵を持ったのです、これからそれを突きつめてゆくことになる」

　あなたは職人というより、蒔絵という手法で女というものを形にしてゆく人らしいと彼は評したが、理野は自分の内に溜まって暴れようとするものを形にしただけであった。それもまだはじめたばかりで、これからどう変わるかは分からなかった。女が女を見つめて、嫉妬や意地悪や皮肉の混じる情念を浄化できるかどうか。恐ろしいものや穢れも表現できる丹青と違って、美しくなければ蒔絵はそれまでである。色彩も限られている。けれども美しいものは随分みてきたし、闘う気持ちさえあれば可能性は無限にあると思った。

　黒漆地に黒漆で一輪椿を描いた「闇椿」の硯箱も彼は気に入って、この色調はいつか描いてみたいと言った。黒も彼には鮮やかな色彩のひとつなのだろうか。繊細な描写の椿はできてみると夜の湖にたゆたう女の魂のようでもあった。陽のありようや見る角度によって浮かび上がるので、使う人は光のありがたさを知るだろう。其一は批評するかわりに、そばに置いて愛でながら長く使うことになるだろうと話した。

　語らいは傷つけ合う言葉をなくして、愉しい夜であった。酒のすっかり醒めた男はこれからどんなものを造るのか、愉しみだと話していた。いつか自分の下絵で更山どのが驚くようなものを蒔いてほしい、とも言った。そのときになって、理野は浅はかな熱情から別の人を選んでしまったことに気づいた。いつも自然に近しい感情を抱いてきたのは、この人であったと気づいた。すると苦い哀しみの波に襲われ、硯箱の椿は女の下燃え（したもえ）のようにも見えてきた。

彼女は悔恨の風にさらされながら、儚い蛍火を思わずにいられなかった。通り過ぎた季節の間違いに気づいたあとの、取り返しのつかない時間が刻々と過ぎてゆくのを感じた。うつむいていると其一が気をきかして、

「疲れたでしょう」

と言った。

「いいえ、もっとお話を聞かせてください」

理野は彼と蛍の道を歩くまでの歳月を心の中で辿（たど）っていた。男は山出しの女に丹青の知識も情熱も分けてくれる、優しい人であった。蒔絵の下絵ばかり描いてきた女にとって、抱一門下の画家は見上げる存在である。語らうことに馴れすぎて口論もしたが尊敬もした。お蔭で光琳や江戸の画壇にも詳しくなった。画家の確かな教示や励ましは女の胸に沁みて、慕わしかった。その感情を貫いていたら別の前途があったかもしれない。けれども、そう思うことすら今となっては罪深いことに思われた。今さら

口にしても男を惑わすだけであろう。かわりに別の哀しみを告げなければならないときが来たようであった。彼女は思いつくままに話しはじめた。

「もう見ることはできませんが、この棗の木地にも年輪があります、木地は古くなると年輪の間が瘦せますから、木地師は何年も涸らしたものを挽きます、そこに塗師は下地をつけて、また涸らします、塗ることで瘦せを繕い、歳月を経ても歪むことのないように丸くするのです、木地師は漆の塗りしろを踏まえて寸法をとり、塗師は塗りで合口をぴたりと合わせます、すると元の木地の美しい形が現れます、どことなくしたたかで、過ちを埋め合わせてゆく人間の歳月に似ていませんか」

「何かあったのですか」

と彼は訊いた。

「いろいろございました、江戸へきてから兄を亡くしましたが、すばらしい人たちとも出会いました、もう其一さまと音無川の蛍を見ることもないと思います、松江へ帰ることにしたのです、父がうるさく言うものですから」

言ったあとで彼女は決心した。帰郷は決めていたが、必ず自分の工房を持とうと考えたのは今であった。宍道湖のほとりか、どこか川べりに小さな家を借りて、しばらくは東都の思い出を蒔くのもよいかもしれない。ときどき父を呼んで教えてもらい、かわりに創作の場を提供する。いつか死ぬまでに父は父で造らなければならないものがあるはずであった。あの英次も漆壺斎もいる。そう思えば松江は帰りづらいところではなかった。

「更山どのには話したのですか」

「はい、近々ここを預かる人がくるでしょう、わたしが神田へ通うのもあと幾日かのことです」

彼女は言い、道具を片付けて工房を去る日はつらいだろうと思った。祐吉とのことがあってから仕事にも暮らしにも区切りをつける気持ちであったが、江戸がいやになったわけではなかった。兄とはじめて原工房を見た日の興奮や、金次郎と対の印籠と櫛を生み出した日の充足を、彼女はまだ忘れていなかった。松江では味わうことのできなかった希望や生活の張りが、江戸では自然に膨らんでゆくのを感じた。人のせい、土地の違いというだけだろうか。東から西へ移るだけで今の自分を殺すことになるなら、いっそ東都の風を吹き込めばよい。古い世間とも闘ってみせる。この決心は今はっきりとしたのだった。

旅立つ日に間に合うように完成させた棗や硯箱は彼女の心尽くしである。人との別れに伴う悔いは減らすに越したことはないし、ほかにできることもなかった。其一もそのことに気づいて、それで無理をしたのですかと呆れた。それでいて心遣いの感じられる優しい声であった。理野は目を伏せながら、彼への想いの濃さに胸をつかれて、やはり悔いの残る別れを惜しんだ。

「あちらでも蒔絵をつづけますか」

と其一が訊いた。親に呼び戻される女には縁談か人手のいる事情があって、窮屈な暮らしが待っていると考えるのが自然であった。

「一生つづけます、ほかに能もありませんし」

彼女は婉曲に否定した。

「わたしは湖というものを見たことがない、そのうち意匠にして見せてくれませんか」

「ご自分の目でご覧になってはいかがです、湖水は見るときによって色を変えます、夕陽に染まるときの微妙な色合いは蒔絵では表せません」

「いや、あなたの蒔絵はいつかその色をとらえるような気がします、画家が見える通りに雨を描く日もくるでしょう」

彼は離れても微かにつながる縁を期待しているようであった。人よりも長く生きる絵や漆器を挟んで、造り手と使い手の縁は生涯つながるはずだが、理野は朝顔の絵に悔いを重ねて眺めたくはなかった。もし五年に一度でも互いの新作を見せ合うことができたら、次の五年後を張り合いに生きてゆけるに違いない。人ひとりの一日はちっぽけだが、五年は何かを生むだろうと言うと、

「あなたはどこまでも気随でうらやましい」

と予期しない言葉が返ってきた。

若くして酒井抱一の内弟子になり、やがて兄弟子の姉と結婚し、窮屈な勤めと家庭に縛られてきた男の目に、ふらふらと生きている女は自由そのものに映るのかもしれない。だが彼女は十分に苦しみも味わい、孤独と闘いながらどうにか生きてきたに過ぎない。自由にもそれなりの犠牲がいることを彼は知るべきだし、そこから生み出すものこそ本当の創作ではないかと思う。

「其一さまも一度は好きなように食み出してみればよろしいのです、一生を無事に暮らして何になるでしょう、こうしている間にも時は過ぎてゆきます」

理野はある憾みと願いをこめて言ったが、其一は動揺したとみえて黙っていた。それでも何か言ってくれるのではないかと彼女は待っていた。今なら誰かに聞かれる恐れはないし、次の機会があるとも思えなかったが、分別が邪魔するのか彼の口は閉じたままであった。蛍の道を歩いたときと同じですね、幾度もそういうときがありましたのにと胸の中で言ううち、ひとりで笑うしかない淋しさが押し寄せてきた。

「不忍池で白鳥を見たら思い出してください、いつかふらりと舞い戻ってくるかもしれません」

「本当ですか」

彼は真顔で訊き返した。

「いつかいつかと思ううちに微かな縁は切れてしまうでしょう、そういう縁なら、わたしはもうたくさん」

彼女は言って顔を伏せた。人目もない寮の、夜の明かりの中で輝いているのは朝顔や山茶花や椿であった。其一も同じものを見ていた。彼女は気随な女らしく言うべきことは言ったと思い、幕が下りるのを感じた。自室へ立っていって木箱を包むものを持ってくると、丁寧に気持ちをこめて包んだ。彼は無言のまま見ていたが、しばらくして低い声が聞こえた。

「不忍池に白鳥がきています、いつか描こうと思いながら、忙しさに託けて今日まできてしまいましたが、この機会に描いてみようと思います、もうご覧になりましたか」

理野は思わず男の顔を見つめた。いつも熱い感情を突き合わせてきながら、二人の間にあるのは取り返しようのない歳月であったが、今になり心の端が結ばれるのを感じた。彼は誘っていると思った。男の悔いは女の胸にも浸みて涙に変わりそうであったが、残されたときを思って堪えた。間違えば二つの偶像になりかねない過剰な光の中で唇を噛むうち、座敷は浅はかな人間の木箱と化して、二人のまわりから物音を消し去っていた。

次の日の午後、下谷の写山楼を訪ねて谷文晁にさちの入門を願い出たあと、久し振りに亀田老人を見舞うと、意外にも元気そうな鶴婦人が出迎えた。婦人に贈る櫛と一瓢(いっぴょう)を携えていた理野は、ほかに思いつくものもなくて、と無駄な心ばかりの酒を渡した。

根岸は山茶花の燃えてゆく季節で、亀田家の垣にも大輪の花をつけていた。菊のあと家々の籬(まがき)を彩る一重の花は根岸紅(ねぎしこう)と呼ばれて、いくらか紫を感じる紅色が貴(あて)やかで哀しい。理野が創作の意匠に選んだのも色のよさに惹かれたからだが、松江にこの花はないので今は目に焼きつける気持ちであった。

もう縁側に座ることもできない老人は、小庭とその垣に根岸紅の見える座敷に仰臥(ぎょうが)していた。理野が見舞うと、微かに表情を変えたものの、言葉は聞けなかった。著しく痩せた顔は大振りな鼻と頰骨(ほおぼね)が際立ち、瞳が力なくたゆたっていた。病人なりに身なりをかまうときは過ぎてしまったらしく、粋に着流して豪快に笑っていたころの面影は見当たらない。彼女は挨拶をしたまま目をあてていたが、確実に近づいた死期を見てしまうと、励ます言葉のかわりに吐息を繰り返した。

「毎日こんなふうでしてね、今日はこれ限り、と本人も朝には覚悟して暮らしているのですが、病の一日は長いし、苦しいし、無事に過ぎたからといって心から喜べないわねえ」

そう鶴婦人が代わって話した。心の強い鵬斎は弱音を吐かないが、ほとんどの自由を奪われた七十四歳の病人の辛抱は見るからに痛ましいものであった。支え続ける婦人も気丈なのだろう。今日はこれ限り、という覚悟でその日その日を生きている二人に強い共感を覚えて、理野は安易な感傷を持ち込んではならないと思った。しかしそれも病人の前では至難であった。

彼女は婦人をまだ明るい縁側に誘って、持参した櫛を渡した。黒漆地に小さな山茶花を籬風に散らした櫛で、裏は洒落のめして鶴と亀の金蒔絵であった。婦人はしみじみ眺めながら、

「きれいね、でもどうしてわたしに」

と小首をかしげた。女を飾ることも忘れて看取る暮らしが続いていたから、不要なものに感じたのだろう。近々松江へ帰ることを告げて、櫛にこめた気持ちを伝えると、

「そうですか、国へね、あなたのような人が近くにいるだけで心丈夫でしたのに、胡蝶さんも根津にとられてしまって根岸も淋しくなるわねえ」

と婦人も感慨をこめて言った。

亀田老人と婦人の華やかな季節は過ぎ去り、豊かな実を落とし、葉も枯れて、今は虚しさに耐えるときであったが、それも二人を見ていると自然の成りゆきに思われた。どうしてか人には命の終わりと闘うときがあって、長い苦しみになることがあったが、

理野は何もなく終わるよりはましではないかという気がした。今日はこれ限りという言葉は老人の潔さであり、一日の心の支えでもあろう。毎日繰り返す婦人への別れの挨拶ともとれる。別れはいつ訪れるか分からないが、まだ時間はあるとみえて婦人は落ち着いていた。これからも二人で持ち堪えてゆく日が続くのだろう。もし老人が口をきけたら何と言うか。

「命はさだめ、宴をしよう」

理野はそんな気がして、病人の家が文人墨客や女たちで賑わう光景を思い浮かべた。婦人との別れの前に愉しいひとときが訪れてほしいと心から願った。豪胆な鵬斎のことだから、ある日突然起き上がって何か認めるかもしれなかった。

髪に櫛を挿した婦人が、どうと訊くので、彼女はよく似合うと答えて、老けても色香のある人をうらやましく眺めた。その日その日を生きてゆくことになるのは彼女も同じであった。病人の気配を気にしながら婦人と見る庭はとても静かで、根岸紅だけがひっそりと華やいでいた。

その夕、寮へ帰った彼女はさちに写山楼が受け入れてくれることを話した。文晁は弟子を取ることにおおらかで、娘が胡蝶の御墨付きと知るとためらわなかった。雨華庵を避けたのはさちの可能性を考えたからで、多彩な画法を身につけながら門人に画風を押しつけない文晁は、どんな才能があるか知れない娘の師として好もしかった。

「支度ができたら入門はいつでもいいそうよ」

「ありがとう、根津から通います、胡蝶さんがそうしなさいって言ってくれたから」

さちの喜びようは理野の肩を軽くして、貧しい娘の可能性をつなぎとめた喜びで充たされた。彼女は寮にある蒔絵の道具一式をさちに贈ることにして、いつか取りにくるようにと話した。それもひとつの可能性であった。文晁は娘のひとりを古満(こま)家に嫁がせていたから、さちが望めば道はどこへでもつながる。胡蝶も同じ思いであろう。気がかりといえば娘が女らしい人生から遠ざかることであったが、これまで学ぶことより働くことの多かった娘は気にしていなかった。

「女は弱いから、恃(たの)める人を見つけなさい」

「あたし平気です、理野さんのようになりたい」

さちはそう言って弾むように帰っていった。

思いつくことをひとつ処理するごとに身のまわりも片付いて、気持ちは旅立つ日に向かっていたが、水楼にきぬを訪ねたあと胡蝶に会って蛍と白鳥の櫛を渡すと、ほっとするより気落ちした。感謝をこめた二枚の櫛はひどく喜ばれて、わたしの顔をしてるわねえ、と胡蝶に言わせたが、不意に別れの哀しみが押し寄せてきたのであった。寛容な彼女の明るさに出会わなければ、根岸の歳月は淋しく過ぎていただろうと思った。女同士で感情がぶつからないことも不思議であった。

「よいのかどうか、お互いに夢中になれるものがありますからね、暮らしだけの女房と女房だったら分かりませんよ」

と胡蝶も言った。あの羊遊斎の保護を撥ねのけて、再び自立した女の歯切れのよさがあった。

今が季節の白鳥の櫛はまだ豊かな黒髪を飾って艶やかであった。胡蝶は鉄線の蒔絵がにぎやかな櫛箱を持ってきて、古道具屋で見つけた羊遊斎の偽物だが、何だかおもしろく感じて愛用していると話した。まだ本人からは何の贈り物もないらしく、それを言うと笑って、棺桶にでも蒔いてもらうしかないだろうと言った。羊遊斎とはそこまで付き合うという、彼女なりの宣言であった。

「松江はどんなところ、花街はあるの」

と彼女は訊いた。

「湖があって、川があって、お城と町とゆったりとすすむ季節があります、もっとも冬は曇りがちで鬱陶しいばかりです」

「江戸がいやになったら行ってみようかしら、湖に小舟を浮かべて遊ぶのもいいでしょうね」

「いつでもどうぞ、川べりの漆の匂う茅屋でよろしければ、小舟を用意してお待ちしております」

理野は言ったが、胡蝶が松江へ来ることはないだろうと思った。東都の熟成した文化の中で輝きながら、たくましく生きてゆける人であった。彼女はどうにか江戸の女らしくなった自分を胡蝶のお蔭だと思いながら、やはり芯の出来が違う気がした。抱一や文晁の前でもびくともしない強さがあったし、確かな芸に支えられた自信も美しさも備えていている。考えてみれば根岸の寮は羊遊斎の妾宅というより、胡蝶が彼のために雨華庵との関係を取り持つ感じであった。彼女の芸はそれだけ深く、男たちを敬服させるものだと分かった。

「あなたも一生ご自分を磨いてゆくのねえ」

夕暮れ、座敷へ出る身支度をしながら、胡蝶は別れの言葉を口にした。どこからともなく三絃が鳴りはじめて、根津の街が彼女の登場を待っているのであった。

病の老人が来し方を見つめるように一日一日が重くなると、理野はあれこれ思い巡らして放心することがあった。やがて工房を去る日がきて、目一杯気を引き立てると、彼女は朝のうちに羊遊斎に暇の挨拶をして半日だけ仕事をした。

「のんびりやりなさい、道具を置いて見ておきたいものもあるだろう」

羊遊斎は言い、彼女はそうさせていただきますと答えた。母屋の職人たちに別れの挨拶をしながら、祐吉とも目礼を交わしたが、目をとめたのは一瞬のことであった。せいぜい佳(よ)い蒔絵を追いかけましょう、と彼女は口の中で伝えた。

昼近く、職人たちが台所へ消えてゆくのを待って、がらんとした工房を歩いていると、やっぱり行っちまうのか、と声をかけられた。振り向くと金次郎がうつむいて立っていた。

「松江はそんなにいいところかい、鱸(すずき)が美味(うま)いんだってな」

「白魚や公魚(わかさぎ)もおいしいし、鯔(ぼら)や鯉(こい)や鰻(うなぎ)も獲(と)れます、それに鯊(はぜ)や蝦(えび)や蜆(しじみ)もたくさん」

「そんなに美味いもんがあるんじゃ、とめられねえか」

薄く笑いながら、彼の目は理野の耳もとや肩のあたりを見ていた。

「あんただけだよ、おれのことをツン金と呼ばなかったのは、ずっといい仲でやってゆけると思ったんだがな」

「わたしもです」

理野は彼のよい方の耳へ唇を近づけた。

「下絵を送りますから、江戸と松江で対の印籠と櫛を造りましょうか、原先生には内緒です」

「そりゃいい、なんだか夢があっていいや」

「もし銘を入れるなら光玉(こうぎょく)ですよ」

と彼女は念を押した。

「ついでに松江へ行ってみるかな、おれは鰥だから、その気になればいつだって行けるし」

金次郎が真顔で言い、理野は彼のいる松江を想像してみたが、この町や工房が職人の中の職人を手放すとも思えなかった。いつか彼は棟梁になって光玉の緻密な技を後進に伝えてゆくはずであった。ツン金さん、とまだ食事にゆけない若者が教えを請いにきて、隅の方へ去ってゆくと、彼女は少し離れたところから自分の仕事場を眺めた。兄が倒れたのもその近くであったが、工房は何もなかった顔をしている。すぐにまた職人たちの闘いがはじまる。午後には祐吉も忘れてしまうだろうと思いながら、彼女は金銀の粉の降り募る光景を目に浮かべて、いっとき夢心地で立っていた。

午後の根岸は小春陽にみちて、雨華庵のまわりでも根岸紅がはらはらと散っていた。茅門をくぐると正面の玄関に張り紙が見えて、稽古日の今日は三和土に履物が並んでいる。邪魔をしないように控えめに訪いを告げると、となりの台所から家僕がまわってきたので、妙華尼さまにお目にかかれるでしょうか、と理野は来意を伝えた。兄のかわりに約束の硯箱を届けて、お別れの挨拶をしなければならない訪問であったから、隣人の気安さは持ち込めない気がした。

家僕は都合を聞きに奥へ去ってゆき、じきに戻ると、上がるようにすすめた。通されたのは茶の間を挟んで抱一の画室と反対側の広い座敷であった。いつだったか抱一が夜鰹の宴を開いて、鵬斎や文晁、森川や大澤らが女たちと唄いさざめいたことがある。次の間と茶の間には杜若（かきつばた）の金屏風が飾られていた。思いの深い屏風は主（あるじ）をかえて行き去り、人もまた棲（す）みかをかえてゆく。

　妙華尼を待つ間に、彼女は見納めになる庭を眺めた。幾度か触れたことのある白膠木（ぬるで）はほぼ落葉して、枯葉が土を暖めている。部屋の庇（ひさし）の近くには小さな土蔵と石灯籠（いしどうろう）が見えて、その向こうの池は梅の大木や柏や檜（ひのき）に囲まれていた。奥には杉も聳（そび）えている。飛石（とびいし）が露地の方へ流れているが、そこから茶室は見えない。囲（かこい）に向き合う座敷が画塾を兼ねた抱一の画室で、今日は森川夫人も来ているのか、微かに聞こえてくる人声の中に女の笑い声がする。立っていって、わたしの櫛たちはどうしていますかと訊ねたい気持ちであったが、木箱に眠っていると聞くのも淋しいことであった。

　しばらくして妙華尼が入ってくると、理野は丁寧に挨拶をしてから、持参した硯箱と櫛の木箱を彼女の前に置いた。硯箱はいつか兄が約束したものだと話すと、妙華尼は覚えていて、

「あれから三年余り、よく精進しましたね」

　と言った。いつもながらの優しさに理野の心もほぐれて、本当に精を出してよかったと思った。

「どうぞ、ご覧になってください」

「根岸を去る御方から、わたくしが贈り物をいただくのも妙なことですが、お気持ちとともに大切にいたします」

妙華尼は「とこしえ」とある箱書をしばらく眺めてから、硯箱を取り出して凝然とした。加飾らしい加飾が見えないからであろう。黒漆地に朱漆で描いた根岸紅は黒漆で塗り込められて、微かに一輪の花容が浮かぶだけである。花心に目に見えないほどの金粉を散らして封じた女の情念は、妙華尼の姿であり、理野の心境でもあった。

硯箱には沈静した表情があり、滑らかな漆に沈んだ花は清婉な女の声で語りかけてくる。抱一画にはない、女にだけ分かる震えにも似た情緒が潜んでいる。道具の精というものがあるなら、木地と漆と意匠のたまものであろう。

「なんという深さでしょう、墨を磨る前にすべての思いを吸い取られてしまいそうです」

妙華尼の心に黒漆で封じた根岸紅はぴたりと添ったようである。放埒な思いに任せた加飾が、使い手によって享受された瞬間でもあった。吐息のあと硯箱から目を上げて彼女は言った。

「道具に命を見るのははじめてです、あなたはわたくしを漆の中に埋めましたね、それとも蒔くことで道具に御自分の魂を移したのでしょうか」

「意匠と技法は妙華尼さまを思い浮かべて決めました、未熟なわたくしのような女は使う人の意を透かし見なければ蒔けません、その人の思いを巧もうとすると、その人に近づき、やがて自分をも蒔絵に与えてゆくことになります」

「ひとつひとつに魂を削って与えていては、あなたが磨り減ってゆくことになりませんか」

「削る一方ということはありません、よいものができれば子供のように喜び、しくじれば次の佳品を目指します、生きる力をもらっているのはわたくしの方かもしれませんし」

それは本当で、蒔絵に自分をそそぎながら蒔絵に生かされているのであった。江戸に暮らして身につけたのはそういうものかもしれず、松江へ帰ることで失われるものでもなかった。

「あなたには一生打ち込めるものがあってよろしいわね、美しいものに裏切られることはないでしょう」

女という生き物にもある追求の喜びを、妙華尼はそう言った。秀麗で多才な人が女蒔絵師をうらやむのは自由を見るからであろう。彼女は男の保護から逃れることを知らない。

「ときおり夢の中で大文字楼の香川に戻ることがあります、よくも悪くもあのころが花の季節でしたから記憶も鮮やかなのでしょう、女は老いても若さの燃えさしを抱きつづけるようです、こういう蒔絵を見るとそれがよく分かります」

理野はようやく過去となった松江の日々を思い合わせた。身を削り、魂を削るようにして漆に封じ込めたのは自身の情念でもあった。松江に帰るために江戸に置いてゆく心の墓標とも言えた。女は形のあるものと引き換えに悲哀から解放されるらしく、改めて硯箱に与えた自分を見ると、盛んに燃えた日々を思い出さずにいられなかった。

松江の湖畔で蒔絵師の一家が生きてゆくには精好な木地がなくてはならない。男は木地問屋の二男で、仲買を指揮して奥山に暮らす木地師と直接取引をする人であった。良材を追って山から山へ渡り歩く彼らに米や味噌、薬や酒を届け、かわりに挽物を買い取る。同じ木地でも茶道具には好みがあるので、材を指定し、姿と寸法の分かる切り型を届けて挽いてもらう。茶人の注文を下絵にする理野が男と親しくなるのは自然の成りゆきであったし、二人が夫婦になることに差し障りはないように思われた。男にもその気持ちがあって、二年待ってほしいと言われたときから、滝つ瀬へ落ちるように男女になった。浅はかな情欲もあったが、約束を確かなものにしたかったのだろう。

男の家は土地に根付いて裕福であったが、先祖は木地師で、跡取りの嫁は木地師の娘と決まっていた。もともと木地師は同族意識が強く、深山で働き、尾根伝いに移動するので、滅多に人の目に触れない。誰もが木地師の挽いた器物を使いながら、ほとんど交際がないのだった。理野も流しの轆轤師なら見たことがあるが、本物の木地師は知らない。男が木地師の血筋と知っても、二男の彼が因習に縛られるとは思わなかった。

ところが二年が過ぎようとしたあるとき、男が思わぬことを言い出したのである。彼は自分を文徳天皇の皇子惟喬親王の末裔と信じていて、行ったこともない江州の蛭谷へ「帰る」と言うのだった。本当にそんな高貴な御方が近江の山中に暮らしたのだろうか。理野にはむかし吹き抜けた風を捕まえるような話であった。ほかの人生を考えられなくなっていた彼女は自分もゆくと言い、山の暮らしを覚悟したが、男は聞かなかった。その細い体で乗りきれる苦労ではないし、皇統を継ぐ木地師が市井の女を娶ることはできない。そう言って、会う度にひとりの夢ばかり語った。

「今ごろはどこかの山で轆轤を回しているでしょう、木地師の娘には美しい人が多いそうです」

理野は目を伏せながら低い声で話していた。

重たい冬がゆき、夕映えの美しい湖を前にして別れのときが来た。長い沈黙のあと男は憑かれたように木地師の誇りを語り、いつか心をこめた木地を贈ると約した。木地師が蒔絵師の娘に贈るのだから、絶品を目指すとも言った。男の勝手な夢と都合に振り回されて、女は魂をなくしたように立っていた。その日から夕暮れの湖は鬼門となって、見れば死の誘惑にとらわれ、木地には怨みを覚えたが、いま江戸を捨てて松江へ帰ろうとしている自分も男と違わない気がするのだった。

山中深く暮らして木を伐り、木目の美しい椀や盆を作り、ときには茶器と格闘しているであろう男を思い浮かべて、何かしら共通する苦楽をみると、彼女はようやく怨みがとけるのを感じた。わけの分からないまま突き放されて、ひとり取り残された松江で死を見つめたことも、体を吹き抜けた風のようであった。未練な女を批判して我を通した男にも痛みがあって、木地師の静謐な暮らしに魅せられたのでなければ、案外世間の干渉から女を守るために去ったのではなかろうか。人に向けて過去を語るうちに思い至ったことで真相は分からないが、いずれにしても男は意を決して帰るべきところへ帰ったのだろう。もう山を下りてこない男と、蒔絵師になった女が相手を見るのは木地の上でしかないが、松江にいればいつか絶品の木地が届くかもしれない。そう思うことがはじめて愉しく、自然な感情になりつつあった。

「あとで知ったのですが、蛭谷はむかし小椋荘といったそうで、その人も小椋というのです、本当に高貴な御方の末裔かもしれません」

「あなたは思い出までが見事ですね」

妙華尼は感心して、顔をあげた理野を優しく見ていた。遊女として無数の男たちに若さを捧げた人からみると、息苦しい悲恋の物語も美しく映るらしい。彼女は小箱を開けて櫛を見ると、これは抱一とわたくしでしょうかと呟いた。挿す髪のない彼女にとって櫛は眺めるもので、月と萩(はぎ)の持ち合いの妙にうっとりとした。

「櫛は四季の組物(くみもの)のひとつで、残りは胡蝶さんと鶴婦人とときぬさまがお持ちです」

「いつか見せ合うことにいたしましょう、そのころには松江にいる人を思い出すでしょう」

「ありがとうございます、季節がもうひとつあればご一緒したいのですが」

理野は言いながら、それぞれに美しい四人の女たちが語り合う光景を見ていた。身を削り、男に尽くしながら折れもしない彼女たちこそ東都の花であろうと思った。苦い過去をさらして軽くなった胸に妙華尼の言葉はしみじみと響いた。

「あなたの蒔絵はとても深いものです、静けさの中に華があって使い手の心をとらえますが、あまり深くなると道具として使えなくなります、そのことをときどき思い出してください」

理野は心からうなずいた。

少しして雨華庵をあとにすると、冬の陽は急に薄れて根岸紅だけが華やいでいた。庵(あん)の角で振り返ると奥にさちが立っていたが、彼女は寮へは戻らずに紅い花弁の散る道を歩いていった。

石稲荷を過ぎて時雨の岡へ出ると、音無川の向こうに冬野と化した根岸田圃が見渡せて、川沿いの王子道には笹乃雪がぽつねんと佇み、遠く田中にはこんもりと老松の茂る神々森がある。鷺の群れであろうか、森の上を鳥たちが飛び交い、薄く赤みを帯びた陽は近づいた一日の終わりを告げようとしている。谷中や三河島へ広がる田園は寺院に囲まれ、見守る東叡山の北裾には壮麗な上野の宮の御隠殿がある。根岸の里を東流し、田畑や人に用水をもたらす川の流れはいつの季節も穏やかであった。

　冬がすすむほど蕭然として風の餌食となる景色も、雪が降れば眺望は一変して輝く。やがて初音とともに春がきて梅が咲き、椿や桜が続くと、上野の山陰にもさまざまな蝶が飛び交う。雨花を愛で、河東節に酔ううち、雨と陽射しの季節が通り過ぎてゆく。円光寺の藤の面影、音無川の蛍、夜をにぎわす水鶏の声も遠退いてゆく。月を見、雁を仰ぐころには萩が燃え、あとから染めたような紅葉が追いかけてくる。季節がめぐる度に描いた花や木は数知れず、よいものは蒔絵の意匠となって道具に定着した。歳月が流れたが、丹精は目に見える形で残り、いくらかの自信を得られたことは幸運であった。

　画家の生活に触れ、優品を実見できたことも収穫であろう。下絵というものがいる以上、蒔絵と丹青は切り離せないが、今は違いが分かる気がする。行き過ぎた季節を振り返るうちに彼女はいつか見た青楓と朱楓の屛風を思い出して、あれこそ其一の本質だろうと思った。光琳写しでもかまわない。尾形流の継承と言いながら抱一も光琳本人の教えを受けずに描いているし、そもそも光琳画を変形させるだけで継承と言えるかどうか怪しいからであった。それよりもあの色彩こそが其一であって、光琳が絵は自由に描けと言ったように彼には独自の画風を目指してほしいと思う。彼女は男の成功を見継ぐ人生を嫌ってしまったが、何もない女の孤独に還ることにはならなかった。

　美しいものを造るだけだと言ったのは英次であったか、羊遊斎も祐吉も美を求めながら、人間は自分本位で冷たい。あの麗しい「秋野」を造った人が胡蝶の苦悩にも気づかないのはおかしいと思うが、人柄や生活と美を生み出す力は関わりがないということになろうか。しかし苦しい葛藤や経験が人を磨くように表現も磨かれ、技術も向上することがないとは言えない。わたしはそうして学んでゆくしかないし、求める美のために汚れてゆくのだろうと理野は思った。

　時雨の岡を離れて不忍池へ向かううちに、次々と鮮やかな意匠や文様が目に浮かんできた。彼女はそのひとつひとつに妖しい陶酔を味わった。古典の名品を模しても江戸の蒔絵が洗練されて美しいことには違いなく、道具たちを過美の呪縛から解放して伸びやかであった。あるものは広い余白を生かしてすっきりと、あるものは写実に迫る精密さで表し、それまでの表現力を一気に超えて新しい。雌蕊のない銀の百合は装飾だが、薄い螺鈿で表した蛩の翅は蒔絵でも可能な写実である。印籠も掌中に造化を表して見事であった。職人の意志と匠が創造する蒔絵の可能性は、地道な師承と精細な技巧の中に潜んでいるのであろう。

見事といえば抱一の「夏艸雨」と「秋艸風」の下絵も忘れられない。あれだけ研ぎ澄ました情緒を描ける人が大和絵へ向かうのはどうしてだろうと思う。大名家に生まれながら不運な人生を歩んだために典拠に走るのか、金のかかる実生活の情緒を守るためにすることなのか、これから生活を築く女には分からない。

彼女は本気で松江の川べりに工房を持つことを考えていて、そこで自分の蒔絵を完成させるつもりであった。女を飾る道具にも女の情緒が欠落した蒔絵があるし、抱一や羊遊斎のように巧みな生き方はできないが、女の目で木地と向き合い、強く美しい塗りと蒔絵を目指すつもりであった。そのうち世間も認めてくれるだろう。

「あなたは男の舞台へ飛び出してゆくのねえ」

と胡蝶が言った。女の幸福を捨てたわけではないが、そうしなければ好きな一生にならないからであった。逃げ帰るのではないと思いながら、淋しさがつきまとうのは東都の歳月が重いせいであろうし、萎れているわけではなかった。

夕暮れの小道を歩いてゆくと、風が落葉を連れてくる。茅葺きの古い人家の花垣が、お別れですか、と薄い西陽の中で語りかけてくる。理野は微笑を浮かべて答えなかった。

根岸と松江は違うぞ、本当にひとりでやってゆけるか、と兄の声がする。生活はどうする、英次に会ってやれよ、あれもおまえと同じで不器用な男だからな。彼女は別れたときのままの若い男を思い浮かべて、自分の櫛でも頼んでみようかと思った。使い手のことなど考えないと言った男の蒔絵に、今の自分の蒔絵を合わせて、どちらが美しいか訊いてみたい気がするのだった。英次が勝つなら彼の変化であろうし、人間を含めて見直すことになるが、あの内に籠る男に女の歳月が見えるかどうか。

父を裏切り続けてきた娘としては彼の喜ぶ顔を見てみたいが、男と女の結びつきは望ましいあり方にはならない。英次にしたところで自分のような女を押しつけられては迷惑だろう。彼女は松江に帰ることと英次がつながるとしたら、やはり蒔絵でしかないだろうと思った。江戸蒔絵の精華を見てもらうことのほかに、父や英次を喜ばすことは困難であった。

人通りの多い町屋を抜けて上野へ出ると、夕烟の池には白鳥が見えて、暗い水に丸い真綿となって浮かんでいる。池畔の店は明かりを灯しはじめて、歩くのに困らない。いつも其一を探した通りはひっそりとして、彼の姿は見えない。宍道湖を見るとき、この池も重ねて見るだろうと思い、薄明かりの中島を心に焼きつけたあと、彼女は池をめぐりはじめた。

池畔の道は親しい庭のようでありながら、冬の夜の表情は珍しかった。池の南半分を町屋に囲まれ、ほぼ中央に中島の明かりを浮かべながら、水は暗く沈んで、無残に末枯れた蓮の葉柄が見えている。いつであったか其一と中島の茶屋で休んだことがある。池に張り出した座敷から見る蓮の浮葉は目に染みる青さで、二人はそよ風に涼みながら、語らいの愉しさに時を忘れた。無邪気な笑いもあった。歳月が流れて、いま夜の池をひとりで歩いている自分の中に東都の自由な女が棲みついているのを感じる。松江に持ち帰ることになる艶やかで確かな記憶が目の前を流れてゆく。

　池のまわりは冷えてきて、酔客のほかに歩く人は見えない。西側の薄い町屋のうしろは本郷の台地であった。料理屋の並びを過ぎて台地の下を歩いてゆくと、道の先は黯淡としてくる。しばらくして彼女はその花に気づいた。歩み寄ると中の見えない茶屋で、入口の掛行灯の端に上野にはない紅い花が結んである。折枝の山茶花であった。

　水もなく夜気にさらされ、花は微かに震えているようであった。紫の滲む紅い花色は優雅でありながら、妖しく、毒々しくも見える。どこからか人が近づいてきて、待合いか、お愉しみだな、と野卑な声をかけられると目の覚める気がした。振り返ると、人影はなく、池の白鳥も見えない。中島の明かりの向こうには上野の山がただ黒く横たわり、やはり黒い池を見下ろしている。華やかな紅葉のあとだけに淋しい素顔を見る気持ちで彼女は立っていたが、やがて思い切ると、そっと花を手にとり、今は東都のどこよりも信じられる確かな夜の中へ入っていった。

〈続編〉

渓　声

昨夜おそく寝入りながら聞いた瀬音に目覚めて、早朝の庭に立つと、快晴の空に山の緑が映えて清々しい眺めであった。九夏三伏の暑さは恨めしいが、晴朗な大空に恵まれる日の少ない土地なので見飽きない。理野は東都の思い出に重ねてみるが、寺もない低い山の姿は平凡で、根岸の嫋やかな風情は遠退いてゆく。かわりに宍道湖を見るのが好きになってきたのも時の流れかもしれない。

家は松江の城下から小一里ほど離れた嵩山の麓の清流のほとりにあって、人家ともいくらか離れている。家作の許しを得るのに二年ほどかかり、小さな工房ができたのは六年前のことである。水源に近い清流は家の近くで二筋の流れが結ばれ、南流して川津川と呼ばれる。千百年も前に風土記に記され、細々と生き継いできた流れは水草川ともいう。この川と清水の手に入る静けさが気に入って、彼女は終の棲みかを築いた。胡蝶庵と名づけた家は工房を兼ねながら、草庵風で、裏手には食糧や薪を貯めておく小屋と風呂もある。備荒というよりは長い冬を凌ぐためで、買い出しにとられる時間が惜しいからであった。

　もっとも天保に入ってから松江は災害が続いて、城下ですら物資が不足している。蝗害や水害で米が足りないうえに幾度も大火に見舞われ、復興に向けて勇まなければならないときに今年も凶作だという。漁のできる湖や海があるから、まだ希望が持てるが、山国であったら飢えるしかない惨状であった。そんなときに高価な挿櫛や印籠が売れるはずもなく、蒔絵師の生活も苦しかったが、理野はこれも江戸を捨てた女の成りゆきだろうと考えていた。人々が共有する困難や不運を恨んでもはじまらないし、今は蒔絵があればどうにか生きてゆける気がする。そのために父や兄を説得して築いた工房であった。いまさら泣きごとは言えない。

　昨日も干物を届けてくれた英次が新作の櫛を眺めて、

「よい意匠だが、売れませんね」

と言った。撫子の可憐さを桜貝で表した蒔絵は彼の目に儚く映るらしかった。先に独立して城下に工房を持った男は婚礼調度や箱物を得意にするようになって、好きな細物や女が身につけるものから遠ざかっていた。出奔して江戸の梶川家で蒔絵を修業し、三年前に家業を再興した友人の影響か、実家が漆器商で藩の納戸御用に近いことと関わりがあるかもしれない。独自の表現と蒔絵の可能性にこだわり細々と暮らす女を見かねて、よく仕事の話を運んできた。すべての工程を任せてくれるので下職というのではないが、彼のために蒔くことには違いなく、造るのは金蒔絵ばかりの簞笥や耳盥であったから、理野は大抵は断っている。それでも嫌な顔もせずにやってくる男をどう理解すればよいのか分からなかった。

「あなたも随分変わったものね、商談や浮世の苦労とは無縁の人かと思っていたけど、とんでもない」

「気儘な仕事では食べてゆけませんからね」

おとなしい顔で彼は皮肉を言い、養う人もいないのに、と彼女は笑った。未だに独り身で、蒔絵に没頭する暮らしは同じでも、二人の工房は勢いが違った。技量の差でもなければ男女の差でもないだろう。新しい美しさの見られない無難なものが今は求められて、英次がことさら自分の表現を殺しているだけであった。身過ぎのためにそういうことのできるようになった男を理野は頼もしく思う一方で、父の不器用なほど丁寧な蒔絵を学んだ相弟子としては失望もした。繊細な江戸蒔絵の精華を伝える張り合いもなかった。英次は創造という穴蔵の孤独に耐えかねて、自分で自分を誤魔化していると思った。だから人の穴蔵を覗きにくるのかもしれない。

「このところ不昧公好みの茶道具の制作依頼が続いて、三島屋の宗一が一緒にやらないかと言っています、理野さんもどうですか」

そんな話をしながら下絵を期待する男を知ると、理野は軽い苛立ちを覚えた。江戸の梶川で修業した男は師風の精密な高蒔絵が得意であったし、英次の蒔絵も細(こま)やかなところは似ている。おそらく不昧公も認めた原(はら)蒔絵の情趣を彼らは必要としているのであった。

「父が生きていたら、採算は別にして創作の苦労を愉(たの)しむでしょうね、あなたが一番父に似ていたし、父も密かに期待していたのよ」

「暮らしを犠牲にしてまで蒔絵を変える意味があるでしょうか、わたしは仕事と道楽は分けて考えることにしています」

「それで何ができたかしら」

「わたしなりに丹精(たんせい)したものはあります、そのうち見ていただきます」

彼は言ったが、そんな時間があるとも思えなかった。まだ当てにできない内弟子を抱えて忙しくしながら、好事家(こうずか)や素封家(そほうか)をまわって仕事の芽を増やしている。若いころの彼からは考えられない変身ぶりで、働き盛りの男が商売に明け暮れて悪いこともないが、蒔絵師なら一点の佳品を目指してほしい。感性を磨くことより造ることに追われて、わざわざ城下から訪ねてきても長居はしない。穴蔵で女が蒔いていれば、黙って手土産を置いて帰ってゆく。理野はあとで気づいて、父への恩義の表れだろうかと思うのであった。今も彼の目に自分が女らしく映るとは思えなかったから、ある時彼女は言った。

「親切も過ぎると受けづらくなります、危なっかしく見えても何とかやっているつもりですから、気にかけないでください」

「理野さんは変わりませんね、いや、ますます強くなったかもしれない、東都でもその伝で通したのですか」

　そういうときの英次は彼女の微かな顔色の変化も見咎めて、油断がならなかった。およそのことは見透かしたうえで訊いているようにもみえる。あの内気な人嫌いの男がと思いながら、理野は述懐するわけにもゆかずに、

「まあね」

　と笑うのであった。

　癸巳のその年、彼女は三十五歳になっていたが、どうしてかそれほど年をとった気がしなかった。この十年はあっという間に過ぎたたし、蒔絵に溺れていることも変わらない。女の感性を塗り込めた櫛や棗ができると、生活とは別のところで充たされた。終の棲みかを得てから成し遂げたいことや造りたいものが一層はっきりとして、名利を望まなくなっていた。どのみち女流の名は残らないという気持ちもあった。

　食べてゆくことが生活なら、余分な豊かさは人生の付録に過ぎないのではないか。ひたすら安楽な暮らしを求めて一生を送るくらいなら、好きな情緒に包まれながら、夢で終わるかもしれない一個の傑作を目指していたいと思うようになった。たぶん何

かを生むことで充たされる人間なのだろう。暮らしの道具を造りながら自身の家を物で豊かにすることには興味がなかった。

松江の国柄であろうか、茶道具の依頼だけは途切れなく続いて、彼女の生活は数寄(すき)者(しゃ)とのつながりで成り立っていた。茶人はよくも悪くも好みがはっきりしている。古く美しいものに憧れる一方で、新しいものにも注目して見限らない。それでいて自分の茶にふさわしくないと思うものには冷淡だが、好みが分かっているのでやりやすい面もある。東都の洗練された意匠の下絵を見せると、彼らは今でも目を見開いたし、名品を求めて飽きることがなかった。名工原羊遊斎(はらようゆうさい)の弟子であることも彼女を引き立てた。

むかし別れた男から棗や香合(こうごう)の木地(きじ)が届くと、女は苦い過去へ引き戻されるかわりに俗世を捨てた木地師が生み出す造形の美しさに見入った。男とはそうして互いの人生を感じ合うしかなかったが、間に心の通う木地があるのは至福であった。近江(おうみ)の山中から送られてくる完璧な木地を見るとき、彼女はもう十分に癒(いや)されたと思うことがあった。いずれ漆(うるし)を塗られて見えなくなる木地に、約束を守った男の真情を感じるからであった。

木地師の丹精に塗師(ぬし)の丹精で応えながら美しい漆器ができると、彼女は蒔くのをためらった。加飾を拒否する漆器に加飾するほど愚かなことはないし、蒔絵師が加飾をあきらめる器こそ美しい。しかし、そこに極限の可能性があるような気もする。そのために何年もそばに置いて眺めることになったが、完成されていないながら使われない道具に意味があるのかどうか疑問であった。美しいものを更に美しくすることに成功したとき、蒔絵は意味を持つのである。そういう物思いに耽る時間のあることが山家の慰めであった。

　朝の庭をまわって日課の水汲みへ出かけながら、決まった川べりに憩うのも昨日と変わらない。清らかな水流は生き生きとして、晴れていれば気分も明るくなる。彼女は飽きずに目を落とした。江戸の鈴木其一から便りがあって、西遊の旅に出るので寄りたいと知らせてきたのは仲春の二月であった。手紙を開いたときには彼はもう出立していて、各地の古書画を見てまわり、できれば写しながら酒井家の国許の姫路を目指すという。僕ひとりを連れた気儘な旅なので、好事家へ絵を売りながら、植物や風景を写生したい、と文は画家の自由な遊歴を匂わせた。

　あの御方がくると思うだけで理野の目は輝いたが、今の自分を見せることには恥じらいと不安を覚えた。八年の空白は着実に老いてゆく女には重いし、かりそめに過ぎた歳月でもなかった。それは男も同じかもしれず、案外前よりも分かり合える気もするが、どうなるかは会ってみなければ分からない。愉しみと怖れの先に何が待っているか、手紙を読み返す度に宙にたゆたう気持ちであった。

それから四月後に受け取った後便は大和郡山からのもので、姫路へ入る前に訪ねたいと一方的に知らせてきた。やはり手紙を書いた直後に彼は郡山を発っていて、予定通りなら今日にも着くはずであったから、理野は数日前から迎える用意をした。といっても旅人の松江滞在は一日か二日のことで、何ができるか分からない。其一はこの山家で過ごしたいと言い、彼女は女ひとりの工房を見てもらうつもりであった。時間が許すなら二人で嵩山に登って、巨大な庭園と見紛う大地を眺めてみたい。夕暮れなら、色変わりする宍道湖の湖面は画家の目を釘付けにするだろう。

ひとり水辺に屈んでいると、懐かしい東都の思い出が流れてくる。彼女の表情は自然に和らいだ。あれは根岸を去る日の前の晩であったか、田中抱二が訪ねてきて一人前に餞別をくれたのには驚いた。まだ少年と呼ぶのがふさわしい人であったし、十分な画料を得ているとも思えなかったから遠慮したが、

「受け取っていただかないと困ります」

そう言って反発したのであった。

「上人さまに言われたのですか」

「とんでもない、これはわたしとさちさんの気持ちです、むろんさちさんの分は立て替えていますので、ご心配なく、みなさん口には出しませんが淋しいのです、気のせいか妙華尼さまや其一さまは顔色が悪いほどです」

弟のような若い男の前で泣き笑いすることもできずに、理野はうつむいていた。隣家の雨華庵(うげあん)の人々はもちろん抱一(ほういつ)の知人や門人にも親しくしてもらい、江戸での四年間は忘れがたいものになっていた。東都の文化の源泉に触れて学んだことは多く、一生を決める蒔絵との出会いもあった。悔いがないとは言えないものの、それも逸(はぐ)れて生きるしかない女の業(ごう)であろう。

次の朝、寮を出て雨華庵と鈴木家に挟まれた道を歩きながら、彼女は其一と最後の言葉を交わせるかと期待したが、彼は姿を見せなかった。当然だと思う気持ちと、抑えきれない淋しさとが胸の中で引き合い、結局根岸を出るまで離愁に苛(さいな)まれた。新しい生活へ向かう勇気と興奮はいっとき消え去り、引きずるには重たいものばかりが見えていた。

どうしてか大切に思う人と掛け違ってしまう人生を皮肉に思いながら、江戸をあとにするとき、彼女は親しい川たちのひとつひとつに別れを告げた。音無(おとなし)川や神田(かんだ)川には西国の女を見守ってくれた礼を、隅田(すみだ)川には東都の華麗な文化とともに女にもある自由を教えてくれた礼を伝えた。今はそうした思い出が財産であった。

「故郷の外に思い出すことがあるのはよいものだな、実景が目に浮かぶだけでも大きい」

あるとき父も言った。清流のほとりの工房を彼は気に入って、よく泊まりにきた。

蒔絵の修業中に江戸で横死した兄のことや原工房のようすを理野が語ると、放心したように聞き入った。するうち江戸の町は父の中で像を結び、やがて息子の墓も見えてくる。彼は合掌し、夢の町を死んだ息子と歩くことになった。

「昨夜は夢を見たよ、あの年でわたしより蒔絵がうまいのはおかしいと思ったが、生きていたら事実になっていただろう」

機嫌のよい朝、彼はそう言った。しかし兄は生きていても故郷へ帰ったかどうか。江戸には大きな可能性があったし、伴侶となる人との出会いもあったかもしれない。転機は予期しないときに訪れるもので、理野が帰郷したのも父や長兄のためばかりではないし、女が自分の工房を持ち、自分の蒔絵を追求するには世事に煩わされない静かな環境がよかった。かわりに女らしい愉しみや安息から遠ざかるのも自明のことであった。

東都から風に乗り、松江の川へ流れてくる思い出は八年が過ぎた今も鮮やかで、ときに新しい記憶を運んでくる。忘れていたというより思い出すきっかけのなかった情景が甦ると、得をした気分になって、朝のことなら一日の物思いに困らない。朝に夕に水を汲むのは苦労だが、もしこの山里に清流がなかったら、どんなに淋しいことか。美しい流れは季節の色を映し、ほとりには可憐な野花も集まる。彼女は夏色の冷たい流れに目をやりながら、いつであったか其一が田舎の水辺の小さな工房で暮らしたい、と言ったことを思い出さずにいられなかった。

新しい蒔絵を学ぶために東都へ出た兄に従い、根岸に暮らすことになった成りゆきから其一を知ったとき、理野は逆境と未熟さからくる女の闇をさまよう若さであった。まだ視野が狭く世馴(よな)れない女の目に、文政の江戸は様々な才能の浮揚する水の都であり、数寄者や好事家の遊園でもあった。酒井抱一の高弟で隣人でもあった男とは丹青(たんせい)や蒔絵について語り合ううちに親しくなって、三つ年を重ねる間に特別な感情が芽生えた。今思うと二人とも若いというには年がゆき、それなりの分別はあったが、がむしゃらに幸福を摑(つか)み取る勇気がなかった。あと十年早く巡り合っていたら、と男は女の年も忘れて言ったのだった。

午後になり、手につかない仕事をあきらめて古い朝顔の絵を眺めていたとき、垣越しに田中の道を拾って黙々と歩いてくる人影が見えると、彼女の胸は高鳴った。速い足取りの人影は男で、連れは見えない。城下の旅籠(はたご)からまっすぐ来たとみえて、焼け付くような暑さの中を見る見る近づいてくる。

「本当にあなたなのですか」

彼女は独り言を言い、歩き方にも表れる鈴木其一を確かめていた。長い間、心の器に溜めてきた感情がついに溢れて、はらはらと滴るようであった。旅人を迎えるために彼女は立ってゆき、玄関先に待ちながら、そのときになって何と言おうかと思った。お待ちしておりましたと言うには長すぎる歳月を挟んでいたし、よくいらっしゃいましたと言うにはすぐ先に別れの見えている再会であった。

やがて男はためらうこともなく茅門をくぐって入ってきた。笠の影で顔ははっきりしないが、優しい穏やかな感じは思い出のままである。旅馴れて逞しさを増したようにも見えるし、触れられる距離にきても違和感はなかった。旅嚢を背負い、手には画材であろうか薄い木箱を提げていた。

「変わりませんね、あなたもあなたの家も想像していた通りです」

「お待ちしておりました」

其一に眩しそうに見つめられると、理野は八年の老いを恥じらいながら、用意していた洗足と汗拭きをすすめた。旅装を解くのを手伝いながら、暗い季節でなくてよかったと思った。いつか宍道湖の白鳥は見てもらいたいが、はじめての松江滞在が陰鬱な空の下では思い出までが暗くなるだろうと怖れた。

笠をとると彼は剃髪していて、名を得た東都の画工らしく、粋で自由な雰囲気を身につけていた。口にする言葉からも心なしか根岸が匂うようであった。

「上人さまのようですね」

彼女は言い、四年前に三十四歳で髪を捨てた男の心境を思い巡らした。その前年に抱一が身罷り、師を失った彼は跡継ぎの鶯蒲を支えて雨華庵を守り立ててきたのであろう。人生の柱をなくして妙華尼はどうしているであろうか。其一の絵は変わったであろうか。いつも抱懐を愉しんできた思いが溢れて、ついぼんやりしていると、

「よいところだなあ、お世話になります」

彼はそう言った。瘦せて日焼けした顔に和らぎが浮かぶと理野もほっとしたが、すぐにむかしの二人に還れるわけではない。

「お供の方はどちらにお泊まりですか」

彼女は訊いてみた。

「城下の八軒屋町の旅籠です、今日明日は主人よりのんびりすることでしょう」

男は二日の滞在を告げたのであった。

彼のために用意した部屋へ案内して麦湯を運ぶと、其一は縁先から庭の向こうの川の流れを見ていた。山里の恐ろしく静かな眺めが気に入ったようすで、画家の目かどうか、しみじみと見ている。

「あれが水草川ですね、水浴びはしますか」

「ときどき足を洗います、それも残暑のころまで、夏がゆくと松江は暗くなって淋しいのです」

「旅は水と縁があるようです、滝の激しさも見事だが、穏やかな渓流にも惹かれます、明日にでも描いてみましょう」

再会早々、写生を話題にするのも二人であった。最も暑い残暑の前とはいえ、晩夏の陽射しは家の中にいても眩しい。縁側に置いた麦湯に気づいて其一が座ると、想像していた通りの人がそこにいて、現実に声を聞けることが何か不思議であった。

「まず汗を流されてはいかがですか、その間に御酒の支度をいたします、ゆっくりお話ししたいことがたくさんございます」

「そうしましょう、あとでよいものをご覧に入れます、あなたに見ていただくために江戸から持ち歩いてきましたが、こうしてお会いすると自信がなくなる」

「何でしょうか」

理野は男の顔を見つめたが、彼は笑って答えない。それもいい。ここまで来てくれたことで気持ちの半分は語っているようなものだし、其一といると彼女はたちまち懐かしい過去の続きへと還ってゆく。八年の空白を埋めるのに二日は短いが、密かに持ち続けた夢は続くのである。彼女は今朝水を張った風呂へ彼を案内しながら、あれから今日ほど恵まれた日があっただろうかと思った。すると男の小さな意地悪にもときめきを覚えるのであった。

まだ陽の豊かな庭の眺めと語らいの待つ座敷に心尽くしの酒肴を用意するうち、彼は藍染め（あいぞめ）の浴衣（ゆかた）に着替えて戻ってきた。汗を流した男は表情もさっぱりとして、山里の仮の宿の情趣を愉しんでいるのが分かった。じきに立秋であったが、萩（はぎ）のほどよく茂る庭に季節の移る気配は感じられない。冷やした酒を酌（く）み交わして、二人は目をやった。

「今こうしてあなたと庭を見ているのが不思議な気がします、幾度も夢に見て、空想を重ねてきたせいか、前にもあったことのように思えるのです、わたしの中に生まれた山家とここはあまり違っていない」

そう話す男へ団扇（うちわ）で風を送りながら、理野は何から訊ねようかと思い巡らした。目の前にその人がいながら、男の声を過ぎた日の流れにのせて聞いていた。庭の萩が咲いていたなら彼も花屋敷の一日を思い出すだろうと思い、あれから失ってきた若さを惜しんだ。旅することで平坦な月日と別れ、画境の変化を求めたらしい其一は、見知らぬ土地の自然に触れるのは勉強になると語った。東都の華やぎの中で学んできた画工にとって、辺地の風光はよい刺激になるのであろう。女ひとりの山家を見る目もそう言っている。

「宍道湖はいかがでしたか」

「城下の宿の近くから眺めただけですが、不昧公のお国許だけあって閑寂な風情があります、閉ざされた豊かな水の安らぎが白鳥を呼ぶのでしょう」

「不忍池は変わりませんか」

彼女は自然に訊ねていた。池畔に残してきた青春の情念も、八年が過ぎると幻のように思えるときがある。

「去年の今ごろ、ずいぶん蓮の花を描きました、あの池にはなぜか惹かれて、冬は雪見に出かけます、わざわざ寒い座敷で酒を酌みながら、結局根岸と同じ雪を見ている」

其一も他人事のように言って笑った。

「宍道湖の雪景色はどうです、松江には風流を好む人が多いと聞きます」

「雪の降るずっと前から暗い日が続くので心から愉しむ人は少ないでしょう、冬の間は時が経つのが遅く感じられて、日にちを忘れてしまうことさえあります、景色が変わるのはまれですし、春も遠く感じられるのです」

「ここで越す冬は長いでしょうね」

庭から目を戻すと、彼はいくらか情の籠る目で彼女を見た。

「わたしのような臍曲がりにはとてもよいところです、見飽きない山と川があって、退屈すると罰が当たります」

「そういえば根岸でも退屈したあなたを見たことがない、あれは大雪の年でしたか、朝早く玄関の庇の雪下ろしをしていて踏台から落ちましたね」

理野はうつむいて笑った。其一に見られていたとは今の今まで思わぬことであった。

「そんなこともありましたが、寮には胡蝶さんがいましたし、となりが雨華庵で、少し歩けば亀田先生もいました、神田から帰ると自分の家のようにほっとして、無闇に忙しくしながら安らいだものです」

懐かしさに吐息を交えて話しながら、彼女は鮮明になってゆく昔へ還っていった。こんな自然な形で其一と語らえるとは正直思っていなかった。彼はあったかもしれない青春の続きを温めてきたとみえて、八年分老けた女を見ても驚かなかったが、家庭という現実を持つ男にも見飽きぬ夢があるのを彼女は忘れていた。

「月日が経つのは早い、うかうかしているとあれもこれも後ろへ流れてしまう、抜け殻になりたくなかったら、大切なものは取り戻さないといけない」

男は今日という日を迎えた意味をそんな言葉で語った。相手の抜けた歳月を継ぎ合わせるのは至難だが、案外うまくゆくこともあるような気がして理野はうなずいた。互いの人生を気にかけながら、継ぎようもなくなったときが本当の別れかもしれない。

「守一さまも大きくなられたでしょうね」

「画家気取りでいろいろ描くようになりました、まだ十一歳の絵ですが、抱二がよくみてくれるので助かっています」

あの蕨のような少年が其一の子に教えているのかと、理野の目に分別くさい青年の顔が浮かんだ。懐かしい人が次々と口の端にのぼって、妙華尼も胡蝶もしなやかに過ごしていると聞くと彼女の胸は和らいだ。亀田鵬斎が逝き、数年後に抱一も去って、根岸の里は一気に淋しくなったが、女たちは負けていないという。

「妙華尼さまは気丈です、鶯蒲さまがいるとはいえ、一生を預けた大樹をなくしたというのに、今にしてご自分を生きているように見えます」

「それはご門人も同じでしょう」

「師を失ってから、その偉大さを思い知るのはたまりません、門人の誰もがうろたえましたし、長い夢から覚めた気がしました」

其一は酒が強くなったらしく、団扇の風にくつろぎながら盃を重ねていた。いつかしら剃髪も見馴れて、優しい面立ちを深くしたかに見える。新しい酒を用意して戻ると、彼らしい江戸の土産が理野を待っていた。

「蒔絵師のあなたに蒔絵櫛を贈るのはどうかと思いましたが、わたしの下絵で古満寛哉が蒔いたものです」

薄い箱から現れたのは小振りの見るからに優しい櫛であった。青貝と金蒔絵で表したのは細やかな花楓で、裏は紅葉である。正真正銘の其一筆であった。青楓と朱楓の屏風を思い出す理野には若さの形見にも思えて、はじめて目にしながら懐かしかった。丁寧に礼を述べてから、

「よいものです、しかしなぜ原先生ではなく古満家に造らせたのですか」
そう訊くと、彼は弟子のひとりを古満家に預けて、好きな蒔絵の仕事も寛哉としているとと話した。親しい谷文晁の娘が古満家に嫁していて、縁が縁を呼んだこともある。抱一を亡くしてからも門人は雨華庵風の絵を忠実に描いていたが、其一は孤邨や抱二にその道を譲って自分の絵に固執しようと考えた。蒔絵も羊遊斎と組んでは自分のものにならない気がした。

やがて彼の描くものは光琳や抱一の画風を継承しながら自由な羽を広げて、画面に独特の緊張感と鮮やかな色が表れはじめた。結果として理野が言っていた通りに変わってゆく描写に彼は驚き、遅れてきた変化を喜ぶ一方で、要した歳月を惜しんだ。上人さまがいらした間にやるべきでしたが、御恩や暮らしのことを考えると踏み出す勇気がなかったのです、そう語る男は憑きものが落ちたように穏やかであった。

聞きながら膝の上で櫛をさすっていた理野は、顔をあげて男の変わりようを確かめた。

「原先生も淋しいでしょうね」

「師風の下絵なら抱二も描きますし、わたしより気が合うかもしれません、長く上人さまとの合作が続いたことを考えると、これから新しいものを目指す弟子のためにも古満がよいかと思いました」

「金次郎さんもよい師匠になったと思いますが、それは考えられませんでしたか」

「あの男は立派な蒔絵師ですが、大勢の弟子を抱えて一派を成すような人ではないでしょう、ひとりの職人としてよい印籠を造ることが望みの人ですし」

「そうですね」

「ある意味では、わたしの理想です」

それだけでも其一は変わって、以前のように窮屈な理屈で自分を誤魔化すことがなかった。かわりに感情豊かになって、理野を見る目も率直であった。再会したばかりであったから、女は見つめられてたじろいだ。山里の穴蔵に籠って現実の世間を遠く見ている根性なしに、男の正直なまなざしは重たい。蘇る女の感情に戸惑いながら目を伏せていると、日が暮れる前に工房を見せてほしいと其一が言い、彼らは立っていった。

漆の乾燥に必要な湿気をとるために水屋に接して造られた工房は棚に囲まれて、恥ずかしいほどの狭さであったが、隅々まで磨き抜かれて清々としている。細々した道具が作業台を賑わすほかは、煩瑣な仕事の気配を感じさせない。その日の作業を終える度に、癇性に片付けるからであった。明かり取りの窓の下に黒塗りの無愛想な棚があって、加飾を待つ木地や漆器や完成した茶器などが並んでいる。

「ここにあるのは試作品と売れ残ったものばかりです、香合に佳いものが一つ二つありましたが、お見せできないのが残念です」

「これだけあれば十分です、それにしても江戸の蒔絵とはまるで違う、あなたは更山どのから学んだというより、葛藤の闇から自分を生み出したらしい」

其一は黒棗のひとつを手にとって眺めていたが、しばらくして見事ですね、あならしいと呟いた。木地は江州の男の丹精で、丁寧な塗りが姿の美を引き出している。さらに加飾すべきかどうか迷った末に黒漆で清流を描き、僅かな金粉を散らして蛍を表したものであった。そのときの光で夜の清流は表情を変え、蛍の群れを誘うように流れてゆく。味のある意匠だが分かる人がいるかな、と英次が言った通り、売れなかった。

「銘がありませんね」

「ここでは箱に器の名と日付と木地を記すだけです、鑑賞するための道具ではありませんから、造った者の名は重要ではありません」

「茶の湯ではときに重要になります」

「職人の慢心を刻みつけるようで好きではありません、よいものは使えば分かります」

駄作にまで銘を入れて売るより、そう考える方が理野には気楽であった。この話題になると其一は昔を思い出すのか、苦い表情をゆるめていた。女の小さな工房を気に入ったらしく、彼は棚の端に指を滑らせながら飽きずに見ていたが、しばらくして言った。

「これを譲ってもらえませんか、根岸紅の棗と並べてわたしなりに蒔絵を考えてみたい」

「どうぞ、差し上げます」

遥々訪ねてくれたことへの彼女なりの返礼であった。松江特産の木綿を更紗風に染めた仕覆に包み、箱に入れると、蛍の棗は新たな主人を得て遠く旅することになった。再び松江へ帰ることはないだろう。

「よろしければ明日は近くの山へご案内いたします、宍道湖はもちろん他国の山や海まで見渡せて、それは美しい景色に出会えます」

彼女は言い、破顔した男を促すように工房を出た。いつになく早く過ぎてゆく午後を惜しみながら、明日一日は心ゆくまで二人の逍遥を愉しむだろうと思った。短い青春の頂点をともにした男とは、たとえ過去を語り合うにしろ、未練な再会であってはならないと思う。男の明るさもそう言っている。快い笑いのあとに、つらい別れが待つのは仕方のないことであった。

座敷へ戻ると、其一は飲みさしの酒にはあまり触れずに旅の話をした。京畿の寺院や蒐集家の家で多くの名画を見たことや、宇治の茶園で写生を愉しんだことなどであった。理野は彼の肩越しに同じものを見るように快く聞いていた。互いに相手の歳月を確かめながら、夕暮れが来るまで、庭の向こうの道には人ひとり通らなかった。

いつもひとりで辿る山路に願ってもない連れがいるのは、夢路を歩くようで不思議な気分であった。足下に汗を落としてゆくのは東都の画家で、小さくまとめた画材を背負っている。快晴だが、低い山のことで、狭い切り通しの道には日陰も多い。先の分かる理野は残りの道のりを告げながら、汗かきの男を気遣った。

朝食のあとすぐに支度をして出かけてきたので、写生の時間は十分にある。松江らしい雄大な自然を描くなら、やはり頂上がよいだろうと彼女は考えた。嵩山は麓から五百尺ほどの高さで、登るのがむずかしい山でもないが、そこから見えるものは山そのものよりも素晴らしい。遠く聳える出雲富士と入り海と島は巨大な築山と泉水を思わせて、さながら神の庭園のようである。歩きながらそう話すと、其一は摺針峠から眺めた琵琶湖にも霊妙な印象を覚えたと語った。しかし琵琶湖の眺望に海や浜辺はないだろう。

ときおり木隠れに見えていた宍道湖が眼下にくっきりと現れたのは、隧道のような木の下闇を抜けて、そろそろ頂上に着くころであった。城下の町並みが寄木細工のように見えて、湖は輝いている。二人は鳥居の先の見晴らしに休んで、水と光の騒ぐ夏の佳景を眺めた。山陰の空の暗さは塗り替えられて、湖面も丘陵の緑も濁りがない。

「それにしても歩く人がいませんね、こんなよい景色があるのに景色の中に埋もれているのは勿体ない」

「松江の人はどこかのんびりしています、陰鬱な一日の気分を変える茶を愛し、自宅の小さな庭に自足しなければ長い冬は越せませんから」

「江戸の人なら茶店を出して一儲けするところです、景色を売って悪いこともない」

「池の端のようには流行らないでしょう、寒くなるとここへ来るのも苦労ですし」

美しく見える下界はそれでなくても飢えの最中であった。

再び木陰の道を抜けて、神社のある頂上へ出ると眺望は一変する。方角の違う宍道湖と大山を同時に見ることはできないが、振り返るだけで海も浜辺も中海もそこにあるのであった。狭い境内を一巡りして、斜面の際に立ち止まると、

「ああ、なんという」

そう呟いたきり、其一は継ぐ言葉も忘れて画材を広げはじめた。何か言うのも面倒とみえて、表情も画家の其一へ還っていった。理野は自分も矢立の筆をとりながら、みるみる真景になってゆく彼の写生を眺めた。話しかけるのはためらわれたが、こんな贅沢な時間は江戸でもなかったと思った。

相変わらず彼の筆は緻密で、墨の絵にも色を感じる。席画で旅費を捻出しながら旅を続けてきた男は、当然のことながら何を描くのも真剣であった。海に向かって画紙を広げた彼は、東方の大山と海と中海を二枚に写生したあと、あの天橋立のような半島は何というのかと訊ねた。

「夜見ヶ浜です」

「弓ヶ浜の別名ですか」

理野はうなずいて、男が画紙の余白に書き込むのを眺めた。いつか絵は大画面の屏風に姿を変えるのではないかという気がした。

風のない日で、山の上は麓より暑いくらいであったが、其一は描くことに集中して、眼下の広大な風景に溶け込んでいた。理野は近くで同じ風景を見ながら、小さな画帖に彼の横顔を素描したりした。目前の絶景は幾度も見てきたし、これからも見られるからであった。男は気づいたのか、あまり動かない。描いている間が素顔の人で、男の情熱を筆に捧げる画家であり、旅の人であった。それでいて心が和むのは共有する過去と美の世界があるからだろう。男でも女でもない、互いを認め合う人間の調和と安らいが生まれる。昨日再会したばかりの今日であったが、二人はそうして欠けた歳月を取り戻しつつあった。

先に画帖を閉じると、彼女は宍道湖の見える側に涼む場所を探した。其一が時を惜しんで筆を走らせている間に、小憩の支度をするためであった。しばらくして弁当を使いながら、二人は眩い湖を眺めたり、丹青の話をしたりした。

「ところで何を描きましたか」

画帖を求められて、理野は大根島を浮かべた中海の絵を開いた。夜見ヶ浜もその向こうの海も中海の輪郭も消えて、水と島だけがある。男の横顔を写した絵は気恥ずかしくて見せなかった。

「まるで鳥の目のようですね、ここから見えるものとは違う、どうしてこんなふうに描けるのですか」

「じっと見ていると描きたいものしか見えなくなります、ほかのものはなくてもいいような気がして、いま気持ちの向くものだけを描いてしまいます、わたしという人間の幅と一緒です」

彼女は自分の画風に重ねて、松江に戻ってからの片意地な生活を思い合わせた。江戸で新生した芯の部分を変えないことが自分という女を生きることであったが、世間に抗することになって、呼吸の楽な山里へ出た。浮世離れした山家で漆芸をはじめた女は創作に溺れ、生活に苦しみながら、どうにか仕事を失わずに生きている。それで不幸かというとそうでもないが、自分の蒔絵を手に入れるところまではゆかない。次々と挑むことが現れるから震えている暇もなかった。

守る画法と家庭があって顧客と支援者に気を遣いながら、僚友も弟子もいる其一はどこまで独自の絵を物にしたであろうか。気になって、それとなく水を向けると、

「花鳥図ですか、だいぶ前から発句の余情や感傷は無視して描いています、わたしの絵はそれでいいし、万一自然に情緒が表れるならそれもかまわない」

　思いがけず頼もしい返事であった。

「ずいぶん思い切りましたね、これから其一さまの絵はどのように変わってゆくのでしょう、今度の旅で答えは出そうですか」

　彼は薄い笑みを浮かべて、旅路で描いてきたものには眺望の大きさが出て、いずれ彩色する愉しみが生まれたし、実景にしかない迫力も再認識したと話した。中でも宇治川の急流や箕面滝などの水の躍動する景色は彼を魅了して、これからの絵に何らかの変化をもたらすはずだという。理野は男の確かな言葉を愉しんだ。東都では聞けなかった画家の決意が快く胸に響いた。水の持つ生命力が彼の感性を刺激しているとしたら、松江に来たことも無駄にはならないだろうと思った。

「いま変わらなければ、わたしの絵は一生変わらないでしょう、あくの強い独り善がりな表現になるかもしれませんが、それが鈴木其一という画家なら仕方がない」

　長い葛藤のあとの旅を通して良い方向へ自分を追いつめてきた彼は、振り返っては絵が駄目になると信じていた。

ますか」

「いつかわたしの描く川や湖を蒔いてください、きっと丹青の贅肉を削ぎ落としたものになるでしょう、その前にあなたを描いておきたい、少しの間そうしていてもらえますか」

不意だったので彼女は男の屈託のない申し出に驚き、溜息をついた。鈴木其一の画帖に汗臭い女の像が残るのかと思うと恥ずかしかった。

「山で弁当を食べる女など、絵にして眺めるものではありません」

「それは違う、あるがままの姿こそ美しい」

「では、わたくしも其一さまを描きます」

彼は画帖を開いた手をとめて苦笑した。

「いいでしょう、この絶景の中で、お互いに描く人を描くのですね」

理野にとっても予期しない成りゆきであったが、はじめてみると遠慮なく互いの顔を観察する作業は意外な充足をもたらした。しみじみ語り合う時間よりも急速に近づいてゆく気分であった。真剣になるほど二人は恫喝する眼差しになってゆき、描かれている自分の表情を思うと恐ろしいくらいであった。画家の視線は本当に冷たく、それを描く職人の目も冷徹な光を帯びていた。晩夏の平凡な山の頂にこんな喜びが待っているとは思わぬことであった。

しばらくして絵を見せ合うと、彼の描いた女は画紙に目を落として実際よりも清楚であった。前髪の解(ほつ)れた頬に一途な女が表れている。理野は対象を見つめる男を描いていたから、厳しい表情の画家そのものになった。

「これが絵を描くときのわたしの顔ですか」

「本当はもう少し男前です」

　彼は穏やかな顔に戻って笑った。二枚の絵はそれぞれに鮮明な記憶と結んで、いつまでも残るに違いない。理野はそのときの彼の目を心に留めて、あとで素描した。

　休息のあと、其一は宍道湖を描き、彼女は終わるまで背後から眺めた。彼の描く湖は想像を超える細密な描写で、城下の家並みや稜線(りょうせん)も真景に忠実であった。空白の湖面に小さな舟を置くと、画面は生き出し、固定した風景に時の流れが生まれる。短い、雨垂れのような瞬間の命が丹青では永遠に変わるのであった。

　いつのまにか陽がまわり、そのうち大切な日を使い切ってしまうことに気づくと、彼らは山を下りた。切り通しの道は来たときよりも暗くなって、明るい下界へ向かいながら何か心細い気がした。たちまち過ぎてゆく一日の儚さか、確かな足取りで近づいてくる別れのせいだろう。其一も気を変えようとしたのか、歩きながら胡蝶のことを話し出すと、いっとき理野の心も華やいだ。

「胡蝶さんが養子をもらってね、柳橋(やなぎばし)へ家移りして芸を仕込みはじめた、いずれ創流するつもりらしい」

と彼は言った。得意の河東節が勢いをなくして、今は清元が盛んだが、彼女の三味線は時流を越えて自在であった。古曲も疎かにしないので、柳橋の稽古所は芸に生きる人が集まり、客足が絶えない。あるとき覗いてみると、二十人からの若い娘が抱一の河東をやっていたので驚いたが、自分には思い出すことがありすぎて茫然とするばかりだった。そう言いながら、彼の頬は弛んでいた。

理野には胡蝶の姿が見えるようで、信じる芸があるから齢や孤独に負けない人を思い合わせた。すると彼女のたくましさを松江に持ち帰ったつもりで、まだ足下へも寄りつけない自分を思い知るのであった。それでいて希望の湧く不思議があった。

家の近くの水草川の上流まできて、彼女は樹間を流れる渓流へ其一を案内した。檜の匂う小道を歩いてゆくと、間もなく枝葉に閉ざされた静寂な世界が現れる。細い、幾筋もの渓流が木立を縫って合流するさまは、数百年の経年を思わせて悠然としている。苔生す流れは無力な人間と無常を映して、見る人を素直にさせずにおかない。画家でなくても心の動く眺めで、果たして其一はこの出会いを喜んだ。

「なにやらひどく懐かしい」

目にした瞬間から離れがたくなる気持ちを彼はそう言った。

木陰と湿気でひんやりする樹林には苔の岩場に百合が見え、羊歯が揺れ、細い山桜が日の光を求めて渓流を見下ろしている。花も種もなく増殖する羊歯も隈笹には負けるとみえて、近づかない。苔は檜にも這い上がる。鳥のいない静かな眺めの中で、檜の幹を臨終の場と決めた蟬（せみ）の祈り、看取る隈笹の囁き、微かなせせらぎだけが聞こえる。

其一は構図を決めかねて歩いていたが、やがて渓流の集まる位置に画材を広げて描きはじめた。理野も大きく描くならそこだろうと思った。写生の邪魔にならないように後ろに控えて、同じ景色を味わいながら、彼女は其一を写した。画帖に今日をとどめることで一足先に別れを済ませてしまう気持ちであったが、描き出すとそのことも忘れて一気に筆を走らせた。終わると画家の息衝（いきづ）きに耳を澄まして、素描を覗くことはしなかった。かわりに男の後ろ姿を脳裡に焼きつけた。それくらいの未練があってもいいと思うのは、これで何もかもが消え去るわけではないからであった。東都の歳月が激しい青春の夢なら、今は夢の余波（なごり）を生きている気がする。しかし胡蝶のように、これから熱い季節をとらえれば徒（いたず）らに震えることにはならないだろう。その勇気を運んできてくれたのは男であった。

彼女はそうしている間にも其一が大作の原形を手に入れるのを感じた。彩色なしに彼の感情は表出しないが、見えている構図は左右が対称的で一枚の画紙には収まりきらないものであった。筆を持つ手が小刻みに動くのは執拗（しつよう）な描写のためであろうし、これはと思う構図を得たときに鋭角的な線を多用するのは彼の奇癖（きへき）であった。写実を超えた丹青の主張が表れてくるのを、理野は背後から見ているだけで分かった。それほど画家は夢中になっていた。

水は岩間を滑り落ちて騒ぐこともなく、薄く早く流れてゆく。蟬は動かない。陽は青々とした檜の葉に遮られ、あたりは冷たい。苔と隈笹が水の守部であろうか、流れを追うように満ち広がる。めったに人の入らない静寂に守られ、動く物もいない中で、遅い花つきの山百合に命の輝きがあった。見られることに馴れない花は楚々として、芳香を放ち、遠来の客を怖れながらも精一杯の気品と好意を見せている。清冽な印象は渓流のそれに負けていないし、白い姿もそこでは華やかである。

変身の最中にある画家はこの二つの鮮明な命をどう描くであろうかと思い、理野は彼の主観でしかない奇異な構図と彩色を思い浮かべた。男の精神のほとんどを占めている絵はそうならなければいけなかったし、持ち前の強烈な表現を世間が拒むようなら、分かるときがくるまでおとなしい偽物を与えておけばよいことであった。それも嫌なら、真っ向から闘うしかない。わたしの蒔絵も同じことかもしれないと思った。

声をかけることのできない時が流れて、画帖が閉じられると、其一はようやく連れを思い出して、

「だいぶ待ちましたか」

と訊ねた。心地よい夢から覚めた人の顔であったから、彼女も少しの間夢を見てい

たと話した。それは本当で、其一がこの山里で丹青のための何かを摑んでくれたら彼女も幸せであった。

嵩山を下りながら、もう時間がないと感じたとき、たとえどんな小さなことでも彼のためになることはしておきたいと思った。山家暮らしの女が思いついたのは誰も描かない景色の中へ男を連れてゆくことであったが、彼は思いのほか期待に応えてくれて、描き捲った。いつか渓流の絵は鋭利な色彩感覚を加えて、新しい其一画に生まれ変わるだろう。それが嬉しい。あとは川べりの家へ帰って名残を惜しみ、明日からは今日という日の艶やかな記憶を研ぎ出すだけであった。

男の手を拭うために早瀬で手拭きを濡らしていると、画材を片付けた其一がそばに屈んで手を洗った。山陰の水は冷たく、長くは浸けていられない。冷えた手が頰に触れると理野は驚きながら、ああ彼も別れを告げはじめていると思った。肩に手をまわした男は情のこもる低い声で、ありがとう、こんな日が続くと罰が当たる、そう言ったのだった。

「松江は本当によいところです、できるなら移り住みたい」

「いつでもどうぞ、十年後でも二十年後でもわたしはあの山家にいると思います、たった今、世間が笑う臍曲がりな蒔絵師を生き通す決心がつきました」

「十年か、思いきり駆けても何もしなくてもすぐに過ぎてしまいますね」

彼女はうなずいて腰を浮かせた。こういうときこそ工房に籠って創作に溺れたい気持ちであったが、夕餉（ゆうげ）を作り、明るい一夜にしなければならない。其一も自分も眠れないだろうが、それでも朝はきて別れてゆく。彼が去り、いつもの暮らしを取り戻したら、わたしも水の意匠を蒔こうと思い、川上へ目をやると樹間の奥はもう秋の気配であった。

隈笹の茂る小道を歩いてゆくと、渓流は山清水（やましみず）を加えて太くなり、やがて水草川に呑まれる。木立の終わる手前で立ち止まった其一を振り返ると、彼は歩み寄って彼女を抱きしめた。不意のことであったが、この儚い瞬間のためにあらゆる努力をしてきた人を感じて、彼女は暗い歓喜を味わった。しばらくして唇を離すと、山里の夕暮れのしじまに取り残されるのを感じた。これで別れは言ってしまったと思い、男も水と情念の記憶を持ち帰るだろうと思った。急に震えがきて何も言えなくなったが、岩を滑る水音は優しく、悠揚（ゆうよう）として、そこでは夢こそが生き延びるように思われた。

朝早く其一を城下まで見送り、宍道湖のほとりで別れてから英次を訪ねると、工房は職人たちが仕事をはじめたところであった。内弟子もいる彼の家は清潔に保たれ、いつ来ても茶殻と清福（せいふく）の匂いがする。通いの飯炊きのほかに女のいない内緒はしかし、かさかさとして笑い声がなかった。

　静かな工房を覗いて勝手口へまわると、顔を覚えてくれた女中がいて、すぐに戻るそうです、と外出した主人の言葉を伝えた。理野は待つことにして庭を歩いた。

　この家の庭は城下の町家にしては広くとられて、背戸はすぐさきが湖であった。庭木に凝る質ではないらしく、塀際に小さな植込みと竹が数本あるきりであった。木戸へ向かって飛び石が伸びている。伝い歩くと出たくなって彼女は湖へ歩いていった。

　枝を広げた松の木陰に立つと、ついさっき其一と別れた岸辺が見えて、彼はもう出立したであろうかと思い巡らした。西遊の旅路へ還る男はいったん大坂へ戻って姫路へ向かうと言っていた。はじめて酒井家の国許を見るのであった。そこからどこへゆき、いつ東都へ帰るのか、彼自身も分からない。

「こんな機会はそうないでしょうから、大宰府へ行ってみようかと思います」

「そうなさいませ、江戸へ戻りましたら原先生や胡蝶さんによろしくお伝えください」

「本人が顔を見せるほど伝わることもないでしょう、いつかいらっしゃい」

「そうします」

　彼女は言ったが、今の暮らしを置いて江戸へゆくのは無理だろうと思った。死んだ兄や父のためにも成し遂げたいことがあるし、何より新しい女の蒔絵をひとつでも多く造らなければならない。一生の課題と決めたときから、時間との闘いもあった。

「突きつめると我々の仕事は自分自身が客かもしれない、自分で喜びを覚えるものほど優れているし、世間の批評も気にならない」

彼もそう言った。頭では分かっていながら生活に流され、ぼんやり過ごす日の多かった理野は、この二日の時間に感謝した。彼のお蔭で、今日からまた新しい気持ちで蒔絵に向かえる。まずは水の音を形にして蒔いてみるつもりであった。それで其一とも繫がる気がした。二度目の分別のせいか、池畔の別れは明るいものになった。

人の気配がしたので振り返ると、英次が子供を連れてきた。三日他人の世話になった娘はどこか大人びて、駆けてもこない。

「さあ帰りましょう、おじさんと少しお話がありますから、職人さんにさよならを言って荷物を取ってきなさい」

娘は拗ねるでもなく、うなずいて歩いていった。八歳にしては我慢強く、何を考えているのか分からないところが父親によく似ている。英次が後ろ姿を見ながら、利発なので驚いた、遠来の客は帰りましたかと言った。

「ええ、ご面倒をおかけしました」

「なぜ会わせてやらなかったのです、あの子なら分かるでしょう」

「たとえ分かったとしてもどうにもなりません、苦しむのはわたしひとりで十分ですし」

「江戸の男も苦しむべきじゃないかな」

　英次がそう思うのも尤もだが、彼女は苦しむ男を見るより遠く見つめ合い、刺激し合う仲でいたかった。娘を実家ではなく英次に預けたのも、長兄や家族の干渉がうるさいからであった。男を家に泊めることはもちろん、相手が画家の鈴木其一と知ったときの騒ぎを思うと気後れがした。彼らはなけなしの食材でもてなし、席画をねだり、蒔絵の下絵まで頼むかもしれない。それでは遥々訪ねてきた其一に悪いし、人と分け合う時間もなかった。

　彩が生まれて母子で山里に暮らすことにしたとき、曲がったことの嫌いな父は助けてくれなかったが、工房の雑用に託けてよく訪ねてきた。幾日も居続けて、黙々と下地塗を手伝うこともあった。やがて長男夫婦に気兼ねして帰ってゆくとき、親不孝な娘は父の苦しみを知ることになった。見送る方がつらくなるほど父は沈んでしまい、ときおり振り返る姿も哀れであった。

「あの子にはそのときが来たら教えます、父親の顔も教えられるでしょう」

　彼女は言い、英次が長い吐息をするのを俯いて見ていた。きつい皮肉で反撃するかわりに、彼は気のない声で言った。

「送ってゆきましょうか、たまには昼飯でも食べさせてください」

「忙しいくせに」

彼女は笑んで躱(かわ)した。そのとき包みを背負った娘が戻ってきて、

「おじさん、また来てもいい」

見たこともない笑顔で言ってのけた。よほど親切にされたとみえて、子供なりに気を許した人への情愛があった。英次も嬉しいらしく、今度は二人でいらっしゃい、などと調子を合わせている。案外、彼と娘の芝居かもしれないと思いながら、理野も悪い気はしなかった。しかし二人で世話になることはないだろう。

女中が来客を知らせにきて、間もなく英次は引き返していった。次に来るとき、宍道湖はもう寒い季節を映しているだろう。彼女もそろそろ冬支度をはじめて、ひとりの工房に籠らなければならない。

湖を離れて山路へ帰ってゆくと、川が迎える。水音が二人を包んで、水草川のほとりの道は細く長く続いている。夢の残照を浴びながら歩く女の目に川は眩く見えて、今日もまた美しい日であった。

「かかさん、わたしも蒔絵師になりたい」

「いいけど、暮らしてゆけるかしら」

と彩が言った。

「おじさんが、かかさんのとは違う、とても綺麗な蒔絵の笄(こうがい)を見せてくれたの、わ

たしもあんなものを造ってみたい」

「そう」

理野には意外な、嬉しい言葉であった。娘が英次の蒔絵を真似るのは考えものだが、まだ彼にもあるらしい穴蔵の仕事を思うと、彼女の心は華やいだ。もしかしたら娘の未来に手を貸せるし、身近に闘う相手がいるのは張り合いであった。彼女はいつになく逸る気持ちで川音を聞きながら、久し振りに女の業や境涯とは関わりなく熱い季節へ向かいはじめているのを感じた。道は苦しい爪上がりになっていたが、母親の踏み跡を辿るように娘があとからついてきていた。

解説―理野と其一の道程―

岡野智子

上野の桜、音無川の蛍、向島花屋敷の萩、根岸の里の山茶花、不忍池の白鳥。蒔絵師を目指す理野は、巡る季節の中で人と出会い、別れ、自身の作る美の表象の在り方を探し続ける。小説は文政五年（一八二二）春から文政八年（一八二五）冬までの、理野が江戸で過ごしたおおよそ四年近くの月日と、八年を経て理野の故郷、松江で其一と再会する三日間を中心に描く。

はじめに理野が入門する江戸の蒔絵師原羊遊斎とその工房、また深い関わりを持つことになる酒井抱一と雨華庵について触れておこう。

江戸後期、江戸の蒔絵は幕府の御用蒔絵師の幸阿弥家、梶川家などを中心に高度な技法や精緻を極めた様式を誇る一方、類型化が進んでいた。その江戸の蒔絵界に新たに登場したのが原羊遊斎（一七六九～一八四五、通称・粂次郎、別号・更山）である。

羊遊斎はそれまでの技巧を凝らした豪華な蒔絵ではなく、瀟洒な意匠を施したデザインで人気を博し、下総古河藩主で老中も勤めた土井利位や、松江藩主の茶人大名松平不昧、豪商森川佳續、大澤永之、七代目市川團十郎など著名人の注文に応え、多くの職人を抱える工房を営んだ。

一方酒井抱一（一七六一～一八二八、本名・忠因）は、酒井雅楽頭家十五代の姫路藩主、酒井忠恭の孫。江戸の酒井家別邸で生まれ育った抱一は若い頃から吉原に出入りし、大田南畝ら文化人と交流、狂歌に親しみ肉筆浮世絵制作も行う華やかな二十代を過ごした。兄忠以、続いてその子弟らが酒井家を継承したことにより、数え年三十七歳で出家、同家を出る。その前後から光琳風の絵を手掛け、後半生を絵師として歩んだ。俳諧にも通じた抱一は季節の情趣を作品にも取り込み、光琳に強く影響を受けながらも、後に「江戸琳派」と称される独自の画風を開く。江戸画壇に典雅で洗練された様式をもたらした抱一画は大名家から吉原まで需要が高まり、最晩年には根岸の隠居所兼画室「雨華庵」に多数の門人が出入りしていた。

このように、文化文政期の江戸文化に新風を吹き込んだ羊遊斎・抱一であるが、この小説では高い名声を得た彼らではなく、その門人たちによって物語が展開していく。一人は祐吉の名で登場する羊遊斎の高弟、中山胡民（?～一八七〇）。向島寺嶋村の名主の三男で、両国矢ノ倉に住んだ。端正な作風からは羊遊斎工房の中でも実力が高く評価されていたことが納得される。

もう一人が抱一の一番弟子、鈴木其一（一七九六～一八五八）である。其一は江戸中橋の紫染め職人の子と長く伝えられ（近年酒井家家臣に関わる出自であった可能性が指摘される）、数え年十八歳で抱一の内弟子に入った。文化十四年（一八一七）、兄弟子鈴木蠣潭（れいたん）の急死に伴いその姉りよを娶って鈴木家の家督を継承、酒井家家臣となる。雨華庵の西隣に住み、抱一在世中は師の片腕を務めた。文政十一年（一八二八）、其一が三十三歳の時に抱一が亡くなると師風を離れ、対象の色彩や形態を明快に捉える表現を極めて其一様式を確立した。

祐吉（胡民）と其一、小説ではこの二人がまだ工房の一員だった若き時代に焦点を当てている。それぞれ師に実力を認められ、それゆえに師の模倣や代筆の仕事に明け暮れる日々。その二人の前に現れたのが松江の蒔絵師の娘、小説上の主人公「理野」であった。

江戸に出てきた理野は、兄に代わり羊遊斎に師事して江戸蒔絵を学ぶうちに、工房の職人としての立場と独自の表現の狭間（はざま）で苦悩を重ねる。羊遊斎の根岸の妾宅に住む胡蝶（こちょう）の元に身を寄せることから、思いがけず雨華庵の隣人となり、羊遊斎工房の先輩、祐吉に親近感を抱く一方、其一とも美を追求する姿勢について論争を楽しむ間柄となる。

抱一は蒔絵の下絵を羊遊斎に多く提供しており、両工房は日常的に密接なつながりがあった。また両者は大名や豪商、文化人らを共有の顧客や友人として実に幅広く親交を結んでいた。

彼女が飛び込んだのは、こうした江戸の文化交流の最先端地帯であった。それを象徴する場面が最初の章「精華の門」の最後、雨華庵の宴のシーンである。興ずるメンバーはいずれも抱一と親しく、儒者の亀田鵬斎とその妾鶴婦人、息子綾瀬、絵師の谷文晁、森川佳續、大澤永之（文華）と妾きぬ、羊遊斎と胡蝶、花屋敷主人菊塢。抱一と妙華（吉原から身請けした元遊女）、養子の鶯蒲が彼らをもてなしている。あくまで小説の中の饗宴ではあるが、実際そのような機会は幾度となくあっただろう。華やかな宴の陰には其一や理野、祐吉の姿があり、彼らはその状況や抱一落款の八橋の屛風などを客観的に見ている。

羊遊斎に入門して一年ほどの間に、理野は次第に蒔絵の仕事や江戸の暮らしに充実感を覚えるが、一方で蒔絵師としての行く末に不安を抱くようになる。自分の求める美とは異なる羊遊斎蒔絵や抱一の大作。雨華庵の宴の晩はそれを実感する機会となった。宴から離れ庭先の撫子に己を重ねる彼女の姿に、我々は「理野」が乙川氏の視線であると同時に読者の代弁者であることに気づく。彼女の戸惑いを共に抱きながら、次章「抱一筆」へと導かれていくのである。

理野は抱一作品の中に、明らかに別の手が加えられていることに強い違和感を抱く。

表現者として共感を抱きつつあった其一も師の代筆に深く関与することを知り、激しく詰めよったりもする。一方で自身も「抱一風」の下絵に「抱一筆」の下絵銘を躊躇なく入れる羊遊斎工房の一員として後ろめたさを感じていた。「羊遊斎」や「抱一」のブランド戦略のもと、独自の意匠が封じられることにも憤懣を抱き、祐吉や其一がその流れに抗わないことにもどかしさを覚える。

ここで工房作や代筆について、現代との認識の違いを確認しておきたい。

今でこそ模倣や代作は社会的な批判の対象となるが、当時はそれほど深刻な問題ではなかった。

有名絵師の工房作というのは抱一一門に限った話ではない。工程により分業が必要な工芸の世界だけでなく、絵画制作の場においても、城郭や大規模寺院が要する何十枚もの襖絵、大画面の屛風や何巻にも及ぶ絵巻物などは、主導者の指示のもと、大勢の門人が取り組まなければ達成できない「仕事」なのである。

例えば信長から安土城の障壁画を依頼された狩野永徳は、弟子たちとともに安土に移住して臨み、また秀吉が嫡男鶴松の菩提を弔うために祥雲禅寺を建立した時には、長谷川等伯と息子久蔵を中心に一門が参加したことなど、よく知られる事例である。

琳派においても宗達は絵師として活躍しながら、絵屋の主人の立場で門人たちに采配を揮ったと思われる。門人に工房の水準を満たす技量があれば作画を任せ、落款だけ師が入れるということも常態化していた。

抱一の場合は、絵師に転身した当初は自身による地道な制作であったが、光琳様式に習熟し評価が高まると需要が増え、工房作や代筆が多くなったと推察される。羊遊斎に提供する蒔絵の下絵も、もとは抱一自身が手掛けていたが、次第に其一や周二（孤邨）らの代作が増えたことは下絵帖の変遷からも明らかである。

こうした制作体制は現代でも著名な画家やデザイナー、漫画家やアニメ制作の現場などで多くみられる手段である。「プロジェクト」や「チーム」といった括りで語られることもあるが、名前が表に出るのはリーダーだけという場合も少なくない。

つまり著名な画家の作品は少なからず、古今を問わずその制作を支えるメンバーによって成り立っているのである。しかし彼らの中で表現者としての自負と実力がある者ほど、自分の立ち位置に葛藤を覚えることはいつの時代にもあるのだろう。この物語では理野を含め、現実の中で苦闘する三人の若者が描かれる。その葛藤とどのように向き合っていくのか。乙川氏は読者にも美を表現する意義を厳しく問いかけている。

なお主な登場人物のほかにも抱一一門の人々、すなわち蠣潭、鶯蒲、周二（孤邨）、鶏邨、抱儀、抱玉、田中金兵衛（抱二）や、羊遊斎工房の職人たちにも作者のこまやかな眼差しが注がれている。彼らは抱一や羊遊斎ブランドの隠れた実現者であり、個々の存在は詳らかでない人も多く、自身の名を冠した作品も鶯蒲や孤邨以外は稀少である。しかし彼らの存在あってこその抱一、羊遊斎工房であったことが理野を介して示され、工房の多様な側面を伝えるとともに、それぞれにも小さな葛藤があったことをうかがわせている。

三章目の「根岸紅」では、理野が四年にわたる江戸暮らしに終止符を打ち、松江に帰る次第となる。蒔絵への情熱を共にする祐吉と、また美の追求を論じて其一と情を通わせた二十七歳の理野であったが、どちらの男にも妻子があり、平穏な暮らしに棹さすことを選択できなかった。

「朝顔を描く屏風」の下絵に其一の新機軸を見た理野は、自作の棗「根岸紅」と硯箱「闇椿」を見せ、互いの表現が新たな未来を得たことを認め合う。二人は「蒔絵に心情を持ち込んだ女」と「丹青から心情を駆逐した男」として独自の道を探り当て、別離に至る。

最終章「渓声」では松江の理野の居宅兼仕事場「胡蝶庵」を、西遊旅行中の其一が訪ね、八年ぶりに二人は再会する。理野は宍道湖や中海、大山を臨む嵩山に其一を案内、その帰途其一は檜の樹林を流れる渓流を写生、大作の原型を手に入れて松江を後にする。最後に其一との娘、彩の存在が明かされ、理野が得た花実が次の世代にも受け継がれつつあることを示唆して物語は終わる。

このように理野にも其一にも大きな展望を開いて小説は幕を閉じるが、私もこの物語から、其一のその後について新たな視点を得られた。

「渓声」は、其一が実際に天保四年（一八三三）二月から同年秋頃まで行った西遊紀行中に、松江に立ち寄ったという設定である。この旅行は「癸巳西遊日記」（京都大学附属図書館谷村文庫蔵）という写生入りの旅行記として知られている（原本は明治十四年に焼失。現行本は写本を其一の嫡男守一が写した重写本）。

同書によれば、其一は江戸から東海道経由で京都、奈良、大坂などを周遊、目的地姫路にひと月ほど滞在した後、厳島、九州まで足を延ばしている（守一の写本は原本の一部を欠いており全容は不明）。旅の主目的は国元姫路に出向くことであったが、道中随所で精力的に古画を模写し、風景や人物の写生を行った様子が淡々と記されている。

さて今回小説を再読し、ある一文が目に留まった。それは松江で嵩山に登る道中、理野が頂上からの眺望について話すと、其一が「摺針峠から眺めた琵琶湖にも霊妙な印象を覚えたと語った」というくだりである。

実は「癸巳西遊日記」には琵琶湖周遊の折、其一が四月十日に摺針峠からの眺望を写生した図があるが、それは墨描きの小さなスケッチに過ぎない。ところが二〇一六年に「鈴木其一　江戸琳派の旗手」展を開催した際、まさにこの時の写生を元にした本絵が出現したのである。その作品、「琵琶湖入江遠望図」（個人蔵）は縦四十センチ余り、横八十センチ余りの掛軸で、墨を基調に琵琶湖の東岸、摺針峠の眼下に広がる入江から、竹生島（ちくぶじま）を越えて琵琶湖の西岸までの壮大な景観を捉えたもの。西遊の旅から二十年ほど後に描かれ、其一最晩年の珍しい実景図としてとても意義深い新出作品だった。

この「琵琶湖入江遠望図」は、「渓声」が続編として二〇一〇年に発表された当時はまだ知られていない。にも拘わらず、小説では「渓流の写生」が大作に昇華する前段として、摺針峠からの琵琶湖の眺望が話題にされている。乙川氏の其一の制作に対する深い洞察が、まるで同図の存在を予期していたかのように思われ驚きを禁じ得なかった。

それは小説の中で其一が渓流の写生を通して得た「大作の予感」の結実として、実存する其一の代表作、「夏秋渓流図屏風」（根津美術館蔵）を思い浮かべることができるからである。

「夏秋渓流図屏風」は金箔地六曲一双の大画面に、檜の樹間を流れる渓流を描いた作品。右隻（うせき）には白い山百合や檜に留まる蝉がみえる。左隻では檜の葉が幾分色づき、川岸の桜が紅葉した葉を渓流に落としている。

檜の樹林を描く屛風は版本『光琳百図』(抱一の編集による光琳画の縮図本)にも掲載されており(後編上)、其一が光琳の「檜図屛風」(現存不明)を実際に見ていた可能性は高い。また木立で構成される屛風や金箔地に緑青でなだらかな土坡を配置する構図は江戸前期の宗達派にも見出され、琳派の伝統的な図様を基盤にしているともいえる。さらに最新の研究では、木立に水辺を描く屛風や襖絵は中世のやまと絵に遡ることが見出され、本図のルーツのひとつとして琳派以前の水辺樹林図の存在が挙げられている。

しかし其一の「夏秋渓流図屛風」のように木々の根元に流れ落ちるような激流を配する構成は、それ以前の光琳派の先行作品ややまと絵屛風には見られない。水流が画面手前に迫る図様の先例としては円山応挙の「保津川図屛風」(株式会社千總蔵)があり、其一が西遊の折に応挙画を目にした機会を想定する説には頷けるものがある。けれども「保津川図屛風」が淡彩でうねるような川の流れを描くのに対し、其一は極上の群青に金泥で、木立を縫うように流れる渓流を鮮やかに表わした。緑の土坡の下の細かい凹凸を積み上げた溶岩のような黒い岩、ギザギザに象られた金の地面も特徴的である。百合、木蔭の蟬、流れに散る紅葉など、風趣を呼ぶモチーフを組み合わせながら、樹林を抜ける風も激しい流れも止まったかのような静けさが感じられる。

右隻・左隻は明らかに夏と秋を描き分けており、この屛風が抱一の「夏秋草図屛風」（東京国立博物館蔵）を意識していることに疑いはない。小説では妙華が理野に見せた抱一の下絵、「夏艸雨」「秋艸風」を通して語られる、抱一の最高傑作である。制作当初、光琳の「風神雷神図屏風」（宗達の同図を光琳が写したもの、東京国立博物館蔵）の裏に描かれたことから「夏秋草図屏風」は抱一の光琳に対するオマージュであり、挑戦とも解釈される。とすれば「夏秋渓流図屏風」は其一が正面から師、抱一と対峙した制作と位置付けられるだろう。

この作品は「噲々其一」の署名の特徴から、四十代半ば頃に描かれたと知られる。抱一の没後師風から解放され、其一なりの光琳画風の展開や、西遊の成果、葛飾北斎などの浮世絵風景画の影響も指摘される。しかしこの屏風の迫力に富む描写を目の当たりにした時、その根底に自然の景観を前にした其一の実体験があったことは充分考えられよう。

日記には宇治川の急流や布引の滝などほかの水流の写生も残されている。一方其一が松江に寄った事実は「癸巳西遊日記」現行本からは確認することができない。けれども何処であれ、其一自身がその眼で見た実景、筆で掴み取った形態、心に刻み込んだ感動が「夏秋渓流図屏風」に確かに生かされていることを、この小説から強く訴えかけられた。

こうした其一の清新な作風は、近年ようやく江戸絵画の中でもひときわ異彩を放つ存在として多くの人々に知られるようになった。制作の複雑な背景を浮き彫りにしたこの小説に触発された読者も多かろう。折しも二〇一九年には羊遊斎蒔絵・抱一下絵の「蔓梅擬目白蒔絵軸盆」（江戸東京博物館蔵、森川佳續の仲介で森川本家が注文）が、二〇二〇年には「夏秋渓流図屏風」が重要文化財に指定され、長年の江戸琳派応援団としては隔世の感がある。誰よりも早く其一の画才を見抜いた理野と祝盃を挙げようではないか。

最後に、近頃久々に巡った根岸の逍遥を記して締め括ろうと思う。

理野が通った羊遊斎の仕事場、神田下駄新道（今のJR神田駅東側付近）から根岸の胡蝶の寮までざっと四キロ余り。先日その途中の上野から下谷坂本へ出て、笹乃雪、円光寺、御行の松（時雨の岡）、音無川（昭和十年に暗渠になった）と辿り、石稲荷を経て雨華庵（台東区根岸五丁目）までを歩いた。

今は江戸の面影を忍ぶことの難しい根岸の町並みだが、意外に当時の道筋を残す路地も多い。音曲の師匠の名の表札が散見され、時折三味線の音も聞こえて胡蝶や理野に思いを馳せた。鵬斎宅から其一の住まいに向かう途中には、理野と兄が初めて胡蝶宅に向かう途中で通る、醤油蔵が目印の分かれ道も在りし日を伝える。醤油蔵は根岸の古図に僅かに記されるだけなのに、とここでも乙川氏の圧倒的なリアリズムに胸を打たれる。物語と現実を行き来しながら、やはり理野は限りなく傍にいた。

（おかの　ともこ／細見美術館　上席研究員）

二〇二一年十一月

この作品は2013年5月朝日文庫より刊行されました。

徳間文庫

麗(うるわ)しき花実(かじつ)

2021年12月15日 初刷

著者 乙川優三郎(おとかわゆうざぶろう)

発行者 小宮英行

発行所 株式会社徳間書店

東京都品川区上大崎三－一－一 〒141－8202
目黒セントラルスクエア

電話 編集〇三（五四〇三）四三四九
販売〇四九（二九三）五五二一

振替 〇〇一四〇－〇－四四三九二

印刷
製本 大日本印刷株式会社

ISBN978-4-19-894697-5 （乱丁、落丁本はお取りかえいたします）